Zu diesem Buch

«Arachne, erfolgreiche Handelsvertreterin einer Schlüpfer-Firma, schleppt in ihrem Mercedes nach Lust und Laune Männer ab – eine Abenteuerin von heute. Aritha van Herk hat mit ‹Adresse unbekannt› einen frechen Unterhaltungsroman verfaßt.» («Brigitte»)

«Arachne mag Männer und Autos. Die Männer wechselt sie, dem Mercedes bleibt sie treu. Die Kanadierin Aritha van Herk erzählt das mit Gusto, ohne Tabus, aber auch ohne grobe Pornographie.» («Arbeiter-Zeitung», Wien)

Aritha van Herk, geboren 1954 in Kanada, studierte Literatur und arbeitete in verschiedenen Berufen. Für ihren Roman «Alle meine Schweine» wurde sie 1978 mit dem Seal Books First Novel Award für den besten kanadischen Erstlingsroman ausgezeichnet. Hervorragend auch ihr Roman «Unter Männern» (rororo neue frau Nr. 5867) über die Erlebnisse einer Frau unter lauter Männern in der kanadischen Wildnis.

Aritha van Herk

Adresse unbekannt

Eine liederliche Reise

Roman

Deutsch von
Stefanie Kovacic

rororo

Rowohlt

Titel der englischen Ausgabe:
«No Fixed Address»
Umschlaggestaltung
Hendrik Dorgathen

Veröffentlicht im Rowohlt Taschenbuch Verlag GmbH,
Reinbek bei Hamburg, März 1989

Gesetzt aus der Bembo bei LibroSatz, Kriftel
Gesamtherstellung Clausen & Bosse, Leck
Printed in Germany
880-ISBN 3 499 12421 1

Für Paul Adams
Für Heidi und Thomas, meine Schweden
Und für Bob, der sie sah

Alle Personen in diesem Buch sind frei erfunden, und jede Ähnlichkeit mit lebenden oder toten Menschen ist zufällig.

Notizen über eine Abgängige

Du entdeckst bei deiner Suche, daß sich das äußere Erscheinungsbild der modischen Frau immer schon in einem Zustand des permanenten Wandels befunden hat. Nach unzähligen Jahren, in denen wir ständig Schnitt, Farbe und Stoff unserer Kleidung verändert und an die unterschiedlichsten Arten von Maskierung angepaßt haben, sind wir zu dem geworden, was wir sind. Zu jeder Zeit hat die Kleidung, die äußere Hülle, die Konturen des Körpers bestimmt. Aber um das zu erreichen, ist eine Stützkonstruktion unter der äußeren Hülle immer unvermeidlich gewesen. Dieses Zusammenwirken von Kleidung und Unterbau hat die natürliche weibliche Silhouette oft radikal verändert, wobei das Ziel – das darf man nicht vergessen – immer darin bestanden hat, die körperliche Anziehungskraft der Frau zu verstärken, ein Maßstab, der zwangsläufig von Männern festgelegt worden ist.

Jahrhundertelang haben Frauen unter der Unbequemlichkeit von Korsetten, Einlagen, Unterröcken, Hüfthaltern, Turnüren und Körbchenbüstenhaltern gelitten. Auch das Zubehör hat das Seinige beigetragen: Schnallen, die die zarte Haut an den Rippen wundscheuern, Haken und Ösen von zweifelhaftem Halt, vorne zu schließende Büstenhalter, deren Verschluß sich im ungeeignetsten Augenblick öffnet; Gummi, der sich festsaugt, Elastikbänder, die zu schnell ausleiern, kratzige Spitzen. Erst vor nicht allzu langer Zeit ist es uns gelungen, uns wenigstens bis zu einem gewissen Grad von einer Kleidung zu befreien, die dazu bestimmt war, ein Schönheitsideal zu schaffen, das auf körperliche Beeinträchtigung wie Wespentaille, eingezwängte Brust und zusammengepreßten Magen und Hintern aufgebaut war. Es ist ein Wunder, daß wir noch gehen können. Und wer ist wohl für die Folgen dieser Qualen verantwortlich? Die Existenz von Riechsalz, Hysterie, Frigidität und Xanthippen ist allein auf unbequeme Unterwäsche zurückzuführen.

Lange Zeit galt es als ungeschriebenes Gesetz, daß der Körper einer Frau ein Gefangener zu sein habe, eingebunden, abgemessen, kontrolliert. Einige Moden verlangten von den Frauen buchstäblich, innerhalb der hölzernen und metallenen Reifen von Käfigen zu gehen, sich zu bewegen wie eine sanft schwingende Glocke, der Körper ein stummer Klöppel. Wie klein sich die Köpfe im Vergleich zu den Körpern ausnahmen – und in der

Nacht glichen die voluminösen Nachthemden, die die Ehemänner zu fassen bekamen, den Gewändern schamhafter Engel.

All das hat sich gewandelt, und wenn wir jetzt Satin und Spitzen tragen, dann deshalb, weil wir uns nach den sich daraus ergebenden Konsequenzen sehnen. Wir haben unsere Gefangenschaft vergessen, der Unterwäsche einen Platz unter den nebensächlichen und unwichtigen Dingen zugewiesen. In fröhlicher Zweigeschlechtlichkeit präsentieren junge Frauen auf Werbeplakaten knabenhaft-schnittige Baumwollschlüpfer und Unterhemden. Keine Kunstrichtung, kein Roman, keine Auflistung des Niederträchtigen hat je die Auswirkung der Unterwäsche auf das Leben kleiner Gauner untersucht.

Comfort – oder bei Laune bleiben

An einem leicht verschleierten Junimorgen holpert Arachnes Wagen von der Straße auf das Kiesbankett und hält an. Es ist ihr gelungen, das Warenhaus in Cluny zu überreden, ihre neue Princess-Kollektion auszuprobieren: Slips aus 100% Nylon in kräftigen Farben. Kobaltblau, Honigbienengelb, Kongorot und Smaragdgrün. Die neue Kollektion verkauft sich nicht gut. Frauen, die taillierte Slips kaufen, ziehen Pastellfarben vor, wollen nichts Exotisches. Die blassen Farbtöne verwaschen sich nach und nach zu einem rosastichigen Grau, Arachne weiß das, weil sie selbst früher diese Sorte getragen hat. Tangaträgerinnen bevorzugen leuchtende Farben. Sie kaufen gemusterte Slips, die Spinnen, Auberginen, Schweine oder Totenschädel zeigen. Arachne hat gelernt, sie auszumachen, diese Frauen. Oben drüber kleiden sie sich ziemlich konservativ, aber drunter findet man mehr als nur Blümchen und Punktmuster. Tiere sind populär, vor allem Reptilien, Schildkröten und Alligatoren. Ebenso Autos, Rennwagen und Antiquitäten. Und eine ganze Weile waren Slogans der letzte Schrei. *Peace. Make love, not war.* Die hat Arachne nicht gern verkauft; sie hält sie für geschmacklos.

Einmal stellte sie eine Liste mit eigenen Slogans zusammen und schickte sie ins Hauptbüro. *Ich hab Kopfweh. Friß Scheiße. Mach schon. Kau Fingernägel. Probier mich mal. Versäum es nicht. Verpiß dich.* Ladies' hat nicht geantwortet.

Arachne hat andauernd Auseinandersetzungen mit Ladies' über die Kartons mit Garnituren von Sonntag/Montag/Dienstag/Mittwoch/Donnerstag/Freitag/Samstag/Sonntag-Schlüpfern. Samstag ist immer Rot mit schwarzer Blende. Sonntag ist jungfräuliches Weiß. Der Rest besteht aus einer Mischung von Pastelltönen. Sie verkaufen sich großartig, sind schon seit Jahren im Sortiment. Obwohl sie von mäßiger Qualität sind, was Arachne immer besonders rasch betont. Sie kann es sich leisten, ehrlich in bezug auf die Garnituren zu sein, weil die Geschäfte sie trotzdem bestellen. Und wenn Arachne sagt, daß der Gummi um die Beine billig ist und daß die Taille sich ausleiern wird, daß die maschinengenähten Borten ausfransen werden, verleiht ihr das größere Glaubwürdigkeit. Die Einkäufer glauben ihr dann, was sie über die anderen Kollektionen sagt. Für Arachne sind die Garnituren ein Verkaufsbarometer. Die Anzahl der verkauften Kartons entspricht ungefähr der Zahl der im jeweiligen Monat stattfindenden Geburtstagsfeiern, ausgenommen um die Weihnachtszeit, in der die Nachfrage steigt. Sie sind auch ein Indikator für die Jahreszeiten. Die Frauen der Farmer kaufen sie im Frühjahr, nachdem der Weizen gesät ist, und im Herbst nach dem Mähen. Anders bei glatter weißer Baumwolle, die der eisigsten Winterkälte, der glühendsten Sommerhitze trotzt. Dürfte irgendwie mit dem Einfluß der Extreme zusammenhängen, eine Art religiöses Bewußtsein, daß weiße Baumwolle gesünder sein muß, wenn sie nicht provoziert. Und wenn die Frau eines Ladeninhabers fragt, welche Kollektion Arachne empfehlen würde, gibt sie immer dieselbe Antwort. Die weiße Baumwolle. Kühl, leicht zu pflegen, billig.

Grundsätzlich geht es darum, daß ihr Rat mit ihrem Image übereinstimmen muß. Sie mag vielleicht mit Alligatoren bedruckte Tangas verkaufen, aber sie kann nicht herumgehen und sie tragen. Ladies' Comfort kann sich keine Abweichung von der Norm leisten, also muß Arachne stinknormal sein. Allerdings ist es ein Glück, daß nie jemand bei ihr nachprüft. Aus Prinzip, fest entschlossen, nicht die beste Werbung für sich selbst zu sein, trägt Arachne überhaupt nichts.

Aber sie ist die Verkaufsvertreterin, Landesregion, für Ladies' Comfort Limited, eine Firma mit Sitz in Winnipeg, die auf Damenunterwäsche spezialisiert ist. Arachne bereist all die Städte, Dörfer und Märkte, in denen die Warenhäuser noch immer Gummistiefel und Schreibpapier, Ballen mit Baumwolle und Kotex, Socken und Unterwäsche – sowohl für Damen als auch für Herren – führen. Die Geschäfte sind nicht so schmutzig oder finster wie früher einmal, aber sie bieten das gleiche mißtönende Durcheinander von Waren an, sie haben noch immer gläserne Bonbonbehälter und alte Coca-Cola-Kühler, und hinter der selbstschließenden Tür mit dem Fliegengitter hängt der Geruch alter Lakritze, und man spürt die Quintessenz von Verlegenheit, die jeden Handel auf dem Land durchdringt, dessen sich die Stadt bemächtigt hat.

Arachne reist mit leichtem Gepäck. Ein ausgebeulter Koffer mit den adretten Kleidern, die sie bei der Arbeit trägt, Shorts für den Fall, daß sie am Abend Zeit zum Laufen hat, sehr enge Bluejeans und ein ärmelloses T-Shirt. Keine Unterwäsche. Sie stapelt ihre Musterkartons auf dem Rücksitz des Mercedes. Der Kofferraum schließt nicht mehr dicht, und die Slips sind vom Staub der Kiesstraßen durchdrungen. Die Pappkartons werden durch die Bewegungen des Autos hin- und hergerüttelt und geschüttelt, und wenn Arachne über bestimmte Straßenrillen fährt, fliegen die Deckel herunter, und der schlüpfrige Inhalt ergießt sich über den breiten Rücksitz. Ladies' hat einen Katalog, aber Arachne findet die Originale überzeugender. «Fühlen Sie einmal das», sagt sie.

Arachne ist mit ihrem Job zufrieden. Sie liebt ihn sogar. Wenn sie eine Bestellung aufgenommen und im Schatten der Pappeln am Wegrand geparkt hat, um ihre belegten Brote zu essen, ist sie glücklich. Sie kann den Hintern gegen den Rand der offenen Wagentür lehnen und in den Himmel starren. Sie kann sich niederhocken, um zu pinkeln. Sie kann unter einem Stacheldrahtzaun hindurch in ein blaues Luzernenfeld kriechen.

Als sie den Job bekommt, läuft sie zu Thena, ihrer einzigen Freundin, und erzählt es ihr.

Thena ist schonungslos. «Du spinnst wohl total», sagt sie. «Jetzt bist du endgültig verrückt geworden.»

Thenas Reaktion ist für Arachne ein Erfolgsindikator. «Warum?»

«Ist ja grotesk», behauptet Thena genußvoll. «Ich hab geglaubt, Handlungsreisende sind aus der Mode. Ich hab geglaubt, das Telefon hätte in dieser Hinsicht zum Fortschritt der Menschheit beigetragen.»

«Damenunterwäsche ist viel zu heikel für das Telefon. Ein männlicher Geschäftsführer müßte ein Ferngespräch mit einer unpersönlichen Stimme führen und seine Liste herunterleiern. Hörst du ihn nicht direkt? ‹Äh, zwei Dutzend Schlüpfer mit Bein, verschiedene Pastellfarben; drei Dutzend Slips mit Baumwollzwickel, ein Dutzend bedruckte Tangas. Und, äh, aah, also diese Midnight-Kollektion . . .›»

«Was um alles in der Welt ist die Midnight-Kollektion?»

«Schwarze Slips, alle Sorten. Und er muß sie auf Lager haben, weil sie ein Verkaufsschlager sind. Er bringt sich selbst ums Geschäft, wenn er sie nicht führt.»

«Nun, sag ja nicht, ich hätte dich nicht gewarnt», meint Thena. «Du wirst in scheußlichen Motels übernachten, fettes Zeug essen und auf Landstraßen fahren, die entweder wie Waschrumpeln sind oder schneeverweht. Ich hoffe, du verlangst Kilometergeld.»

«Die gesamten Erhaltungskosten für meinen Wagen. Nun komm schon, du alte Zynikerin. Ich werde dafür bezahlt, all die unheimlichen Kleinstädte im Westen zu erforschen.»

«Du gibst deinen Superjob auf, einen sauberen, geheizten städtischen Bus zu fahren, um statt dessen Handelsreisende in Sachen Unterwäsche zu werden», kontert Thena lahm, weil sie weiß, daß kaum Hoffnung besteht.

«Stimmt. Keine kreischenden Kinder und mit Kinderwagen hantierende Mütter, keine Zehn-Cent-Diebe, kein Stau auf der Schnellstraße, kein Fahrgast mit einem Zehn-Dollar-Schein, wenn der Fahrpreis sechzig Cent beträgt und ein Schild ihn schon aufmerksam gemacht hat, daß er bei mir nicht wechseln kann. Ich bin mein eigener Chef. Ich bin befreit vom gellenden Lärm und von den Bedarfshaltestellen des öffentlichen Verkehrs.»

Sie haben zugegebenermaßen Beaujolais getrunken, andernfalls hätte Arachne es nie auf diese Art gesagt: «Ich werde nie mehr mit diesen Arschlöchern von Passagieren zu tun haben.» Und immer, wenn Arachne gehobener Stimmung ist, wird Thena zynisch. Sie vermutet, daß die weibliche Seite von Arachnes Charakter, die sie so gut kennt, nun, da es Arachne gelungen ist, jede Form von Struktur, die ihre Arbeit, wenn nicht sogar ihr Leben bestimmt hat, abzuschütteln, ein weitaus größeres Experimentierfeld haben wird. Arachnes Hauptproblem besteht nämlich darin, sich ständig bei Laune zu halten.

Und Thena hatte recht. Arachne vertritt Ladies' Comfort nun schon seit vier Jahren, und obwohl sie ihres Jobs nicht überdrüssig ist, sieht sie zu viele scheußliche Hotels, schmierige Restaurants und schlechte Straßen. Die Arbeit ist nicht anspruchsvoll, weil sich das Produkt von selbst verkauft. Ihren Distrikt zweimal pro Jahr zu bereisen, ist eher ermüdend als schwierig. Jedes Jahr tauscht sie ein altes Gebiet gegen ein neues ein. Sie rast durch Gemeinden und Bezirke. Mit drei Verkaufsregionen ist sie die produktivste sämtlicher Vertreter, die für Ladies' Comfort arbeiten; das Management beeilt sich immer zuzustimmen, wenn Arachne Manteia ein bestimmtes Gebiet verlangt.

Dennoch muß sie sich ständig bei Laune halten.

Die Begrabenen

Als Arachne das Schild am Straßenrand am Wagenfenster vorbeigleiten sieht, tritt sie heftig auf die Bremse, schiebt zurück und hält auf dem Parkplatz an. Die Landstraße liegt verlassen da, und im Südwesten sieht sie auf dem Hang den dominoartigen Grundriß eines Friedhofs. Arachne ist ganz verrückt nach Friedhöfen, sie sind für sie ein ideales Picknickgelände. Sie gleitet von dem hohen Sitz des Wagens herunter und streckt die Arme aus. Während sie mit einem Finger über die staubige Stoßstange fährt, geht sie um den Wagen herum, um die Gedenktafel genauer zu studieren. Hauptmann Crowfoot: sein Geburtsdatum und Sterbetag und ein Abriß seines Lebens. Arachne versetzt der Gedenktafel einen Stoß; sie haßt die Art und Weise, wie solche Tafeln alles bagatellisieren, selbst bedeutende Leute und Ereignisse geringer machen. Der Friedhof müßte besser sein.

Sie nimmt die Thermoskanne mit Kaffee und die mit Schinken und Gurken belegten Brote und läuft den Hügel hinauf. Ein orangefarbener Campingbus ist dort geparkt, aber Arachne kennt die begrenzte Geduld von Touristen. Die Leute gehen meist rasch fort, nachdem sie Fotos gemacht und gesehen haben, daß es wenig zu sehen gibt. Besonders auf Friedhöfen, solchen abseitigen Orten.

Sie geht langsam den Hügel hinauf, trotzt der großen Hitze. Grashüpfer schrecken vor ihren Füßen hoch, es riecht nach Salbei und feuchter Erde. Sie bleibt am Scheitel des Hügels stehen, der Fluß unten ist ein hingeworfenes Silberband. Dahinter verbergen staubiggrüne Bäume, wie Arachne weiß, einen Golfplatz, ein privates Grundstück mit einem Tor und einem Wächter, der die Indianer aussperrt, die das Land verkauft haben.

Sie spaziert die Grabzeilen entlang, schwingt die Thermoskanne und liest die Namen auf den verstreuten Grabsteinen. Es hat etwas Schreckliches an sich, Reihen von Granit und Marmor abzugehen, Steinplatten, die die Lage teurer und zerfallender Särge markieren. Dieser Friedhof ist auf tröstliche Weise vernachlässigt. Die Gräber sind flach, und die Erde dazwischen ist zu unordentlichen Hügeln aufgeschüttet. Kein sauber geschnittenes Gras, nur vom Regen verschmutzte schmale Streifen, verstümmelte Plastikblumen in kaputten Marmeladegläsern. Diese Gräber zerfallen auf dem Hügelkamm über Blackfoot Crossing, dem Flachland jenseits des Flusses.

Am äußersten Rande des Tals liegt Crowfoots Grab. Es ist erbarmungslos unnachgiebig, umgeben von einem Zaun aus Eisen. Splitter farbigen Glases, die in den massiven Betongrabstein eingebettet sind, lassen die Sonne erstarren. Arachne streckt die Hand aus und umfaßt einen rostigen Eisenpfahl. Sie weiß, daß der alte Mann das nicht mag, unmöglich an dem Gewicht, das ihn hinunterhält, Gefallen finden kann. Sie will ihn dazu bringen, es beiseite zu schieben und aufzustehen – mit verschränkten Armen, den Blick über den Fluß gerichtet – und seine Stimme mit dem eidechsenwimmelnden Nachmittag zu vereinen. Neunundsechzig, als er starb. Ob er noch eine Erektion bekommen, eine Frau gegen einen Baum pressen konnte? Arachnes sexuelle Phantasien sind unverbesserlich. Sie summt vor sich hin. Sie preßt den Handballen gegen die Scham.

«He, kommt da herauf», hört sie. Sie dreht sich zu den näherkommenden Stimmen, den drei Campern.

Sie könnte gehen. Unten an der Straße ist ein Rapsfeld. Sich hineinlegen und sich Crowfoot vorstellen. Aber sie entschließt sich zu warten. Es sind Touristen, sie werden herumschwirren, Vermutungen anstellen und dann nach einer anderen Stätte Ausschau halten. Zu heiß, um lange hier zu bleiben. Es sind drei – ein alter Mann, eine Frau und ein halbwüchsiger Junge. Arachne faßt den Jungen ins Auge, den abgewetzten Schritt seiner Jeans, aber sein Gesicht ist pickelig und argwöhnisch, und sie zuckt in Gedanken die Achseln. Zu jung.

«Nun, wenigstens *das* hier wird gepflegt», sagt die Frau, für die

die unordentlichen Gräber eine persönliche Beleidigung darstellen. Sie ist groß und kräftig, mit einem freundlichen Gesicht, das im Widerspruch zu ihrem Tonfall steht. «Kaum zu glauben, Leute so nachlässig zu begraben. Die Knochen sind ja kaum bedeckt.»

«Hauptmann Crowfoot. Gestorben 25. April 1890. Alter neunundsechzig», liest der Junge laut vom Grabstein ab. «Er muß ziemlich wichtig gewesen sein.»

Der Mann, eine schlaksige Gestalt, die in der Hose zusammenschrumpft, wartet abseits und sagt nichts. Seine Augen sind verdeckt und die Gelenke an den Fingern geschwollen. Was Arachnes Blick fesselt, ist sein Haar, wie gesponnener weißer Flaum, dick und wild, genau wie der Bart. Niemals hat sie solches Haar gesehen – wie bei Albert Einstein. Seltsam, wie viele kahle, wie viele Männer mit schütterem Haarwuchs es auf der Welt gibt. Sie weiß, daß sie ihn unverhohlen anstarrt, aber als der alte Mann sich umdreht und zurückstarrt, blinzelt sie nicht. Arachne hat einen stechenden Blick. Sie setzt ihn mit jener Gleichgültigkeit ein, die sie immer schon in Schwierigkeiten gebracht hat. Es ist der Mann, der den Blick zuerst abwendet, während Arachne mit dem Fuß gegen den Betonsockel eines selbstgerecht schweigenden Kreuzes tritt und darauf wartet, daß die Leute gehen. Sie möchte über Gräber springen und ihren Namen in das Echo des Flusses schreien.

Die klumpigen Erdreihen atmen ruhig, unterscheiden sich nur durch Schattierungen von Schwarz, von Aschgrau bis zu einem kräftigeren Schieferton. Ein Grabhügel, der sich eng an Crowfoots Grab schmiegt, ist sehr dunkel. Er ist ungekennzeichnet und nicht abgegrenzt, die aufgeschüttete Erde ist noch feucht. Arachne fragt sich, wem es erlaubt sein würde, so nahe neben dem alten Hauptmann zu liegen, aber obwohl sie bis zum Kopf des Grabes geht, kann sie keinen Namen finden. Der halbwüchsige Junge referiert noch immer über Crowfoot – in High School-Manier – und Arachne, der in den Sandalen Erde zwischen die Zehen dringt, spuckt aus. O ja, sie hat schlechte Manieren. Der alte Mann stiert zu ihr hinüber, aber sie beachtet ihn nicht, schüttelt neben dem Grabhügel einen Fuß, wie ein Storch. Und sie will sich gerade umdrehen, die Thermoskanne und den Jausensack vom Fuß des Kreuzes holen, als der Knochen auftaucht, sich an die Erdoberfläche schiebt, ihren Blick festhält.

Der Knochen. Mehr als Knochen, es ist unverkennbar der Gesichtsteil eines Schädels, mit vorspringendem Kinn und vorspringenden Backen, abgenutzten, aber lebendigen Zähnen. Arachne kann die Augen nicht von der Erscheinung wenden, sie muß den Schädel berühren, sein rauhes, brüchiges Gefüge unter den Fingern spüren, die tiefen Höhlen seiner Augen erforschen. Sie streckt eine Hand aus. Sie erstarrt. Wenn sie den Schädel preisgibt, wenn sie diesen fleischlosen Knochen enthüllt, werden die Touristen sich seiner bemächtigen, ihn gegen die Sonne halten und auf das Armaturenbrett ihres Campingbusses oder in ihren Fitneßraum stellen, ihren Freunden gegenüber prahlen: «Dieser Totenschädel ist berühmt, wir fanden ihn neben Crowfoots Grab – ist er nicht prima? Erinnert euch an den Sommer, in dem wir mit dem Campingbus durch Alberta gefahren sind, sämtliche Tankstellen und historischen Stätten, all diese hübschen Bezirksmuseen besucht haben . . .»

Arachne schaut zu den Campern auf der anderen Seite des Grabhügels und versucht, Gleichgültigkeit vorzutäuschen. Wenn sie gehen, kann sie ihn zudecken. Aber sie sind auch neugierig. Nachdem sie mit Crowfoots Grab fertig sind, untersuchen sie das danebenliegende Grab, während Arachne raucht und versucht, den Totenschädel mit ihrem Körper zu verdecken.

«Möchte wissen, wer das ist», sagt der Junge.

«Es ist nicht gekennzeichnet», erwiderte die mißbilligende Frau. «Nicht einmal ein kleines Kreuz.» Sie blickt verstohlen zu Arachne, die mit verschränkten Armen dasteht, finster dreinschaut, erregt ist, wütend auf die Hitze, auf Crowfoot, verdammt wütend auf Camper und Schuljungen in zu engen Jeans.

«Muß ein Krieger gewesen sein», stellt der Junge fest.

Arachne schneidet eine Grimasse und wendet sich ihrem Imbiß zu. Sie wartet zu offensichtlich. Wenn sie so herumsteht, werden sie den Schädel bemerken. Die Frau und der Junge beobachten sie. Nur der Mann schaut in die andere Richtung, betrachtet die Ebene jenseits des Flusses wie durch ein Fernrohr. Offenbar versucht er, die Entfernung zu schätzen, vom Dunst hypnotisiert. Als die Frau sagt: «Mach schon, Papa, wir gehen», läßt er den Blick nachdenklich zurückschweifen, folgt den Formen der Landschaft. Der Blick seiner wäßrigen Augen gleitet zu Arachne, über sie hinweg – ein kalter Kerl, trotz der glänzenden Haare, denkt sie –, senkt sich und nimmt die Umrisse des Grabhügels aus schwarzer Erde wahr. Er sieht den Schädel. Arachne weiß, daß er den Schädel sieht. Schon will er sich in Bewegung setzen, hält dann aber doch inne, die Beine in den ausgebeulten Hosen angespannt.

Arachne ist nahe am Ersticken. Verdammte Touristen, sollten um eine Genehmigung ansuchen müssen, schnüffeln hier herum, wo sie nichts verloren haben. Sie könnte heulen; sie weiß, daß er den Totenschädel nehmen wird.

Die Frau und der Junge sind schon beinahe fort. «Kommst du?»

Er dreht sich halb nach ihnen um. «Ihr geht. Ich komme.» Es ist das erste Mal, daß er gesprochen hat, und Arachne ist nicht nur von seinem Akzent überrascht, sondern auch von der Helligkeit seiner Stimme, von ihrem Schwanken. Sie erwartet von einem Mann mit solchen Haaren eine Stimme wie dunkle Schokolade. Sie verachtet ihn deshalb nur noch mehr, und sie starrt ihn an, hofft, er würde sich nicht trauen, den Totenschädel zu nehmen, während sie ihn beobachtet.

Einwanderer, denkt sie. Arachne ist nicht zimperlich, wenn es um Beleidigungen geht.

Er ignoriert sie und schlurft, die Hände in den Hosentaschen, zu dem Ginster hinüber. Aber er geht nicht.

Wütend

Arachne wird so lange dableiben wie er. Er wird den Totenschädel nicht berühren, nicht ohne ihre Zustimmung. Verrückter alter Knabe. Sie lungert am Rand des Grabes herum, betrachtet die klumpige Erde, die Spuren, die der Regen hineingezeichnet hat. Sie durchbohrt den Mann mit ihrem finsteren Blick. Er sieht mit zusammengekniffenen Augen über den Fluß. Aber Arachne weiß, daß er wartet. Nach ein paar Minuten kehrt sein Blick wieder zu dem Totenschädel zurück, er möchte sich vergewissern, daß er noch da ist. Sie wird nicht gehen, ehe der Mann geht. Sie wird die ganze Nacht auf dem Friedhof campieren, um sicherzugehen, daß der Campingbus nicht zurückkehrt und *ihren* Schatz holt. Sie blickt mürrisch drein. Sie stützt die Hände in die Hüften. Sie erschlägt Mücken. All das ignoriert er, wagt sogar ein tonloses Pfeifen.

Der Mann hat den Totenschädel gesehen. Er hat ihn deutlich gesehen, einen Feuerstein aus Knochen, der, aus dem Grab heraus, sich an seine eigenen müden Gebeine zu wenden scheint. Der Mann blinzelt und zögert, macht einen Schritt zurück, als fühlte er sich angesprochen. Er sieht den Toten als Lebendigen vor sich, ein ähnlicher Effekt wie beim Aufwachen mitten in der Nacht, wenn alles größer erscheint als bei Tageslicht. Das Mädchen hat ihn auch gesehen, da ist er sicher. Dunkle, halblange Haare und gebräunte Arme als Kontrast zu einem weißen, aber seltsam strengen Sommerkleid. Sie funkelt ihn aus zusammengekniffenen grünen Augen an. Fast riecht er ihre Feindseligkeit. Wenn er geht, wird sie den Schädel nehmen. Er ist fest entschlossen, ihn ihr nicht zu überlassen. Er wird nicht gehen, ehe sie geht. Er wartet, starrt auf eine Luftspiegelung von Bäumen jenseits des Flusses.

Das schwere, drei Meter hohe Kreuz ist nützlich. Arachne läßt sich mit dem Rücken zum Kreuz auf dem Betonsockel nieder, öffnet die Thermoskanne und packt die Schinkenbrote aus. Als wollte sie sagen: «Sehen Sie, ich habe einen Grund hierzusein.»

Sie schlingt ein Brot hinunter, dann noch eines. Sie trinkt Kaffee. Sie schraubt den Deckel wieder auf die Thermoskanne. Der Mann rührt sich nicht. Beide geben vor, den anderen zu ignorieren, aber sie sind aufgewühlt; wenn einer der beiden sich bewegt, tut es der andere auch. Keiner wagt es, näher an das Grab heranzukommen. Keiner will gehen. Dennoch ist der Mann im Nachteil. Die Frau und der halbwüchsige Junge haben schon lange den Volkswagen-Campingbus erreicht und schauen zurück zum Hügel hinauf. Arachne beobachtet, wie sie sprechen und gestikulieren. Ja. Kommt und holt ihn, denkt Arachne. Aber sie entscheiden sich gegen den Spaziergang, und der Junge ruft nur mit seltsam dünner Stimme in die grüne Luft: «Großvati!»

Der Mann dreht sich um und winkt, als wolle er sagen: «Ich komme gleich.» Aber er bleibt. Er bückt sich und kratzt einen Mückenstich. Er reißt einen langen Grashalm ab und steckt ihn in den Mund.

Arachne verschränkt die Arme. Die Sonne macht sie müde, sie möchte schlafen, hier oberhalb des Flusses. Verdammt soll er sein, dieser Mann, er wird nicht gehen, beobachtet sie aus den Augenwinkeln, gehört zu der Sorte Männer, die eine Frau niemals direkt anschauen, die den Blick immer abwenden, als könnten ihre Augen etwas enthüllen. Sie lächelt ihn höhnisch an. Probier's doch mit mir, alter Mann. Glaubst du, daß du's schaffst?

Aber seine Familie wird ungeduldig, und schließlich trabt die Frau schwerfällig halb den Hügel hinauf, die Hände an den Hüften. «Papa», ruft sie. Jetzt wird er es kapieren.

Noch immer wartet er, im glockenförmig aufgeblähten Jackett, die Beine gespreizt, stur, die weißen Haare vom Wind flachgepreßt. «Die beiden warten», sagt Arachne.

Sein Blick, der Blick eines bösen alten Zauberers, fällt auf sie, bevor er antwortet. «Macht nichts. Schlüssel habe ich.»

Sie warten. Arachne rückt näher an das absplitternde Kreuz heran. Die Spannung zwischen ihnen nährt sich an der Hitze und dem zitternden Gras. Sie weiß, daß nichts ihn zum Gehen bewegen wird. Er ist so unerschütterlich wie sie wütend. Sie denkt daran, ihm zu erklären, warum er diesen Totenschädel nicht nehmen sollte, aber gerade, als sie in Gedanken feindselige Sätze formuliert, sieht sie, wie sich die Frau und der Junge den Hügel hinaufquälen. Sie versucht, nicht zu lächeln.

«Papa, was *machst* du? Wir wollen endlich *weiter*!»

Er dreht sich kaum um, und wieder ist Arachne von der angespannten Beherrschtheit seines Körpers überrascht.

«Wir warten schon eine halbe Stunde.»

«Ja», sagt der halbwüchsige Junge, «es ist heiß, können wir nicht endlich weiter?»

Der Mann wirbelt herum und sieht die zwei an. «Ihr quält einen alten Mann zu Tode», ruft er, und seine Stimme bricht. «Kann ich nicht meinen Frieden haben?»

Die Frau prallt zurück. Sie wirft einen erschrockenen Blick auf Arachne. «Okay, okay, beeil dich nur.»

Der Mann steht da und starrt zu Boden. Arachne wirft ihm stumme Bosheiten an den Kopf, wünscht ihm Warzen und Durchfall. Sie warten. Seine Familie sitzt an der offenen Seitentür des Campingbusses und schält Orangen. Sie haben das Radio eingeschaltet, und Fetzen von Musik dringen gedämpft den Hügel herauf. Er tut so, als bemerke er nichts, aber es wird immer schwieriger, die Augen des Mädchens nicht zu beachten. Er wendet den Blick vom schimmernden Fluß auf ihr Gesicht und erwidert plötzlich ihren Blick, sie sind beide, ohne mit der Wimper zu zucken, Zwillinge in ihrer Wut. Sie sind angespannt, krümmen sich beinahe.

Sie werden von Stimmen erlöst, anderen Besuchern. Obwohl

keiner seine Position aufgegeben hat, bewegen sie sich, und beide mustern die Neuankömmlinge, ein Paar mittleren Alters in Tenniskleidung und mit teuren Sonnenbrillen. Die Fremden bummeln durch den Friedhof. Sie bleiben stehen, um auf etwas zu zeigen. Sie beäugen ein umgestürztes Holzschild.

Wütend steht Arachne auf, klopft den Staub von ihrem Kleid, steigt vom Fuß des Kreuzes hinunter. Wütend dreht sich der Mann um, bis er neben Arachne steht, dicht neben ihr. Sie riecht seinen Schweiß, seinen alten Atem. Die Touristen schlendern näher an Crowfoots Grab heran, beachten die zwei nicht, die sie beobachten. Am Fuß des Grabes nehmen sie ihre Sonnenbrillen ab, um die Inschrift zu lesen.

«Guck mal an, Ron», sagt die Frau. «Ist doch was, oder?»

Er kaut an einer Antwort. «Ja, früher hat man die Leichen einfach liegengelassen. Hat sie nicht einmal begraben. Hier waren überall Sättel und Decken und Eßbares verstreut.» Er wendet sich an den unbeweglichen alten Mann wie an einen Verbündeten. «Aber der da ist begraben, stimmt's?» Und kichert.

«Ja», erwidert Arachnes Bewacher. «Der ja.» Seine Stimme klingt wütend.

«Haben Sie den Golfplatz dort drüben gesehen?» Der Mann namens Ron weist mit der Hand über den Fluß und pfeift. «Das ist vielleicht eine Anlage! Hätte nichts dagegen, ein Stück davon zu besitzen.»

«Nein», entgegnete Arachnes Gefährte ruhig, aber die Anspannung in seiner Stimme dringt Arachne unter die Haut.

Sie sind beide starr, wenden alle Kraft auf, um die zwei blind zu machen, ihnen durch irgendeine höhere Macht die Augen verbinden zu lassen. Was, wenn einer von ihnen den Totenschädel sieht; was, wenn sie –? Die Vorstellung ist undenkbar. Arachne und der Mann strömen Kurzsichtigkeit aus.

Die Frau posiert, die eine Hand auf einem Zaunpfahl, während ihr Mann mit einer Canon eine Aufnahme im Hochformat macht, dann bummeln sie davon, rümpfen die Nase über den Friedhof. Als die Touristen in ihr Auto klettern, wagen Arachne und der Mann, einander anzusehen. Sie sind noch immer wütend. Sie sind noch immer mißtrauisch. Aber Arachne stößt ihn mit dem Ellbogen an. «Haben Sie das gesehen? Vertrottelte Golfspieler.»

«Blind», brummt er.

Gemeinsam knien sie am Grabhügel nieder und berühren den Knochen. Arachne fährt mit den Fingern über seine Maserung, der Mann schmiegt die Handfläche daran. Gemeinsam, trockene Finger berühren einander, graben sie ein Loch in den Grabhügel und beerdigen den Totenschädel, decken ihn nach seinem kurzen Glimmen in der Sonne zu, klopfen die Erde fest und streichen die Oberfläche mit einem Zweig glatt. Ohne ein Wort zu verlieren, gehen sie den Hügel hinunter.

Der Mann geht zum Campingbus hinüber, Arachne schlüpft in den Mercedes, und sie fahren davon, der eine Wagen nach Osten, der andere nach Westen, beide verschwinden im selben Augenblick hinter dem Hügel.

Ordentliche Aufträge in all dem Chaos

Am Abend lauscht Arachne in ihrem Motelzimmer dem schmerzlichen Rattern der Klimaanlage und runzelt die Stirn. Sturer alter Bock, dazustehen und zu warten. Brr. Alte Knaben wie der – kein Saft – sie kann nichts mit ihnen anfangen. Außer sie mögen zufällig Frauen. Einige Geschäftsinhaber sind hocherfreut, wenn Arachne hereinkommt, beginnen mit den Daumen an den Hosenträgern zu spielen und sich zu räuspern. Es ist das mindeste, was sie zweimal im Jahr tun kann, sich über den Ladentisch zu beugen, wenn sie ihre Bestellungen ausfüllt, ihnen eine Chance zu geben, sich an ihr zu reiben. Daran ist nichts Schlimmes. Davon abgesehen sind die Aufträge ansehnlich, lohnen die Mühe. Es sind die anderen, die sie ansehen, als wäre sie saure Milch, die die Registrierkasse als Schutzschild verwenden. Er gehört zu ihnen. Als junger Mann hat er sicher zu der Sorte Mann gehört, die sie haßte. Wird einfach schlimmer, wenn sie älter werden. Arachne machte kaum einen Unterschied zwischen jungen und alten Männern. Sie sind nicht so verschieden, zumindest nicht auf sexuellem Gebiet.

Sie und Thena sprechen oft und viel über Männer, hauptsächlich über ihre Fehler, obwohl Arachne Thomas immer als eine Ausnahme anführt. Thena pflichtet ihr bei, erklärt aber, Ausnahmen hin oder her, daß sie genug von den Scheißkerlen hat. «Sie machen zuviel Ärger für das wenige, das man zurückbekommt.»

Arachne ist geneigt, ihr zuzustimmen. Trotzdem, es gibt gewisse Männer, die sie sehr mag, hauptsächlich jene humorvollen bärtigen Typen, denen es irgendwie gelungen ist, sich nicht in den Klauen von Hockey und Bier fangen zu lassen. Es gibt mehr von ihnen, als Thena sich wohl vorstellt, anspruchsvolle Männer, in denen sich Arachne vergraben kann, Männer, die ihre muskulöse Festigkeit nicht stört. Sie sind weder besitzergreifend noch promiskuitiv, und sie haben fast immer eine Frau oder eine ständige Freundin, die ebenso ungezwungen ist wie sie. Arachne ist überzeugt, daß diese Männer aus zwei Gründen am besten sind. Zum einen reden sie niemals. Was noch wichtiger ist, sie sind im Gegensatz zu anderen Männern in der Lage, eine Frau zu lieben, ohne sie auf zwar fast unsichtbare, aber indirekte Weise zu unterdrücken. Das Vergnügen mit ihnen liegt genau darin, es ist nicht etwas Gewonnenes oder Zurückgehaltenes.

Thomas gehört zu diesen Männern, und Arachne ist dankbar. Sie weiß, daß ihre Neigung zum Zynismus sie wahrscheinlich erdrücken würde, wenn er nicht da wäre. Und Thena bestätigt das immer, wenn sie den Kopf schüttelt und sagt: «Halt ihn bei der Stange, Arachne. Es gibt verdammt wenige wie *ihn* auf der Welt.» Aber sehr viele andere, weiß Arachne. Sie sind überall. In der Regierung, in Schulen, im Geschäftsleben. Sie bilden die Führungsmannschaft bei Ladies' Comfort. Sie hat ihre Bestellungen auf dem Bett ausgebreitet und listet die Verkaufszahlen der vergangenen Woche auf. Der zu kleine Motelschreibtisch wackelt unter ihren Händen. Sie arbeitet ruhig, trennt die Bestellungen je nach Bezirk in Stöße, überprüft Farbe, Größe und Menge. Das Fenster oberhalb des Schreibtisches ist westseitig, und die Junisonne gleitet den Rand des Himmels hinab, bronzefarben, genau oberhalb der Dunkelheit.

Arachne liebt das Ritual, die Bestellungen aufzustapeln, in einem T-Shirt dasitzend, von der Taille abwärts nackt.

Barker's Home and Handy Store, Gem
1 Dutzend Schlüpfer mit Bein – verschiedene Farben Mi-Lady 100% Nylon (73-1), Größe S
3 Dutzend Schlüpfer mit Bein – verschiedene Farben Mi-Lady 100% Nylon (73-2), Größe M
2 Dutzend Schlüpfer mit Bein – verschiedene Farben Mi-Lady 100% Nylon (73-3), Größe L

Countess Co-op
4 Dutzend Schlüpfer mit Bein – weiß
Modesty (503-B), Größe M

Sie fährt mit den Zehen über den rauhen Nylonteppich. Wenn sie fertig ist, wird sie einen langen Spaziergang machen, in der Dämmerung durch die mit Hundegebell erfüllten Straßen von Bassano marschieren. Sie ist beinahe allein im Motel, im Juni ist es noch zu früh für Touristen. Sie war hier schon einmal. Die Betten sind lausig, aber es ist ruhiger als in den Motels in Brooks. Arachne hat gelernt, daß es besser ist, in kleineren Städten gründlich ignoriert als in größeren Städten gründlich beobachtet zu werden. Gleichgültig wo, der Mercedes lenkt immer die Aufmerksamkeit auf sich; es gibt immer einen halbwüchsigen Autonarren, der nicht glauben kann, was seine Augen sehen, wenn sie die Straße hinunterfährt. Sie verflucht die Art, wie die Leute hinter ihr herstarren. Irgendwann wird ein Schlaukopf versuchen, ihn ihr zu klauen. Aber die Fragen beantwortet sie, ohne eine Miene zu verziehen. «Es war früher einmal ein Leichenwagen. Ich hab ihn billig bekommen.»

«Menschenskind, schöne Frau, wenn Sie ihn jemals verkaufen wollen, melden Sie sich bei mir.» Sie muß immer lächeln über diese Sehnsüchte.

Besuch

Ihre ordentliche Liste liegt nun im Schatten. Es muß spät geworden sein, sie sollte jetzt fortgehen. Arachne reibt sich die Augen und macht eine Bestellung fertig. Als sie aufblickt, sieht sie gegen den rotgefärbten Dunst den wie mit Kohlestift gezeichneten Schatten eines Mannes, der draußen an das Fenster gelehnt steht. Einen verrückten Moment lang stellt sie sich vor, es sei der Geist eines Mannes, mit dem sie einmal ein Verhältnis gehabt und den sie vergessen hat. Aber die Gestalt ist ihr durch Beharrlichkeit vertraut – sie blickt direkt in das Gesicht des Mannes von Crowfoots Grab. Wenn sie ihn von ihrem Stuhl aus durch die Scheibe ansieht, scheint er riesig. Sie kann seine Gestalt, aber nicht seine Züge ausmachen. Er ist eine einzige bedrohliche Silhouette. Es sind die Haare, an denen sie ihn erkennt. Er blickt mit derselben unbeugsamen Geduld, die er am Grab gezeigt hat, wartet, ohne an die Scheibe zu klopfen.

Er sieht sie deutlich. Die untergehende Sonne durchflutet das Motelzimmer wie zu keiner anderen Tageszeit. Sie starren einander an, und dann zuckt Arachne die Achseln, schiebt den Stuhl zurück und geht zur Tür. Er steht an der Schwelle, als wolle er ihr die Chance geben, ihre Meinung zu ändern, bevor er eintritt.

«Wie haben Sie mich gefunden?»

«Ihr Auto.» Er bückt sich, legt einen Arm zwischen ihre nackten Beine, den anderen um ihre Schultern und hebt sie hoch, hält sie in eiserner Umklammerung. Der rauhe Wollstoff seines karierten Jacketts scheuert ihre Beine, ihre Scham, aber sie läßt es zu, daß er mit ihr auf die ordentlichen Stapel von Bestellzetteln hinuntertaumelt. Er läßt beide Hände über ihre Schenkel gleiten, bis zu ihrem Bauch, ihren Brüsten, sein Gesicht ist so nahe, als wäre er blind.

Arachne verspürt keine Angst, nur Zorn, Zorn über sein verschlossenes Gesicht, Zorn darüber, daß er sie so selbstverständlich nimmt, Zorn darüber, daß er zu denken wagt, er könne sie ausnutzen.

«Hör auf», sagt sie. «Hör auf.» Schlägt ihn sogar, hebt die Knie hoch und tritt ihn in den Brustkorb.

Er weicht betroffen zurück, legt die Handflächen an die Seite. «Tut mir leid», sagt er. «Tut mir leid. Ich –»

Arachne setzt sich auf, lehnt den Rücken gegen die Wand, Papier knistert unter ihren gekreuzten Beinen. Sie verschränkt die Arme. Sie schaut wütend drein. «Wie heißt du?»

«Josef.»

«Josef.»

Er nickt. «Du?»

«Arachne.» Sie fühlt, wie der letzte Sonnenstrahl über ihren Arm gleitet, wendet den Kopf, um aus dem Fenster auf die Landstraße hinauszusehen.

«Arachne», sagt er ungeschickt, betont den Namen falsch.

Sie verbessert ihn nicht, sieht ihn nur an, wie er da steht, die Arme hilflos an den Seiten herabhängend, das Gesicht unter diesem Gespinst von Haaren verschlossen wie ein Messingkästchen. Sie macht mit der Hand eine einladende Bewegung auf das Bett. Er setzt sich zögernd, steif, als hätte er Arthritis.

«Du bist allein?» Das Krächzen in seiner Stimme läßt sie die Stirn runzeln.

«Es macht mir nichts aus.»

Obwohl er zu all den Geschichten paßt, die Arachne für Thena aufspart, weiß sie, daß sie ihr von diesem Mann nicht erzählen wird, zumindest nicht für eine Weile. Er gehört nicht in ihre Sammlung von Eroberungen.

Während die Sonne immer tiefer sinkt, das Zimmer nicht mehr rot, sondern dämmrig ist, wagen sie kaum zu atmen, sehen einander nicht ins Gesicht, sondern auf die Beine, die parallel nebeneinander auf dem Chenille-Bettüberwurf ruhen. Ihre Beine sind gebräunt und fest, seine eingeschlossen in brauner Köperbaumwolle, der Art von Hosen, die ältere Arbeiter tragen. Zwei Paar Beine. Auf seinem Schenkel ist ein Schmutzfleck. Den Kopf noch immer gesenkt, streckt er eine Hand aus und berührt mit den Fingerspitzen Arachnes rechtes Knie. Sie betrachtet seine Hand, fünf Punkte, die um ihre Kniescheibe balancieren. Die Hand ist groß und mäßig sauber, eine auffallende Schwiele ist an der Kuppe des Zeigefingers. Arachne nimmt die Hand und hält sie zwischen beiden Händen, die Hand eines Mannes, der schon eine lange Zeit gelebt hat. Hier eine kleine Narbe, und dort, am Handrücken, ein paar dunkle Altersflecken. Die Gelenke sind verdickt – er ist irgendeiner manuellen Tätigkeit nachgegangen. Versuchsweise dreht sie die Hand herum, aber sie verkrampft sich in der ihren, und als sie in sein Gesicht blickt, sieht sie, daß alles, was die Hand so flüchtig enthüllt hat, verleugnet wird, daß er niemals mehr zulassen wird.

«Sie werden auf dich warten», sagte sie.

Er nickt und hebt den Kopf, schaut nicht nur in ihr Gesicht, sondern auch ihren zweigeteilten Körper entlang, bedächtig, zögert nicht bei der dunklen, buschigen Scham. Er zieht die Hand zurück und berührt noch einmal ihr Knie, kommt dann mühsam auf die Beine.

«Ich gehe. Sie warten.»

Sie sucht nach einer Spur von Schwanken, einer Sekunde der Enttäuschung. Nichts dergleichen.

«In Ordnung», sagt sie. «Geh ruhig.»

Entbehrung

Arachnes Sommer geht weiter, eine Litanei kleiner Städte. Sie sind alle gleich, mit individuellen Makeln oder Vorteilen. Es ist ein drückend heißer Sommer. Die grobschlächtigen Farmer, die sich in den Postämtern zusammendrängen, sind voller Untergangsstimmung und Pessimismus. Dürre, murmeln sie, und Hagel. In der Nacht prasseln Gewitter durch die Dunkelheit, doch nur ein paar teilnahmslose Hagelkörner fallen zu Boden. Arachnes Bestellungen halten sich in Grenzen. Wenn sie fragt, wie das Geschäft geht, schütteln die Geschäftsinhaber den Kopf. Obwohl die Namen der Städte zart und vornehm klingen – Countess, Rosemary, Duchess, Millicent, Patricia, Princess –, haben die Leute einen rauhen, forschen Blick.

Arachne ist mit fröhlicher Bosheit hinter ihren Kunden her, aber die Straßen haben Löcher, die Wegweiser sind ausgetauscht, ihre Landkarten sind veraltet, Städte, die vor drei Monaten noch da waren, sind verschwunden, neue sind an unerwarteten Plätzen emporgeschossen, groß und häßlich. Wo sich früher Brücken befanden, sind nun Fähren, wo früher Fähren waren, endet die Straße nun in einer schlammigen Flußebene. Arachne beginnt aus dem Wagenfenster zu spucken, sich hinzuhocken und zu pinkeln, ohne nach einer schicklichen Gruppe von Sträuchern Ausschau zu halten. Der Kühler des Mercedes beginnt zu kochen. Arachne flucht obszön. In den Motels bekommt sie Zimmer neben Betrunkenen und Liebespärchen, aber sie selbst findet keine Liebhaber. Nein, nicht einen einzigen; auf all den Straßenstrecken, auf denen sie fährt, findet sie nicht einen Mann, der an Wollust interessiert wäre. Was ist mit ihnen geschehen, mit all den Männern, die so rasch, so bequem und so anspruchslos waren? Die Tankstellenwärter gähnen und kratzen sich, die Arbeiter der Telefongesellschaft klammern sich an den Spitzen ihrer Masten fest, die Cowboys haben sich auf Lieferwagen verlegt, die in einer Staubwolke an ihr vorbeiziehen, und die Straßenarbeiter arbeiten nicht. Die Löcher in den Straßen beweisen es. Außerhalb von Drumheller nimmt sie einen Autostopper mit, aber er riecht so schlecht, daß sie von ihrer Route abweicht, um ihn schnell wieder loszuwerden. Arachne bekommt vor lauter Enthaltsamkeit Schmerzen zwischen den Beinen.

Sie hat Thena nie das Ausmaß ihrer Unternehmungen erzählt.

Thena wäre kaum schockiert, würde aber Arachnes mangelnde Urteilsfähigkeit mißbilligen. Doch Arachne selektiert sehr wohl: Sie hat einen Instinkt für Männer, die sauber, einigermaßen höflich und annehmbare Liebhaber sind und weder widerlich noch gefährlich. Sie sind unkompliziert und herzlich; sie kann sie wieder auf ihr Zimmer mitnehmen oder nicht – es ist egal. Sie verfolgen sie nicht. Wenn sie sie überhaupt wiedererkennen, dann wegen des Mercedes. Arachne scherzt, daß das Auto besser als jedes Aphrodisiakum sei.

Worauf Thena schnaubt: «Ich hoffe, du schläfst nicht mit den Kerlen, an die du verkaufst.»

«O nein, das wäre schlecht fürs Geschäft.»

«Also übst du doch eine gewisse Enthaltsamkeit.»

Arachne lacht nur. Sie ist nicht so wählerisch wie Thena. Und sie erzählt Thena nicht, wie gut es den Bestellungen tut, die Einkäufer, wie sie es ausdrücken würde, «ein bißchen ranzulassen.»

«Wie kannst du nur, Arachne? Farmer und Lkw-Fahrer.»

Arachne zuckt die Achseln. «Es sind nur Körper, man könnte einen Papiersack über die Gesichter stülpen.»

«Aber wie kannst du – einfach so ohne –»

«Ich mag Männer.»

«Die ganze Zeit», stellt Thena sarkastisch fest.

«Natürlich», grinst Arachne. «Ich bin gut.»

Als sie das zum erstenmal sagt, lacht Thena und blickt sie dann zweifelnd an. «Du kommst doch nicht jedesmal zum Orgasmus, wenn du mit einem dieser – Landstreicher fickst.»

«Sicher.»

«Ach. Das glaub ich dir nicht.»

«Schau», sagt Arachne, «es ist einfach. Du brauchst sie nicht zu lieben. Du kommst einfach – schnell. Stellst sicher, daß du sie fertigmachst und rechnest nicht damit, Zeit für mehr als einmal zu haben.»

Aber in diesem Sommer ist nichts los. Die Landstreicher sind verschwunden oder haben sich zur Ruhe gesetzt. Nachdem sie Rosedale, Aerial, Verdant Valley und Rainbow hinter sich gebracht hat, ist überallhin sandiger Staub gekrochen – in Arachnes Kleider, in ihre Augen, in den Wagen. Die Spitzenborte ihrer Musterslips ist grau.

Auf dem Friedhof von Rosebud kann sie keine Rast einlegen,

weil dort gerade eine Beerdigung stattfindet. Und als sie versucht, den Weg querfeldein zurück nach Rockyford zu finden, verfährt sie sich. Sie fragt einen vielversprechend aussehenden Farmer, der bis zur muskulösen Taille nackt ist und einen Stacheldrahtzaun spannt, nach dem Weg. Er deutet gleichgültig mit der Hand und erwidert ihr Lächeln nicht.

«Immer geradeaus bis zur nächsten Kurve, dann links.»

Sie steht in ihrem Sommerkleid am Rand des Straßengrabens, betrachtet seine Hände auf dem Zaunspanner und fragt, ob das Weideland gedeihe.

Er schaut sie frech an. «Sie sind den ganzen Weg von Calgary in diesem Schlitten gekommen? Sie sollten besser zurückfahren, bevor es dunkel wird.»

Sie fährt, wütend über die Abfuhr, davon und stößt, seinen Anweisungen folgend, auf eine Stadt, die sich in ein niedriges Tal duckt. Redland steht auf dem Straßenschild. Es ist nicht auf der Landkarte, es ist auf keiner der Landkarten, die sie im Handschuhfach hat, es ist nicht auf der Liste von Ladies' Comfort. Sie ist schon sechsmal oder siebenmal in dieser Gegend gewesen und hat nie etwas von Redland gehört oder gesehen. Sie parkt vor dem Postgebäude und studiert den Einkaufsladen. Sie kann nicht beurteilen, ob die Rolläden wegen der Sonne heruntergelassen sind oder weil das Geschäft geschlossen ist. Nichts rührt sich. Sie öffnet die Wagentür; sie wird versuchen, den Inhaber zu einer Bestellung zu überreden. Sie bekommt eine Prämie, wenn sie ein neues Geschäft anwirbt. Aber bevor sie noch nach ihrem Katalog greifen kann, stellt sich ein deutscher Schäferhund breit in die Mitte der Straße und beginnt zu bellen. Unten an der Straße dreht sich eine Frau um, hochschwanger. Auch sie steht da und beobachtet Arachne; ihr Gesicht ist ausdruckslos, die Hände ruhen selbstgefällig auf dem hohen Bauch.

Arachne zögert. Sie wirft den Katalog zurück auf den Sitz. «Verdammt», murmelt sie, erwidert dann den Blick von Hund und Frau, nimmt Muster von Baumwollslips vom Rücksitz, öffnet geräuschvoll die Ladentür und tritt trotzig in das düstere Geschäft. Das Innere ist ärmlich beleuchtet und riecht ärmlich.

«Hallo», ruft sie.

Die Rolläden scheinen zu seufzen, und Arachne dreht sich um, wirft einen Blick über die Schulter.

«Hallo?»

Ein verschwommenes Gesicht taucht über einem niedrigen Regal im hinteren Teil des Geschäftes auf, hebt sich langsam bis in Kinnhöhe und starrt Arachne an.

«Ich möchte mit dem Geschäftsführer sprechen.»

«Bin ich», sagt die Frau.

Arachne macht noch einen Schritt nach vorne. «Ich bin Verkaufsvertreterin für Ladies' Comfort. Wir bieten Qualitätsdamenartikel an – Slips, Schlüpfer, Damenunterwäsche aller Art . . .»

«Brauch keine. Sie verkaufen Schlüpfer?»

«Nun – ja.»

«Joe Parker von Tri-line beliefert uns. Was machen Sie in dieser Region?»

Das ist eine Neuigkeit für Arachne. Es ist *ihr* Distrikt. Soviel sie weiß, ist sie die einzige Verkaufsvertreterin im Land. «Wer, sagten Sie?»

«Joe Parker.»

«Welche Firma?»

«Tri-line.» Die Frau hat sich nicht über Regalhöhe erhoben. Alles, was Arachne sehen kann, ist ein vom Körper abgetrennter Kopf, der über einem Stapel Tomatenkonserven schwebt.

«Wo hat sie ihren Sitz?»

Die Frau zuckt die Achseln. «Will verdammt sein, wenn ich's weiß. Er beliefert uns. Brauch nicht mehr Unterwäsche.»

Arachne hat noch nie etwas von Joe Parker oder Tri-line gehört. «Kann ich Ihr Lager sehen?»

Das Lager besteht aus einem Dutzend gräulicher Nylonslips, die offensichtlich schon längere Zeit verstaubt sind. «Können Sie mir sagen –» Sie hielt inne. Aus diesem Zwerg wird sie keine weiteren Informationen herausbekommen. Sie wendet sich zur Tür. «Danke.»

Die Frau sieht ihr nach, hebt den Kopf zwei Zentimeter höher, als Arachne geräuschvoll die Tür hinter sich zufallen läßt und auf die Kiesstraße hinaustritt. Die schwangere Frau und der Hund stehen wartend in der Sonne. Als Arachne aus dem Laden kommt, beginnt der Hund zu bellen, und die Frau dreht sich langsam um und entfernt sich schwerfällig.

Arachne wendet und fährt herum, bis sie den Highway achthundertvierzig findet, fährt zuerst Richtung Süden nach Standard, dann nach Westen, Richtung Strathmore und Calgary. Sie sieht Redland nie wieder. Als sie das nächste Mal in diese Gegend kommt, versucht sie die Stadt zu finden und kann es nicht.

Vorfahren

Sie ruft Ladies' Comfort an und bittet um eine Woche Urlaub, erklärt, daß der Mercedes zum Service müsse. In Winnipeg leiden sie anscheinend auch unter der Hitze. Alf stöhnt und sagt, daß sie keine Woche Urlaub nehmen müsse, solange sie ein wenig Papierkram erledige. «Gehen Sie zum Rodeo», sagt er. Leute, die niemals in Calgary gelebt haben, sagen das immer.

Arachne ist geduldig. «Zur Zeit gibt es keine Rodeos.»

«Nun, dann spannen Sie ein paar Tage aus. Der Sommer kann nicht mehr lang so bleiben.»

Aber Calgary, das sich normalerweise durch großstädtische Privilegien auszeichnet, ist braun und abweisend, schlimmer als die Straße. Die gutaussehenden Männer in ihren Cabriolets sind alle nach Banff oder Vancouver gefahren. In Arachnes Haus in Sunnyside sind die Eichenböden mit einer Staubschicht überzogen. Thomas ist fort, zeichnet Karten für das White Lake Observatorium. Thena ist schlechter Laune. Der Himmel ist wie betäubt.

Arachne macht das Beste daraus. Sie arbeitet an ihrer Sonnenbräune. Sie trinkt Gin Tonic und spaziert auf den Nose Hill, ohne sich Gedanken über die Stationen des nächsten Tages zu machen, ohne die dunklen Farben von Hotelzimmern ignorieren zu müssen.

Arachne ist durchaus begabt für Häuslichkeit. Sie verachtet sie – «Wer will schon sein Leben mit Kochen und Saubermachen verbringen?» –, aber es gibt Tage, an denen sie von der Redlichkeit eines Ausgusses und eines Herdes, eines Lebensmittelmarktes und eines Staubsaugers erfaßt und gefangengehalten wird. Normalerweise kümmert sich Thomas um diesen Lebensbereich, aber wenn er nicht da ist, kann Arachne experimentieren, ihr Empfinden von Abscheu über das, was sie Hausarrest nennt, auffrischen.

Sie findet zwei Baumwollkleider für ihre Berufsgarderobe. Sie läßt sich die Haare schneiden. Sie bringt den Mercedes zu Angelo, und er scheint gleich weniger launenhaft. Sie überredet sogar

Thena, einen Tag mit ihr beim Sonnenbaden zu verbringen. Und sie hebt den Telefonhörer ab, weil sie denkt, es könnte Thomas sein. Sie vermißt ihn.

«Liebes, du bist zu Hause –»

«Lanie.»

«Ich dachte, ich komm' auf einen Besuch raus. Vancouver ist schrecklich, die Straßen sind überfüllt mit Touristen, es ist naß und –»

«Lanie, bist du in irgendwelchen Schwierigkeiten?»

«Nein.»

«Wirklich?»

«Ja, natürlich. Halt mir keine Vorträge, Liebes.»

Arachne ist nicht begeistert von Lanies Besuchen. «Ich muß Montag wieder raus.»

«Nun, vielleicht könnte ich mitkommen.»

«Du haßt das doch. Du verträgst das Autofahren nicht.»

«Das stimmt. Also?»

Arachne gibt nach. «Okay, komm und bleib ein paar Tage, aber am Montag muß ich wirklich wieder fahren.»

Arachne bekennt sich zu Lanie, vermeidet aber den Anschluß an sie. Sie ist nicht ganz davon überzeugt, eine Mutter zu haben; Lanies Beziehung zu ihr ist dürftig und unbewiesen. Aber einmal oder zweimal im Jahr unterwirft sich Arachne der Biologie. Sie hat selbst keinen Funken mütterlichen Gefühls, das sagt Thena immer, wenn sie sie über einen Stapel Bügelwäsche, einen Stapel Sandwiches hinweg ansieht. «Kein Herz.»

«Ha», entgegnet Arachne, «ich hebe es für andere Dinge auf.» Mutterschaft läßt keine idealistischen Gefühle in ihr aufkommen. Das ist etwas Anerzogenes, etwas, das einem kleinen Mädchen mit Puppen und jüngeren Geschwistern eingeimpft wird. Arachne hatte keines von beiden. Ihre Puppen waren in zwei Armeen geteilte Wäscheklammern, die einander abwechselnd angriffen und dezimierten. Toto spielte mit ihr auf dem schäbigen Linoleumboden, rief «Attacke» und «Rückzug».

Lanie spielte nie. Als sie entdeckt hatte, daß nichts Romantisches darin lag, Arachnes Mutter zu sein, zog sie sich einfach zurück. Und Arachne kam nicht auf die Idee, an ihrer Kittelfalte zu hängen. Sie kratzte sich die Krusten ihrer aufgeschlagenen Knie auf und blieb außer Reichweite.

Sie hat nur eine Erinnerung, die nicht zu Lanies Schikanen paßt und mit der sie nie etwas Rechtes anzufangen wußte. Sie ist fast davon überzeugt, daß sie das Ganze erfunden hat. Sie war klein, sie mußte klein gewesen sein, sie fühlte die Latten des Gitterbettes unter den nackten Füßen, als sie hinauskletterte. Das war schlimm. Sie durfte nicht hinausklettern. Obwohl sie die Klinke nicht erreichen konnte, gelang es ihr, die Tür mit den Händen aufzustoßen. Alles war dämmrig, der Fernseher in einer Ecke des Wohnzimmers strahlte grau. Sie tapste zur einzigen Lichtquelle, einer weiteren Tür, hin und stieß sie, auf unsicheren Beinen schwankend, auf.

Toto kniete in der Arbeitshose neben der Badewanne, die wie auf vier Klauen dastand, und wusch Lanie. Die Ärmel bis zu den Ellbogen hochgekrempelt, rieb er einen Waschlappen um ihre Schultern, den schmalen Rücken hinunter. Lanies Haare waren in ein gelbes Handtuch gehüllt, der Nacken unter dem triefenden Waschlappen gebeugt. Die beiden sprachen nichts, man hörte nur das Plätschern des Wassers, das stakkatoartige Tropfen des Wasserhahns.

Das Kind drehte sich um und stapfte unsicher ins Wohnzimmer, wo die Eltern es mitten auf dem Boden sitzend fanden. Toto Manteia lachte und brachte Arachne zurück ins Gitterbett. Aber die Erinnerung blieb, das verschwommene Bild von Lanies Haut unter der ungestümen Bewegung des Waschlappens in Totos schwieliger Hand. Arachne versuchte sogar, Lanie zu fragen, das Bild fünfundzwanzig Jahre später zu rekonstruieren, aber Lanie hob nur eine gezupfte Augenbraue, zuckte die Achseln. Und Arachne drängte sie nicht, würde wohl selbst eine solche Szene leugnen.

Es ist nichts Sanftes oder Nachgiebiges an Lanie. Sie ist eine Pragmatikerin, ohne Gefühl, obwohl sie Filme liebt, in denen am Ende die richtigen Leute einander küssen.

Arachne wartet darauf, daß sich die Sicherheitstore öffnen und Lanie hindurchtrabt, die riesige Handtasche mit beiden Händen umklammernd. Lanies harmlose fixe Ideen hatten ihre Wirkung auf Arachne: Sie weigert sich, eine Handtasche zu tragen, sie weigert sich, ein Nachthemd zu tragen, sie weigert sich, ihre ziemlich struppigen Augenbrauen zu zupfen. Sie hört nicht auf, all diese von der Kindheit und den Müttern auferlegten Pflichten zu verweigern. Sie verweigert sie noch heute, obwohl sie gelernt hat, darüber zu lächeln.

Lanie kommt in einer Menschentraube aus der Abfertigungshalle und beginnt, nach Arachne Ausschau zu halten. Ihre Blicke treffen sich, und bevor sie ein Zeichen des Erkennens zeigen, liest jede im Gesichtsausdruck der anderen: Was würden wir denken, wenn wir nicht Mutter und Tochter wären?

Arachne geht ihr entgegen. «Hallo, Lanie. Wie war der Flug?»

«Böig, und wir haben nicht einen Bissen zu essen bekommen.» Lanie sprudelt zwischen zwei Atemzügen Wörter hervor, versucht gleichzeitig einzuatmen und zu sprechen.

«Wie geht's Toto?» Arachne führt sie hinunter zur Gepäckausgabe.

«So wie immer. Schläft den ganzen Tag und arbeitet in der Nacht. Sitzt bis drei oder vier morgens vor dem Fernseher. Ich seh ihn kaum.» Und sie lacht. «Halt meine Tasche, Liebes. In diesen Kämmerchen im Flugzeug hat man nicht einmal genügend Platz, um den Rock hochzuheben.»

Arachne sieht ihr nach, wie sie sich zur Damentoilette durchzwängt, eine kleine, rundliche Frau, die die Menge mit forschendem Adlerblick mustert. Sie öffnet die Tasche. Im Inneren befinden sich einige Stöße Spielkarten, ein Stielkamm, ein Bingowürfel, ein Hammer, einige zerknüllte, aus einem Telefonbuch herausgerissene Seiten, eine große Geldbörse und eine kleine Brieftasche. Lanies zweimal zusammengefaltetes Flugticket, eine halb geöffnete Dose, aus der Puder rieselt, ein paar Riegel Schokolade. Arachnes ganze kümmerliche, schäbige Kindheit kehrt zurück, der Geruch nach Waschküche, aufgekratzte Knöchel, Totos große rote Taschentücher – «Rotzfetzen» nannte er sie. Sie läßt die Tasche zuschnappen, fragt sich, ob er und Lanie wohl noch immer miteinander ins Bett gehen und ob das auch in aller Stille vollzogen wird, rasch zwischen ihren ineinander übergreifenden Jobs. Lanie ist Verkäuferin bei Woodwards; die Sägemühle hat Toto nach seinem Unfall zum Nachtwächter bestellt. Die Freizeit verbringt jeder für sich. Toto übernimmt das Einkaufen, und Lanie ist einem Poker-Club beigetreten. Sie leben, denkt Arachne, in ruhiger Freundschaft zusammen. Sie kann sich nicht vorstellen, daß sie alt und einsam sind; wenn man ihr gegenüber so etwas behauptete, wäre sie skeptisch. Aber dann, als sie an sie denkt, empfindet sie die beiden nicht als Teil ihrer selbst. Es sind Toto und Lanie, zwei Leute, mit denen sie als Kind gelebt hat, Leute, die von Zeit zu Zeit auf Haferbrei und

Schlafengehen um neun bestanden, aber niemals oft genug, um sich von anderen zu unterscheiden.

Sie und Lanie wollten dasselbe. Arachne begann das zu verstehen, als Lanie sie in dem von einem hohen Zaun umgebenen Garten hinter dem Haus einsperrte, während sie zu einer Bingopartie oder einem Schuhausverkauf ging. Sie häufte die unbepflanzte Erde im Garten auf, schmierte Würmer an die Garagenwand. Und schrie mit heiserer Stimme, hoffte, jemand auf dem Bürgersteig würde stehenbleiben. Ihr dunkles Gesicht spähte zwischen den Brettern des Zaunes wie das eines wachsamen Fuchses hervor, hatte für jeden Vorübergehenden ein hartnäckiges «Hallo» übrig. Keiner blieb stehen.

Lanie tat alles mögliche, um sich nicht um sie kümmern zu müssen. Wenn Lanie nicht arbeitete, frönte sie ihren Leidenschaften, war aus dem Haus gegangen, ständig das Haar zurechtzupfend, den Lippenstift wie eine blutige Schnittwunde im Gesicht. Mit drei kletterte Arachne auf den Zaun. Sie fiel auf der anderen Seite zu Boden, rappelte sich aber hoch und marschierte davon. Sie hatte genug davon, dauernd zu warten, bis Lanie den Bürgersteig heraufklapperte, am Briefkasten rüttelte, die Toilettenspülung im Badezimmer betätigte, dann die Hintertür öffnete und «Raki, Zeit hereinzukommen» rief. Aber als sie Lanie die Straße herunterkommen sah, die Hände an den Hüften, die Handtasche schwingend, riskierte sie noch einen Blick, drehte sich um und rannte. Sie war vorbereitet. Lanie schnaubte, bis sie das Kind eingeholt hatte und es mit der schweren Tasche ins Gesicht schlagen konnte. Arachne ließ sich heulend zu Boden fallen, ihre Knie radierten über den Bürgersteig.

«Du Rabenbraten.»

Arachne schrie gellend.

«Ich kann dich keine Sekunde aus den Augen lassen. Was hätte ich getan, wenn du dich verlaufen hättest?»

Lanie beklagte sich bei Toto über den Ausreißversuch.

«Alle Kinder machen das. Wenn sie nichts ausprobieren würde, wäre sie tot.»

Eine schluchzende Arachne wurde aus dem Bett geholt und am Küchentisch mit schwachem Tee und einem Marmeladebrot gefüttert. Sie zeigte Toto ihre blutigen Knie, aber er zuckte nur die Achseln. «Das kommt davon, wenn du nicht folgst.»

Trotzdem kletterte Arachne wieder über den Zaun. Sie merkte

sich die Dauer von Lanies Ausgängen, entwickelte eine innere Uhr, die auf den Verlauf der Zeit horchte. Sie wußte, daß Lanies unbeirrbarer Arm sonst herabfallen würde, ein Schlag, ein Klatschen, eine schnelle Ohrfeige. Für Lanie konnte sie nicht rasch genug größer werden. Ihre Streifzüge jenseits des Zauns halfen ihr dabei, ihr Leben als einsame Beobachterin zu formen. Die Leute wandten den Blick ab, wenn sie auf der Straße dem trotzig dreinschauenden Mädchen begegneten, das mit kaum hörbarer Stimme den Refrain von *Running Away From Home* ständig wiederholte. Man schrieb die fünfziger Jahre, die Zeit des Babybooms, die Leute liebten Kinder, jemand schaute auf sie, sicher wußte jemand, wo sie war. Es mußte alles in Ordnung sein bei ihr, sie spielte ja fröhlich. Und sie war es.

Nun ist sie imstande, Lanie in die richtige Richtung zu schieben, ihren Koffer von der Gepäckausgabe zu holen und mit ihr ohne die erdrückende Liebe der meisten Kinder zu reden.

Sie schwingt den Koffer in den Kofferraum, während Lanie sich auf dem Beifahrersitz niederläßt.

«Gabriels Auto», sagt sie und wetzt mit den Beinen. «Wenigstens *du* hast von dem Ganzen etwas gehabt. Weißt du noch, als er den Wagen kaufte? Er hat uns beide zu einer Ausfahrt in den Stanley-Park mitgenommen. Erinnerst du dich?»

«Nein», antwortet Arachne schlecht gelaunt. «Ich erinnere mich nicht.»

«Oh, es war so schön. Die japanischen Kirschbäume in voller Blüte.»

Arachne ist sicher, daß Lanie das erfindet, sie war nicht dabei, es waren wohl nur Lanie und Gabriel.

«Warst du in letzter Zeit beim Grab?»

«O Liebes, nein. Was soll's? Und es ist so schwer zu finden.»

«Du könntest Blumen hinbringen.»

«Warum? Es ist eine Verschwendung.»

Arachne weiß, daß Lanie nur gefühllos scheint, sie ist nichts anderes als praktisch.

«Er war so gut zu uns.»

Lanie seufzt. «Ich weiß. Aber mit dem Bus braucht man so lange, und Toto will mich nicht hinfahren. Außerdem bin ich sicher, *ihm* ist es gleichgültig.»

Es stimmt, daß Gabriel, als er noch lebte, eine unverdorbene

Gleichgültigkeit all dem gegenüber bewahrte, was er zu sehen bekam, wenn er an Lanies Holztisch saß. Unter dem Tisch zusammengekauert, sah Arachne seine Hände entspannt und leer in seinem Schoß liegen. Das herunterhängende Kabel des Toasters, die verstreuten Brotkrümel waren lang nicht so interessant wie sein militärisch gestraffter Rücken und seine wachsamen Knie. Wenn sie da zwischen dem gedämpften Klirren der Teelöffel hockte, wagte Arachne nie, seine Zehen zu berühren, obwohl es ihr einmal gelang, zögernd mit der Zunge über den rauhen Stoff zu fahren, der seine Schienbeine bedeckte.

Lanies Überlegungen erforderten langatmige Pausen, gefolgt von gellenden Aufschreien. Gabriel zuckte niemals zusammen.

Lanie glaubt noch immer, Lärm sei ein Maßstab für Begeisterung. Obwohl sie Arachne schon früher in Thomas' Haus besucht hat, trabt sie schnüffelnd von einem Zimmer zum anderen, mit einem Interesse, das andere Museen vorbehalten. Ihre abgetretenen Absätze klappern über den Holzboden des Wohnzimmers. «Daß er keinen Spannteppich gelegt hat. So viel Arbeit, diesen Boden zu bohnern. Möchte ich mir nicht antun.» Lanie bezeichnet alle Männer als «er»; wie Hunde.

Arachne sagt nicht, daß Thomas den Boden wachst. Sie schleppt Lanies unförmigen Koffer die Stufen hinauf, fragt sich, ob er wohl die gleiche Auswahl enthält wie die Handtasche. Sie weiß, daß Lanie eine «Kleinigkeit für den Haushalt» mitgebracht haben wird, eine Eieruhr oder ein malerisches Set. Wenn Arachne genügend Zeit hat, gelingt es ihr sogar, ein paar dieser Dinge wieder zurückzugeben.

Sie läßt Lanie allein, die Kleider und Schuhe im Gästezimmer ausstreut, und bleibt vor der Tür zu Thomas' Arbeitszimmer stehen. Sie tritt immer mit einem Zögern ein, als verberge sein Zimmer etwas Ungewisses. Die Rolläden sind heruntergelassen, es ist dämmrig, kühler als im übrigen Haus. Die blauen Wände spiegeln Grau. Der Finger, den sie über den Rand des Zeichentisches gleiten läßt, ist danach mit einer Staubschicht bedeckt. Thomas kann mit Lanie und Toto umgehen. Er ist voller ironischer Höflichkeit, setzt einen Familienzusammenhalt voraus, der niemals existiert hat. Lanie und Toto rechnen es Thomas hoch an, daß er Arachne gerettet hat. Und vielleicht hat er es. Wer kann es schon sagen? Aber Lanie kennt ihre Pflicht. Wenn sie Arachne nicht an ihr

Glück erinnert, wird Arachne es niemals ausreichend zu schätzen wissen.

Gegen ihren Willen ist Lanie von Thomas' Kochkünsten und seinem Mikrowellenherd beeindruckt. Sie betritt die Küche auf Zehenspitzen und hält die Arme ganz eng an den Körper, während sie sich umsieht. «Ich mach sonst noch diese Maschinen kaputt.»

Sie will nicht einmal ein Glas Orangensaft nehmen. Die Eiswürfelmaschine im Kühlschrank verblüfft sie. Sie folgt Arachne auf den Fersen, registriert jede Veränderung, verschlingt alles mit ihren Blicken. «Dieses ganze hypermoderne Zeug. Du bist ein Glückspilz.»

Arachne lächelt flüchtig. Sie hat diese Bezeichnung oft gehört. Es ist das Lieblingswort ihrer Mutter, wenn die Teeblätter Gutes verheißen.

Aber Lanie bleibt mitten in der Küche stehen und zeigt auf ein Brotmesser. «Beinahe hätte ich's vergessen. Lotterieziehung heute abend. Wenn ich meinen Lottoschein nicht bekomme, kann ich nicht gewinnen.»

Arachne stützt eine Hand auf den Schneidblock. Sie nickt. «Schau nach, wo du einen kaufen kannst, ich führe dich hin.» Ihre Mutter ist wirklich da.

Sie findet Lanies Ausschauhalten nach den Haupttreffern des Lebens, die sorgfältige Auswahl von Lotteriescheinen äußerst verwirrend. Vielleicht lassen gelinderte Schmerzen oder eine unterdrückte Angina den Glauben an den Zufall wachsen. Arachne sieht ein, daß das Schicksal eine große Anziehungskraft auf Lanie ausübt, aber sie behandelt das eher wie eine Krankheit, nicht wie ein Symptom. Wenn Arachne an Glück denkt, sieht sie die abgewetzten Kanten von zu oft gemischten Karten vor sich. Diese Woche, weiß sie, wird voller Spiele und Lotterieziehungen sein. Wenn nur die Rodeos schon begonnen hätten.

Statt dessen finden viele Privatbasare statt. Der August ist die richtige Zeit dafür, der Inhalt von Kellern und Garagen ist in den Einfahrten ausgebreitet. Arachne ist gezwungen anzuerkennen, daß Lanie ein Profi ist, sie hat innerhalb von wenigen Minuten den schwachen Punkt des Verkäufers erkannt.

«Ich gebe Ihnen zehn Dollar für diese Lampe. Brauchst du einen neuen Gartenschlauch, Liebes?»

«Nein. Thomas hat gerade erst einen gekauft. Lanie, wie willst du all dieses Zeug nach Hause bringen?»

Ohne Lottoschein . . .

. . . kein Gewinn. Den ersten Schein auf dem Weg zum Erfolg muß sich jeder selbst besorgen. Und dann braucht es nur noch Glück . . . oder Verstand.

«Mir wird schon was einfallen.»

Sie kauft einen Stoß alter Schallplatten, ein Paar Winterstiefel mit Quasten, ein Set Blumenübertöpfe. Arachne gibt sich Mühe, keine Grimassen zu schneiden, nicht zu stöhnen. Sie schleicht ins Obergeschoß, während Lanie *Win a Mile* ansieht, sitzt mit angezogenen Knien und geschlossenen Augen unter Thomas' Zeichentisch. Es ist heiß, die Luft wie erstarrt, Calgary wie zerklüftete Pappe unter der gleißenden Scheibe des Himmels. Sie kann nicht schlafen; sie hört Lanie unten im Wohnzimmer schnarchen.

Jeden Morgen bei Tee und Toast sagt Lanie dasselbe. «Laß dich durch mich nicht stören, Liebes. Mach einfach weiter.»

Arachne entschließt sich, ihre Muster zu sortieren. Sie breitet sie auf dem Eßzimmertisch aus, überprüft ihre Liste, um sicherzustellen, daß sie alles hat, was im Katalog angeführt ist. Lanie beobachtet sie von der Tür aus, ihre Augen leuchten mißbilligend. Arachne geht die Größen durch, XL, L, M, S. Sie murmelt leise vor sich hin und ignoriert Lanie.

«Hast du dieses Porzellan ausgesucht?» Lanie zeigt auf die Vitrine hinter Arachne.

«Nein. Das war Thomas.»

«Typisch Mann. So schlicht. Ich persönlich mag ein bißchen Blumen.»

Arachne beginnt, die Tangas zusammenzufalten, den Mittelteil hinaufschlagen, die Seitenteile darunter, ein sauberes Viereck. «Es ist nur Geschirr. Was soll's?»

«Etwas Gemustertes wäre nett.» Sie läßt den geschulten Blick über die Slips auf dem Tisch gleiten. «Du hast eine größere Kollektion.»

«Nö.»

«Hast solche noch nie gehabt.»

Die Wahrheit ist, Lanie liebt es, Arachnes Kollektion anzusehen. Sie schnüffelt, ohne zu fragen, in den Kartons herum, und Arachne findet dann ihre ordentlichen Stöße verknittert und durcheinandergebracht vor. Lanie nimmt an, daß Arachnes Job ihr bis zu ihrem Lebensende kostenlose Unterwäsche verschafft. «Bestell doch einfach ein paar mehr.»

«Ich kann nicht. Wirklich, Mutter.»

«Na, und wer bekommt die hier?»

Arachne gibt immer nach, läßt sie aus den aufgehäuften Mustern wählen. «Da», sagt sie und schiebt einen vielfarbigen Stoß zu Lanie hinüber. «Die werden im Herbst aus der Kollektion genommen.»

Lanie hält ein hellblaues Spitzenhöschen, einen schwarzen Tanga, einen cremefarbenen Baumwollslip in die Höhe. Morgen wird Arachnes Liste nutzlos sein. Es wird ein Dutzend fehlen, und Arachne wird Lanies Koffer plündern müssen, ehe sie fährt. Lanie dabeihaben bedeutet, schwierige Trümpfe auszuspielen, und Arachne hebt sich gewisse Spielzüge für ebensolche Momente auf. «Okay. Willst du heute zu einer Bingopartie gehen?»

Lanie legt den Kopf zur Seite. «Nur, wenn dort eine Klimaanlage ist.»

Ostwärts

Aber es scheint, daß ein dreistündiger Aufenthalt in einem verrauchten Zimmer, die widerliche Stimme des Spielleiters nur ein Vorspiel sind. Lanie ist entschlossen, aus jedem Urlaub so viel wie möglich herauszuschlagen, und der Gewinn von fünfzig Dollar für ein Blackout stellt einen weiteren Anreiz dar. Auf dem Heimweg von der Bingopartie, während Arachne gähnt und gleichzeitig geil ist – sie ist alle Tische entlanggewandert und hat nicht einen einzigen akzeptablen Mann gesehen, aber das, denkt sie, ist typisch für *ihr* Verhältnis zum Glück –, beginnt Lanie davon zu sprechen, nach Banff zu fahren.

Arachne ist nicht in Banff gewesen, seit sie einmal mit Thomas durchgefahren ist. Sie weigert sich, nach Westen zu fahren, zieht ihre Kreise nördlich und östlich und südlich von Calgary, aber niemals westlich, schaut nicht einmal in die Richtung, aus der sie gekommen ist. Sie würde nicht erklären können, warum, ist unvorbereitet auf Lanies Drängen, auf Lanies Pläne.

«Nein», sagt sie.

«Aber Raki, ich bin noch nie dort gewesen, und diese Dame vorhin, die mir gegenüber gesessen ist, hat gesagt, man hat nichts gesehen, wenn man nicht in Banff gewesen ist.»

«Nein», wiederholt Arachne.

Aber am nächsten Morgen im Auto kramt Lanie in ihrer Handtasche und zieht einen mit einem Gummiband zusammengehaltenen Stoß Spielkarten heraus. Die Karten sind in der Mitte gelocht und tragen eine Prägung mit dem Namen eines Hotels in Reno. Sie mischt sie auf dem Armaturenbrett und beginnt sie auf dem geräumigen Vordersitz auszubreiten.

«Mutter», sagt Arachne, «schau dir die Landschaft an.»

«Ich seh sie, Liebes.» Sie legt sieben Karten auf. «Oh, du hast Pech. Ein ganz schlechtes Blatt. Pik und Kreuz.»

«Mutter, ich kann mich nicht konzentrieren.»

«Wir treffen dort jemanden. Ich muß mir überlegen, was ich tue.»

«Wir treffen wen?»

«Ich weiß es noch nicht.»

Arachne umklammert das Lenkrad. Der Wagen hievt sich selbst zu mühelos durch die Kurven der Straße. Sie weiß, daß sie wieder die Kontrolle ausüben, sicherstellen muß, daß sie umkehren, oder sie wird die ganze Strecke zurück nach Vancouver fahren – Lanies Plan, die Flugkosten zu sparen.

«Zufriedenheit», murmelt Lanie und deckt eine Karte auf.

Arachne lauscht dem Brummen des Motors; das Innenleben des Wagens vibriert in einer spürbaren Massage durch ihre Beine und die Wirbelsäule hinauf. Für sie ist es kein Wagen aus der Zeit nach Hitler, kein Wagen, der in Stuttgart fabriziert wurde – sie hat niemals etwas von Stuttgart gehört –, aber sie ist sicher, daß die Vergangenheit des Wagens irgendwo in seinen Eingeweiden haust, das ruhige Wissen um Geschwindigkeit, Strömung und Luftwiderstand ist der einzige Talisman, den sie braucht.

«Tugend», stellt Lanie triumphierend fest, während sie die beiden Pik hinlegt.

«Vergiß es», sagt Arachne. «Ich möchte reich sein.» Und während sie aus den Augenwinkeln die straßbesetzte Brille ihrer Mutter blitzen sieht, erinnert sie sich daran, daß Gabriel reich war.

«Du wirst nie so reich werden wie er», meint Lanie selbstgefällig und wirft einen Blick auf den Joker.

«Du sollst nicht meine Gedanken lesen», sagt Arachne ärgerlich. «Und gib diese Karten weg – ich möchte das Fenster aufmachen, und da werden sie in alle Himmelsrichtungen zerstreut.»

«Jungfrau», sagt Lanie mit großer Befriedigung.

Arachne kurbelt das Fenster herunter und hält den Kopf in den Wind.

«Du bist in Schwierigkeiten», meint Lanie. «Wann wirst du Thomas heiraten?»

Arachne schaut mürrisch drein und tut so, als höre sie nichts.

«Pleasure, virtue, riches, virgin . . . watch the signs for what's emergin'.»

«Hör auf mit dem Hokuspokus, Lanie. Ich glaub den Mist nicht.»

«Bist dir wohl zu gut dafür. Das sind die Leute, die es immer erwischt. Merk dir meine Worte.»

Weit unten an der Straße sieht Arachne einen Autostopper in der typischen Haltung: gespreizte Beine, ausgestreckter Arm, nach oben gerichteter Daumen. Sie fährt an den Straßenrand, und während sie nach hinten greift, um die rückwärtige Tür zu öffnen, sagt sie zu Lanie: «Sag diesem Kerl die Zukunft voraus, okay?»

Was die Sache nur noch schlimmer macht. Als sie ihn in Banff aussteigen lassen, quillt Lanie über von Vorahnungen.

Er hat nicht viel geheißen, aber Arachne kann einfach nicht anders, sie sieht die Straßen überfüllt mit wunderschönen Männern mit stark behaarten Beinen. Sie muß Lanie loswerden. «Wohin willst du?» fragt sie, während sie Ausflüchte formuliert, in abgelegenen Gassen untertaucht.

«Zum Lunch», sagt Lanie und spielt mit der Kette, an der ihre Brille befestigt ist. «Im *Banff Springs Hotel.*»

Arachne stöhnt, fährt aber gehorsam den Hügel hinauf.

Sie sind früh genug dran, um einen guten Platz beim Fenster mit Sicht auf den Golfplatz zu bekommen. Arachne bestellt für Lanie Doubles-Gin mit nur einer Spur Tonic. Und nachdem sie beide ein riesiges Clubhaussandwich verzehrt haben, sagt sie, während sie den Kopf nach Osten wendet, weil hinter diesen Bergen Calgary und Thomas sind: «Leg doch noch einmal dieses Zeug mit Zufriedenheit und Tugend auf, Lanie.»

Lanie blickt sie scharf an. «Ich habe dir schon aus den Karten gelesen.»

Arachne zuckt die Achseln. «Vielleicht kommt jetzt etwas anderes heraus.» Sie hofft, Lanie bemerkt nicht, daß sie mit den Zähnen knirscht.

Aber Lanie taucht in ihre Handtasche. Das Gummiband um den Pack Spielkarten ist gerissen, sie liegen alle durcheinander ganz unten in der Tasche – sie muß sie zweimal zählen, um sicherzustellen, daß alle da sind. Aber glücklicherweise ziehen der Lärm und die Hast, mit der sie vorgeht, während sie auf der niedrigen Bank hin- und herrückt, bereits Seitenblicke der anderen Gäste auf sich.

Arachne bestellt noch eine Runde Gin, setzt sich bequem hin und ist bereit für alles. Sie holt tief Luft, und während Lanie die Karten mischt, zusammenlegt, auswechselt, die Brille auf die Nase schiebt und beginnt, eine komplizierte Linie aus Kreuz, Herz und Karo auf dem Tisch zwischen ihnen auszubreiten, denkt Arachne an Landkarten, deren Erläuterungen, Größe, Maßstab. Sie erträgt die Vorwürfe ihrer Mutter über ihre Vergangenheit und ihre Zukunft, weil sie sich das Aussehen der Landkarte vorstellt, die sie direkt nach Hause, in das Haus in Sunnyside bringen würde, in der Luftlinie zwischen dem Ort, an dem sie heute morgen war, und dem, wo sie jetzt ist. Und es funktioniert. Lanie hat kaum mit der Tugend begonnen, als die Kellnerin sich zu ihr beugt und leise sagt: «Entschuldigen Sie, gnädige Frau, die Dame bei der Säule läßt fragen, ob Sie sie als nächste drannehmen könnten.»

«Natürlich», antwortet Lanie strahlend, «ich mache nur das hier fertig.» Aber sie beeilt sich, und als von einem Tisch mit Golfspielern, die sich von ihr eine Verbesserung ihrer Handicaps voraussagen lassen möchten, ein weiterer Drink kommt, überspringt sie den Jungfrau-Teil völlig und sagt zu Arachne: «Ich kann deines später machen, Liebes. Die anderen Leute müßten sonst so lange warten.»

Arachne sieht noch, wie Lanie einen der Stühle mit hoher Lehne nah an den kleinen Tisch der Dame heranrückt, bevor sie leichtfüßig das Treppenhaus hinunterläuft, bevor sie den Mercedes zurück in die Banff Avenue lenkt. Sie fährt ziellos herum. Da sind Männer auf den Straßen, Männer in den Bars, Männer in der Kunstakademie oben auf dem Hügel. Sie möchte den Wagen im Schatten unter den Kiefern stehenlassen. Auf dem Bürgersteig ein Gewirr von Geräuschen, Mülleimer mit Stadtwappen, winselnde Violinen der Musikstudenten. Sie entscheidet sich für das Museum.

Der Kustos des Museums mustert sie mißtrauisch. Er denkt, er hat sie schon einmal gesehen, bei einer gräßlichen Cocktailparty, als er nicht im Mittelpunkt gestanden ist. Oder sie ist eine Diebin, eine von der Sorte, die kleine Raritäten in einer Seitentasche verschwinden lassen. Darum wurde das Glas erfunden, um die Ausstellungsstücke der Vergangenheit zu bedecken, die Gegenwart daran zu hindern, sie zu berühren. Arachne saugt die Luft ein, die saubere, klimatisierte Luft, und geht hinter einem großen deutschen Touristen hinein. Sie weiß nicht, daß er ein deutscher Tourist ist, aber er trägt eine sehr große Kamera. Er möchte Bilder von den hier ausgestellten Bildern machen, aber das Licht ist schlecht, verschwommen und grau. Arachne streift seine Schenkel. Er geht weiter. Sie folgt ihm dicht auf. Er spürt ihren Atem am Hals.

Sie kommen zu einer Tür, auf der *Privat* steht, eine Tür, die Arachne mit einer Hand ausprobiert, während sie ihm mit der anderen ein Zeichen gibt. Als die Tür sich öffnet, folgt er ihr, geht verschwörerisch auf Zehenspitzen. Dahinter befindet sich ein Arbeitsraum, Tische, Regale, auf denen Bücher und Zeitungen verstreut liegen. Weiter weg hört man vertrauliches Gemurmel von Stimmen. Arachne schaut sich um, bückt sich dann und kriecht unter den Tisch neben der Wand. Sie dreht sich um, schaut unter der Tischkante hervor zu dem großen Mann hinauf.

«Komm.»

Seine hagere Größe und seine komplizierte Kamera sind hinderlich, aber er duckt sich und quetscht sich neben sie. Er kann nicht aufrecht sitzen, daher stützt er sich auf einen Ellbogen. Die Höhle unter dem Tisch riecht nach Bodenpolitur und staubigem Papier, und als sich Arachne zu dem Mann hindreht, hat sie plötzlich die Vorstellung, daß der Museumsdirektor hereinkommt und sie von da unten, wo sie so sicher sind, verscheucht.

Sie versucht, ihm die Kamera vom Hals zu nehmen, aber er schüttelt den Kopf und schiebt sie nur unter den Arm, bevor er beginnt, ihr die dünne Bluse aufzuknöpfen. Die Kamera und der Tisch sind Stöße und Ecken, die sie aus allen Richtungen treffen, so sehr, daß die Haut des Mannes sie an Holz und Plastik erinnert, und nur sein Atem an ihrem Ohr, der immer wieder murmelt: «Du bist . . . du bist . . .», dringt durch die Linse des Teleobjektivs, das ihr gegen die Rippen schlägt, und die Gürtelschnalle des Mannes, die sich irgendwie unter ihren Schenkeln verfangen hat. Als er sich von ihr losreißt, tut er das zu schnell und stößt mit dem Kopf gegen die Tischplatte über ihnen. «Shit», sagt er in deutlichem, akzentfreiem Englisch und reibt sich den Kopf. Arachne schlüpft hinaus, steht aufrecht, klopft den Rock aus. Er versucht es noch einmal. «Du bist . . .» Aber sie läßt ihn, wo er ist, und geht durch die private Tür, bevor er ihr folgen kann.

Der Schatten ist gewandert, so daß das Leder des Wagensitzes unerträglich heiß ist. Sie setzt sich vorsichtig hin, hebt die Beine an, um die klebrige Hitze nicht zu spüren, und fährt zurück zum Hotel.

Lanie wartet beleidigt auf der Eingangstreppe. Als Arachne anhält, marschiert sie zum Wagen und reißt die Tür auf. «Wo bist du gewesen?»

Arachne hofft, daß Lanie die rote Linie auf ihrem Hals nicht sehen, die Nässe zwischen ihren Schenkeln nicht riechen wird. «Ich habe den Wagen geholt.»

«Die –» Lanie hängt sich die Brille um den Hals, «haben mich hinausgeworfen. Nur weil die Leute mir eine kleine Summe als Anerkennung zahlen wollten.»

Arachne kichert, und Lanie starrt sie an.

«Du warst stundenlang fort.»

«Ich bin ins Museum gegangen. Ich wollte nicht dasitzen, während du für jedermann hier die Zukunft voraussagst.»

«Hmmhh. Unheimlich nützlich bist du. Nie da, wenn man dich braucht.»

«Was hätte ich tun sollen? Sie hätten dich sowieso gebeten zu gehen.» Und sie lächelt in sich hinein. Der Sommer ist vorbei. Lanie wird abreisen. Die Männer sind wieder aufgetaucht, sie ist schon auf der Straße, nach Calgary hinein, auf der Straße nach Osten. Die Dürre ist vorbei. Lanie wird abreisen.

Was Teeblätter verraten

Allerdings besteht Lanie darauf, Thena am letzten Abend ihres Aufenthaltes die Zukunft vorauszusagen. Sie essen gemeinsam im Garten hinter dem Haus, nagen die Hühnerknochen ab, öffnen sogar eine zweite Flasche Bier in der langen Augustdämmerung.

Thena schmeichelt Lanie, ermutigt sie, ein Leben, das schon reichlich bunt ist, noch weiter auszuschmücken. Und Arachne ist vor beiden sicher, kann sich in den Sessel zurücklehnen und das Fenster von Thomas' Zimmer betrachten.

Lanie greift sich nach einem unterdrückten Rülpser an die Lippen. «Damals», sagt sie, «hat jeder es darauf ankommen lassen. Wenn man schwanger wurde, konnte man nichts dagegen tun.»

Thena schneidet eine Grimasse. «Wem sagen Sie das. Ich hätte sonst nie geheiratet.»

«Kein Wunder, daß Sie geschieden sind. Wenigstens mußte ich

nicht heiraten.» Lanie hält den Kopf schief und lacht. «Ich war eine Kriegsbraut. Hat sie Ihnen das erzählt?»

Thena lächelt. Arachne erzählt ihr alles, legt ihr die komplizierten, verschlungenen Pfade ihres Lebens dar, so daß Thena wahrscheinlich mehr über Arachne weiß als sie selbst. Aber sie genießt Lanies Version, den abgeänderten Text.

Lanie war Verkäuferin, saß in einer rußigen englischen Stadt hinter dem Ladentisch und feilte sich die Nägel, als sie den Blick hob und in Toto Manteias lächelndes Gesicht sah. Ihre Eltern waren beim Blitzangriff auf London getötet worden, sie war formal eine Waise, aber da schon siebzehn, bereits zu alt, als daß sie adoptiert worden wäre. Man schrieb 1945, eine Menge Uniformierte waren unterwegs, aber die meisten ignorierten sie zugunsten anderer Mädchen. Und der hier war Kanadier. Sie setzte sich gerade hin, legte die Nagelfeile beiseite und lächelte zurück. Zum Teufel mit den Behörden. Sobald sie Toto geheiratet hatte, gab es nichts mehr, was sie tun konnten. Außerdem hatten sie an viel zu viele andere Dinge zu denken, und Lanie wurde eine Kriegsbraut, stand mit trockenen Augen zwischen ihren weinenden Gefährtinnen, als das Schiff in Liverpool ablegte. Was gab es da zu weinen? Mit dem Zivilisten Toto Manteia verheiratet zu sein war besser, als in dem dumpfen Laden ihrer Zieheltern Nähnadeln und Zwirn an Kunden zu verkaufen. Ihre Zieheltern hatten sie weder gewollt noch gemocht mit ihrem Londoner Slang, aber sie hatten das Gefühl gehabt, einem Waisenkind in Kriegszeiten helfen zu müssen.

«Ich war eine Kriegsbraut», sagt sie wieder und lacht, als hätte sie sich selbst einen tollen Streich gespielt. «Ich kam mit drei Kleidern und einem Paar Schuhe an. Ich haßte das alte Zeug, das man uns gegeben hatte, ich habe alles zurückgelassen. Als ich in Vancouver aus dem Zug stieg, war ich, glaube ich, die einzige, die sich freute, hier zu sein.» Es stimmte. Während der Überfahrt hatten die anderen zu zweifeln begonnen, aber Lanie war glücklich.

Ihre Erwartungen erfüllten sich kaum. Toto Manteia hatte sich von einem gutaussehenden Soldaten in Uniform zu einem schüchternen jungen Mann mit mäßiger Kinderstube und keinen speziellen Fähigkeiten gewandelt. Er hatte einen Job in einer Sägemühle in Mitchell Island bekommen und war stolz darauf, das erreicht zu haben, ebenso stolz wie auf die Zweizimmerwohnung, die er in Thurlow fand.

Lanie weinte nicht, versuchte auch nicht, nach England zurückzukehren, wie so viele andere es taten. Außerdem hätte sie nicht gewußt, wohin oder zu wem sie gehen sollte. Sie biß in den sauren Apfel, wie sie immer wieder sagte, und machte das Beste daraus. Sie war ein wenig enttäuscht. Sie hatte erwartet, daß ein kanadischer Soldat besser situiert sein würde. Aber nach sechs Wochen, in denen sie nichts unversucht gelassen hatte, kam sie eines Tages nach Hause und verkündete, sie habe in *Fisherman's Café* einen Job bekommen – für fünfzehn Cent pro Sitzung könne sie dort den Kunden aus den Teeblättern die Zukunft lesen. Toto war von ihrem Elan begeistert, und erst nachdem sie ausgegangen waren, um bei Fisch und Chips zu feiern, meldete er seine Zweifel an.

«Aber du verstehst doch gar nichts vom Wahrsagen aus den Teeblättern.»

«Oh», meinte Lanie leichthin, «meine Ma hat das immer gemacht. Ich glaube, ich werde es schnell lernen.»

Damals war die Wahrsagerei groß in Mode, als könnten Teeblätter und Tarockkarten die Ungewißheit und das Zaudern, die der Krieg mit sich brachte, ausgleichen. Es galt als schick, beim Samstagsspaziergang auf einen Tee zu gehen und sich aus den Blättern die Zukunft voraussagen zu lassen.

Lanie lernte rasch. Die meisten Wahrsagerinnen waren ältere Frauen, aufgedunsen und blondgefärbt und allzu fröhlich. Da war etwas an Lanie, das die Leute anzog. Hager und ernst, sah sie so aus, als habe sie ein unaussprechliches Unglück erlitten, und ihr leichter Akzent verstärkte nur den Eindruck des Geheimnisvollen. Die nach Luft ringenden Wahrsagerinnen mittleren Alters hatten keine Chance mehr. Wenn die Leute schon ein Silberstück in eine offene Hand fallen ließen, dann sollte es auch eine passende Hand sein. Schon nach kurzer Zeit hatte Lanie fast das ganze Teeblattgeschäft bei *Fisherman's* an sich gerissen. Von den fünfzehn Cent pro Sitzung bekam Lanie zehn Cent und das Café fünf; aber sie durfte sich das Trinkgeld behalten, und an dem Tag, an dem sie nach Hause kam und gezählte zwei Dollar und fünfzig Cent auf den Tisch legte, war Toto voller Bewunderung.

«Donnerwetter, heute hast du wirklich abgeräumt.»

Das Geld half, aber die Ehe geriet ein wenig ins Schleudern. Die Abende und die Samstage waren am einträglichsten, und Lanie war nicht der Typ, der eine Gelegenheit vorbeigehen ließ. Bei der

Aufbesserung ihrer Finanzen vertraute sie auf das Schicksal, aber sonst überließ sie wenig dem Zufall. Mit Hilfe schändlicher Gebräue wie Essigduschen und Anfällen von Launenhaftigkeit, wenn sie nichts mit Toto zu tun haben wollte, gelang es ihr, eine Schwangerschaft zu vermeiden. Sie kontrollierte ihn ständig, um sicherzugehen, daß er ein Präservativ benutzte, was er vergeblich protestierend als «kindisches Zeug» bezeichnete.

«Lanie, wir sind jetzt verheiratet. Wir brauchen nicht so zu tun, als ob wir es nicht wären.»

Lanie blieb hartnäckig. «Ich werd nicht mit einem Balg zu Hause hocken.»

Und vier Jahre lang umging sie das Unausweichliche, las in *Fisherman's Café* allen, bei denen es sich lohnte, aus den Teeblättern, entlockte ihnen mit dunkel umrandeten Augen und schmollend vorgeschobener Unterlippe Trinkgelder. Sogar Geschäftsleute, die über Aberglauben lachten, tranken eine Tasse Tee und leerten für sie die Blätter auf den Teller. *Fisherman's* war populär, das Essen billig und die Bedienung rasch. Büroangestellte kamen zum Mittagessen, machten dann dem nachmittäglichen Andrang von Matrosen und jungen Frauen Platz, die in der Stadt einen Einkaufsbummel unternahmen.

Wenn Lanie ein paar der Bemerkungen, die über sie fielen, gehört hätte, wäre sie vielleicht versucht gewesen, etwas anderes zu machen, als Zukunft vorauszusagen. Aber sie tat es nicht. Sie betrachtete die Zukunft jedes einzelnen Kunden mit einer Intensität, die eine Verlockung für sich darstellte.

Was immer der Krieg Lanie angetan haben mochte, er hatte sie gelehrt, den Wert der Sicherheit zu schätzen. Sie war entschlossen, «eines von diesen hübschen kleinen Häusern am Rand der Stadt» zu kaufen. Sie dachte nicht weiter, aber das war typisch für Lanie. Ihr erstes Ziel war gewesen, von ihren schwächlichen, kaugummikauenden Zieheltern zu fliehen. Ihr zweites zu lernen, wie man aus den Teeblättern die Zukunft voraussagt. Das dritte Ziel bestand darin, aus dieser Zwei-Zimmer-Wohnung in ein Haus, in irgendeine Art von Haus zu kommen. Sie stellte sich nichts in der Vorstadt, nichts Großes vor. Mit dem beschränkten Blickwinkel eines englischen Mädchens war für sie ein Haus gleichbedeutend mit ein wenig Rasen und einem eigenen Badezimmer.

Sie lebten mehr schlecht als recht. Toto war ein ungelernter

Arbeiter, bearbeitete händisch das Frischholz. Ein Aufenthalt in Übersee bedeutet nichts. Jeder war in Übersee gewesen. Sie kamen über die Runden, Lanie hatte keine Ablenkung, Toto ging nur einmal im Monat etwas trinken. Beide waren zufrieden, Lanie mit ihren Teeblättern und Toto mit seinen Brettern. Bis zu dem Tag, an dem Lanie schon früh von *Fisherman's* nach Hause kam, es war noch nicht einmal acht. Sie warf ihren schäbigen Mantel über das Bügelbrett und erklärte Toto, der im Unterhemd dasaß und sich mit Hilfe ihres Vergrößerungsspiegels die Haare in den Nasenlöchern stutzte: «Mir ist schlecht. Ich bin schwanger. Ich weiß es.»

Er schwang sich mit der Schere in der Hand herum und sah zu, wie sie die Schuhe in die Ecke schleuderte. «Aber Lanie, du hast ganz einfach eine Grippe.»

«Nö», entgegnete sie, während sie sich auf die Couch legte und die Arme über dem Bauch verschränkte. «Ich bin schwanger, ich weiß es.» Toto sah die ausgestreckt daliegende, dünne Gestalt an. Er wußte nicht, was er tun, ob er Freude zeigen oder sie trösten sollte. Sie war in mancher Hinsicht noch immer ein Rätsel für ihn. Er ging auf die Couch zu. «Lanie?»

Sie öffnete ein Auge, hob den Kopf zu ihm empor.

«Bist du sicher?»

«Ich weiß es. Ich bin schwanger.»

Er stand da und blickte auf sie hinab. «Soll ich dir etwas bringen?»

«Nein. Ich bleib einfach liegen, bis ich mich besser fühle.»

Er ging zum Spiegel zurück, überrascht, daß sie es so gelassen hinnahm. Er erwartete Protest, Wut und Anschuldigungen. Das zeigte, wie wenig er sie kannte. Er hätte wissen müssen, daß sie jeden Widerstand aufgab, wenn das Unausweichliche einmal eingetroffen war.

Trotzdem schätzte sie die Lage richtig ein. «Mein Gott, Toto», sagte sie eines Morgens und preßte das Chenille-Hauskleid an den Hals, «ich werde meinen Job verlieren. Niemand will eine schwangere Wahrsagerin. Ich kann nicht so wirken, als ob ich etwas wüßte, das die anderen nicht wissen, wenn ich aussehe wie ein Luftballon.» Kraftlos legte sie die Hand auf den Tisch, und einen Augenblick lang sah er dieses hilflose, verwahrloste junge Mädchen vor sich, das wußte, daß es niemanden hatte, auf den es sich verlassen konnte, außer sich selbst, sah noch einmal jenen Blick aufflackern, den er an einem grauen Morgen in London erhascht hatte, in einem billigen Zimmer, wo die Tauben draußen auf das Dach pickten; ein Blick, der sofort ausradiert wurde, aber er hatte genügt, daß er, während er über die flachen Brüste hinweg nach seinen Zigaretten griff, mit schroffer Stimme sagte: «Also. Wir werden heiraten.»

Er stellte die Haferbreischüssel mit einem Klirren im Ausguß ab. «Warum nimmst du's nicht von der leichten Seite?» Und er zuckte die Achseln, schlüpfte in seine Jacke und ging aus dem Haus.

Fünf Monate später verließ Lanie *Fisherman's*, ohne zu erwarten, daß man sie bitten würde, wiederzukommen, ohne an die Schlange von Leuten zu denken, deren Leben sie aus der zufälligen Formierung der feuchten Teeblätter auf den Untertassen aus Steingut erraten hatte.

Ab und zu meinte ein Kunde, während er den Blick durch das Café gleiten ließ: «Da war doch immer eine Wahrsagerin, jung, ziemlich gut. Sie konnte einem wirklich etwas über sein Leben erzählen.» Man erinnerte sich nicht an ihren Namen, obwohl sie ihn immer genannt hatte. Die Leute dachten nur an sich selbst und an das Bild, das sie von ihrer Zukunft zeichnete.

«Ich hätte die Wahrsagerei niemals aufgeben sollen», sagte Lanie zu Thena. «Ich war gut, ich war begabt, jeder in der Stadt kannte mich. Ich konnte es nur nicht machen, solange ich schwanger war, deshalb hab ich gekündigt. Ich hätte zurückgehen sollen.»

Thena wirft Arachne einen Blick zu, um zu sehen, ob Lanies Unmut ihr weh tut, aber Arachnes Gesicht ist gleichgültig. Sie weiß, daß Lanie sie nicht wollte, sie hat es immer gewußt. Sie ist überrascht, daß Thena so empfindsam ist.

«Das war nur eine vorübergehende Laune, Mutter.» Sie streckt die Beine aus und fühlt sich zufrieden. Die Beine gehören ihr, gehören zu ihr, sie kann sie mitnehmen, wohin sie will.

«Ich war so gut, Gabriel ist noch jahrelang gekommen.»

«Damit du ihm aus den Teeblättern liest?»

Lanie errötet. «Ja. Er – auf jeden Fall, wenn ich zurückgegangen wäre, wäre das schon in Ordnung gewesen. Besser als Leute zu bedienen. ‹Kann ich Ihnen helfen, gnädige Frau?› Ich hab die Nase voll davon. Die Teeblätter regen wenigstens die Phantasie an. Ich könnte noch immer – also», sagt sie und steht abrupt auf, «wo ist der Tee? Ich sage Ihnen die Zukunft voraus, Thena.»

«Ich habe keinen offenen Tee.» Arachnes Tonfall ist neutral, aber warnend. Sie will nicht, daß Lanie ihren Freunden die Zukunft prophezeit.

Aber Lanie ist fest dazu entschlossen und geht, nachdem sie in den Schubladen gestöbert und nur Teebeutel gefunden hat, in das Geschäft an der Ecke, um richtigen Tee zu kaufen. Thena und Arachne werfen einander einen Blick zu und räumen dann den Tisch ab.

«Verdirb ihr nicht alles», sagt Thena.

«Ich habe es so lange ausgehalten. Gott sei Dank fährt sie morgen.»

Als Lanie zurückkommt, gibt sie Thena Anweisung, die Tasse auszuleeren, und nimmt dann die Untertasse auf. Stirnrunzelnd dreht sie das Tellerchen nach allen Seiten, die Teeblätter fasziniert anstarrend, während sie ein Geheimnis in das entstandene Muster deutet. «Sie leben allein.»

Arachne schnaubt verächtlich, aber Lanie ignoriert sie.

«Sie leben nicht freiwillig allein, aber sie werden freiwillig allein bleiben. Sie sind ein Spiegel für andere. Sie –» Sie hält inne. «Ich sehe einen Mann, einen älteren Mann –»

Arachne lacht wieder, aber Thena hat sich vorgebeugt, um nichts von Lanies Vorstellung zu versäumen.

«. . . da stehen drei Leute nebeneinander.» Sie beginnt zu strahlen. «Ihre Kinder, natürlich. Es scheint so, als übersiedelten Sie, oder bekommen einen Job, oder etwas anderes . . . Eine Kerze. Das heißt, daß Sie etwas entdecken – Das ist es! Sie werden einen Mann kennenlernen, der Ihr Leben verändert.»

«Lanie!» platzt Arachne heraus. «Also wirklich!»

«Ich hätte nichts dagegen», meint Thena. «Jemand anderer könnte mit den kleinen Quälgeistern in die Horrorfilme gehen.»

«Wo sind sie jetzt?» fragt Lanie.

«Bei ihrem Vater. Aber seine neue Frau haßt Horrorfilme.»

Lanie greift nach Arachnes Tasse, aber Arachne schnappt sie rasch und trägt sie in die Küche, wäscht sie unter fließendem Wasser aus.

«Komm schon, Liebes. Ich hab dir schon jahrelang nicht mehr aus den Teeblättern gelesen.»

«Ich fürchte, daß du mir eine Zukunft voraussagst, die ich nicht will.»

Lanie wehrt mit ihren plumpen Händen ab. «O nein, sie fürchtet, daß ich ihr sage, sie wird den Mercedes oder Thomas verlieren. Sie glaubt, wenn man es ausspricht, geschieht es. Keine Phantasie.

Außerdem –» Sie visiert Arachnes Rücken an. «Warum heiratest du ihn nicht? Fängst ihn nicht ein?»

«Heirat, *Mutter*, ist für mich nicht der Zufluchtsort, der es für dich war.» Nein – was sie wirklich sagt, ist: «Ich will keinen Ring als Entgelt fürs Ficken.»

Lanie zuckt die Achseln. «Du wirst ihn verlieren», seufzt sie. «Er will ein geregeltes Leben, und alles, was du machst, ist davonzulaufen.»

«Natürlich. Das hast du nie getan.»

Thomas ist ein Zeichen dafür, daß sie kurz vor einem Streit stehen. Thena geht, und Arachne kann sich nur in seinem Zimmer verstecken, in seinem Lehnstuhl zusammenkauern und das Gesicht gegen einen Pullover reiben, den er dagelassen hat und der nach seiner Haut riecht. Sie ignoriert Lanies süßes «Gute Nacht» und schläft auf dem Boden des Arbeitszimmers ein, wo über ihr die zylinderförmigen Kartenbehälter und zusammengerollten Landkarten eine sich geisterhaft wölbende Welt bilden.

Am Sonntag ist Arachne froh, Lanie zurück auf den Flughafen zu fahren. Sie pocht mit den Fingern gegen das Lenkrad und schlängelt sich durch den Verkehr. Morgen wird dieser Windstrom durch das offene Fenster schon eine Landstraße sein, sie wird auf dem Weg nach Three Hills eine Nebenstraße hinunterrollen.

Arachne biegt Richtung McKnight ein und beschleunigt das Tempo, muß dann wieder, hinter einem nach links abbiegenden Wagen gefangen, die Spur wechseln.

«Lanie», beginnt sie und sieht im Rückspiegel einen orangefarbenen Campingbus näher kommen.

«Ja.»

«Hmm. Nichts.» Ein Zufall, denkt sie und erinnert sich so genau an das orangefarbene Fahrzeug, an den letzten Blick auf die kräftige Farbe, den sie im Rückspiegel erhascht hatte, als es im Westen hinter dem Hügel von Crowfoots Grab verschwand.

Sie wechselt die Spur, weicht Lastwagen und Campingbussen aus, fädelt den Mercedes so geschickt durch den Verkehr, daß der Campingbus weit zurückbleibt, ausgelöscht ist.

«Wird Toto dich abholen?»

Lanie lacht. «O nein. Ich fahre mit dem Taxi nach Hause, das ist einfacher.»

Der Campingbus taucht auf der linken Spur wieder auf. Arachne runzelt die Stirn, schaut noch einmal genau hin. Dieselbe unverwechselbare Farbe. Aber sicher ist das nicht der einzige orangefarbene Campingbus im Süden von Alberta. Bei der nächsten roten Ampel bleibt er neben ihr stehen. Arachne streckt den Hals zum Beifahrersitz hinüber. Es ist ohne jeden Zweifel die schmallippige Frau. Arachne studiert ihr Profil, dreht sich um, um es mit Lanies Profil zu vergleichen. Sie gehören derselben Generation an, aber Lanie ist rundlich und entspannt, hat die Unterlippe leise schmollend vorgeschoben. Die andere Frau hingegen drückt nur Mißbilligung aus. Sie spürt Arachnes Blick und senkt die Augen, aber ihr kontrollierter Gesichtsausdruck verändert sich nicht. Sie läßt sich kein Zeichen des Wiedererkennens anmerken.

Arachne zuckt die Achseln. Auch gut, denkt sie. Leben wir also in derselben Stadt. Die Ampel schaltet auf Grün, der Campingbus fährt los, und Arachne zögert, bevor sie den Fuß von der Kupplung nimmt. Die Hände des alten Mannes waren so ruhig, so wehrlos.

Lanie spricht über Thena, weist darauf hin, daß sie ihren Mann vergessen muß. «Kannst du sie nicht mit einem anderen Mann bekannt machen, vielleicht einem von Thomas' Freunden?»

«Sie will niemanden kennenlernen.»

«Natürlich will sie. Sie gibt es nur nicht zu.»

«Sie haßt Männer.»

Lanie kichert. «Das bezweifle ich.»

«Nun, man kann es ihr nicht verübeln.»

«Ihr Mann, meinst du?»

«Er ist schrecklich.»

«Ach», sagt Lanie und kontrolliert ihren Lippenstift. «Man muß lernen, mit ihnen auszukommen.» Und läßt die Puderdose mit Entschiedenheit zuschnappen. «Thomas hat bei *dir* sicherlich Wunder gewirkt.»

Worauf es nichts zu entgegnen gibt.

Fahren, immer nur fahren

Ist Thomas das Verdienst zuzusprechen, Arachne gerettet, sie davor bewahrt zu haben, eine Ausreißerin zu werden? Zumindest hat er ihrem Leben eine gewisse Struktur verliehen. Sie hat ein halbwegs geregeltes Leben. Sie hat ein Telefon. Sie hat Lust, nach Hause zurückzukommen. Sie läßt sogar die Landstreicher dort, wo sie sie aufliest, obwohl sie sie niemals aufgeben würde. Arachne ist Thomas gegenüber nicht herzlos. Sie ist ihm nur beständig untreu. Sie ist auch nicht gewillt, sich auf die Höflichkeitsrituale einzulassen, die von einer Frau, die mit einem Mann zusammenlebt, erwartet werden. Sie weigert sich, ihn zu Landvermesser-Parties zu begleiten, und sie erweist ihm auch nicht das Minimum an hausfraulicher Fürsorge. Er ist es, der saubere Blusen in ihren Schrank hängt, er ist es, der einkaufen geht, der mit gezückter Gabel neben dem Herd steht. Es stimmt, Arachne ist oft fort, aber sogar wenn sie zu Hause ist, ist sie sämtlicher Pflichten enthoben: Er bringt ihr Bier in eisgekühlten Gläsern, er folgt dem Dröhnen des Staubsaugers, während Arachne Luft und Staub hereinträgt, das Wohnzimmer mit ihren Mustern, ihren Bestellformularen, ihrem Vagabundinnenleben überschwemmt.

Er rettete Arachne.

Arachne ist dreiundzwanzig und fährt den Bus Nummer 17. Die Fahrer am untersten Ende der Hierarchie bekommen die elektrischen Busse zugeteilt, umgebaute Oberleitungsbusse. Auf der Cambie-Brücke muß man auf drei Stundenkilometer herunterbremsen, sonst lösen sich die Kabel aus den Leitschienen, und man steht draußen im Sprühregen und versucht sie wieder zusammenzustecken, während es im Bus drinnen finster ist und die Fahrgäste, die nun zu spät kommen, ärgerlich murren.

Arachnes rechter Fuß wandert hin und her: Gaspedal, Bremse, Gaspedal, Bremse. Immer jemand, der zur Haltestelle läuft – soll man warten oder fahren –, immer der Pensionist, der in dem Augenblick im Mittelgang hinfällt, in dem man sich in den Verkehr einreiht, die Kinder, die alleine fahren. Sie laufen alle davon, und der Bus fährt vorbei, bringt sie auf die Straße, wo sie Süßigkeiten, Cola, Hasch kaufen können, wo sie sich selbst verkaufen können. Arachne lernt, die Augen auf sich selbst zu konzentrieren, Blick in den Rückspiegel, Blick nach vorn, rascher Blick in den Außenspiegel, Autos werden wegen der Busse nicht langsamer – Warum sollte ich diesen Bastard vor mir reinlassen? Sie hat gelernt, vorsichtig aggressiv zu sein, die Straße und den Verkehr zu beobachten und den Fahrplan einzuhalten – vorausgesetzt, es gibt keine aus den Schienen gesprungenen Kabel und keine Chinesen, die einen Herzanfall bekommen.

Sie kennt den Rhythmus der menschlichen Körper zu den verschiedenen Tageszeiten. Zuerst die Frühschicht, die zum Fabriksbezirk fährt, dann die Bürosekretärinnen und Angestellten, immer eine halbe Stunde vor den Aktenkoffern und italienischen Schuhen der Geschäftsleitung, dann die Schulkinder auf dem Weg in die französische Schule oder in die Privatschule, dann die Verkäuferinnen und Kassierer, und gegen elf die Kellner und Köche, vor den Frauen, die in die Stadt einkaufen fahren, vor den Kinobilleteuren für die Nachmittagsvorstellung, vor der Nachmittagsschicht, vor den Cocktailkellnerinnen am frühen Abend, vor den Konsumenten des Unterhaltungsangebotes der Stadt, die zu einem Konzert fahren, essen gehen, die Slums aufsuchen, ein Mädchen aufreißen, Geschäfte abschließen. Arachnes Türen öffnen sich dem Stundenplan der Welt, und sie muß nur dorthin und wieder zurück fahren, hin und zurück, vier Stunden lang, und sie kann nach Hause gehen und schlafen, sie ist immer todmüde nach dem Fahren, der Verkehr schwirrt hinter ihren geschlossenen Augen, bis sie wieder aufwacht, um mit einem gewöhnlichen Tag fortzufahren, selbst den Bus zu nehmen, Besorgungen zu erledigen, zu Georges Garage hinunterzuspazieren, um am Wagen zu arbeiten.

Arachne hat gelernt, sie nicht anzusehen. Sie beantwortet Fragen, überprüft das Kleingeld, das in den Geldautomaten rattert, aber schaut nie in die Gesichter. Sie kann ihn nicht ertragen, diesen Strom von Gesichtszügen: Schläfen, Augen, Münder, die Ohren verdeckt oder frei, die Hände nach ihr greifend. Sie weicht vor ihnen zurück. Die Straße, die Windschutzscheibe, der Rückspiegel, das Ertönen des Klingelzeichens, das ihr sagt, daß sie an der nächsten Haltestelle stehenbleiben muß; alle Handgriffe erfolgen automatisch, aber bewußt, eine ruhige Stimme sagt ihr: «Jetzt.»

Sie führt keine Gespräche, nicht einmal mit den dicken Frauen, die sich auf den Sitz neben der Tür fallen lassen, die die Füße vor den einsteigenden Fahrgästen zurückziehen und unausweichlich beginnen, über Gewohnheiten, Träume, Ereignisse zu reden. Sie fangen unschuldig mit dem Wetter an, aber Arachne weiß, was kommt, was auf den gerippten Plastikboden des Mittelganges ausgespuckt wird. Sie hält die Augen starr geradeaus, sie weigert sich zu antworten, und die Stammfahrgäste geben auf. «So ein kalter Fisch, warum setzen sie um diese Tageszeit keinen Mann dorthin?» Nur die gelegentlichen Fahrgäste versuchen es. Sie wird nicht antworten. Wenn sie es tut, werden ihre zerrinnenden, ausgemergelten Leben sie überwältigen, sie wird verschlungen werden. Und daher weigert sie sich, die Augen zu heben, weigert sich, über die Hände oder über die Straße hinaus zu sehen.

Als sie mit diesem Job beginnt, macht sie das Lenken des Busses, der kleiner, rascher und manövrierfähiger ist, nervös, daher ignoriert sie die Fahrgäste. Später hilft ihr dann die Praxis. Dennoch ist sie überrascht über ihre eigene Gleichgültigkeit. Eines Tages sitzt ein Mann auf dem vorderen Sitz neben der Tür und beginnt zu weinen, beginnt, ihr eine nicht enden wollende Geschichte zu erzählen. Seine Frau ist gestorben. Hat sich, so scheint es, umgebracht. Der Mann, zerfressen von Kummer und Schuldgefühlen, versteht nicht, warum, kann nicht glauben, daß die Frau, neben der er gelebt er, etwas so Endgültiges tun konnte, ohne daß er die leiseste Ahnung von ihren Absichten gehabt hätte, daß sie Fremde waren, die miteinander geschlafen haben, jeder vom anderen isoliert. Arachne hört das alles und fühlt Panik in sich aufsteigen. Ihre Hände umklammern das große Lenkrad. Sie kann die Ohren nicht verschließen, aber sie starrt geradeaus auf die Straße. «Bitte», sagt sie, «sprechen Sie nicht mit dem Fahrer.»

Die Stimme des Mannes gerät ins Stocken, aber er hört nicht auf zu weinen, während er sich mit dem Ärmel über das Gesicht fährt, den Schmerz, den er loswerden muß, gegen ihren kalten Rücken, ihr gleichgültiges Profil schleudert. Als er einen erstickten Schrei ausstößt und strauchelnd aufsteht, seine Hand dabei gegen den Haltepfosten schlägt, bleibt Arachne bei der nächsten Haltestelle stehen und öffnet die Tür, obwohl er das Klingelzeichen nicht betätigt hat. Er stürzt die Stufen hinunter, ein humpelnder, ungelenker Sprung in die Verzweiflung, und Arachne muß noch einen Augenblick an der Haltestelle stehenbleiben, bevor sie sich wieder in den Verkehr einreiht, weiterfährt, als ob sie nichts gehört hätte. Aber zu Mittag beugt sie sich über die Toilette und erbricht. Sie kann die Hoffnungslosigkeit des Mannes nicht aus den Nasenlöchern bekommen – der rücksichtslose Geruch verursacht ihr Übelkeit.

Das ist das letzte Mal, daß sie über das, was man ihr erzählt, nachdenkt. Oh, sie hört nach wie vor herausgestoßene Sätze, Tränen, aber sie filtert sie. Sie sind ohne Bedeutung, ohne Einfluß. Zu einer Haltestelle fahren, die Tür öffnen, das Kleingeld, die Zeitkarten überprüfen – man kann das aus den Augenwinkeln tun, ein Seitenblick genügt zur Kontrolle des Fahrgeldes –, die Tür schließen, Blinker, Blick in den Rückspiegel, rausfahren, die Straße hinuntergleiten, bis man bei der nächsten Haltestelle Menschen sieht oder das Klingelzeichen hört. Ting, ting, ting. Während der Fahrt ist das Sprechen mit dem Fahrer verboten.

Der Sitz neben der Tür heißt Aufreißer-Sitz. Die anderen Fahrer witzeln über ihn, den Aufreißer-Sitz. Sie sprechen mit den Frauen, die dort sitzen, mustern ihre Beine, ja, wenn sie Zeit und Nerven haben, versuchen sie sogar, mit ihnen ein Rendezvous auszumachen, bevor die Frauen wieder aussteigen. Vor zwei oder drei Jahren sind Arachne selbst gutaussehende Busfahrer ins Auge gestochen und sie hat sich auf den Sitz plumpsen lassen, um kratzbürstig Konversation zu machen; aber sie hat nie die richtigen ausgesucht, ist nie so weit gegangen, sich aufreißen zu lassen. Sie hatte Spaß an dem Spiel, weil sie, wenn die Männer sich als dumm oder hoffnungslos erwiesen, aufstehen und sagen konnte: «Hier muß ich aussteigen.» Normalerweise war es nicht so einfach zu flüchten. Bei Parties und Verabredungen hatte man sie auf dem Hals, mußte warten, bis man nach Hause kam. Und wenn sie einen einmal an der Angel hatten, wollten sie einen nicht gehen lassen, sie kannten ihren Vorteil. Obwohl Arachne nie sehr viel von konventionellen Verabredungen hielt.

Nun ist sie an diesen Aufreißer-Sitz gefesselt. Es sind nicht nur die Gesprächigen und die Traurigen, die ihn frequentieren, die glauben, daß das Vorhandensein ihrer Ohren schon Beweis für ihre Zuhörerschaft ist. Herumzigeunernde Männer mustern sie, bemerken: «He, was macht denn ein Mädchen am Bussteuer? Ich hab' gar nicht gewußt, daß der Verkehrsverband Frauen einstellt. He, du bist ziemlich hübsch für einen Busfahrer. Schon was vor heute abend, willst du bei meiner Haltestelle aussteigen?» Arachne ignoriert sie alle.

Bis der riesige – wie sollte sie ihn nennen? – Schwarze auftauchte. Er bleibt mit verschränkten Armen bis zur Endhaltestelle sitzen, und als sie in den leeren Bus «Endstation» ruft, lacht er in sich hinein.

Sie sieht ihn an. Das ist ein Fehler. Sie sieht ihn an. Eine übergroße, muskelbepackte Gestalt, seine schwarze Haut ist ein Gewebe, das sie noch nie zuvor gesehen hat. Wie Seidentaft. Schwarzer Seidentaft, genug, um sie vergessen zu lassen, daß sein Körper ihr sagte, er würde kein besonders guter Gesprächspartner sein. Und vielleicht war er auch gewalttätig, ein dermaßen großer Mann.

Arachne steht auf und schüttelt den Kopf. «Kommen Sie schon», sagt sie. «Lassen Sie mich nicht um Hilfe rufen.»

Er lächelt sie an. «Sie sind zäh.»

Und seltsam, während er dasitzt, legt er die Hände mit der Innenseite nach oben auf die Knie, als wolle er ihr versichern, er verstünde nichts von Fäusten, als wolle er um eine Chance bitten. Sie bemerkt, daß sie auf seine pfirsichfarbenen Handflächen starrt; eine Hand ist so groß wie ihre beiden Hände zusammen, die Landkarte der Handlinien unschuldig und unbeirrbar.

Sie wechselt die Nummer des Busses auf 23 aus und setzt sich wieder, sieht ihn nicht an.

«Ich bin geduldig», sagt er. Er fährt die nächsten zweieinhalb Stunden mit, ohne zu reden, beobachtet die ein- und aussteigenden Fahrgäste mit genau der Aufmerksamkeit, die sie verweigert, reagiert auf die Leute, ein Lächeln, ein Schulterzucken, ein sprechender Ausdruck in der Art, in der er sich umdreht. Und er beobachtet Arachne, während sie fährt, zermürbt sie.

An der Haltestelle, an der ihre Ablöse wartet, hebt sie eine Schulter. «Okay.»

Er steigt aus und geht ein paar Schritte, während sie ihre Thermoskanne und ihre Mütze zusammenpackt und dem neuen Fahrer «Bis morgen, John» zuruft, der dann seinerseits sofort damit beginnt, die Spiegel einzustellen und dabei «Verdammte Frauen» vor sich hinmurmelt.

Im Stehen sieht er noch größer aus, dabei aber graziös, graziöser, als ein so großer Mann wie er eigentlich sein dürfte. «Kaffee?» fragt er.

«Lunch?»

«Normalerweise gehe ich nach Hause und schlafe.»

«Es schläft sich besser nach einem Lunch.»

Er führt sie in ein kleines Innenstadtrestaurant, das überfüllt ist, in dem es aber zwanglos zugeht. Arachne ist dankbar: Restaurants machen sie nervös. Sie hat nicht gelernt, wie man sich in ihnen benimmt. In ihrer Kindheit hat es keine Leinenservietten und Hors-d'œuvres gegeben. Die einzigen Anlässe, zu denen Lanie und Toto ausgingen, waren Sommertage am Strand von Kits, wo sie an einem Stand Fisch und Chips kauften und mit den Fingern aßen und dabei auf einer Bank saßen, um die herum es von weggeworfenen Verpackungen wimmelte. Arachne hat diese wenigen Gelegenheiten als ungeheuer ausgeglichen und glücklich in Erinnerung, genauso wie die fettige Papiertüte mit Chips, auf der Speichel glänzte.

Schlimmer ist, daß sie ihre blaugraue Busfahreruniform trägt, die durch die matte Farbe und den dunkleren Streifen unten am Bein absurd formell wirkt; daß sie ihre Mütze, ihre Thermoskanne dabeihat, daß sie ungeschminkt ist. Sie verwendet beim Fahren nie Make-up, es ist eine der Regeln: «Weibliche Fahrer dürfen während des Dienstes kein Make-up tragen.»

«Die wollen, daß wir wie Männer aussehen», beklagt sich eine Frau, die gemeinsam mit Arachne aufgenommen und ausgebildet wurde. «Sie mußten uns aufnehmen, aber sie hätten es auch getan, wenn die Fahrgäste uns nicht von Männern unterscheiden könnten.»

Arachne möchte wie ein Mann aussehen. Ja, eigentlich möchte Arachne ein Mann sein. Fahren scheint für Männer so viel einfacher zu sein, das Steuer zu erreichen, es zu drehen. Sie will einen Bus fahren, weil das sicher ist. Sie ist keine gepuderte, hinter einer Schreibmaschine gefangene Modepuppe, die nicht fortgehen kann, wenn ihr der Sinn danach steht. Sie sitzt hoch oben hinter einer dicken Windschutzscheibe, sie fährt von Haltestellen weg, niemand kann sie einsperren. Arachne liebt das Fahren, sie lebt, um zu fahren, es ist die einzige Tätigkeit, die sie überzeugt, daß das Leben nicht statisch und verschwommen ist. Das Schwirren der Reifen, das aus den Augenwinkeln wahrgenommene Vorbeiflitzen, Gegenstände, die im Rückspiegel verschwimmen. Darum möchte sie Busfahrer sein, Fahren scheint der einzig greifbare Weg, mit der Welt zurechtzukommen. Sie hat eine Liste aufgestellt: Taxifahrer, Lkw-Fahrer, Busfahrer. Was sie betört, ist nicht das Fahrzeug, sondern die Bewegung, die Illusion, daß sie irgendwohin fährt, fortfährt.

Er sieht ihr beim Essen zu. Sie wird unruhig, sie legt die Gabel mitten auf den Teller – irgendein mit Käse überfrachtetes Gericht – und schaut ihn ihrerseits an, versucht, unter diese funkelnde Haut zu sehen. Sie muß wissen, ob sie sich so anfühlt, wie sie aussieht. So sitzt sie da. Sie antwortet auf seine amüsierten Fragen. Sie hat eine Wohnung in der Stadt, aber sie hat eine Untermieterin. (Das ist eine

Lüge.) Ob sie schon immer in Vancouver gelebt hat? Ja. (Das ist die Wahrheit.) Wie es ist, einen Bus zu fahren? Genau wie jeder andere Job. Sie stellt ihm keine Fragen, und er erzählt ihr nichts, verrät nur seinen Namen, Basilisk, was ihr nicht einmal ein Blinzeln entlockt, weil er meint, sie solle ihn Bass nennen.

Sie gehen gemeinsam zu einer Wohnung im West End, einem Hochhaus, das die Bucht überragt. Die Wohnung ist unheimlich leer, bis auf eine riesige Stereoanlage in dem vor Aussicht berstenden Wohnzimmer und eine Matratze auf dem Boden des Schlafzimmers. Er läßt sie seine Haut berühren, läßt zu, daß sie ihn mit ungläubigem Vergnügen befühlt. Er fühlt sich so an, wie er aussieht, ja, wirklich. Aber obwohl er neben ihr auf der Matratze liegt, obwohl beide Hemd und Hose abgestreift haben und Arachnes Uniform würdelos auf dem Boden liegt, macht er keine Anstalten, seine Unterhose auszuziehen. Er scheint nur daran interessiert zu sein, Arachne anzusehen, während sie ihn forschend berührt, als streichelte sie etwas, das beißen könnte.

«Ich hab noch nie einen schwarzen Mann gesehen», sagt sie.

Er lächelt sie an und dreht sich auf den Bauch. «Bin ich so anders?»

«Nein, aber du fühlst dich anders an.»

«Oh», entgegnet er und ist dabei nicht eitel, «das bin einfach ich.»

Also streichelt sie ihn, und er schaut sie an, und nach und nach schläft Arachne ein und träumt davon, quer durch Kanada zu fahren. Die Städte sind in einer kerzengeraden Linie aneinandergeknüpft, und sie muß alle paar Minuten zum Tanken anhalten. Die dazwischenliegenden Landstraßen sind so schmal, daß sie vor entgegenkommenden Wagen in den Straßengraben fahren muß.

Als sie aufwacht, liegt er zusammengekauert an der Wand, beobachtet sie noch immer, hat noch immer seine Unterhose an. Arachne greift sich zwischen die Beine, um festzustellen, ob sie vielleicht nicht doch miteinander geschlafen haben, aber ihr Körper ist ruhig und trocken.

«Ich muß heute abend fahren», sagt sie.

Er nickt.

«Was machst du?» Sie kann eine solche Frage nur stellen, während sie ihm den Rücken zuwendet und die Beine in die unauffällige Hose ihrer Uniform steckt.

«Ich spiele.»

Arachne bindet sich die Krawatte um den Hemdkragen.

«Klavier.»

«Oh», meint sie, glaubt, verstanden zu haben, paßt ihn in das Schema jener Stereotypen ein, die sie im Lauf der Zeit kennengelernt hat, sieht ihn vor sich, wie er in einem Café Jazz spielt, wie Sam in *Casablanca*.

«Kann ich dich anrufen?»

Arachne klopft die Mütze bedächtig am Bein an. «Meine Untermieterin . . .»

Sie hat keine Untermieterin, denkt er, und freut sich über ihre Vorsicht. Er zieht sich an, nichtssagende Hose, einen Pullover, ein Nylonblouson, und bringt sie hinunter, wo sie in den Bus einsteigt, winkt ihr ernst nach, als sie wegfährt. Und geht üben.

Am nächsten Morgen, als er beinahe am Ende ihrer Schicht in den Bus steigt, ist sie nicht überrascht, hat ihn sogar erwartet.

Er lächelt und nickt ihr zu, die Hände auf den Knien sind geschmeidig und ruhig. Diesmal halten sie sich nicht mit Essengehen auf, sondern gehen sofort in seine Wohnung und wiederholen den gestrigen Tag, probieren ihn an, als sollte er eine beruhigende Gewohnheit werden. Arachne ist hypnotisiert. Sie hat das erste Mal zugestimmt, weil sie wirklich seine Haut berühren wollte, aber jetzt ist es anders, jetzt hat sie diese Entschuldigung nicht, und dennoch ist sie hier. Sie hat immer dem Grundsatz gehuldigt, daß man, sobald man sich einmal entschlossen hat, mit einem Mann zu schlafen, gleich aufs Ganze gehen und es hinter sich bringen sollte. Es hat nicht viel Sinn, herumzuspielen, auf den geeigneten Augenblick zu warten, weil der niemals kommt, weil niemals der richtige Zeitpunkt ist: Arachne hat gelernt, rasch zu ihrem Vergnügen zu kommen, zu nehmen, was sie kriegen kann, hat ihren Körper darauf trainiert, sich selbst Lust zu verschaffen. Es ist gleichgültig, wer der Mann ist, solange er einigermaßen annehmbar ist. Denk' an dich selbst, oder du bist verloren. Männer denken nicht an dich.

Aber dieser eine, Basilisk – und sie könnte nicht einmal seinen Namen schreiben –, rührt sie nicht an, stürzt sich nicht auf sie. Er schaut nur; als empfinde er größeres Vergnügen dabei, ihren Körper anzusehen, als dabei, ihn zu besitzen.

Arachne schläft vertrauensvoll auf der Matratze ein, läßt sich an einen Ort sinken, der tiefer ist als Schlaf, und als sie aufwacht, ist er da, mit offenen Augen, liegt auf dem Boden und hört Schubert.

Sie denkt, daß sie ewig so weitermachen könnten; sie entdeckt, daß ihr die Idee überhaupt nicht mißfällt. Er ist ein perfekter Mann, groß, gleichgültig und ruhig, und er stört sie nicht.

Publikum

Dennoch ist sie nicht überrascht, als er ihr eine Woche später sagt: «Heute abend ist das letzte Konzert. Ich fahre morgen ab.»

Arachne könnte weinen und schmollen, aber sie tut es nicht. Sie hält es für Zeitverschwendung, Männern mit Tränen und Wehklagen nachzulaufen. Sie zuckt die Achseln und nimmt die Woche für das, was sie gewesen ist, nicht mehr als eine Möglichkeit, seine Haut zu berühren.

Er ist trauriger als sie. Er hat nie eine Frau gefunden, die dermaßen perfekt zum Üben geeignet ist. Seine Konzerte in Vancouver waren Meisterstücke; nicht einmal seine Bewunderer waren auf eine derartige Leistung gefaßt. Er ist überrascht, was die komische kleine Busfahrerin bewirkt, mit ihrem Gesicht, das so trotzig verschlossen, blind und endlos ist wie eine Partitur. Er hätte gerne, daß sie zu seinem letzten Konzert kommt, obwohl sie klassische Musik mit dem vereinheitlichten Zeug verwechselt, das in Fahrstühlen und Wartezimmern von Zahnärzten gedudelt wird. Sie fingert an der verrückten Krawatte herum, die sie tragen muß, korrigiert den Sitz des Knopfes unter dem Kragen.

Er zieht sich den ausgefransten Pullover über den Kopf. «Hör zu, möchtest du kommen?» Er hält nervös inne, während sie ihn stirnrunzelnd aus diesen seltsam geheimnislosen Augen ansieht.

«Ich meine, ins Konzert kommen.» Seine Stimme ist belegt.

«Ich muß am Nachmittag fahren.»

«Es beginnt um halb neun.»

Arachne blickt ihn alarmiert an. Wenn er sich nicht die ganze Woche so benommen hätte, würde sie jetzt eine Falle wittern, die weitaus gefährlicher ist als Sex.

«Du möchtest wohl eher nicht?»

Sie zuckt die Achseln. «Was ist es?»

Er muß fast lachen – die Frauen im Orchester treiben sich vor seiner Garderobe herum, die Frauen im Publikum strecken die

Hälse nach vorn, drängen sich zu ihm, obwohl sie schicklicherweise neben ihren Ehemännern und Freunden sitzen, er kann während des Spielens fühlen, wie sehr sie ihn begehren. Und die hier steht mit ausdruckslosem Gesicht da, zuckt die Achseln, erzählt ihm, sie müsse einen Bus fahren.

«Warst du schon einmal in einem Symphoniekonzert?»

Sie schüttelt den Kopf.

Er fühlt plötzlich Reue in sich aufsteigen. «Schau, du mußt nicht kommen.»

Aber ihr Gesicht hat sich entspannt. «Werde ich dich sehen können?»

Er treibt einen guten Platz für sie auf, ziemlich nahe am Podium und in einem Winkel, von wo aus sie die Tasten deutlich sehen kann. Er bringt sie selbst hin, kauft ihr ein Programm. Es ist ein kalter Abend, und sie trägt über ihrer Busfahreruniform einen formlosen Dufflecoat.

«Wir können in der Pause gehen. Ich komme vorher dran.»

Allein fühlt sie sich seltsam nackt. Das Sprechen mit dem Fahrer ist verboten, denkt sie. Da sind sie, diese Leute, die nie mit dem Bus fahren. Komisch, sie wußte, daß sie existieren, aber sie waren für sie niemals etwas Reales; und nun sind sie neben ihr, sprechen über diesen Mann, mit dem sie die meiste Zeit der Woche verbracht hat, diskutieren über seine Technik, seinen Ausdruck.

Die Lichter gehen aus, die Menge verstummt, und der Maestro tritt auf, um das erste Stück zu dirigieren, ein Konzert von Mozart, fröhlich und kurzweilig. Arachne applaudiert nicht mit dem übrigen Publikum, sondern beobachtet das stattfindende Ritual, als säße sie nicht mitten drin. Die Klangraffinesse des Orchesters interessiert sie nicht; sie mustert die Gesichter der einzelnen Musiker und hört auf die Musik. In der Pause vor dem zweiten Stück, während die Bühnenarbeiter den riesigen Steinway heranrollen, erinnert sie sich an den schwarzen Mann, der nackt neben ihr auf der Matratze in der ansonsten leeren Wohnung gelegen ist, und ihre ganze kümmerliche und dreckige Kindheit, ihr lumpiges Überleben als Ausgestoßene kehrt in der Erinnerung zurück. Bei den ersten Noten, die er anschlägt, so zart, so peitschend, sinkt sie in ihrem Sitz zusammen, weiß, daß er diese komplizierten Bewegungen nur für sie ausführt, daß das Strecken seiner Finger und das flüchtige Lächeln auf seinem Gesicht ihr gelten, eine Art sind, sie zu beobachten, in sie einzudringen. Es ist unerträglich, so raffiniert, so glänzend grausam, er schlitzt ihr die Haut auf mit den Rasierklingen seines verdammt guten Benehmens, seiner Kultur, seinem Wissen, mit der Tatsache, daß er seine riesigen Hände über diesen schwarzen und elfenbeinfarbenen Tasten heben und senken kann und dabei dermaßen perfekte Töne hervorbringt. Sie kann die Augen nicht von seinen Händen wenden. Nach dem aufbrandenden Applaus wartet sie draußen auf ihn, unter dem drückenden Licht, das von den Straßenlampen fällt. Noch immer im Frack, berührt er ihren Arm, sein Hals ist wie ein glänzend schwarzer Stein im Kontrast zu seinem Hemd. «Ich hab schon Angst gehabt, du bist gegangen.»

Sie gehen in Richtung West End, in Richtung Wohnung. In einer ruhigeren Straße bleibt er stehen. «Danke», sagt er heiser. «Danke.»

Sie zieht die zur Faust geballte Hand aus der Tasche und schlägt ihn, einmal, zweimal, so fest sie kann, bevor sie die Hand wieder in die Tasche steckt.

Er bückt sich und drückt sie an sich, der Dufflecoat verhüllt ihren festen Körper, hebt sie dann auf und trägt sie durch die Straßen. In der Dunkelheit fährt er ihr mit einer riesigen Hand über das Gesicht. «Verzeih mir.»

Arachne schlitzt ihm das Hemd auf, reißt ihm die Kleider vom Leib. Sie reitet auf ihm, hämmert auf ihn ein, galoppiert auf ihm, klammert sich an ihn, bis ihre Knie wundgerieben sind, die Innenseite ihrer Schenkel voller blauer Flecken ist und beide schluchzen.

Heb mich auf, heult sie, nimm den Busfahrer, gib mir Musikstunden und Abendkleider, gib mir Ohren. Und er schreit, nimm sie, nimm meine Haut, nimm all die Noten, gib mir einen Bus und eine Uniform, ein verschlossenes Gesicht und Mißachtung.

Noch tagelang ist Arachne zerrissen. Sie fährt den Bus. Sie ißt, sie schläft mit steifen Gliedern, sie weiß, daß sie am Rand eines Abgrunds gerettet wurde, von dem nichts mehr übrigbleibt, weiß, daß sie nie wird mehr empfinden können als das Gefühl der Leere im Magen. Welches Gefühl? Unzufriedenheit? Sie ist ständig unzufrieden, sie war immer unzufrieden. Ehrgeiz? Um vorwärtszukommen, sich zu kultivieren? Welchen Sinn hätte das? Sie weiß nur, daß sie gefährlich nahe an ein anderes Wissen herangekommen ist. Und daß das riskant ist.

Sie wird den Bus fahren und sich aus Schwierigkeiten heraushalten.

Sie fährt. Durch alle Jahreszeiten, durch einen dunklen Winter und einen blassen Frühling, durch Straßen, die in eine einzige, langgestreckte Asphaltdecke münden. Sie hört nichts als das Geräusch des Klingelzeichens, sie fühlt nichts als das Steuer unter den Händen. Die grauen Dreiecke von Gesichtern sind nicht wirklich Gesichter, haben niemals Gesichtszüge. Selbst wenn es Stammfahrgäste sind, gibt sie kein Zeichen des Erkennens. Sie hat den Trick gelernt, an den Menschen vorbeizusehen, sie nur als Gestalten wahrzunehmen.

In diesem Winter, der auf Basilisk folgt, konzentriert sie sich auf den Wagen, steckt alles, was sie hat, in den Mercedes. Ißt, schläft, fährt den Bus. Doppelte Schichten, sie ersucht darum und bekommt sie. Wer will schon zwei Vier-Stunden-Schichten pro Tag fahren? Das heißt, das Schicksal herauszufordern, das ist der Punkt, an dem Fahrer Unfälle zu haben beginnen. Aber abgesehen von aus den Schienen gesprungenen Kabeln, abgesehen von einem eingeschneiten Tag, an dem es der Bus einen Hügel hinauf nicht schafft, hat Arachne keine Unfälle. Sie zählt auf den Wagen. Er ist ein Trost aus der Vergangenheit, ein Talisman für ihre ungewisse Zukunft.

An dem Tag, an dem Thomas in den Bus steigt, denkt sie gerade an den Wagen; sie denkt an seinen Sechszylindereinspritzreihenmotor, wassergekühlt, mit obenliegender Nockenwelle. Seine Eigenschaften besänftigen sie, müssen ihr Gesicht entspannen, weil er sie anlächelt, als er das Fahrgeld in den Automaten wirft, bevor sie noch Zeit hat, ihren Gesichtsausdruck zu neutralisieren.

«Schöner Tag heute», sagt er.

Sie nickt und lenkt den Bus in den Verkehr hinaus, und er geht den Mittelgang entlang und setzt sich.

Vorsicht, sagt sie sich. Laß diesen Blick aus deinem Gesicht verschwinden. Aber sie hat den Mann bemerkt.

Er nimmt jeden Morgen pünktlich um halb acht den Bus Nummer siebzehn, steigt an der Oakridge-Ecke ein und fährt in die Stadt. Wenn er aussteigt, geht er zum alten Sun-Gebäude, langsam und nachdenklich. Arachne bemerkt, daß sie ihn beobachtet; am vierten Tag, an dem er mit ihr fährt, erntet sie einen sarkastischen Kommentar des Kontrolleurs der Busgesellschaft, weil sie eine halbe Minute Verspätung hat.

Er trägt eine Aktentasche und eine grellorange Rolle, die irgendeine Art von Karten beinhalten muß. Sein Gesicht ist glatt und jugendlich. Er streckt die Beine glücklich über den Mittelgang. Sein Kleingeld rattert mit der festen Überzeugung, daß es Morgen ist, in den Automaten, er weiß genau, wohin er fährt und was er tun muß. Sein regelmäßiges und ruhiges Lächeln ihr gegenüber schmerzt. Sie weiß, er hat die Telefonnummern blauäugiger junger Sekretärinnen, die selbstsichere Röcke tragen und deren Zähne zu verführerischen Linien reguliert wurden. Er zögert nicht, bevor er sie anruft, sie zögern nicht, seine Einladungen anzunehmen; und er kann sie überallhin ausführen, ohne überlegen zu müssen, ob das Restaurant oder das Theater geeignet ist, ohne überlegen zu müssen, wieviel Trinkgeld er dem Kellner gibt.

Arachne weiß, daß sie zur Arbeiterklasse zählt. Sie hat ihr eingeengtes Leben nie als untauglich empfunden. Sie ist mit Überleben, mit Selbstschutz beschäftigt. Sie weiß, was Freude ist: die drängende Sehnsucht in der Brust, wenn sie fährt, wenn sie sich das erste Mal hinter das Steuer eines Wagens setzt. Alle anderen Triebe in ihrem Leben sind auf Hunger zurückzuführen: etwas zu essen zu haben, etwas anzuziehen zu haben, geliebt zu werden, dies oder jenes zu besitzen.

Aber hier, eingesperrt in ein Schema von Haltestellen, durch unsichtbare Ketten an ihren Sitz gefesselt, beobachtet sie ihn eines Morgens, als er in einer Gruppe weggeht, die sich von ihrem Bus davonschlängelt – sie sitzt hinter dem riesigen Lenkrad und empfindet eine würgende Lust. Nicht für ihn, o nein, sondern für eine undefinierbare Eigenschaft, die er verkörpert, die sich in seinem Gang, im Neigen des Kopfes, in der Sicherheit der Hände äußert. Es ist nicht dasselbe wie dieser Bajonettstoß, mit dem die ersten Noten unter den Fingern des schwarzen Pianisten emporstiegen. Dieser Schmerz war definiert, abgegrenzt; es war etwas Hoffnungsloses, das da hervorstürzte, etwas, das nie verwirklicht werden konnte, nie. Man kann in das Unmögliche eindringen, aber das Unmögliche bleibt unmöglich. Das hier ist anders, ein bohrendes Nagen von Unzufriedenheit, das Gefühl von etwas Erreichbarem, das vorüberstreicht. Wenn sie die Hände nur in die richtige Form zwingen kann, kann sie es auch haben.

Diese Idee ist heimtückisch wie eine Krankheit. Was denkt sie eigentlich? Daß sie zur Mittelklasse aufsteigen kann, angesehen ist, Ehefrau, Mutter wird, sich um saubere Geschirrtücher und heiße

Pfannen kümmert? Mit ihren Neigungen? Mit ihrer Herkunft? Toto, der den Kopf mit den fettigen Haaren auf ein Kissen stützt, während er im Liegen das graue Flimmern des Fernsehapparates anstiert, Lanie, die hereintorkelt, gerade von einer Bingopartie oder vom Einkaufen kommt, mit diesem halb spöttischen Kichern die Ginflasche über ihren Tee kippt.

«He, Raki, was macht die Arbeit?» Totos Frage bleibt immer dieselbe.

«Alles in Ordnung.» Ihre Antwort bleibt immer dieselbe.

Und Lanie. «Mrs. Carling ist gestorben, sie muß gestürzt sein. Der Notdienst war stundenlang da, und am Ende konnten sie überhaupt nichts tun, ließen sie einfach da liegen und haben sie dann wie einen Sack zusammengeschnürt. Läßt's einen kalt über den Rücken laufen.»

«Es ist ein guter Job, Raki. Bleib dabei.» Das war immer das letzte, das Toto sagte. Sie nimmt seine Worte für bare Münze.

Nun träumt sie dem Rücken eines ganz gewöhnlichen Mannes nach, der Anzug und Krawatte trägt, von acht bis fünf in einem Büro sitzt – lauter angesehene Attribute, von denen sie weiß, daß sie sie nicht will. Es ist Frühling, der Wagen ist beinahe vollständig überholt. Sie sollte Urlaub machen, irgendwohin fahren. Sie überlegt, welches Ziel sie wählen soll. Sie ist nie aus Vancouver herausgekommen. Sie kennt die Stadt über jedes mögliche Wissen hinaus, sie ist mit den Brücken und Straßen, den Gewohnheiten der Stadt genauso vertraut wie mit ihren eigenen. Sie hat die Stadt, während sie aufwuchs, inhaliert.

Sie fährt doppelte Schichten, am Morgen und am Abend, von sechs bis zehn und dann wieder von acht bis Mitternacht, den ersten und den letzten Bus. Zwischen den Schichten schläft sie, ißt. Manchmal fährt sie sich mit einem Waschlappen unter die Achseln oder bügelt ihre Uniform, wartet darauf, daß das Lenkrad sie wieder ruft. Hoch über dem Verkehr ist sie ruhig, zwar in seinem Fluß, aber isoliert. An manchen Nachmittagen bleibt sie in der Stadt und geht in eine Frühvorstellung, verbirgt sich in den engen, muffigen Kinos. Oder sie geht hinunter zu George, gewährt sich selbst das sinnliche Vergnügen, ihm mit dem Wagen zu helfen, dessen fetter schwarzer Körper wartend über der Montagegrube steht.

Ihre kleine Unzufriedenheit wird durch den Wagen gestillt.

George arbeitet aus reinem Vergnügen an dem Wagen. Das Geld, das sie ihm dafür bezahlt, wird sich zu seinem eigenen gesellen, das weiß sie die ganze Zeit, während sie ihm Fragen stellt und er ihr die ganze Zeit die Bedürfnisse des Wagens einimpft, vorgeburtliche Kategorien zur Bewahrung dieses Relikts von Gabriels Reichtum anspricht. In den vier Jahren, seit sie ihn bekommen hat, hat Arachne den Wagen beinahe zu Schrott gefahren; jetzt will sie besser auf ihn achtgeben.

Arachne hat mit dem Vergnügen, das George aus dem Wagen zieht, nichts zu tun. Er kennt ihre Anhänglichkeit, hat sie gekannt, seit sie als rotznäsiges Kind nach Einbruch der Dunkelheit in der Gegend herumgestreunt ist, obwohl sie wie jedes andere Kind um sieben ins Bett hätte gebracht werden sollen. Dennoch ist aus ihr etwas Ordentliches geworden, hat sie sich von einem sprechfaulen Teenager zu jemandem gewandelt, der überraschend geduldig und höflich ist, mit ruhiger Stimme spricht. Wenn er an Arachne Manteia denkt, sieht er sie in einer Rückblende vor sich, wie sie Abfalleimer umstößt, ein Kampf, der noch immer für Gesprächsstoff in der Gegend sorgt.

Nun beugt sie sich neben ihm über die Motorhaube, mit einer Intensität, die ihn verwundert, und wenn die Straßenkinder zum Garagentor geschlendert kommen, spricht sie ruhig mit ihnen und gibt ihnen das Kleingeld, das sie in den Taschen hat. Nur gelegentlich erhascht er einen Blick auf die dumpfe Verdrossenheit, an die er sich erinnert, und sobald sie bemerkt, daß sie beobachtet wird, wischt sie sie fort, zeigt einen Gesichtsausdruck, der so nichtssagend ist wie ihre Hautfarbe. Aber ihre kleine Nase und ihr großer Mund erlauben keine Maskierung. Sie sieht anmaßend aus, denkt George. Es liegt etwas Seltsames in den Knochen um die Augen, das die Leute gefangennimmt. Er weiß, daß es gefährlich ist, ihre schlechten Seiten aufzudecken. Aber da ist der Mercedes, und Arachne bittet ihn, daran zu arbeiten, bietet ihm eine schöne Stange Geld an, damit er ihn über den Winter überholt. Er kommt um drei aus dem Geschäft und behält seinen Overall an, trinkt eine Tasse Kaffee und geht zur Garage, wo er die Stunden bis zum Abendessen mit dem schönen alten Wagen unter seinen Händen ausfüllt. Er fürchtete, Arachne könnte lästig werden, aber nach dem ersten Monat gab er sich der Verführung hin, die von diesem kniffligen Fahrzeug ausging. Er kennt das Vergnügen, das sie empfindet, wenn sie auf den

Ledersitz schlüpft und die Handflächen auf das Lenkrad legt – er macht das selbst, wenn sie nicht da ist. Er wird traurig sein, wenn sie den Wagen wieder fortnimmt.

Gabriels Wagen. Und Gabriel ist immer präsent, im hintersten Winkel von Arachnes Erinnerung, seine Besuche sind vorüberziehende Schlaglichter. «Stör Gabriel nicht», sagte Lanie, während Gabriel kerzengerade auf dem Stuhl saß und darauf wartete, daß das Teewasser kochte. Lanie eilte geschäftig herum, die geschminkten Lippen schmollend vorgeschoben. Sie puderte sich sorgfältig das Gesicht, bevor er kam, stand auf einem Bein im Badezimmer, den Augenbrauenstift und einen Topf Rouge in der Hand. Als ob er es bemerkt hätte. Er war von ernsthafter Höflichkeit, sprach mit ihr wie über einen imaginären Zaun hinweg. Aufmerksam, wachsam.

Lanies Befehl. «Stör Gabriel nicht.» Also schlüpfte Arachne an einer Türöffnung vorbei und kletterte hinter die Couch. Er beobachtete sie, seine Blicke folgten ihr. Er brachte ihr keine Geschenke, er liebkoste sie nicht, er plauderte nicht mit ihr. Er beobachtete sie. Und er streckte beide Hände aus, nicht in einer Geste des Willkommens, sondern in einer wissenden Geste, streckte sie ihr parallel entgegen, ohne Lächeln, ohne zu fragen. Sie schlängelte sich auf die Hände zu, zwischen sie hinein, ließ sich auf sein knochiges Knie heben, in seine steife Haltung, seine knirschenden Hemden und seinen von einem strengen Schnurrbart umgebenen Atem hinein. Er hielt sie, als wohnten sie beide einer Feier bei, pedantisch, bis der braune Teekessel und die klirrenden Tassen auftauchten. «Geh spielen», herrschte Lanie sie an und hob sie herunter. «Raus mit dir.»

Dennoch wurde das Ritual des Hochsitzes auf seinen Knien immer wiederholt, war die Geste seiner mit Altersflecken übersäten Hände immer dieselbe, mit der er Arachne zwischen diese Hände zog. Er hielt sie gerade fest genug, um sie im Gleichgewicht zu halten, herzte oder berührte sie nicht über diese unpersönliche Regelmäßigkeit hinaus. Ernst saßen sie die wenigen Minuten da, die Lanie ihnen gewährte. Nie sprachen sie, es erfolgten keine Ausschmückungen.

Nur einmal, als Arachne krank war und schrie, einen entzündeten Hals und Husten hatte, nicht atmen konnte, nahm er sie heftig in die Arme, hob sie aus dem Gitterbett und drückte sie an sich, während er sie herumschwang.

«Ich weiß nicht, was ich machen soll», klagte Lanie. «Sie hat ihre Arznei bekommen, aber sie kann nicht schlafen.»

«Fahren Sie mit ihr hinaus.»

«Wie soll ich das tun?»

«Ich werde es tun.»

Er ging mit ihr aus dem Haus, ohne Lanie. Setzte sie neben sich auf den Vordersitz und fuhr, während er sie mit einer Hand festhielt. Arachne hörte zu weinen auf und schmiegte sich an seinen Schenkel; der Fahrtrhythmus wiegte sie in ein langes Schluchzen und dann in den Schlaf. Stunden später wachte sie auf, weil seine Finger ihren Rücken unter dem Schlafanzug streichelten, es war ein gleichmäßiges, unbeirrbares Reiben, seine Hand fuhr auf und ab, auf und ab. Als sie sich schließlich bewegte, startete er den geparkten Wagen und fuhr sie nach Hause, gab sie kommentarlos in Lanies Hände. Und ließ sich, bevor er ging, aus den Teeblättern die Zukunft lesen.

Das war früh, bevor er den Mercedes kaufte. Lanie schwärmte von dem neuen Wagen, bestürmte Toto tagelang damit. Als hätte der Wagen ihr endlich den Beweis geliefert, wie wohlhabend Gabriel war, als wäre er schließlich entlarvt worden.

Arachnid

Während Lanie darauf wartete, daß Arachne aus ihrem Bauch kriechen und geboren würde, saß sie in der Wohnung beim Fenster und beobachtete die Straße. Das Licht erschien ihr in diesem Winter blaugrau und gedämpft. Sie liebte die Art und Weise, wie es über ihren Körper wanderte, wie es um ihren geschwollenen Schoß schwamm und sich zu ihren Füßen sammelte. Trotz des Wartens fühlte sie sich seltsam zufrieden, in einem Netz von Ruhe gefangen, bevor sie sich wieder der lärmenden Ungeduld des Lebens stellen mußte. Sie beobachtete die Straße und legte Patiencen. Sie ignorierte das Kind unter ihrem Herzen.

Die Straße war typisch für diese Gegend, eine Mischung von schäbigen Geschäften und heruntergekommenen Häusern ohne Fahrstuhl, wie das, in dem Lanie und Toto wohnten. Ein paar Häuser weiter unten lag *Silver's Confiserie*, wo sie am Sonntagmorgen Milch kaufen konnten. Lanie lachte über das Wort «Confiserie». Ein Geschäft mit einem solchen Namen hätte ihrer Meinung nach exquisite Süßwaren oder auch wogende altmodische Hüte anbieten sollen. Statt dessen war es einfach ein Lebensmittelgeschäft, dunkel und ziemlich muffig. Direkt gegenüber befand sich ein Café, das aus unerfindlichen Gründen *Orange Café* hieß, und das von einem mürrisch blickenden Chinesen geführt wurde, der immer zur Eingangstür kam und «Kusch, Katzen» rief. Es gab keine Katzen in der Umgebung, aber das Schreien schien ihn zu befriedigen, und er verschwand wieder im Inneren des Lokals, wo er den alten Männern des Viertels lauwarmen Kaffee servierte. Manchmal gingen Lanie und Toto hin, um chinesisch zu essen: es war billig.

Die Straße, die Lanie beobachtete, hatte kein Ziel, wurde eher gekreuzt, als selbst Kreuzung zu sein, nahe an der Innenstadt, aber dennoch mit der Aura behaftet, an der Peripherie zu liegen. Die Menschen, die die Straße benutzten, gingen hier nur auf ihrem Weg anderswohin vorbei. Lanie blickte von ihren Karten in ein zielloses Leben auf; nur im Kino sehnten sich die handelnden Personen nach Abenteuern, suchten sie, erlebten sie.

In Vancouver bringt der Frühling Regen, und mit ihm die Insekten des Regens. Eines frühen Morgens bemerkte Lanie ein Zucken von Grau im äußeren Winkel des Fensters. Sie beugte sich über den großen Hügel in ihrem Schoß nach vorne, so nahe an das Fenster, daß sich ein Stück Glas durch ihren Atem beschlug; und als es sich wieder geklärt hatte, hatte die Spinne schon den ersten Faden quer über die Fensterecke verankert. Es war eine große Spinne, ihr Bauch war so rund wie der Lanies. Ihre Beine waren flink und behaart, schienen beinahe zu tanzen, zogen den silbrigen Faden aus dem Anus heraus, webten ihn mit den Hinterbeinen. Lanie sah, daß die Spinne verletzt worden sein mußte – sie hatte nur sieben Beine. Aber das war der Ausführung ihrer Arbeit und ihrem Ehrgeiz keineswegs hinderlich. Das seidige Netz wuchs, während Lanie zusah.

«Was ist denn da?»

Sie drehte sich heftig auf dem Stuhl herum, starrte den Mann an, der in der Tür stand. Sie hatte sie geöffnet, weil sie versuchte, den Küchenmief hinauszubringen, der ihr am Morgen immer den Magen umdrehte.

«Was wollen Sie?»

«Sind Sie Lanie?»

Sie blickte an sich herab, an ihrer nur zu offensichtlichen Schwangerschaft.

«Ich bin von – Ich bin alle paar Wochen zu *Fisherman's* gekommen.»

Fisherman's schien ein anderes Leben zu sein, wie England. Er war untersetzt, dunkel, mit einem Schnurrbart, borstig wie eine Zahnbürste. Sie konnte sich beim besten Willen nicht an ihn erinnern.

«Gabriel Greenberg.»

Seine braunen Halbschuhe waren glänzend poliert, seine Hose hatte eine scharfe Bügelfalte. Sein Mantel war neu.

«Ich wollte fragen», er machte einen Schritt vorwärts, «ob Sie noch immer aus den Teeblättern die Zukunft voraussagen.»

Lanie schüttelte den Kopf.

«Könnten Sie für mich wahrsagen? Ich zahle Ihnen fünf Dollar.»

Lanie stand auf, brachte den Bauch ins Gleichgewicht. «Wie haben Sie herausgefunden, wo ich wohne?»

«Fisherman's.»

«Woher wußten die es?» Sie wartete nicht auf die Antwort. «Nun gut, kommen Sie herein. Machen Sie die Tür hinter sich zu.»

Sie und Toto hatten nie Besuch gehabt, und sie wußte kaum, wo sie ihn hinbitten sollte; aber er blieb beim Fenster stehen, während sie den Wasserkessel auf den Gasherd stellte und die Teekanne auswusch.

«Ein Arachnid», sagte er sanft.

«Was?»

«Spinne.» Er lächelte ihr zu, und sie bemerkte, daß seine Zähne falsch waren, sie paßten nicht genau. «Arachnid.»

«Oh.» Sie schüttete ein paar Löffel Tee in die Kanne, hoffte, daß er nicht zu ausgeraucht sei.

«Gut, daß sie etwas gefangen hat. Spinnen sind Gauner. Sie fressen sich gegenseitig auf, wenn sie sonst nichts finden.»

Aber Lanie war vollauf damit beschäftigt, die Ellbogen und Knie ihres strampelnden Babys zu ignorieren.

Als sie einander am Tisch gegenübersaßen, die braune Teekanne zwischen sich, erwähnte keiner von beiden Lanies Schwangerschaft oder das zu erwartende Kind. Lanie war damit einverstanden, daß er jeden zweiten Montagnachmittag kam. Abgesehen von den fünf Dollar machte es für sie keinen Unterschied. Sie war auch nicht neugierig, Näheres über Gabriel zu erfahren. Er hatte Geld und war gewillt, ihr etwas davon zu geben. Das war alles, worum sie sich kümmerte.

Als die Wehen einsetzten, war es Toto, der in Panik geriet, der wahllos einige Sachen Lanies in einen Einkaufsbeutel von Woodwards stopfte, der sie eiligst ins Krankenhaus brachte und dann nach Hause ging, wo er gegen sich selbst Schach spielte, bis der Anruf kam. Als er sie besuchte, wußte er nicht, was er sagen sollte, sie schien dieselbe zu sein, obwohl sie eine Grimasse machte und meinte: «Meine Güte, Toto.»

Es war ein Mädchen mit braunem Flaum und einem verknautschten Gesicht. Als der Arzt es ihr sagte, runzelte Lanie die Stirn. «Ich wollte einen Jungen», meinte sie und betrachtete den Säugling kritisch.

«Wir werden sie Arachne nennen», teilte sie Toto mit.

«Wie?» Er wollte Sue oder Mary, irgend etwas Einfaches.

«Arachne», beharrte sie eigensinnig.

Es mußte Gabriels Fünfdollarschein gewesen sein. Toto versuchte sich daran zu gewöhnen, aber gleichgültig, wie sehr er den Mund auch verrenkte, er konnte Arachne nicht aussprechen. Er nannte sie schließlich mit verschiedenen Kosenamen, meistens Raki. Oder Rach, wenn er böse auf sie war.

Nun, da ihr Körper wieder ihr alleine gehörte, war Lanie fest entschlossen, ihn nie wieder herzugeben. Sie weigerte sich, das Kind zu stillen, aber 1950 waren Flaschenkinder nichts Ungewöhnliches. Sie behandelte Arachne mit ruhiger Zurückhaltung, wickelte sie, badete sie, fütterte sie, aber abgesondert, außer Reichweite.

Einen Monat nach Arachnes Geburt überzeugte sich Lanie, daß das Baby schlief, zog dann den Mantel an, ging über die Straße in das *Orange Café* und fragte, ob eine Kellnerin gebraucht würde.

Der mürrisch blickende Chinese war mißtrauisch. «Irgendwelche Erfahrung?»

Lanie blickte ihm in die Augen. «Ich habe vier Jahre lang unten in der Stadt in *Fisherman's Café* gearbeitet.» Es war typisch Lanie, nicht zu erwähnen, daß sie eher als Wahrsagerin eingestellt war denn als Kellnerin.

Zum erstenmal war Toto entsetzt. «Du kannst doch nicht einfach das Baby hier allein lassen.»

«Warum nicht?»

«Sie wird keine Luft kriegen oder ersticken oder so etwas Ähnliches.»

«Aber nicht doch», beruhigte ihn Lanie. «Sie schläft ja nur den ganzen Tag. Ich hab nichts zu tun außer darauf zu warten, daß sie aufwacht, dann füttere ich sie, und sie wird wieder schlafen. Auf jeden Fall werde ich ja nur über der Straße sein. Ich kann in den Kaffeepausen und zum Mittagessen nach Hause kommen.»

«Was ist, wenn sie schreit?»

«Ich werde das Fenster offenlassen, damit ich sie hören kann. Außerdem schreit sie nicht viel.»

Also wurde Lanie Kellnerin, und Arachne schlief und wuchs heran, ohne daß eine Mutter über ihre Fortschritte wachte. Lanie vernachlässigte Arachne nicht, sie ignorierte sie einfach. Sie wollte nicht, daß ein Baby sich in das einmischte, was wieder zu ihrem Ehrgeiz geworden war – ein Haus zu kaufen. Arachne wurde gefüttert, gewaschen und gewickelt, aber entsprechend den Launen des Stundenplans, den der Chinese, Louis Chan, vorgab.

Als Louis Chan herausfand, daß Lanie ihr drei Monate altes Baby den ganzen Tag allein gegenüber in dem Haus ohne Fahrstuhl ließ, hätte er sie gefeuert, wenn sie nicht so gut gewesen wäre. Statt dessen machte er sich Sorgen. Er ging immer auf die Straße hinaus, stand da und schaute lauschend zum Fenster der Wohnung hinauf, rief nur, als fiele es ihm nachträglich ein: «Kusch, Katzen», bevor er wieder hineinging. Wenn das Geschäft schwach lief, sagte er Lanie immer, sie solle eine Pause machen. «Es ist jetzt nicht viel los, gehen Sie und sehen Sie nach, ob mit diesem Baby alles in Ordnung ist.»

Am Abend kam Toto nach Hause und verbreitete einen Geruch nach Sägespänen und Baumharz. Er spielte mit Arachne, warf sie in die Luft und ahmte die Geräusche eines Zuges nach. Lanie, die ihre Kellnerinnentracht bügelte oder sich die Haare eindrehte, sah zu, aber beteiligte sich nie.

Gabriel kam noch immer, und wenn er kam, machte sich Toto rar. Sie waren einander begegnet, während Lanie im Spital lag. Toto öffnete ihm, den er ärgerlich als Pfundskerl bezeichnete, die Tür, und Gabriel streckte die Hand aus und fragte: «Hat sie das Baby schon bekommen?»

«Was geht Sie das an?» Toto war glücklich, eine Entschuldigung dafür zu haben, wütend zu werden.

«Was, zum Teufel, geht da vor?» fragte er Lanie grollend während der Besuchszeiten.

Sie gähnte. «Ich hab ihn ganz vergessen. Ja, Toto, ich konnte fünf Riesen alle zwei Wochen nicht ausschlagen. Ich hab alles gespart.»

«Gut, aber wer ist er?»

«Ich weiß nicht. Irgendein reicher Kerl, der will, daß ich ihm aus den Teeblättern die Zukunft voraussage. Er fragt mich einfach, ob das Geschäft gut gehen wird, ob er mehr Geld investieren soll. Manchmal sag ich nein, meistens aber ja. Er ist ein kluger Kopf – er weiß, was er tun muß, ohne mich zu fragen.»

«Und warum fragt er dich dann?»

«Ach Toto, ich weiß es nicht. Es ist nichts. Ich sage ihm einfach die Zukunft voraus, und dann gibt er mir fünf Riesen und geht.»

«Mir gefällt das gar nicht.»

«Es ist nichts, ehrlich. Ein häßlicher alter Knacker wie der? Ach komm.» Und sie kicherte.

Gabriel kam weiterhin. Er war es, für den Arachne lächelte. Und Lanies Zielstrebigkeit machte sich bezahlt, auch wenn Arachne den Wagen bekam.

Oberflächen – eine Karte

Arachne denkt an den Wagen, während sie zwanzig vor eins an der Haltestelle in der Innenstadt steht, vor ihrer letzten Fahrt in dieser Nacht. In dreißig Minuten kann sie den Autobus in der Garage stehenlassen und in der langsam wärmer werdenden Luft nach Hause spazieren, kann sogar heimlich einen Abstecher zu George machen und einen Blick auf den Mercedes werfen. Wenn sie den ganzen Weg nach Hause zu Fuß geht, wird sie schlafen, wirklich schlafen.

Sie kontrolliert ihre Uhr: noch eine halbe Minute bis zur Abfahrt. Die wenigen Fahrgäste im Bus scharren mit den Füßen und gähnen, hauptsächlich Reinigungspersonal, das in den Bürohäusern arbeitet. Wie fühlt man sich dabei, durch verlassene Büros zu gehen, Papierkörbe auszuleeren und Toiletten sauberzumachen?

Unter der summenden Überwachung der Leuchtstoffröhren hört man verhaltenes Getuschel, den gruseligen Beweis für die Existenz der Leute, die das Reinigungspersonal niemals sieht. Nur eine halbgeöffnete Schublade, eine Weste, die schief von einer Stuhllehne hängt, eine Streichholzschachtel, ein zerrissenes Taschentuch. Denken sie sich Geschichten aus, lesen sie die Zukunft aus den zerknüllten Papieren im Abfalleimer, sehen sie Blut, Tränen, Zorn in der Position eines Stuhles, der Stellung einer Schreibmaschine, dem Winkel der Fotografie einer Ehefrau? Sie kennen die Inhaber der Schreibtische gründlicher, als wir es uns vorstellen. Sie sind diejenigen, die den Geruch von Schweiß und Lust und Furcht einfangen, sie sehen die Spermaflecken auf dem breiten Stuhl des Direktors, sie finden die ekstatischen Liebesbriefe, die zerrissen ganz unten in den Papierkörben liegen, sie wischen Schleim von den Wasserhähnen. Arbeit, Arbeit, da ist der Beweis für Arbeit, aber er ist nebensächlich neben all den anderen Anhaltspunkten: Dieser Mann wird nächste Woche seine Stellung verlieren, dieses Mädchen wird sich umbringen, dieser Mann teilt Zigarren aus, um die Geburt seines Sprößlings zu feiern. Es stellt eine ungeheure Last dar, diese Büros sauberzumachen, ohne sich von ihnen anstecken zu lassen, überall laut rufende Gespenster, die am nächsten Morgen aus Fleisch und Blut wiederkehren. Die Leute vom Reinigungspersonal wenden verbissen den Kopf ab, verschieben einen Aschenbecher, stauben geistesabwesend ein Telefon ab. Gehen sogar so weit, einen Plastikbezug aufzuheben, versuchen, einen Computer oder ein Telexgerät zu erforschen, bevor sie den Bezug wieder hinlegen und in den nächsten Büroraum, zur nächsten Offenbarung gehen.

Manchmal seufzen sie, und ein Buchhalter, der gegen den Nachmittagsschlaf ankämpft, hört sie, hebt den Kopf und lauscht eine Weile. Natürlich denken die tagsüber arbeitenden Leute nicht an das Reinigungspersonal – für sie sind die fleckenlosen Böden und abgestaubten Schreibtische eine Selbstverständlichkeit. Schließlich sind sie es, die die Arbeit verrichten. Und die Leute vom Reinigungspersonal klettern müde in Arachnes Bus, lehnen sich an ein Fenster und starren in die Dunkelheit. Sie sind es müde, den Schmutz anderer Leute zu desinfizieren, sie möchten nach Hause, zu ihrer eigenen Unordnung, und schlafen.

Arachne fährt heute nacht einen Dieselbus, es ist ein Vergnügen, nicht fürchten zu müssen, auf der Cambie-Brücke aus den Schienen zu springen. Es ist Freitag, deshalb: Am Wochenende herrscht eingeschränkter Betrieb, und sie fahren alle mit Dieselbussen, die meisten Elektrobusse sind eingestellt. Niemand will am Freitag oder Samstag die Nachtschicht haben, aber Arachne liebt diese Abende, sie sind ruhig. Außerdem sind es Überstunden. Während die Türen zischend zufallen, wirft sie einen Blick in den Rückspiegel, bevor sie losfährt. Unten an der Straße kommt eine Gestalt angerannt. Sie hat den letzten Bus, sie wartet lieber. Sie öffnet die Tür noch einmal und sieht den Einsteigenden kaum an, bevor sie losfährt.

Der Fahrgast, auf den sie gewartet hat, ist der nette, beneidenswerte junge Mann. Er sitzt fünf Reihen hinter ihr auf der rechten Seite und hat diese orangefarbene Rolle zwischen sich und das Fenster geklemmt; sie kann ihn im Rückspiegel deutlich sehen. Arachne kann nicht aufhören, ihn anzustarren, seinen gut geschnittenen Anzug in sich aufzunehmen, sein Gesicht – aber das ist heute weniger glatt, die Augen sind klein und müde. Er sieht starr und teilnahmslos vor sich hin. Was macht ihn so begehrenswert? Die Frische seiner Haut? Die manikürte Hand, die den Metallrahmen des Sitzes umfaßt? Arachne fühlt wieder einen Strom der Lust in sich aufsteigen. Warum fährt er an einem Freitag um Mitternacht mit dem Bus? Er sollte auf einer Party oder in einem Restaurant sein, tanzen, mühelos gesellschaftliche Kontakte knüpfen.

Der letzte Raumpfleger betätigt das Klingelzeichen, steigt aus, und er bleibt allein übrig. Arachne überlegt, ob sie ihn etwas fragen, einen Kommentar abgeben soll, aber sie verwirft die Idee. Er würde in einer netten, aber demütigenden Art antworten: Sie weiß schon, wie solche perfekten Männer mit Sekretärinnen, Kellnerinnen und Busfahrerinnen sprechen – höflich, aber distanziert, mit hochgezogener Augenbraue.

Die Haltestelle in der Einundvierzigsten Straße taucht auf. Er scheint es nicht zu bemerken, obwohl er doch die ganze Woche hier eingestiegen ist. Arachne kommt zur Ampel, wird langsamer, bremst. Er bleibt sitzen. Sie beobachtet ihn im Rückspiegel, ruft dann: «Oakridge.»

Er springt so hastig auf, daß Arachne beinahe kichert. Nicht so sicher und gelassen heute nacht. Die Tür schließt sich zischend hinter ihm.

Sie ist sieben Minuten zu früh dran. Es geht nicht an, so schnell in die Garage zu kommen; der Kontrolleur der Busgesellschaft beschuldigt sie dann, die Leute auf der Straße stehenzulassen. Arachne fährt am Ende der Cambie an den Straßenrand und geht zurück zu dem Sitz, auf dem noch immer der orangefarbene Behälter gegen das Fenster gelehnt ist. Sie öffnet ihn, läßt das zusammengerollte Papier herausgleiten und entrollt es zwischen den Händen. Es ist eine Landkarte, eine wunderschön gezeichnete und kolorierte Landkarte vom südlichen Britisch-Kolumbien, auf der sich Straßen um die Namen zögernder Städte schlängeln. Im grauen Licht des Busses verwandeln die eleganten Linien diese Kurven in Sehnsucht.

Straßen, denkt sie. Es sind Straßen da draußen.

Eine Faust schlägt gegen die Glastür.

Arachne geht zur Tür, öffnet sie, hält noch immer die Landkarte in der Hand. Auf dem Bürgersteig steht der Mann, schweißgebadet, mit verrutschter Krawatte. «Meine Landkarten», keucht er.

«Ja, sie sind hier.»

«Ich habe Sie den ganzen Weg von der Einundvierzigsten Straße bis hierher verfolgt.»

Sie sind in der Fünfundsechzigsten Straße.

«Sie haben Glück, daß ich zu früh dran bin.» Arachne lächelt. Jetzt hat sie ihn, den kleinen Musterknaben. «Die meisten Fahrer steuern gleich die Garage an.»

Er klettert die Stufen hoch auf sie zu. «Meine Landkarten, was machen Sie denn damit?» Zu seiner Ehre muß gesagt werden, daß er noch immer keucht. Wenn er ruhig atmete, würde ihn Arachne wegen seines Tennis-Squash-Golfspielerkörpers hassen.

«Ich hab gedacht», sagt sie vorsichtig, «daß vielleicht ein Name oder so etwas Ähnliches draufsteht. Die Dinge neigen dazu, im Fundbüro der Busgesellschaft zu verschwinden.»

Sein Gesicht hellt sich auf. «Sie hätten versucht, sie mir wieder zukommen zu lassen?»

Sie zuckt die Achseln. «Es steht nichts drauf.»

«Doch, da. Geodetic Survey. Und da ist mein Siegel.»

Sie blickt mit zusammengekniffenen Augen auf die Erhöhungen im Papier.

«Thomas Telfer, Kartograph.»

«Das bin ich.»

«Okay, Mr. Telfer, hier sind Ihre Landkarten, gesund und munter. Tut mir leid, daß Sie so weit laufen mußten.»

«Wenigstens habe ich Sie erwischt.»

Arachne nickt. Sie möchte noch einen Blick auf die Landkarte werfen, aber er rollt sie schon ein, die Hände gehen beinahe zärtlich mit dem Papier um. Er muß Stunden damit verbringen, wird ihr klar, Stunden. Er liebt die Landkarte, er hätte die Achseln zucken und nach Hause gehen, die Busgesellschaft am nächsten Morgen anrufen können.

«Wo wohnen Sie?»

Er sieht bestürzt auf. «Ich wohne nicht hier. Ich bin zur Zeit bei – einem Freund.» Das ist der ausschlaggebende Punkt bei diesen wohlerzogenen Männern – sie sind immer vollkommen ehrlich.

«Ich meine», Arachne ist vorsichtig, «wohin wollen Sie jetzt?»

«Oh, ungefähr zwölf Blocks von der Einundvierzigsten Straße. Ich steige normalerweise in einen Sechsunddreißiger um, aber ich glaube, ich habe ihn verpaßt.»

Arachne sieht auf die Uhr. «Das haben Sie.»

«Nun, ich werde einen kleinen Spaziergang machen. Mich ein bißchen abkühlen.» Er fährt sich über die schweißnasse Stirn.

Noch bevor er das tut, weiß sie, wie überrascht sie sein wird, ihre eigenen Worte zu hören. «Ich bringe Sie nach Hause.»

Er lacht. «Sie können nicht einen städtischen Bus dazu benützen, mich nach Hause zu bringen. Es ist nicht direkt Ihr Wagen.»

«Macht nichts. Also.» Sie schließt die Tür, lenkt den Bus auf die leere Straße und beschreibt an der nächsten Kreuzung ein schwerfälliges U den Weg zurück, den sie gekommen sind.

Er grinst. «Ist das nicht illegal?»

«Ja.»

«Warum tun Sie es dann?»

«Ich habe vorgehabt zu kündigen. Nun habe ich einen Grund.»

«Und was werden Sie dann machen?» Er sitzt auf dem Aufreißer-Sitz, zu ihr nach vorne gebeugt, hält die Rolle mit einer Hand.

«Nun, ich dachte, ich könnte ein bißchen reisen.»

«Wohin werden Sie fahren?» Er erwartet, daß sie Europa oder Südamerika sagt. Thomas ist ein gebildeter Snob; er kann sich nicht vorstellen, daß eine Frau noch nie aus der Stadt herausgekommen ist, in der sie geboren wurde.

«Ich würde gern Britisch-Kolumbien ein wenig erforschen.» Seine Landkarte hat sie verwegen gemacht.

«Gute Idee.»

Die Augen auf die Straße gerichtet, zeigt sie auf seinen Kartenbehälter. «Sie sollten es wissen.»

«Die schönste Gegend der Welt. Ich wünschte, ich könnte dort leben.»

«Wo leben Sie?»

«In Calgary. Ich komme nur ab und zu hierher, wenn es hier Arbeit gibt.»

«Was machen Sie?»

«Ich bin Kartograph bei der Geodetic Survey, der Geodätischen Landvermessung.» Dieser kultivierte, amüsierte Blick.

«Aber – was machen Sie? Tut mir leid, ich habe es nicht verstanden.»

«Ich zeichne Landkarten – Karten vor allem, was die Landvermessung verlangt. Ich bringe alles zu Papier. Denken Sie an mich, wenn Sie das nächste Mal eine Straßenkarte benützen.»

Arachne biegt in die Einundvierzigste Straße ein. «Wohin jetzt?»

«Das Haus liegt auf dieser Seite von Oak. Biegen Sie bei der nächsten Ampel links ab.»

«Warum nehmen Sie nicht den Oak Street-Bus?»

Er sieht sie an, sie stellt zu viele Fragen.

Sie fährt vor dem Haus, das er ihr angibt, an den Randstein, die Bremsen kreischen, obwohl sie sie ganz vorsichtig betätigt. «Tut mir leid. Ich wollte nicht alle aufwecken.» Sie hat den Fuß am Türöffner. Wenn er aufsteht, wird sie öffnen müssen. Aber er bleibt sitzen.

«Danke. Ich wäre verrückt geworden, wenn ich die da verloren hätte.»

«Wie lange bleiben Sie noch?» Sie fragt das zu schnell.

«Oh, noch eine Weile. Ich hab noch eine Menge zu tun. Deshalb arbeite ich auch so lange.» Er zögert. Bedauert er es, aus dem Bus aussteigen zu müssen?

«Wie kommen Sie nach Calgary zurück?»

«Ich werde wahrscheinlich fliegen.»

Natürlich. Arachne ist noch nie in einem Flugzeug gesessen, aber die Leute benutzen es unentwegt. Nur weil sie Vancouver noch nie verlassen hat, muß das noch lange nicht heißen, daß alle anderen auch an einem Ort bleiben.

«Warum?»

Arachne glaubt, eine Spur von Hoffnung aus seiner Stimme herauszuhören, eine Spur von Neugier.

«Ich dachte daran, durch die Berge zu fahren. Ich hasse es, allein zu fahren, ich hätte nichts dagegen, jemanden mitzunehmen.»

«Einfach so?»

«Na ja, ich möchte nach Calgary.» Sie improvisiert, tastet sich vorwärts.

«Wirklich?» Er kramt in der Tasche seines Jacketts, zieht einen Kugelschreiber heraus. «Hier ist meine Visitenkarte und meine Telefonnummer. Ich würde auch viel lieber durch die Berge fahren als fliegen, und wenn Sie gerne Gesellschaft hätten . . .»

Arachne nimmt die Visitenkarte. «In Ordnung.» Sie öffnet die Tür, um ihn hinauszulassen. «Gute Nacht.»

«Sie meinen es ernst?» Er ist so verdammt höflich.

«Ja.»

Auf dem Bürgersteig dreht er sich um und winkt ihr mit der Rolle zu.

Ohne Lebewohl

Wenn sie jetzt fährt, sieht sie feine schwarze Linien auf cremefarbenem Papier, die sich den Weg durch die Gebirge und den Osten bahnen. Alle Anhöhen und Gefälle waren koloriert, ihre Form durch dunklere Schattierungen angegeben – diese Farben hatten das Flechtwerk von Straßen über eine normale Landkarte hinausgehoben. Unter dem metallenen Licht glühten sie orange und blaßblau. Arachne denkt über die Landkarten nach. Sie denkt über Calgary nach, über Gebirgsstraßen, über den Mercedes. Sie geht George besuchen. Es ist Ende Februar, beinahe schon März.

Er reibt mit einem Fetzen über eine kleine Stelle auf dem Kotflügel. «Schnurrt wie ein Baby. Wenn du auf ihn achtgibst, hast du ihn ewig.»

«Das hab ich dir zu verdanken.» Arachne legt die Hand auf das Autodach.

«Du hast doch keine Garage in deinem Wohnhaus, nicht wahr? Möchtest du ihn hierlassen? Ich hätte nichts dagegen, wenn ich ihn ab und zu fahren könnte.»

«Fahr diese Woche so viel damit herum, wie du willst. Ich fahre nach Calgary.»

George bearbeitet weiter den Fleck. «Oh, Urlaub?»

«Nein. Ich fahre am Freitag nach Calgary.»

Er sieht sie an. Sie hat ihr trotziges Gesicht aufgesetzt. Er fragt nicht, ob sie zurückkommt, obwohl er den Wagen schon jetzt vermißt.

Arachne kommt der Gedanke, daß sie keinen Mann als Entschuldigung für ihr Fortgehen brauchen sollte. Wenn er mitkommen möchte – fein. Sie geht auf jeden Fall. Sie teilt der Busgesellschaft mit, daß sie kündigt – sie entschuldige sich für die kurze Frist, aber sie müsse die Stadt sofort verlassen, und ob sie den Betrieb wohl als Referenz angeben könne?

Sie ruft zu Hause an. «Ich fahre nach Calgary.»

«Oh», meint Lanie mißtrauisch, «warum?»

«Ich ziehe dorthin.»

Lanie rümpft die Nase. «Es ist eine so schreckliche Stadt, Liebes.»

«Bist du schon einmal dort gewesen?»

«Nein, aber jeder weiß das –»

Toto ist bestürzt. «Du hast einen sicheren Job gehabt, warum gibst du ihn auf? In fünf Jahren könntest du Cheffahrer sein, so wie die vorrücken. Was willst du in Calgary machen?»

«Ich nehme an, ich kann einen Bus fahren.»

Er schnaubt wütend: «Würde dir recht geschehen, wenn du keinen Job bekommst.»

Arachne packt ihre Kleidung, ihr Melmac-Geschirr und ihr Werkzeug in den Kofferraum des Mercedes. Mehr hat sie nicht mitzunehmen.

Die Straße

Sie wählt die Nummer, die er auf der Rückseite der Visitenkarte notiert hat.

«Kann ich Mr. Telfer sprechen?»

«Tom! Eine von deinen Freundinnen», brüllt eine Stimme.

«Möchten Sie noch immer nach Calgary fahren?»

Er hat nicht erwartet, daß sie anruft. Er zögert, als wüßte er, daß sie ihm Scherereien einbrockt.

«Wann fahren Sie?»

«Freitag früh.»

«In Ordnung. Ich muß spätestens Montag zurück sein.» Er kommt, bepackt mit einer Lederreisetasche und einem halben Dutzend orangefarbener Rollen, aus dem Haus, legt die Rollen vorsichtig und beinahe ehrfurchtsvoll auf den Rücksitz.

Er ist zu höflich, um sich über den Wagen zu äußern, aber sein Freund, der auch kommt, um Auf Wiedersehen zu sagen, ist es nicht. «Menschenskind, Tom, wie machst du das bloß? Fährst mit einer Frau in einem verdammten Mercedes-Oldtimer nach Calgary.»

Die ganze Strecke auf dem Highway 401 mustert Thomas sie verstohlen. Sie sprechen kaum. Arachne liebkost das Lenkrad, er lehnt sich mit einem Ellbogen auf die schwarze Lederarmstütze zwischen ihnen. In Hope legen sie eine Kaffeepause ein, und die Scheu, die sie im Wagen begleitet hat, ist fort, als sie einander am Tisch gegenübersitzen. Sie essen zwei Portionen Vollweizentoast, der von Butter und Marmelade trieft.

Arachne macht das Reisen ganz schwindlig. Sie ist mit dem Mercedes noch nie auf einer Landstraße gefahren, immer nur in der Stadt, hat den Hebel an der Lenksäule immer hinunter anstatt hinauf geschaltet. Sie ist wild aufs Fahren. Wenn dieser höfliche junge Mann nicht wäre, würde sie explodieren, schneller und schneller fahren, bis sie verschwinden würde.

In Vancouver hat sie an einer Tankstelle eine Straßenkarte gekauft und in die Tasche gesteckt. Nun gibt sie ihm die Karte. «Welchen Weg sollen wir nehmen?»

«Den schnellsten oder den interessantesten?»

«Den interessantesten.»

«Dann nehmen wir den Highway 3. Dort sind nicht so viele Touristen.»

«Touristen?» Sie lacht. Es ist der 1. März, in den Bergen würden sie vielleicht Schneeketten brauchen.

Sie fahren entlang des Similkameen wie in einem schwarzen Kolben geheimer freudiger Erregung, fühlen sich sicher in einem Brutkasten aus Eiche und Leder, mit den zusammengefalteten Landkarten und der durchbrochenen weißen Ausfütterung über ihnen; die ovale hintere Windschutzscheibe läßt ihre Vergangenheit entschwinden, die großen hohen Räder drängen auf eine Aufhebung all dessen, was sie wissen und worauf sie vertrauen. Kann es irgend etwas mit Bestimmung zu tun haben, daß sie einander finden, während sie gemeinsam nach Princeton fahren, durchnäßt und voll schmerzender Sehnsucht?

Thomas ist zu wohlerzogen, als daß er seine Erregung zeigte, Arachne zu schüchtern, als daß sie sich zu räkeln und vor Liebe zu verzehren begänne, also fährt der Mercedes, und sie sitzen nebeneinander, knapp davor, sich aufeinanderzustürzen, die Gesichter erhitzt und abgewandt.

Die Straße verlangt Aufmerksamkeit, beruhigt sie. Auf der Brücke in Princeton berührt Arachne den Schalthebel. «Sollen wir reinfahren?»

«Nein. Fahren wir noch ein Stück weiter. Der beste Ort, an dem man hier in dieser Gegend essen kann, ist Hedley. Selbstgebackenes Brot, ein halbes gegrilltes Hähnchen, ein tolles Restaurant für eine so abgelegene Stadt.»

«Touristen», sagt Arachne und kichert.

«Ich glaube, es wird von einer Schar Hippies geführt, die sich entschlossen haben, auszusteigen. Aber sie haben herrliches Essen. Und wahrscheinlich verdienen sie auch an den Touristen. Hier gibt es sonst nicht viel.»

Über Touristen und Essen zu sprechen, läßt ihr Verlangen nur noch wachsen. Arachne hat Schwierigkeiten beim Fahren; Thomas ist zumute, als müsse er sein Gesicht verbergen. Sicher kann sie sehen, wie sehr er sich danach sehnt, sie zu berühren, und er weiß nicht einmal genau, wie er ihren Namen aussprechen soll.

Vor sich sieht er die steile Wand des Nickle-Plate-Gebirges. Sie fahren auf Hedley wie auf einen unerbittlichen Punkt zu. Wie kann er ihr beim Essen gegenübersitzen? Vielleicht hat das Restaurant geschlossen, denkt er, vielleicht bleibt es ihm erspart, an einem Fleck zu sitzen und zu essen, ohne sie zu berühren, ohne sie allzuviel anzusehen. Aber dann denkt er daran, wie es ist, im Wagen zu bleiben, auserlesene Folterqualen in diesem beengten und raffinierten Raum zu erleiden, und als der Wagen stehenbleibt, stürzt er sich fast auf die Tür.

Das Restaurant schließt gerade, aber Moses ist damit einverstanden, ihnen ein Mittagessen zu servieren. Thomas kennt Moses, weil er vor ein paar Jahren in dieser Gegend gearbeitet hat. Sie tauschen Neuigkeiten aus, während Arachne auf die Toilette flüchtet.

Mit beiden Händen umklammert sie den Rand des kalten Waschbeckens und versucht, vernünftig zu denken. Sie weiß genau, es ist lächerlich, sich jemand so offenkundig Unpassenden auszusuchen.

«Was ist mit dir los?» Sie schüttelt den Kopf und betrachtet das im Spiegel reflektierte Gesicht. Thomas muß Frauen mögen, die *kühler* aussehen als sie. Dunkle Haare und auseinanderstehende grüne Augen, breite Backenknochen, diese seltsame Auffälligkeit der Knochen, ein großer Mund, sogar breite Schultern. Sie sieht aus wie jemand, der beim Sprechen Grammatikfehler macht. Nur zu wahr. Ihr macht Schmutz unter den Fingernägeln nichts aus, sie ist nicht der Ansicht, daß Deodorant jeden Tag nötig ist. Es zeigt sich auf ihrem Gesicht. Rebellion. Abtrünnigkeit. Scherereien. Anständige Männer zögern. Männer der gegenteiligen Sorte fühlen sich angezogen.

Aber sie ist schon entschlossen, ihm zu vertrauen. Der einzige Mann, dem sie je zuvor vertraut hat, war Gabriel, und der ist tot. Und sie wird immer zu einer Reihe von Männern zurückkehren, Bareroberungen, Landstreichern. Obwohl sie Thomas wird halten wollen, ihr Stück vom Kuchen haben und es auch essen will, wie Thena sagen würde.

Sie bringt die Haare in Ordnung, verläßt die Toilette und setzt sich ihm gegenüber an einen wackeligen Holztisch. Sie tut ihr möglichstes, um sorgfältig zu essen, denkt sogar daran, das Messer zu benützen, während Thomas den Blick mit seltsamer Bestürzung auf die Hände gesenkt hält. Er ist sicher, sie wird nicht so reagieren wie andere Frauen. Wenn er mit ihnen schläft, diesen Mädchen in Pullovern und soliden, immer gut geschnittenen Wollröcken, hat er das Gefühl, daß sie, selbst in einem Verhör, nie irgend etwas zugeben würden.

Er und Arachne essen und sprechen über den Wagen, das Wetter auf dem Paß, und daß sie ungefähr um Mitternacht in Calgary sein würden. Beide wissen, daß sie niemals so weit kommen werden, noch wollen sie es. Als Moses zu ihrem Tisch kommt und mit ihnen gemeinsam eine Tasse Kaffee trinkt, sind sie erleichtert, sich mit ihm beschäftigen zu können, aber schon nach ein paar Minuten möchten sie fahren, wieder allein sein.

Sie verlassen Hedley, bebend vor Verlangen. Setz sie allein in einen abgeschlossenen Raum, und sie beginnen zu schwitzen, zu brodeln, flach und unregelmäßig zu atmen.

Thomas ist auf sich selbst wütend, auf das, was er als Mangel an Selbstbeherrschung sieht, eine unzivilisierte Reaktion. Man bespringt nicht einfach Frauen ohne das Ritual eines gesellschaftlichen Vorspiels. So denkt er jedenfalls. Aber je mehr er versucht, sich abzulenken, desto mehr sehnt er sich danach, sie zu berühren. Es ist der Wagen. Er gibt sich selbst die Schuld, aber auch der Wagen trägt das Seinige bei – mit ihr an diesem abgekapselten Ort sitzen zu müssen, ohne Hoffnung auf Erlösung für Hunderte von Kilometern. Sie ist quälend nahe, er ist durchtränkt von ihrem Geruch – wonach? Es ist nicht der Geruch von Frauen, der ihm vertraut ist; sie strömen Parfum und Deodorant aus, den schwachen Terpentingeruch teuren Make-ups.

Auch Arachne ist feucht vor Erwartung. Alles, was sie tun kann, ist das Lenkrad zu umklammern und auf die Straße zu schauen. Sie ist sicher, daß er sich zurückziehen würde, wenn sie stehenbliebe, sich die Kleider vom Leibe risse, sich auf ihn stürzte. Er hat keinen Umgang mit Frauen, die sich nach einer Bekanntschaft von ein paar Stunden den Pullover herunterreißen.

Sie sind erst einen halben Kilometer gefahren. Thomas glaubt, daß er sich besser fühlen, sein klares Urteilsvermögen wiedererlangen wird, wenn er aus dem Auto aussteigen und an die frische, topasfarbige Luft gehen kann. «Es gibt hier einen interessanten Friedhof. Möchten Sie gerne stehenbleiben?»

«Natürlich. Sagen Sie mir, wann.»

«Hier», sagt er ein paar Kilometer später.

Sie fährt nach links, den Weg hinauf zu einem Tor, und sie sind vom Wagen erlöst, knöpfen sich die Mäntel zum Schutz vor dem schneidenden Wind zu.

Er zeigt ihr seine Lieblingsgrabsteine, erzählt ihr von dem Tal und der Mine, zeigt auf die baufälligen Gebäude, die sich noch immer an den Rand des Berges klammern, die sich weigern, abgeschüttelt zu werden.

«Zu schade, daß es Winter ist. Es gibt eine alte Straße auf den Gipfel hinauf, die Ihnen gefallen würde.» Er hört nicht, was er sagt, aber er hat recht, er weiß schon jetzt, was ihr gefällt.

In der Kälte können sie wieder atmen. Die Feuchtigkeit macht sie frieren, aber sie ziehen in diesem Augenblick Unbequemlichkeit vor. Sie müssen ihren Skrupeln eine Chance geben, und die kalten, die spöttischen Grabsteine helfen dabei. Zwanzig Minuten später haben sie das Gefühl, sie könnten kilometerweit zusammen fahren, ruhig und gesittet.

Es ist der Wagen. Wie sonst können sie ihr Verlangen erklären? In derselben Minute, in der sie wieder in den Wagen einsteigen, sie hinter das Lenkrad und er auf den Beifahrersitz, ist ihr Verlangen schlimmer als zuvor. Arachne steckt den Schlüssel in das Zündschloß an ihrer rechten Seite; es gelingt ihr sogar, ihn umzudrehen, schnell, nur schnell jetzt, aber bevor sie die Kupplung losläßt, macht sie den Fehler, zu ihm hinüberzusehen.

Der Wagen ist schon angesprungen. Unverzeihlicherweise läßt sie zu, daß er einen Ruck nach vorn macht und der Motor abgewürgt wird. Sie hat gerade noch Zeit, den Zündschlüssel wieder zurückzudrehen, bevor sie beide über der Lederarmstütze liegen, bevor sie seinen Körper in den Händen hält. Und er hält ihren Körper. Der hat nichts an sich von den Frauen, die er immer gekannt hat, sondern den dunkleren Glanz jener, die ihre Haut anstelle eines Pelzes tragen.

Eigentlich müßte es eine Katastrophe werden. Der Vordersitz eines Wagens ist, gleichgültig in welcher Weise man ihn benützt, unbequem. Aber zu ihrer eigenen Verblüffung werden sie davongetragen, hinweggespült. Sie schreien vor Lust. Sie hat noch nie einen Mann gehabt, der mit einer solchen Zärtlichkeit geliebt hat. Es ist immer ein Kampf gewesen, ein Ringen um Überlegenheit. Bei ihm kann sie ganz stillhalten, und er berührt sie mit den Fingerspitzen, sie wagt die Augen zu schließen und in seine offenen Arme zu fallen.

Sie brauchen das ganze Wochenende, um nach Calgary zu gelangen. In dieser ersten Nacht bleiben sie in Kelowna, finden ein Motel mit schöner Aussicht, schließen die Tür hinter sich ab und ziehen die Vorhänge zu. Sie fahren, ohne wahrzunehmen, was an den Scheiben vorbeizieht. Er liegt mit dem Kopf in ihrem Schoß da; sie lenkt. Vernon, Enderby, Salmon Arm, Sicamous, Revelstoke, Golden. Hier bleiben sie in der zweiten Nacht.

«Es ist noch zu weit, um schon heute abend bis nach Calgary zu fahren», sagt Thomas. Keiner von beiden möchte an die Ankunft denken.

Field, Lake Louise, Banff, Canmore. Als sie die Berge hinter sich lassen und in die Ebene kommen, füllt sich der Himmel mit Prärie, ist das unwandelbare Aussehen der Ebene wie eine Wirklichkeit gewordene Fata Morgana vor ihnen ausgebreitet. Arachne kann nichts sagen, sie ist gefangen zwischen ihrer Überraschung und dem plötzlichen Schmerz, Teil dieses gewellten Landes zu sein.

«Prärie. Ich habe noch nie die Prärie gesehen.» Sie dreht sich zu ihm, hört sich selbst mit vorsichtigem Entsetzen. «Ist Calgary auch so?»

«Ja.»

«Ich kann dort leben.»

Er schluckt. «Ich hab gedacht, du gehst nach Vancouver zurück.»

«Alles, was ich besitze, ist im Kofferraum.»

«Was willst du machen?»

«Ich werde mich als Busfahrerin bewerben.»

In weiter Ferne kann er den Dunstschleier von Calgary sehen. Nicht die Lichter selbst, sondern das Band von Lichtern, das die Stadt einrahmt. «Weißt du schon, wo du wohnen wirst?»

«Nein. Ich übernachte in einem Motel und sehe mich morgen um.»

Die Augen nach vorne gerichtet, sagt er mit neutraler Stimme, die, wie er hofft, keine Ansprüche ausdrückt: «Du könntest bei mir bleiben, bis du eine Wohnung findest. Ich habe ein großes Haus, es sind genügend Zimmer da. Ich –» Er räuspert sich. «Keine Verpflichtungen, du verstehst.»

Und so hat Arachne nicht unrecht, wenn sie Thomas das Verdienst zuschreibt, sie gerettet zu haben. Nur sie weiß, wie knapp sie entkommen ist, wie nah ihr die Vergangenheit auf den Fersen folgt, wie leicht sie eingeholt werden kann. Arachne ist gewillt, die Wahrheit einzugestehen, aber sie ist nicht gewillt, die Konsequenzen daraus zu ziehen.

Sie hat sich ihren wilden und privaten Zorn als fröhliche Verteidigung bewahrt. Die Wahrheit ist, daß Arachne kein bißchen anders ist, als sie immer war. Sie ist unmoralisch, selbstsüchtig, unehrlich. Sie fürchtet, daß sie – sollten die Einzelheiten ihrer Unmoral ans Licht kommen – Thomas verlieren wird, ihre einzige feste Verbindung zu dem, was sie die «wirkliche Welt» nennt. Auf jeden Fall zur ehrbaren Welt, in der sie eine Schwindlerin ist.

Tanzen

Die Stille nach Lanies Abreise ist eine Erleichterung. Während Arachne nach Hause fährt, stellt sie den Zeitplan für morgen zusammen, überlegt, ob sie drei oder vier Städte schaffen und die verlorene Zeit aufholen kann. Sie fällt nicht gerne zurück, ihre durchschnittlichen Verkaufszahlen sind sinkend.

Sie stolpert beinahe über das Paket auf der Eingangstreppe. Es ist unförmig, in braunes Papier gehüllt und mit einer Schnur zusammengebunden; das bereits einmal verwendete Papier ist glattgestrichen und durch das Einpacken erneut zerknittert worden. Es wurde nicht am Sonntag durch den Briefträger zugestellt – es gibt keine Adresse, nur ihr Vorname steht da, der falsch geschrieben und mit Bleistift auf die Innenseite einer Safeway-Tüte gekritzelt ist.

Sie reißt das Papier auf, und darunter kommt etwas zum Vorschein, das auf den ersten Blick wie eine rauhe, geschwärzte Metallplatte mit umgebogenen Kanten aussieht. Und als sie die Platte umdreht, entdeckt sie eine gehämmerte Kupferscheibe, eingefaßt von einer Kette tanzender Gestalten, die menschliches Aussehen haben, aber keine Details aufweisen. Knochenlose Arme haken einander unter, Haare stehen wie elektrisiert von jeweils einem Kopf zu Berge und flechten sich um einen anderen. Die Gesichter sind rund, ohne bestimmte Züge, aber dennoch ausdrucksvoller Beweis ihrer Hingabe an den Rundtanz. Die Kette von Beinen, Armen und sackähnlichen Körpern ist unbeirrbar wie der Tanz, den sie tanzen. Unbeirrbar und von trauriger Komik.

Arachne lacht laut. Sie muß einfach. Die Gestalten, primitiv, in der Bewegung gefangen, fordern das Lachen heraus. Possenreißer. Sie stellt die Scheibe auf den Kopf. Die grotesken Gesichter schielen genauso boshaft wie vorher. Sie dreht die Platte um, stellt sie zu Boden, schüttelt das braune Packpapier. Keine Karte. Sie betrachtet nochmals die Vorderseite der Scheibe; die Gestalten treiben voller Selbstverachtung Späße, blasen die Wangen auf und verrenken die Ellbogen.

Das ist nicht die Art Geschenk, die Thomas ihr schicken würde; außerdem würde er es nie solchermaßen einpacken und auf der Treppe liegenlassen. Sie fährt mit den Fingern über die gehämmerten Gestalten. Nichts als Klumpen, ja wirklich, aber sie scheinen so lebendig. Sie lehnt die Platte gegen einen Stuhl und geht einige

Schritte zurück, um sie aus der Entfernung zu betrachten. Der Tanz verschmilzt und geht weiter, ohne Zögern, in einer endlosen Bewegung. Auf einem Rock ist ein seltsames Kennzeichen zu sehen, das Initialen darstellen könnte, aber es gelingt ihr nicht, es zu entziffern. Und sie versucht es auch gar nicht. Sie lacht noch einmal und läßt die gehämmerte Kupferscheibe auf einem Küchenstuhl zurück, während sie nach oben geht, um ihre Reisetasche zu packen, ihre Musterkartons zu überprüfen.

Und Erleichterung

Erleichtert, wieder auf der Landstraße zu sein, bemerkt Arachne, daß der Sommer weit fortgeschritten ist. Es hat geregnet, die Felder sind üppiger, die Farmer nehmen sich die Zeit, sich die graue Schmutzschicht vom Hals zu waschen, bevor sie in die Stadt gehen, und machen im Hotel halt, um ein Bier zu trinken, ehe sie nach Hause fahren. Es ist noch immer August in der Prärie, aber die Dinge verändern sich schon wieder. Arachne kämpft sich durch Acme, Carbon, Twining, Linden, Swalwell, Sunnyslope und Allingham, alles an einem Tag. Sogar für sie stellt das einen Rekord dar. Es ist halb sieben, als sie auf den Highway 21 und Three Hills zurast. Sie könnte heim nach Calgary fahren, aber sie ist zu erschöpft. Der Gedanke daran, noch eine Stunde zu fahren, ist zuviel – sie muß unbedingt aus den Kleidern schlüpfen und in die Badewanne. In der Stille zwischen der Hitze und der kühleren Nacht ist die Straße leer. Die Leute sitzen gerade beim Abendessen, der Wagen eines Farmers ist auf dem Damm zu seinem Feld hin geparkt, eine Herde Kühe schaukelt in den heimatlichen Stall, um gemolken zu werden. Bevor sie nach Calgary zog, hatte sie keine Vorstellung vom Landleben gehabt. Hier ist das Land viel näher als in Vancouver, obwohl es in Vancouver all diese trügerische Vegetation gibt, die den Menschen vorgaukelt, sie verstünden etwas von der Natur.

Sie sieht Three Hills vor sich und beginnt, das Tempo zu zügeln. Im selben Augenblick bemerkt sie das zweimalige Aufflackern der Lichthupe eines Funkstreifenwagens, der ihr dicht auf den Fersen ist.

Sie bremst stärker, wechselt die Spur, blinkt, bleibt stehen. «Scheiße, Scheiße und nochmals Scheiße.» Dieser unauffällige Wagen muß eine Radarfalle gewesen sein, und sie ist mit einhundertzehn Stundenkilometern über eine nachrangige, wenn auch gepflasterte Landstraße Albertas gefahren. Sie nimmt die Zulassungspapiere aus dem Handschuhfach und öffnet die Tür. Sie kann ihm ebensogut stehend gegenübertreten. Sie ist müde, so wie sie aussieht, wird sie ihn kaum von seinem Vorhaben abbringen können. Vielleicht kann sie in Tränen ausbrechen. Das hat sie einmal gerettet, aber Arachne schätzt dieses Manöver nicht sehr.

Er ist ein junger Mountie, der sich hinter einer spiegelnden Sonnenbrille verbirgt. «Mit einhundertfünfzehn gestoppt, Ma'am.»

Arachne schaut zu Boden und läßt die große Zehe in den adretten weißen Riemchensandalen spielen. Es ist ein Mittel, seinen Blick zu ihren Füßen zu lenken, zu ihren Beinen und ihrem Körper, weg von ihrem Gesicht, das immer den falschen Ausdruck aufgesetzt hat, Wut oder Auflehnung. «Ich weiß», sagt sie, so leise und kläglich es ihr möglich ist. «Ich habe einen langen Tag gehabt, und mein Wagen – ich habe irgendwie vergessen, wie schnell ich fahre.» Unecht, denkt sie. Das wird er mir kaum abkaufen.

«Ihr Wagen?» Er schaut auf ihre Hand, sucht nach einem Ehering. Sie nickt und lächelt ihn schief an. Sie kann nicht feststellen, ob er amüsiert oder wütend ist, die Sonnenbrille verdeckt seinen Gesichtsausdruck.

«Wohin fahren Sie?»

«Nach Three Hills.» Und sie denkt, was soll's, er ist ebenso attraktiv wie jeder andere Landstreicher. «Um ein Zimmer für die Nacht zu finden.»

«Sie sind auf Urlaub?»

«Nein, ich bin Vertreterin.»

Er hebt die Augenbrauen. «Ist das Ihr Firmenwagen?»

«Nein. Er gehört mir.» Sie legt eine Hand auf das glatte Metall. Sie zieht es vor, daß die Männer sie begehren, nicht den Wagen, obwohl es ihr recht ist, seine Anziehungskraft einzusetzen. Sie beugt die Knie, liebkost den Wagen mit der Handfläche in einer einladenden, kreisenden Bewegung.

Er schlägt den Block mit den Strafmandaten zu. «Nun, ich wollte gerade abendessen gehen. Hätten Sie Lust, mich zu begleiten?»

Arachne gibt vor, auf die Uhr zu sehen, weiß, daß sie sich selbst in die Enge getrieben hat. Sie hätte das Strafmandat nehmen sollen. Nun wird sie ihn nicht mehr leicht loswerden. «Ich muß zuerst zum Hotel fahren.»

«Fein. Ich treffe Sie in einer halben Stunde im Steak House in Main.»

Sie versucht ein Lächeln und hofft, daß es überzeugend ist. «Okay, und danke.»

Er geht zum Streifenwagen zurück und rast davon, bevor sie den Mercedes starten kann.

Arachne denkt daran, kehrtzumachen und nach Calgary zu fahren, ihn warten zu lassen. Aber er hat ihr Kennzeichen, er kann sie jederzeit einholen. Sie hat ein seltsam flaues Gefühl im Magen; sie möchte sich nicht zu nah mit einem Polizisten einlassen. Sie versucht immer, Strafmandaten aus dem Weg zu gehen. Vor zwei Wochen noch hätte sie das als Jux betrachtet, als lustige Episode eines Tages, aber jetzt fühlt sie nur unterdrückte Wut. Sie will nicht mit ihm zu Abend essen, geschweige denn etwas anderes.

Und trotzdem, sie hat sich das selbst eingebrockt. Vielleicht verliert er das Interesse, wenn sie sich spröde und zimperlich gibt.

Sie kann Thena mit der Zunge schnalzen hören. «Geschieht dir recht. Was wirst du tun, um aus dem Schlamassel herauszukommen?»

«Scher dich doch zum Teufel, Thena», sagt Arachne laut. «Was soll ich deiner Meinung nach tun?»

«Zahl wenigstens dein Essen selbst.»

Thena vertraut auf trockene Ironie, um das Leben zu meistern. Arachne hat gelernt, skeptisch zu sein, aber Thena ist von Geburt an so, bis zur totalen Desillusionierung. Es gibt kaum etwas, das vor ihrer Herabsetzung, ihrer stichelnden Unzufriedenheit sicher ist. Realismus, absoluter Realismus.

Arachne zahlt ihr Abendessen selbst. Sie besteht darauf. Der Mountie tut sein möglichstes, um sie zu unterhalten, erfreut sie mit Anekdoten über örtliche Gesetzesbrecher. Sie sollte in ihrem Element, mit Eifer bei der Sache sein – der Herausforderung, bis zu welchem Punkt sie ihn anheizen kann, ihn so reizen, daß er, wenn sie ihn schließlich flach auf dem Rücken liegen hat, erregter als sonst ist, genügend angespornt, um einigermaßen phantasievoll ans Werk zu gehen.

Arachne kann kein Interesse aufbringen. Er sieht passabel aus, aber sie möchte gähnen und an den Fingernägeln kauen. Statt dessen ist sie gezwungen, ein zähes Steak zu bearbeiten und passende Antworten zu finden. Er wird einen tollen Körper haben, einen durchtrainierten zumindest, warum fühlt sie sich nicht im Vorteil? Eigentlich sollte sie ausgesprochen geil sein.

Sie knabbert an einer Karotte. Woran liegt es, daß Polizisten immer so bedrohlich höflich sind? Sie sind daran gewöhnt, daß man ihnen gehorcht, sich ihnen fügt. Dieser hier glaubt nicht, daß sie sich langweilt; er ist überzeugt, daß sie schüchtern ist. Das aber ist nicht gerade eine Vorstellung, die sie erfolgreich beherrscht. Selbst wenn sie die ernsten, rebellischen Augen gesenkt hält, kann sie ihr Unruhe stiftendes Naturell nicht verleugnen. Es verrät sich in der Art, wie sie den Kopf bewegt, wie sie die Gabel hält. Als sich das Essen dem Ende nähert, beginnt Arachne nach Ausflüchten zu suchen. Ihr Verlobter erwartet ihren Anruf. Himmel, das klingt sogar in ihren Ohren unglaubwürdig. Niemand hat heutzutage noch einen Verlobten. Sie muß die Bestellungen von heute sortieren. Das stimmt, aber erst jetzt damit anzukommen, wäre kindisch. Zwangsläufig wie das Verrinnen der Stunden findet sie ihn in ihrem Motelzimmer, mit demselben spöttischen, affektierten Lächeln, ohne Sonnenbrille. Sie hofft, daß er nicht zur Gewalt neigt.

Sie macht einen letzten Versuch, das Telefonat mit dem fiktiven Verlobten. Thomas ist nicht zu Hause, deshalb ruft sie Thena an.

«Hallo», meldet sich Thena, sehr schlecht gelaunt.

«Liebling», flötet Arachne und beobachtet den Bullen aus den Augenwinkeln.

«Was?»

«Wie geht's dir?»

«Raki.» Thena weiß, wer dran ist. «Was ist los?»

«Wollte nur mit dir reden, guten Tag sagen und dir eine gute Nacht wünschen.»

Thena schnaubt wütend. Arachnes Tonfall ist deutlich für jemand anderen bestimmt. «An welcher Vorstellung, die du gerade zum besten gibst, darf ich denn da mitwirken?»

«Vermißt du mich?» Wenn Arachne hofft, daß ihre Süßholzraspeltour den Mountie zum Gehen überreden wird, dann ist sie zu optimistisch. Er sitzt in einem Sessel, registriert jedes Detail des Zimmers, bemerkt Arachnes offenen Koffer, das Vorhandensein einiger Kartons mit Mustern. Seine Geduld ist grenzenlos, er ist darauf trainiert worden.

«Ist es nötig, daß ich teilnehme? Ich kann den Burschen im Hintergrund atmen hören. Um alles in der Welt, Raki, laß mich aus dem Spiel.»

Arachne sieht ein, daß es hoffnungslos ist. Er würde sowieso nicht gehen. Thena würde schon weiterspielen, aber das Unausweichliche wäre damit nur hinausgezögert.

In der Dunkelheit fühlt sich seine Haut klebrig an. Er schwitzt, hält sie so, als ob er am liebsten die Kleider anbehalten würde, als ob er sich fragte, wie er in das alles hineingeraten sei. Arachne verspürt dadurch einen Anflug von Beschützerinstinkt – Männer sind immer so draufgängerisch und selbstbewußt, bis sie Farbe bekennen müssen. Und er ist kein ausgesprochener Könner, fummelt ungeschickt an ihr herum. Sie muß ihm helfen, muß ihn beruhigen, aber schließlich schläft sie darüber ein. Sie wacht kaum auf, als er aufsteht, sich im Dunklen anzieht. Er setzt sich auf die Bettkante, um sich die Schuhe zuzubinden und beugt sich dann zu einem Kuß über sie.

Arachne rollt sich herum und gibt ihm einen verschlafenen, schwesterlichen Schmatz.

«Danke», sagt er, «aber fahr langsamer, hmm?»

«Mmm.» Sie ist wieder eingeschlafen, noch ehe er die Tür hinter sich schließt.

Am nächsten Morgen ist der Strafzettel hinter den Scheibenwischer geklemmt. Sogar als sie ihn hervorholt und flucht, kann Arachne das Lachen nur schwer verbeißen. Sie weiß, daß ihre Darbietung in der vergangenen Nacht nicht gerade glänzend war, aber seine ja wohl genausowenig.

Sie kritzelt eine Nachricht auf die Rückseite des Strafmandates: «Gratulation. Sie sind unbestechlich. Ich verspreche, nicht mehr zu schnell zu fahren», und schiebt es durch den Briefschlitz des Polizeireviers.

Während sie wieder fährt, denkt sie darüber nach, wie schwierig es ist, Begehren zu heucheln, wie unmöglich, Mißfallen zu verbergen. Sie hat den Dreh unverbindlicher Freundlichkeit nie gelernt. Jahre der Praxis, des Busfahrens, haben dazu geführt, daß Arachne ihre Gleichgültigkeit unmißverständlich zeigt. Und ihre Leidenschaft ebenfalls.

Rumsey, Rowley, Craigmyle, Delia, Michichi, Munson, Morrin Bridge, Ghost Pine Creek, die Städte gleichen den Namen, sind isoliert, hoffnungsvoll, dem Untergang geweiht. Bei jeder Fahrt sind sie etwas mehr verwittert, weniger stolz, wie der szenische Hintergrund für unglaubliche ländliche Fiktionen, und ihre Realität ist zweifelhaft und begrenzt. Sie sind da, weil Arachne Unterwäsche verkauft, aus keinem anderen Grund. Ihre Namen sind zaghaft über Arachnes Landkarte verstreut; ihre Straßen grenzen an Mißachtung, ihre Postämter lügen. Arachne hat manchmal das gespenstische Gefühl, daß sie Kulissen sind. Wenn sie rasch genug um die Ecke eines Ladens rennen könnte, der nur falsche Fassade ist, würde sie dahinter den leeren Platz entdecken, und die Vorderfront könnte einstürzen. Es ist eine Illusion, daß sie sich davonmacht – diese Orte sind ihr Lebensunterhalt, sie geben ihr einen Grund zu reisen, sind eine Geschichte, in der sie vorkommen kann.

Als sie nach Calgary zurückkommt, ist Thomas wieder da. Sie kann ihn riechen; die abgestandene Luft, die im Haus auf sie wartet, ist durch seine Gegenwart ersetzt worden. Sein Schlafsack hängt zum Lüften im Garten hinter dem Haus, seine schmutzigen Socken sind in der Waschmaschine, und im Kühlschrank steht Orangensaft. Arachne wird immer unterdrückte Freude darüber empfinden, daß es ihr gegönnt ist, ihn zu besitzen. Trotz der Ungerechtigkeiten des Lebens hat sie Thomas. Sie weiß, daß sie ihn als etwas Selbstverständliches hinnimmt, sie weiß, daß sie ihm untreu ist, aber in einem anderen Sinn ist sie es auch wieder nicht, er ist ihr apokrypher Liebhaber.

Gelegentlich tut Thomas' Liebe so sehr weh, daß sie wünschte, sie wäre eine andere: Sie schwört, die Landstreicher und das Reisen aufzugeben, den Mercedes zu verkaufen und sich einen Ford anzuschaffen, die Pille abzusetzen und schwanger zu werden, Frauenzeitschriften zu abonnieren. Aber wenn sie das sagt, lacht Thomas. «Ich mag dich so, wie du bist. Wenn ich eine von diesen Frauen gewollt hätte, hätte ich eine geheiratet.»

«Aber das könntest du noch immer.»

Er schnaubt verächtlich. Thomas hat nicht das Gefühl, ein schlechtes Geschäft gemacht zu haben. Er kennt ihre Untreue, er kann sich ihre Verfehlungen vorstellen. Aber sie hat ihn vor einem

Leben mit einem blauäugigen Weibchen mit fettem Hintern bewahrt, das Stunden damit zubringen würde, Eintopf zu kochen, Waschpulver zu kaufen und rosafarbene Vorhänge aufzuhängen. Arachne hat sein Haus um keinen Deut verändert. Er mag das, die Art, wie sie seine Umgebung annimmt, ohne einen Stuhl oder eine Tasse zu verrücken. Er weiß, daß sie um sich herum eine Tarnung aufgebaut hat, aber darunter ist sie immer noch Arachne, eine Waise mit rebellischem Gesichtsausdruck, deren Sprache ein wenig vulgär ist, die reagiert. Wenn er in sie eindringt, stöhnt sie; wenn sie kommt, schreit sie manchmal. Ihr Körper ist dunkel, stämmig, hat eine Kraft, die sich nach dem eigenen Gewicht zu sehnen scheint. Es ist nichts Schmales und Leichtes an Arachne: Ihr Gang ist plump, die Bodenbretter vibrieren, wenn sie darüber geht. Sie weiß, daß sie jedem Ideal widerspricht. Frauen werden wegen ihrer Grazie geschätzt, dafür, daß sie sanft und nachgiebig sind. Arachne hingegen verdrängt Masse. Thomas sieht sie nach wissenschaftlichen Kriterien: Bei Quecksilber weiß man auch nie, wie schwer es ist. Unvorstellbar, daß er eine Frau wie sie gefunden hat, und daß sie bleibt.

Sie liebt ihn. Als er an diesem Abend aus dem Bus steigt, wartet sie auf ihn. Sie rennt den Bürgersteig hinunter, vergräbt die Nase an seinem Hals, denkt, wie gut er riecht, nichts von dieser muffigen Traurigkeit, der sie sonst allerorten begegnet, dem Geruch ihrer Vergangenheit. Am Anfang, als sie nach Calgary gekommen war, gingen sie eines Abends ins Kino. Nachdem der Film begonnen hatte, setzte sich ein Mann rechts neben Arachne. Er saß zwei Plätze entfernt, aber sein Geruch stieg ihnen in die Nase. Es stank nicht scharf wie nach Käse, sondern schwach und faulig – es war der Geruch nach eingemotteten Socken, fensterlosen Räumen, nach Teppichen, die von Katzenkrallen zerrissen sind, ein Geruch von so überwältigender Verzweiflung, daß Arachne am liebsten geweint hätte. Thomas sagte nichts, hatte die Augen auf die Leinwand geheftet, und Arachne schlug nicht vor, daß sie sich woanders hinsetzen sollten, weil sie dachte, nur sie empfände den Geruch. Aber seine Nähe war so schrecklich, schien sich während des Films zu verstärken, so daß Arachne sich fast übergeben mußte. Nie mehr würde sie diese Ausdünstung loswerden. Sie hatte nur einen Trost, und der bestand darin, die Nase in Thomas zu vergraben, in seinem Arm, in seinen Haaren, zwischen seiner Schulter und seinem Hals. Er roch so sauber, so unglaublich gut.

Und so inhaliert sie seinen Duft, saugt ihn in ihren Organismus ein. Er hat das Jackett über die Schulter geworfen und als Konzession an die Hitze die Hemdärmel bis zu den Ellbogen aufgekrempelt, aber selbst so sieht er eher elegant als unordentlich aus. Er legt einen Arm um Arachne, und sie spazieren nach Hause. Arachne erzählt ihm von Lanies Besuch, wie wenig sie verkauft hat. Von dem Strafmandat, obwohl sie die Begleitumstände überspringt. Alles in allem hatte sie einen schlechten Monat.

«Schuld ist Lanies Besuch», sagt sie. «Es ist ihr Fehler. Sie hat mich wahrscheinlich verhext, weil ich mir von ihr nicht die Zukunft voraussagen lassen wollte.»

«Warum nicht?» fragt Thomas. «Sie kennt deine Vergangenheit. Schließlich ist sie deine Mutter.»

«Uff», meint Arachne. «Ich weiß nicht, wie das passiert ist. Ich bin entweder adoptiert oder gestohlen worden.»

Das Betreten der Enklave

Sie versuchen, einander ihr Leben zu erzählen, aber vieles bleibt ungesagt, als Arachne bei Thomas einzieht. Als Arachne an diesem Märzabend bei undurchdringlicher Dunkelheit in seinem Haus ankommt, ist sie nervös. Wird sie das Richtige sagen und tun?

Sie nimmt nur einen Koffer, stellt ihn im Vorraum ab, während Thomas herumläuft und die Lichtschalter betätigt und dabei die Kartenrollen im Arm wiegt. Das Haus riecht nach Wohlstand, die Stille, die in den Zimmern hängt, ist Wohlstand. Sie sieht die Möbel im Wohnzimmer, die steif und geringschätzig dastehen. Dieses Wohnzimmer, eine Komposition aus Frost und Silber, erschreckt sie. Wenn es Thomas' Geschmack widerspiegelt, hat sie hier nichts verloren. Tatsächlich hat es seine Mutter eingerichtet. Nachdem er die Holzböden abgeschliffen hatte – er brauchte Monate dazu –, dachte sie, er hätte vielleicht eine Aufmunterung nötig und suchte wochenlang nach einem sanftgrauen Teppich, perfekten Vorhängen, perfekten Sofas und Stühlen, bei denen der Firmenname auf einer diskreten, an der Unterseite angebrachten Messingplatte eingraviert ist. Es ist ein angenehm anzusehender Raum, aber sehr teuer und sehr kühl. Das Blau ist so blaß, daß es an Eis erinnert, und vom Vorzimmer aus kann Arachne Stühle erkennen, bei denen sie nie weiß, wie sie sich hinsetzen, wo sie die Beine hintun soll. Da will sie einen wirren Augenblick lang umkehren. Sie gehört nicht hierher. Sie wird nie hierher gehören. Anständige Männer nehmen keine streunenden Frauen bei sich auf, die keine Fähigkeiten haben außer ihren Körpern. Sie umschließt mit einer Hand den Türknauf. Wenn sie jetzt geht, wird er nie herausfinden, wie sie ist, er wird sich mit Freude an sie erinnern. Und doch, während sie dieses glatte Messing umklammert, fällt ihr ein, daß das die einzige Chance ist, die sie hat. Wenn sie jetzt geht, wird sie nie mehr eine Chance bekommen. Sie wird Arachne Manteia bleiben, Busse oder Taxis fahren, bis sie einen Hafenarbeiter oder Tischler heiratet, bis sie verwelkt ist und unter dem Gewicht eines Einkaufskorbes taumelt.

Das Haus erstrahlt in gelbem Licht. Thomas legt seine Kartenrollen weg und hebt ihren Koffer auf.

«Das Gästezimmer ist oben», sagt er. «Du kannst bleiben, bis du eine Wohnung findest.» Sie sieht so aus, als wolle sie durchbrennen. Er möchte ihr versichern, daß das keine Falle ist, daß er nicht die Absicht hat, ihr Leben zu beeinflussen.

Das Gästezimmer? Eine ernüchterte Arachne folgt ihm über die breite Treppe nach oben. Er führt sie in einen Raum, der hell und ruhig ist, mit einem Toilettentisch aus weißgestrichener Kiefer und einem schmalen Bett.

«Tut mir leid, daß es so kahl ist. Ich habe dieses Zimmer noch nicht eingerichtet.»

«Danke, es ist in Ordnung.»

«Möchtest du einen Drink?» Wenn sie hinuntergingen, denkt Thomas, könnten sie vielleicht von vorn anfangen. Er fürchtet sich davor, sie in sein Schlafzimmer zu führen, will nicht vermessen erscheinen.

Arachne folgt ihm, und als sie unten an der Treppe angelangt sind, spürt sie, wie sich ihr Magen umdreht. Wenn er ins Wohnzimmer geht, ist es aus, hat sie keine andere Wahl, als ihn zu verlassen. Sie kommt mit diesem Zimmer nicht zurecht.

Aber er geht nicht ins Wohnzimmer. Er geht in die Küche, einen ganz gewöhnlichen Raum mit einem zerkratzten ausziehbaren Tisch und verschiedenen Topfpflanzen, die auf dem Fensterbrett oberhalb des Ausgusses vor sich hinwelken. Arachne lehnt sich gegen das Küchenbord und sieht ihm zu, wie er Eiswürfel aus dem

Kühlschrank nimmt, Highball-Gläser von einem Regal herunterholt. Sie hat noch nie einen Mann gesehen, der sich so ungezwungen selbstverständlich in einer Küche bewegt. In ihrer Welt machen die Frauen solche Dinge. Sie will etwas sagen, hält sich aber zurück. Und dann wird ihr klar, daß dieser Mann, daß Thomas eine Frau oder eine Freundin hat. Hier, in diesem Haus. Daß er sie deshalb im Gästezimmer einquartiert.

Arachne ist wie versteinert. «Ich glaube, ich sollte morgen gehen.» Er läßt Eiswürfel in beide Gläser gleiten. «Warum? Es ist genug Platz da.»

Sie zuckt mürrisch die Achseln. An einer Wand hängt eine gerahmte Landkarte. Das Papier ist zerknittert grau, und dennoch ist sie schön, die Linien sind sauber und schwungvoll, die Farben kräftig. Wegen der Landkarten begehrt sie ihn noch mehr, diese wunderschönen Landkarten. Und irgendeiner Frau gehören die, obwohl sie sie wahrscheinlich gar nicht anschaut und das Wohnzimmer am liebsten hat.

«Da.»

Sie dreht sich um, nimmt ihm den Drink ab.

«Gefällt sie dir?»

Sie nickt.

«Es ist eine der ersten Landkarten, die von diesem Teil des Landes gemacht wurden. Dawson. Ein echter Kartograph.»

Arachne steht vor der Landkarte und hält ihr Glas in beiden Händen.

«Ich sammle alte Landkarten.»

Es sind noch mehr da. Sie könnten einen so einfach in die Vergangenheit, durch die Geschichte in eine andere Zeitordnung führen. Umgeben von diesen Landkarten würde es ihr gelingen, ihre eigene Vergangenheit mit all ihren Grobheiten und Entbehrungen, ihren Abgründen und Schrecken abzustreifen.

«Komm, ich zeig dir noch ein paar andere.»

Sie folgt ihm abermals die Treppe hinauf, umklammert das wulstige Glas. Diesmal stößt er die Tür zu einem Zimmer auf, das vermutlich sein Schlafzimmer ist. Es ist hellblau gestrichen, eine friedlich kompromißlose Farbe. An den Wänden hängen Landkarten, überall sind Karten, aufgerollt, auf Stühle hingeworfen, auf dem Boden zusammengerollt. Einige werden durch kleine Beutel voller Kügelchen offengehalten, andere entfalten sich verführerisch. Da stehen ein Schaukelstuhl und ein großer, durchgesessener Lehnstuhl, ein gekippter Zeichentisch, noch ein kleiner Tisch, überall liegen Tusche, Buntstifte und geheimnisvoll aussehende Schreibfedern.

Er zieht aus einem von drei Kartenständern eine Rolle heraus und breitet sie auf dem kleinen Tisch wie eine Schriftrolle aus. Es ist eine auf Stoff gezeichnete Landkarte, mit zögernden Linien, die Landkarte eines Forschers.

Arachne berührt die Landkarte, fährt mit dem Finger über die ausgefransten Kanten. Thomas holt eine um die andere Karte hervor. Er breitet Schätze für sie aus. Sie hat sich nie vorgestellt, daß es solche Dinge gibt, einfache Linien, die Leben, Straßen, Orte nachzeichnen.

Er hat sich nie vorgestellt, daß eine Frau so daran interessiert sein könnte, daß sie diese Karten mit Ehrfurcht und Verlangen berührt und dabei das Papier zwischen Daumen und Zeigefinger liebkost. Sie begehrt sie in derselben Weise wie er, für beide sind es Bilder, die Hoffnung skizzieren, ist Kartenzeichnen ein Akt des Glaubens, eine Art zu sagen, hier bin ich gewesen, jemand wird mir folgen, also muß ich einen Wegweiser hinterlassen.

Hier in diesem blauen Zimmer wartet er auf sie, als sie die Augen von der Landkarte zu seinem Gesicht hebt. Er möchte sich ihre Struktur einprägen, er möchte sie behalten.

Er berührt ihr Gesicht, die Schatten ihrer Augenbrauen und ihrer Haare, die Haut ihres Halses. Er berührt sie, immer wieder, wie ein blinder Mann, der nur diese Sprache kennt. Sie zittert unter seinen Händen. Sie biegt sich durch, dreht sich um, streckt sich ihm entgegen. Er ist mehr als Beschützer, er ist Geliebter. Ihr Geliebter, ihr apokrypher Geliebter, der eine, der verweilen und bei ihr bleiben wird.

Zwischen den Landkarten, die den Boden übersäen, klammern sie sich aneinander, rollen auf und zu wie die Karten. Er berührt ihre Haut ohne das rasende Drängen während der Reise. Auf der Fahrt hatte er gedacht, sie würden einander verlieren, wenn sie in Calgary ankämen, aber nun haben sie Zeit, die Lust langsam zu umkreisen, sie auszudehnen, sich von ihr in einem Netz von Fäden einspinnen zu lassen. Sie schlafen zwischen den Landkarten auf dem Boden ein.

Übergangszeit

Nach zwei Monaten bekommt Arachne einen Job bei Calgary Transit System. Es geht dort strenger zu, und es ist auch kleiner als in Vancouver. Es gibt weniger weibliche Fahrer. Arachne hält den Mund und verrichtet ihre Arbeit, ohne Aufmerksamkeit auf sich zu ziehen. Es ist vielleicht die an Ereignissen ärmste Periode ihres Lebens. Sie ist damit beschäftigt, solide zu sein, von Thomas geliebt zu werden, obwohl sie den leisen Verdacht hegt, daß sie seine Zuneigung nicht verdient. Nichts hat sie auf Stabilität, Ruhe und ein ungestörtes Leben mit einem Mann vorbereitet, der sie tatsächlich liebt, der ihre rauhen Umgangsformen und ihr ungewöhnliches Mißtrauen eher charmant als böswillig findet. Thomas hat nie eine dermaßen impulsive, schillernde Frau gekannt. Und er wird Arachnes auch nicht überdrüssig, trotz ihres linkischen Wesens, ihrer Ignoranz und ihrer plötzlichen Rückzüge.

Es ist ein Maßstab für seinen Beschützerinstinkt, daß er ein paar Monate wartet, ehe er Arachne seiner Familie vorstellt. Er wartet, bis sie einen Job hat, bevor er seiner Mutter sagt, daß er ein Verhältnis mit einer Frau hat, ein ziemlich ernstes Verhältnis. Das ist die Art von Ausdrücken, die seine Familie versteht: Verhältnis, Lebensstil, Erholung, Karriere, Situation. Arachne würde sagen: zusammen wohnen, Leben, Spaß, Job, Schlamassel. Thomas hat das Gefühl, er müsse sie auf den Wortschatz seiner Familie vorbereiten. Er versucht, ihr seine Eltern zu erklären – daß sein Vater ein bekannter Neurologe ist, daß seine Mutter ihre Zeit karitativen Organisationen widmet –, als ob ihre Beschäftigungen Arachne das Verstehen erleichtern würden. Thomas ist mit mehreren Fernsehgeräten aufgewachsen. Er hat zu seinem sechzehnten Geburtstag einen japanischen Kleinwagen bekommen. Er ist im Alter von zwölf Jahren auf das Tragen von Hosenträgern vorbereitet worden. Er ist immer dazu ermuntert worden, seine Freundinnen mit nach Hause zu bringen. Er erzählt Arachne diese Dinge als Diagramme für seine liberale Mittelklasse-Herkunft.

Obwohl Thomas' Bruder und seine Schwester konventionelleren Tätigkeiten nachgehen, sind sie alle stolz auf ihn. Sie wissen, welche Arbeit er verrichtet, aber sie sind etwas verwirrt über sein Interesse an schäbigen alten Landkarten. Ja, sie verstehen, daß sie als Sammlerobjekt gelten, aber was kann man eigentlich damit *tun*?

Thomas ignoriert diese Skepsis mit einer guten Portion Humor. Er weiß, daß seine Familie denkt, er sei leicht verrückt, aber sie sind zu wohlerzogen, um eine solche Vermutung auszusprechen. Statt dessen schmeicheln sie ihm, als wären seine exzentrischen Leidenschaften ihr ganzer Stolz.

Und außerdem ist er ja normal genug, um zu ihnen zu passen: Er ist Magister der Geographie, er hat einen Achtstundentag bei der Canadian Geodetic Survey, er wird bald einen Hausstand gründen und heiraten. Sie warten nur darauf, daß die richtige Frau auftaucht.

Thomas' Eltern sind überzeugt, alles richtig gemacht zu haben; ihre Kinder haben sämtliche Vorteile genossen. Als Thomas fragt, ob er ein Mädchen zum Abendessen mitbringen könne, sagen sie in ermutigendem Tonfall «natürlich» und erzählen ihm, daß Minx auch da sein würde. Eigentlich heißt sie Marianne, aber sie wurde immer Minx gerufen. Minx ist mit einem Zivilingenieur verheiratet, der in der Stadtplanung arbeitet, und erwartet gerade ihr erstes Kind. Thomas' Bruder John ist Rechtsanwalt und lebt mit seiner Familie in Edmonton. Thomas' Schwester Judy lebt in Toronto. Thomas ist das dritte Kind.

Thomas erzählt Arachne all diese Dinge, aber er hat nicht die leiseste Ahnung, wie er sie auf seine Familie vorbereiten soll. Er nimmt an, daß ihre Familie wohl so ähnlich sei, obwohl sie ihm gesagt hat, daß ihre Mutter Verkäuferin und ihr Vater Nachtwächter ist. Außerdem wird sie auch durch noch so viele Erklärungen nicht auf das vorbereitet werden können, was seine Eltern voraussetzen.

Arachne tut, was sie kann. Sie geht und kauft sich einen Rock und eine Bluse, einen schwarzen Rock, der viel zu lang ist, und eine Bluse in knalligem Pink. Arachne ist sich selbst nicht über diese Kombination sicher, aber Kleiderkaufen hat sie noch nie interessiert. Die meiste Zeit verbringt sie in ihrer Fahrer-Uniform. Und sie haßt es, Kleider anzuprobieren, weil sie keine Unterwäsche trägt und die Verkäuferinnen spöttisch grinsen.

Arachne hat in ihrem Leben nur einen einzigen Büstenhalter gekauft. Mit fünfzehn war ihr erster BH aus Baumwolle, den sie zwei Jahre lang täglich getragen hatte, unbequem und eng geworden. Sie raffte sich schließlich dazu auf, Lanie um einen neuen zu bitten. Lanie zuckte die Achseln. «Okay, geh und kauf dir einen. Da hast du Geld.» Nachdem Arachne in einem großen Kaufhaus vergeblich versucht hatte, das Gewirr von Damenwäsche zu durchforsten, beschloß sie, daß es einfacher sein müsse, ein kleines Bekleidungsgeschäft aufzusuchen und sich beraten zu lassen. Sie fand einen geeigneten Laden und ging hinein, ein feindselig dreinblickender Teenager in zu engen Jeans und einer schwarzen Lederjacke.

Zehn Minuten lang ignorierten sie die Verkäuferinnen, da sie nicht die Art von Kundin war, die sie wünschten. Arachne durchstöberte die im hinteren Teil des Ladens auf einem Regal aufbewahrten Kartons, die Büstenhalter enthielten. Sie verstand den Unterschied zwischen Körbchengröße A, B, C und D – geschweige denn AA – nicht. Genaugenommen wußte sie nicht einmal ihre Kleidergröße. Sie hatte noch nie daran gedacht, ein Maßband zu verwenden. Schließlich kam die jüngste Verkäuferin, eine sehr aufrecht gehende und flinke junge Frau in farblich abgestimmtem Pullover und engem Rock auf sie zu.

«Kann ich Ihnen helfen?»

«Ja. Ich möchte einen BH kaufen.»

«Welche Größe?»

«Ich weiß nicht.»

Die Verkäuferin taxierte ihre Brust.

«Einen Moment.»

Als sie zurückkam, schleppte sie ein gelbes Maßband hinter sich her. Arachne öffnete den Reißverschluß ihrer Jacke, versuchte, gelassen zu bleiben, wußte aber, daß jede einzelne Verkäuferin, die eifrig damit beschäftigt war, ein Kleid aufzuhängen oder an einem Modell herumzuzupfen, sie beobachtete.

Die Verkäuferin, die beim Anblick von Arachnes verbeultem Acrylpullover zusammenzuckte, hielt das Maßband steif vor sie hin. Vielleicht entschloß sie sich in diesem Augenblick dazu, energisch vorzugehen.

«Es ist besser, ohne den Pullover Maß zu nehmen. Gehen Sie nur in die Umkleidekabine. Tragen Sie jetzt einen BH?» Das alles sagte sie in einem geringschätzigen Ton, der Arachnes schlimmste Befürchtungen in bezug auf sich selbst bestätigte. Sie wußte, daß sie hoffnungslos schäbig, hoffnungslos derb war, und sie wollte nicht, daß diese herablassende Verkäuferin sah, wie ihre runden Brüste von dem zu kleinen, sich kräuselnden Kinder-BH eingeengt wurden.

Sie hätte beinahe Reißaus genommen, aber sie wurde mit Bestimmtheit in die Umkleidekabine gedrängt. Die Ärmel ihrer Jacke, ihr Pullover glitten über ihre Hände, und der Pullover verströmte einen kurzen Augenblick lang seinen gewohnt muffigen Geruch, während er ihren Kopf verhüllte. Sie hatte sich noch nie in ihrem Leben so wehrlos gefühlt wie jetzt, als sie dastand, verkrümmt und beschämt, während die Verkäuferin das aufdringliche Maßband an ihrem Brustkorb, ihren eingezwängten Brüsten, ihren kalten Rippen rieb.

«Vierunddreißig B», verkündete sie mit dröhnender Stimme, verließ die mit einem Vorhang versehene Kabine und kam zurück, um Arachne einen Karton in die Hand zu drücken, auf der eine Frau mit einem blattförmigen Büstenhalter abgebildet war. «Probieren Sie den.»

Arachne hatte Schwierigkeiten, den Karton zu öffnen. Noch mehr Schwierigkeiten damit, aus dem BH, den sie trug, zu schlüpfen – sie hatte ihn eine Woche lang nicht abgenommen. Arachne hatte gerade den neuen Büstenhalter verkehrt herum angelegt, so daß sie die Haken sehen konnte, während sie sie schloß, als die Verkäuferin den Vorhang aufriß. «Na, wie schaut es aus?»

Arachne drehte den BH ungestüm herum und kämpfte damit, die Arme durch die Träger zu schieben.

Die Verkäuferin gluckste mißbilligend. «Also so zieht man einen BH aber nicht an.» Sie entriß Arachne den Büstenhalter und zwang sie, ihn ordentlich anzulegen, die Arme durch die Träger, leicht nach vorn gebückt beim Schließen der Haken. «Damit», sagte die Verkäuferin mit derselben befehlenden Stimme, «haben Sie eine vollständige Stütze, wenn Sie aufrecht stehen.»

Die Arme hinter dem Rücken überkreuzt, konnte Arachne die Haken nicht schließen, und die Verkäuferin tat es für sie – ungeduldige kalte Finger auf Arachnes schweißnasser Haut.

«So. Der paßt genau.»

Der BH bestand aus zwei scheußlichen Schaumstoffkegeln, die Arachnes Brustwarzen schon jetzt kitzelten. Sie konnte die Arme nicht heben, weil ihr Körper wie in einer Zwangsjacke eingeschlossen war. Sie stand kläglich da, sagte nichts und drehte sich auch nicht um, um sich im Spiegel zu betrachten.

«Nun?»

Arachne hätte die Verkäuferin mitsamt dem BH am liebsten zu

Asche gemacht, aber sie befand sich – halbnackt – im Nachteil und konnte nur nicken. Die eifrige Missionarin zog den Vorhang wieder zu.

Arachne kämpfte sich aus dem Geschirr und zog zitternd ihren formlosen alten Baumwoll-BH an. Die Träger schnitten in die Haut ein, er war zu klein, nicht viel mehr als eine Schnur. In Pullover und Jacke fühlte sie sich sicherer, zögerte aber noch immer, bevor sie den Vorhang öffnete und den Karton mit dem BH in der Hand hielt. Die Verkäuferin wartete.

«Sie hätten ihn anbehalten sollen», sagte sie. «Diesen kleinen BH sollten Sie nicht tragen.» Sie nahm Arachne den Karton ab. «Möchten Sie zwei kaufen?» Schlampe. Sie wußte, daß Arachne nur den BH besaß, den sie trug, daß ihre Unterwäsche so dürftig war wie ihr Leben.

«Nur einen.» Nun, da sie ihre Kleider anhatte, gewann sie langsam ihre Stärke wieder zurück.

Eine gelangweilte Kassiererin blickte auf den Preis, tippte ihn in die Kasse. «Sieben Dollar.»

Sieben Dollar? Lanie hatte ihr fünf Dollar mitgegeben. Arachne stöberte in ihren Taschen. Kein Geld mehr. Was sollte sie sagen? Daß sie ihr Geld vergessen habe? Kaum. Die patzige Verkäuferin beobachtete sie mit wissendem Blick.

Sie überprüfte die Gesäßtasche, obwohl sie dort nie Geld hineintat. Nichts. Die Kassiererin trommelte mit den Fingernägeln auf den Ladentisch. Arachne legte ihr den Fünfdollarschein hin. Die Verkäuferin nahm ihn. «*Sieben* Dollar.»

«Steckt sie euch sonstwohin», rief Arachne und lief aus dem Laden. Die Tür schlug hinter ihr zu, und sie lief, lief, lief. Der Bürgersteig wogte unter ihren Füßen. Sie lief um Ecken herum, eine Seitengasse hinunter und stolperte schließlich in einen Bus, der gerade losfuhr. Die Frau auf dem BH-Karton lächelte schüchtern zwischen Arachnes schmutzigen Fingern hindurch.

Zu Hause in ihrem schrankgroßen Zimmer kauerte sie sich auf das Feldbett. Es war nicht möglich, der hochmütigen Welt zu entfliehen. Sie hatte kein Werkzeug, und sie wußte nicht, wie sie eines bekommen sollte. Sie saß in der Klemme, ein schmuddeliger Teenager mit zwei Pullovern und vier Blusen, zwei Paar Jeans und einem Rock, einem BH und sechs Paar billiger Schlüpfer.

Sie stopfte den neuen BH in die Schublade und trug nichts.

Aber nichts kann sie auf Thomas' Eltern vorbereiten, auf das Dinner – Arachne sagt Abendessen – am Sonntag abend mit ihnen. Sie hat sich bemüht, aber als sie jetzt auf das Bild schaut, das die verspiegelten Schranktüren in Thomas' Schlafzimmer, das jetzt auch ihr Schlafzimmer ist, von ihr zurückwerfen, fühlt sie sich wie jemand, der in die Kleider einer anderen Person geschlüpft ist. Es ist schon Sonntag abend. Sie könnte wieder in ihre Jeans zurückwechseln, aber Thomas trägt Anzug und Krawatte. Er wartet, während er eine Trüffelbonbonniere und eine Flasche Wein in Geschenkpapier packt.

Sie geht ohne Strümpfe, in den einzigen passenden Schuhen, flachen Ledersandalen, nach unten. Thomas blickt auf, und Arachne weiß, daß er nur aus Höflichkeit das Lachen unterdrückt. Sie setzt sich auf die unterste Stufe und legt den Kopf auf die Knie.

«Ich werde nicht hingehen.»

Er kniet neben ihr nieder und legt den Arm um sie. «Ich bin es nicht gewohnt, dich in einem Rock zu sehen.»

«Ich sehe schrecklich aus.»

«Nein, tust du nicht. Du siehst niemals schrecklich aus.»

«Ich werde nicht hingehen.»

«Ich mag dich so wie du bist. Es wird alles glatt gehen.»

Als sie das Haus verlassen, steuert sie auf den Mercedes zu. Thomas sagt behutsam: «Heute nehmen wir den Rabbit.»

Arachne hatte gehofft, daß der Mercedes die Aufmerksamkeit von ihr ablenken würde, aber sie stimmt gehorsam zu und nimmt auf dem Beifahrersitz Platz. Nicht selbst zu fahren, macht Arachne nervös. Wenn sie das Lenkrad unter den Händen hielte, wäre sie wenigstens ruhig, bis sie ankämen. So verbarrikadiert sie sich in einer Art Belagerungszustand, dieser mürrischen Teilnahmslosigkeit, auf die sie sich in Vancouver verlassen hatte.

Thomas' Eltern lassen keinerlei Überraschung über Arachne erkennen. Sie sind umgänglich und freundlich.

«Wir freuen uns, Sie kennenzulernen.»

«Und welch ungewöhnlicher Name.» Sie fragen sie nicht, wie er sich schreibt, und Arachne ist dankbar. Sie ist sicher, daß sie ihn nicht einmal richtig buchstabieren könnte.

Das Haus am Mount Royal ist riesig und luxuriös – dicke Teppiche, diskrete Beleuchtung. Thomas' Mutter sammelt Antiquitäten, Inneneinrichtung ist ihr Hobby, alles ist mit Bedacht arrangiert, bis hin zu den Alabasteraschenbechern auf den Beistelltischchen. Arachne sollte darauf vorbereitet sein. Thomas' Mutter hat sein Wohnzimmer eingerichtet, so frostig und perfekt. Es ist ein schöner Raum, aber ein Raum, den Thomas und Arachne selten benutzen; nur einmal hatten sie einander auf dem silbrig schimmernden Sofa leidenschaftlich geliebt, waren von der weichen Kante auf den grauen Teppich hinuntergeglitten, wo sie schließlich mit den Gesichtern zueinander auf der Seite liegenblieben, während die weggerückten Möbelstücke mißbilligend aufragten. Sie konnten nicht einschlafen, sie mußten aufstehen und die Treppen zum Schlafzimmer emporsteigen. Sie hatten überall sonst im Haus geschlafen. In der Küche, im hinteren Schlafzimmer, im Arbeitszimmer, sogar auf dem Treppenabsatz. Sie hatten einander im ganzen Haus geliebt.

Arachne ist sicher, daß sich auf diesem riesigen Teppich niemand wälzt. Sie sitzt in einem wanneähnlichen Sessel und wartet auf den Drink, den Thomas' Vater mixt. Glücklicherweise hat sie sich bei Thomas an Highballs gewöhnt. Das einzige, das bei ihr zu Hause getrunken wurde, war Bier, obwohl Lanie sich immer Gin in den Tee schüttete. Pferdekiller nannte Toto das.

Sie hat den Sessel gewählt, damit sie neben niemandem sitzen muß. Die Nähe Mrs. Telfers auf dem Sofa wäre zuviel. Sie nimmt den Drink entgegen und hebt mit den anderen ihr Glas, obwohl Minx und Terry noch nicht eingetroffen sind. «Minx sieht sehr gut aus», teilte Mrs. Telfer mit. «Aber», und hier wenden sich beide Telfers an Arachne, «wie nett, Sie endlich kennenzulernen. Thomas sagte uns, Sie kommen aus Vancouver. Wie gefällt es Ihnen in Calgary?»

Arachne antwortet bedächtig. Thomas' Eltern sind nett, sie möchten, daß sie sich wohl fühlt, sie möchten, daß Arachne sie mag. Schließlich können sie sich nicht vorstellen, daß Thomas eine falsche Entscheidung trifft. Im Vorraum herrscht Aufregung. Minx und Terry kommen herein, und Mr. und Mrs. Telfer eilen ihnen entgegen, um sie zu begrüßen. Thomas fängt Arachnes Blick auf und winkt ihr durch das Zimmer zu. «Du bist wunderbar», sagt er.

Aber Minx ist auf eine Weise schön, wie es nur Geld und Jahre der Praxis möglich machen. Sie trägt ein schimmerndes Kleid, das ihren

Körper umspielt, und winzige Diamanten im Ohr. Alles an ihr funkelt, ihre Zähne, ihre Haare, ihre polierten Fingernägel. Arachne fühlt sich, als wäre sie gerade aus einer Schlammpfütze gestiegen.

Auch Terry glänzt, blond und blauäugig, mit dem Körper eines Athleten. Er wird nie fett, er wird nie kahl werden. Ihr Kind wird wie eine frischgeprägte Münze aussehen – sie werden keinen kreischenden, rotgesichtigen Balg haben.

Minx tänzelt zu Thomas hinüber und küßt ihn. «Tom, ich hab dich eine Ewigkeit nicht gesehen. Warum rufst du nie an? Deine kleine Schwester verdient eine bessere Behandlung.» Es ist offensichtlich, daß sie einander mögen, Gefährten einer gemeinsamen Kindheit.

«Und Sie sind Arachne. Welch schöner Name.» Minx kann es sich leisten, großzügig mit Lob umzugehen, denkt Arachne, während sie zu ihr emporsieht und teures Parfum riecht. Arachne lächelt gezwungen, versucht, interessiert dreinzusehen, aber sie fühlt sich schäbig und schwerfällig. Minx ist ihr genaues Gegenteil. Sie wird wieder einmal an ihre wehleidige, elende Kindheit erinnert. Es wäre einfacher, wenn sie sie mit Verachtung oder Mitleid behandelten, aber sie tun so, als ob sie gleichwertig wäre.

Arachne sinkt immer tiefer in ihren Sessel. Sie ist erleichtert, als das Dinner serviert wird und alle ins Eßzimmer schlendern; sie kann ihr Unbehagen in der Bewegung verbergen. Aber das Essen erweist sich als noch schlimmer. Jede Bemerkung wird jetzt gehört und wahrgenommen. Arachne sitzt zwischen Mr. Telfer und Terry, wo doch alles, was sie will, ist, Thomas zu berühren, seine kräftigen, muskulösen Beine unter ihren Händen zu spüren. Er sitzt weit weg, entspannt, und hilft seiner Mutter beim Auftragen der Speisen. Arachne kommt mit der Suppe zurecht, weil es nur einen Löffel gibt, aber beim Salat zögert sie. Neben ihrem Teller liegen drei Gabeln. Alle anderen essen, sie wissen, welches Besteck angebracht ist. Arachne spürt wieder diese beunruhigende Isolation: Sie allein hat die Anweisungen verpaßt, das geheime Codewort nicht richtig verstanden. Sie befindet sich in einem Spiel, bei dem alle außer ihr die Regeln kennen. Sie weiß, daß sie den Salat falsch ißt, und genau in diesem Augenblick fragt Minx: «Was machen Sie, Arachne?»

Arachne schlingt die Bissen im Mund hinunter, eine scheußliche Mischung aus Salat, Orangen und Mandeln. Sie räuspert sich. «Ich bin Busfahrerin.» Es klingt herausfordernd, als ob sie gesagt hätte: «Ich bin Terroristin.»

Aber keiner stockt, sie sind zu gütig. Sie kauen und nicken, und Minx ruft aus: «Das ist interessant!»

Es ist Terry, der, da er nicht in dieser Familie aufgewachsen ist, schlechte Manieren an den Tag legt. «Ich würde wetten, daß es nicht viele weibliche Busfahrer gibt. Werden Sie oft belästigt?»

Das ist genau die Art von Frage, der Arachne abgeneigt ist. Es ist auch die Art von Frage, die kein Mitglied der Familie Telfer stellen würde, aber das weiß Arachne nicht.

«Nein.» Sie kann nichts dafür, daß sie schroff ist; die Leute *wollen* Geschichten darüber hören, wie sie belästigt wird, sie verspüren einen heimlichen Kitzel dabei.

Arachne zuckt nur die Achseln. Sie spießt ihren Salat mit der Gabel auf, die, wie sie jetzt feststellt, für das Hauptgericht bestimmt ist, ein nicht wiedergutzumachender Fehler.

Die Konversation erlahmt. Arachne spürt, daß sie daran schuld ist, weil sie keinen anspruchsvolleren Beruf ausübt. Als Thomas ihren Namen sagt, springt sie beinahe auf.

«Arachne ist eine ungewöhnliche Person in einem Job, der zwangsweise immer Bezug zur Öffentlichkeit hat. Sie behandelt jeden, als wäre er etwas Besonderes. Ich habe ein paar Landkarten in ihrem Bus in Vancouver liegengelassen, und sie hat sie in Sicherheit gebracht.»

Arachne fühlt einen Strom der Liebe für ihn in sich aufsteigen, weil er sie an die Landkarten erinnert, die sie beide so sehr mögen.

Thomas' Eltern nicken strahlend. Sie sind liberal, öffentliches Verkehrswesen ist gut, und zwischenmenschliche Beziehungen sind noch besser. Jeder, der Thomas' Landkarten rettet, verdient Anerkennung.

Es ist Terry, der das für eine amüsante Betätigung hält. «Ihr habt euch also in einem Bus in Vancouver kennengelernt. Sag einmal, Thomas, was für einen Spruch hast du denn draufgehabt? ‹Wo muß ich umsteigen?›»

«Also wirklich, Terrence, das geht dich nichts an.» Minx ist nachsichtig, aber zurechtweisend. Er ist vulgär gewesen.

Aber Terry hat laut ausgesprochen, was keiner aus der Familie Telfer zu bemerken gewagt hätte: Seine Worte haben Arachne an dem gedeckten, taktvollen Tisch als genau das enthüllt, was sie ist, eine Busfahrerin, die sich von Männern aufreißen läßt. Die Familie Telfer erstarrt. Sie ist nicht gewohnt, Gespräche dieser Art zu führen, aber Terrys Andeutung ist zu unmißverständlich, um ignoriert zu werden. Während sie Silbergabeln zum Mund führen, stellen sie Thomas liebenswürdige private Fragen. «Aber, Liebling, was *habt* ihr für Gemeinsamkeiten?»

Arachne kann den Salat kaum mehr schlucken.

Thomas ist wütend. Blöder Schwanz, denkt er. Das kommt davon, wenn deine Schwester einen Knaben aus einer Studentenverbindung, einen Leichtathleten, einen Techniker heiratet. Arachne versteht diese feinen Unterscheidungen nicht, sie ist zu unschuldig. Außerdem will er nicht, daß sie durch gesellschaftliche Schachzüge verdorben wird. Sie hat jetzt den ausdruckslosen, nach innen gerichteten Blick aufgesetzt; sie wird nun nie mehr aus sich herausgehen, nie diese Lebendigkeit zeigen, die sich in ihrem großen Gesicht, ihrem kräftigen Körper verbirgt. Er hat darauf gezählt, daß Arachne sich selbst offenbart. Seine Eltern sind nicht dumm. Sie würden ihre Attraktivität, ihre bemerkenswerte Intensität wahrnehmen. Aber Terry hat sie in den Dreck gezogen. Nun werden sie Mühe haben, überhaupt etwas zu sehen. Er wendet sich an seinen Vater und wechselt bewußt das Gesprächsthema.

«Wohin fahrt ihr im Sommer auf Urlaub, Dad?»

Minx versteht seine Masche sofort und nimmt sie auf. «Ihr könnt nicht gerade dann fortfahren, wenn ich das Baby bekomme», protestiert sie. «Ihr müßt im Juli und August hier sein.»

«Ich glaub nicht, daß wir weiter fahren als bis zum See», beruhigt sie Mr. Telfer. «Es ist nicht schwer, uns dort zu erreichen.»

«Werdet ihr das Sommerhaus renovieren?»

Und so fließt die Konversation dahin, stürzen Wörter an Arachne vorbei. Sie hört nur Bruchteile von Worten, aber es ist ihr, als würde hier eine andere Sprache gesprochen. Sommerhaus, Empfang, Tante, Assoziation, Baby, Babyausstattung, Namensvetter, Paten. Das ergibt überhaupt keinen Sinn. Für Arachne ist Kinderkriegen nichts Besonderes.

Sie beginnen mit dem Hauptgericht, das aus Lamm besteht. Arachne hat noch nie Lamm gegessen. Sie ist überrascht, daß es wie jedes andere Fleisch schmeckt. Die Familie Telfer scheint sich erholt zu haben. Minx, die so offensichtlich das Lieblingskind ist, verwöhnt und vergnügt, hat die Gabe, sie alle zu Verschwörern werden, überschwenglich sein zu lassen. Arachne beneidet sie, wünscht sich, sie hätte Thomas als Kind gekannt. Das denkt sie, während sie ungeschickt versucht, ihr Messer um einen Lammknochen herumzumanövrieren, während sie auch überlegt, daß sie ihn jetzt wird verlassen müssen, daß sie nicht warten kann, bis er sie verläßt, bis er Ausflüchte zu machen beginnt. Etwas ist geschehen, und morgen wird sie die Zeitung nehmen und Anzeigen ankreuzen und eine eigene Wohnung finden. Der konkrete Plan scheint laut widerzuhallen, und während Arachne unbeholfen an dem Lammfleisch sägt, rast ihr Messer plötzlich über den Teller und trifft das dünnstielige Rotweinglas. Es fällt um, die Kristallsplitter und der Wein breiten sich in einem boshaft großen Fleck aus.

«Oh, Scheiße», entfährt es Arachne.

Thomas springt auf, denkt nur daran, sie zu berühren, sie von hier wegzubringen, nach Hause, sie nackt und stark in den Armen zu halten, sie mit gespreizten und zuckenden Beinen wie ein träger Frosch über sich zu halten, während Schauer wie kleine Wellen Wassers über ihren Rücken laufen, ihre Lust in seinen Händen liegt.

«Das ist nicht schlimm», sagt Mrs. Telfer.

«Oh», ruft Minx und springt auf, kommt gleich darauf mit einem Tuch und Salz zurück, das sie rasch über den Fleck schüttet.

Arachne sitzt stumm da. Ihre Hände sind Pranken, ihre Finger wurden zur besonderen Qual abgehackt, und man verlangt von ihr, mit vornehmer Geschicklichkeit zu essen, oder sie wird nach Sibirien geschickt. Kritiker sitzen da und beobachten sie, machen Notizen über ihre Leistung. Sie haben ihr die Finger und die Zähne entfernt, das Essen tropft das Kinn hinunter, das Besteck fliegt ihr aus den Händen, sie versucht, Suppe mit der Gabel, Erbsen mit dem Messer zu essen . . .

Die Familie Telfer ist nett und rücksichtsvoll, aber alle Konzessionen, die sie macht, unterstreichen nur die Kluft zwischen ihnen. Arachne sieht sich selbst als dunkelhäutigen Bauern ohne Socken und Schuhe, der ausrangierte Kleider trägt, unfähig ist, die einfachsten Werkzeuge zu handhaben, der ungewaschen, ungebildet, unzivilisiert ist. Sie weiß, daß sie ihre Verachtung unterdrücken werden, bis sie gegangen ist; die Aristokratie kritisiert das niedrige Volk nicht in dessen Gegenwart.

Ausradieren

Auf dem Heimweg schnallt sie im Wagen den Sicherheitsgurt an und drückt sich ganz nahe an die Tür. Thomas weiß nicht, was er tun soll. Der Abend ist eine Katastrophe gewesen. Er erwartet, daß Arachne weinen oder wütend sein wird, aber sie ist still, wie auf Eis gelegt. Er weiß noch nicht, daß Arachne ihrer Wut nicht freien Lauf lassen wird – ihre emotionellen Ausbrüche finden alle nur in ihrem Inneren statt. Sie hat vor vielen Jahren gelernt, wie sinnlos es ist, Emotionen zur Schau zu stellen. Sie setzt ihr eigenes Spiel in Szene: ein sehr großer Radiergummi, rosafarben und zäh, den sie über ihr visuelles Erinnerungsvermögen reibt, mit den Kanten vor und zurück streicht, ausradiert, ausradiert, tilgt. Wenn sie beginnt, ist das Bild hartnäckig, widerstandsfähig, aber wenn sie nicht nachgibt, beginnt es sich aufzulösen, zu verblassen, und nach und nach werden die Details ausgelöscht, lassen rosafarbene Krümel und Streifen zurück, manchmal eine schwarze Schmierspur. Es gibt Ereignisse in ihrem Leben, die genauso aussehen – eine Seite voller dicker schwarzer Bleistiftzeichen, immer wieder ausradiert, bis sie bedeutungslos sind, selbst wenn die Seite noch nicht völlig sauber ist.

Während sie im Rabbit sitzt, auf dem Weg zurück zu Thomas' Haus, radiert sie aus und denkt an die morgige Zeitung, an den physischen Akt, sich mit den Kleinanzeigen und einem Bleistift zum Telefon zu setzen. Sie fährt jetzt schon zwei Wochen den Bus Nummer zehn. Sie hat einen Job; sie kann sich eine Wohnung mieten. Sie wird auch Thomas ausradieren, wird sich nur die Erinnerung an die Landkarten gestatten, die eine so angenehme Begeisterung in ihr weckten. Vielleicht wird sie eine stehlen, wenn sie geht.

«Es tut mir leid», sagt Thomas. «Terry kann so dumm sein, er weiß nicht, was er *redet*. Es macht nichts, meinen Eltern hast du gefallen, sie möchten, daß du sie magst –»

Sie sagt nichts darauf, sitzt steif da, den Blick nach vorne gerichtet. Ihr Profil – er hat es nie zuvor so gesehen – ist ägyptisch, gebogene Nase, das dunkle Haar gerade geschnitten, die schrägen Augen im Halbdunkel verführerisch glänzend.

«Raki?»

Sie antwortet nicht. Sie ist dabei, auszuradieren.

«Verdammt noch mal, antworte mir.»

Sie blinzelt nicht einmal.

Thomas hat noch nie eine solche Wut verspürt, wie eine Explosion in seinem Brustkorb. Er muß den Wagen zur Seite lenken und anhalten, das Lenkrad dreht sich unter seinen Händen.

«Arachne!» Er schreit. Er möchte sie schlagen.

Sie dreht sich leicht zu ihm und sagt mit so sanft nachhallender Stimme: «Schrei mich nicht an.»

Er ist sofort beschämt, weil er sie anbrüllt, obwohl doch der Abend nicht ihr Fehler gewesen ist. Er verspricht, daß es nie wieder vorkommen wird, aber er trommelt mit den Fäusten gegen eine Wand. Alles, was er sagt, prallt schweigend zurück.

Er beugt die Stirn auf das Lenkrad, legt dann den Gang ein und fährt los. Zu Hause zieht er sie aus dem Wagen heraus und in das Haus hinein. Sie leistet keinen Widerstand; sie ist mit allem einverstanden, fügsam. Das ist es, was ihn erschreckt. Wenn sie nur kämpfte, würde er wissen, wo er steht, was er tun soll. Ihre ruhigen, gefügigen Bewegungen sind viel schlimmer. Sie ist dabei, ihn zu verlassen. Er hat sie wegen eines Dinners mit seinen Eltern verloren, wegen eines Schwagers, der nicht einmal imstande ist, eine Wechselstrombatterie aufzuladen.

Sie hängt den Mantel auf und bückt sich, um die Sandalen auszuziehen, dann schleppt sie sich die Treppen hinauf. Er folgt ihr, obwohl er fühlt, daß es sinnlos ist. Sie geht ins Schlafzimmer und zieht sich aus, klettert nackt, wie sie es immer tut, ins Bett; die karamelfarbene Haut bildet einen Kontrast zu der weißen Bettwäsche.

Thomas weiß nicht, was er tun soll. Er könnte auch zu Bett gehen, aber er hat das Gefühl, daß das ein unverzeihlicher Fehler wäre. Also setzt er sich auf die Bettkante neben ihren gekrümmten Körper und streicht ihr die Haare aus dem Gesicht.

Seine Finger sind warm, aber Arachne kann das ignorieren, es sind nur Finger. Sie konzentriert sich gerade auf etwas anderes. Er kann sie berühren, wie er will, ihr Körper wird sogar reagieren, aber sie ist anderswo beschäftigt, ist dabei, Geschehenes zu tilgen.

Er beugt den Kopf zu ihrem hinunter, so daß seine Lippen neben ihrem Ohr sind. «Wirst du mich verlassen?»

Sie überlegt das und sagt schließlich: «Ich werde mich morgen nach einer Wohnung umsehen.»

«Warum?»

«Ich sollte eine eigene Wohnung haben.»

«Warum?»

«Ich kann nicht ewig hier bleiben.»

«Ich hab dich gern hier. Ich hab geglaubt, das wäre auch dein Haus.»

Sie antwortet nicht.

«Nur wegen heute abend?»

«Nein. Ich muß sowieso gehen. Irgendwann.»

«Meinetwegen.»

Sie schweigt auch dazu. Er kennt ihre Gründe. Sie ist eine vorübergehende Affäre; er wird es vielleicht nicht zugeben wollen, aber sie ist unpassend, und so sehr er sich jetzt auch mit ihr amüsieren mag, eines Tages wird er sie durch eine andere ersetzen. Die Erkenntnis kommt nicht so unerwartet. Konnte sie ernsthaft glauben, daß sie in sein Leben passen würde? Sie muß fast lachen über ihren Selbstbetrug.

Unter seinen Lippen sagt ihm die warme Membrane ihres Ohres, daß sie glaubt, eine vorübergehende Affäre zu sein, eine Frau, die er verlassen wird. Es gibt nichts, das er sagen kann, um sie davon abzubringen. Sie weiß es, genauso sicher wie er weiß, daß er es nicht tun wird. Er ist hilflos gegen ihr Wissen, gegen die Bestätigung, die sie heute abend bekommen hat.

«Wenn du willst, werde ich meine Eltern nie mehr sehen. Ich werde nach Vancouver oder in die Antarktis ziehen. Ich werde ein verdammter Busfahrer.» Er spricht heftig. Das ist nicht der Mann, der die Welt mit großstädtischer Nonchalance, einer so bezaubernden Gelassenheit entgegentritt. «Verdammt noch mal, Arachne, was muß ich denn sagen, um dich zu überzeugen?»

Sie spürt, wie die Szene, die sie beinahe schon völlig ausradiert hat, zurückströmt, deutlich und schmerzvoll. «Ich passe nicht in deine Familie. Ich bin eine Außenseiterin. Ich kann mich nicht richtig anziehen, ich kann nicht richtig sprechen, ich kann nicht richtig essen. Sogar meine Arbeit ist falsch. Ich bin nicht auf dem College gewesen, ich habe kaum die High School geschafft.»

Arachne läßt sich auf das Kissen zurückfallen und starrt zur Decke hinauf. Sie hat die Hände über der Brust gefaltet, die Bettdecke ist bis zu den Schultern hochgezogen. «Als ich klein war, hab ich mir immer vorgestellt, ich sei adoptiert. Ich wußte, ich war adoptiert. Es war die einzig mögliche Antwort. Ich wußte, ich *konnte* nicht dort hingehören, wo ich war, Lanie und Toto waren nicht wirklich meine Eltern, ich war ein Baby, das durch Zufall dort gelandet ist, und eines Tages würde jemand den Irrtum herausfinden und ihn in Ordnung bringen.» Sie macht eine Pause, und er verhält sich ruhig, hält beinahe den Atem an.

«Weißt du», sie wendet das Gesicht von ihm ab, «ich habe das bis jetzt geglaubt. Ich habe es genau bis heute abend geglaubt. Und dann, als deine Schwester hereinkam, und beim Abendessen, habe ich gewußt, daß ich keineswegs adoptiert worden bin. Ich gehöre dorthin, wo ich war. Es ist kein Zufall. Es ist kein Irrtum. Ich bin nichts als ein Kind vom East End, das nichts richtig machen kann, ich bin Lanies und Totos Kind. Ist das nicht komisch?» Sie lacht.

Es gelingt ihm, sie in die Arme zu schließen, die Decke um sie zu schlingen und festzuhalten. Er hat eine Chance, den ersten Anfang einer Chance. «Weißt du», sagt er, «es ist nur ein Spiel. Die Leute tragen nur Kostüme. Einige haben das Geld, sich etwas Exquisites auszuleihen, und einige haben einfach viel Übung beim Aussuchen. Aber darunter sind alle gleich.»

«Das glaube ich nicht.»

Er sieht ihr ins Gesicht. «Wie kann ich dich überzeugen?»

«Verwandle mich in deine Schwester.»

«Du willst nicht wie Minx sein. Sie ist reizend, aber sie ist ein bißchen verrückt. Außerdem, schau dir den Kerl an, den sie geheiratet hat.»

«Dort, wo ich herkomme, ist ‹Kerl› eine Auszeichnung.»

«Nun, bei mir nicht.» Er küßt ihre Nase, eine Augenbraue. «Glaubst du wirklich, daß dieses Zeug so wichtig ist?»

Sie zuckt die Achseln.

«Es ist nichts. Du kannst es in einer Woche lernen. Ich werde es dir zeigen. Von jetzt an geht es nur noch um Messer und Gabel und darum, wie man sinnlose Konversation macht.» Er reibt die Nase an ihrem Hals, küßt ihr Ohr. «Erzähl mir nur nicht, daß du deinen Namen auf Jane Smith ändern willst und wage ja nicht, dich im Bett in eine fromme Puritanerin zu verwandeln, oder du bist draußen, und ich werfe alle deine Habseligkeiten auf den Bürgersteig.»

Sie beißt sich auf die Lippe. «Du kannst einen Affen anziehen, aber du kannst ihm nicht das Sprechen beibringen.»

«Du bist kein Affe.»

Verkleidung

Arachne ist damit einverstanden, sich von Thomas in eine anständige Frau oder zumindest in das Scheinbild einer solchen verwandeln zu lassen. Er verspricht, daß er nicht von ihr verlangt, Deodorant zu verwenden oder sich die Beine zu rasieren.

Sie gehen in ein Damenmodengeschäft, Woman's Move. Arachne ist nervös. Sie sehen die Regale durch, Thomas macht Vorschläge, und Arachne schüttelt den Kopf. Sie ist schließlich einverstanden, zwei Kleider im Gipsy-Look anzuprobieren. Sie sind ausgefallen und schlampig genug, um Arachnes Fremdartigkeit zu unterstreichen. Sie erkennt das sofort und will schon aufgeben. Es gibt nichts, in dem sie normal aussieht, außer in Blue Jeans.

Aber Thomas steht vor der Tür zur Umkleidekabine. «Da», sagt er und gibt ihr ein weichfallendes rotes Kleid, «probier das an.»

Arachne betrachtet das Kleid zweifelnd.

«Komm schon, probier es einfach.»

Zu ihrer Überraschung schmiegt sich das Kleid vorteilhaft an ihren Körper an. Als sie sich vor dem Spiegel dreht, sieht sie eine ernste und dezente junge Frau, die keinerlei Aufmerksamkeit auf sich zieht. Sie wird nie elegant aussehen, aber sie kann ernst aussehen. Die Farbe des Kleides paßt gut zu ihren Haaren; endlich einmal sind ihre Augen nicht so betont fremdartig.

Als Arachne aus der Kabine tritt, um Thomas das Kleid vorzuführen, braucht sie ihn nicht zu fragen, wie sie aussieht. Sie dreht sich vor einer Spiegelwand und sieht sich dieser ruhigen Verwandlung gegenüber. Oh, sie hat sich in keine Prinzessin verwandelt, aber sie sieht seriös aus.

Eine Verkäuferin hat Thomas einen Stuhl gebracht und zeigt ihm verschiedene Bekleidungsartikel.

«Mir gefällt das hier», sagt Arachne und blickt mit Schrecken auf die wachsende Zahl von Kleidern auf dem Haken vor der Kabine.

«In Ordnung, wir nehmen es. Aber wenn wir schon da sind, kannst du genausogut noch andere Sachen anprobieren.»

Arachne öffnet den Mund, um zu protestieren, aber er hebt die Hand. «Ein Spiel», sagt er. «Erinnerst du dich?»

Wenn Thomas Arachne kostümiert, tut er es mit einer Begabung, die eine unverkennbare Spur an seinem sich unbehaglich fühlenden Schützling hinterläßt. An einem Nachmittag verschafft er ihr den nötigen Aufputz, den Trick der Illusion. Es ist keine Frage einer prachtvollen Kostümierung, sondern es geht darum, zusätzliche Konturen auf diesen mürrischen Körper zu schwindeln, die Aufmerksamkeit von Arachnes rebellischem Gesicht abzulenken.

Die Verkäuferinnen im Geschäft sind fasziniert. Der Mann hat unbestreitbar Geschmack; er weiß genau, was richtig ist. Selbst wenn das Mädchen etwas möchte, den Stoff nachdenklich zwischen den Fingern reibt, schüttelt er den Kopf, verwirft ihren Vorschlag. Er fügt Accessoires hinzu, Gürtel, Schals, Schuhe, sogar Strümpfe. Die Verkäuferinnen beobachten und kommentieren, stürzen sich selbst in diese Verwandlung einer Frau, die so anders ist als diese hoffnungsvollen, hoffnungslosen, zwischen halbwüchsigen Kindern und untreuen Ehemännern gefangenen Frauen, die die Regale nach Sonderangeboten durchstöbern. Sie zeigen Thomas alles, was sie im Geschäft haben, machen Vorschläge, die vom Konservativsten bis zum Exotischsten reichen. Zwischen diesen beiden Extremen setzen sie eine Person mit Stil und persönlicher Note zusammen, deren Kleider Teil ihres Gesichts und ihres Körpers zu sein scheinen. Arachne ist angezogen.

«Möchten Sie hier arbeiten?» fragt einer der Besitzer Thomas beinahe ernst. «Sie haben einen ausgezeichneten Geschmack.»

Er lächelt und blickt zu Arachne. Er tut das aus Liebe, um ihr eine Tarnung zu verschaffen, eine Maske.

«Warten Sie», sagt eine der Verkäuferinnen, «erinnern Sie sich an diesen grünen Zweiteiler, den wir nie verkaufen konnten? Niemand wußte, wie man ihn tragen sollte, er war so fremdartig. Wo ist er?»

«Er ist im Lager», sagt der Besitzer. «Ich mußte ihn in Sicherheit bringen. Er ist aus einem so empfindlichen Material, und alle diese dicken Frauen haben ihn anprobiert.»

Als die Verkäuferin ihn Thomas zeigt, runzelt er die Stirn und nickt dann. Und als Arachne aus der Umkleidekabine tritt, sind alle still. Das ist keine Maske, das ist in beängstigender Weise Arachne selbst. Der Zweiteiler ist aus Seide, feine, moirierte Seide; eine Tunika und eine enge, am Knöchel geschlitzte Hose. Dasselbe Grün wie Arachnes Augen. Es zaubert grüne Lichtreflexe in ihr Haar, macht ihre Augen schwarz und geheimnisvoll. Sie ist mehr als schön, sie ist wie hinter einer Trennwand hervorgetreten, mit rebellischem Gesicht, brennend fragenden Augen, groben Knochen. Durch den Anzug wirkt sie beinahe furchteinflößend; auf jeden Fall ist Arachne selbst erschrocken. Das Gewand sollte ihre Natur verbergen, nicht hinausschreien.

«Gefällt es dir?»

Arachne sieht an sich hinunter. Die Seide wispert auf ihrer Haut, ein dünnes, zartes Gewebe, durch das ihr Körper hindurchschimmert. Sie schüttelt den Kopf. «Ich könnte das nie tragen.»

Die Verkäuferinnen seufzen. «Es ist wie für Sie geschaffen.»

«Nimm es», sagt Thomas. «Es ist gut, etwas in Reserve zu haben.»

Der Preis des Nachmittags ist hoch, die Frauen entschuldigen sich beinahe, als sie die Summe addieren.

«Ich kann es mir nicht leisten», meint Arachne, «und ich kann dich nicht dafür zahlen lassen.»

«Wir teilen es uns. Ich bezahle es jetzt, und du kannst mir die Hälfte zurückzahlen. Und», er gibt dem Besitzer seine Visitenkarte, «wenn etwas hereinkommt, das passend aussieht, rufen Sie mich an.»

«Vergessen Sie nicht, Sie können jederzeit einen Job hier bekommen.»

Er lacht. «Ich kostümiere nur sie.»

Sie lassen die Preisschilder entfernen, und Arachne hat das rote Hemdblusenkleid angezogen, während sie ihre Jeans mit allen anderen Paketen trägt. Auf dem Bürgersteig küßt er sie. «War das so schlimm?» Arachne schüttelt den Kopf.

«Nun zur ersten Lektion in Sachen Messer und Gabel. Wir könnten ruhig feiern und zum Lunch ausgehen.»

«Bitte», gibt Arachne zu bedenken. «Alles an einem Tag?»

«Ich hab dir versprochen, du könntest es in einer Woche lernen. Ein Spiel.»

«In Ordnung. Vergiß nur nicht, du kannst einen Affen anziehen, aber du kannst ihn nicht zum Lunch ausführen.»

Und was für ein Unterschied

Sie kann nun an einem vorbeigehen, und man würde niemals das Mädchen erkennen, das seinen Wein verschüttet hat. Sie ist manchmal unsicher, aber wenn sie sich langsam bewegt und beobachtet, wie die anderen die Dinge verrichten, kann sie ihre Spuren verwischen. Arachnes natürliche Neigung zur Verstellung hilft ihr sehr. Sie ist weniger eine Schauspielerin als eine Doppelagentin, ein entflohener Sträfling, der dadurch überlebt hat, daß er sich auf sämtliche noch so dürftigen Tarnungen, die ihm zur Verfügung gestanden sind, verlassen hat. Sie fragt sich dennoch, ob es richtig war zuzulassen, daß Thomas sie gemanagt hat, sie – du lieber Himmel – eingekleidet und ihr Manieren beigebracht hat. Sie verabscheut Frauen, die einen Mann brauchen, der sie rettet.

Dennoch, allein mit ihm, ist sie sie selbst, so wütend und schroff, wie sie möchte. Es gibt Zimmer, in die sie sich zurückziehen kann, keine hochgezogenen Augenbrauen, keine Fragen. Ihr Glück wandelt sich; ihre Lust auch. Er mischt sich nicht ein, aber er tröstet sie, er streichelt ihren Körper.

In dem Haus in Sunnyside wohnen sie wie in einer seltsamen Zufluchtsstätte – Arachne arbeitet am Küchentisch an ihren Bestellungen, Thomas zeichnet Linien auf eine Landkarte, im Bett sind ihre Körper von gieriger Vertrautheit. Thomas kann sich nicht vorstellen, mehr zu wollen.

Wie Thomas kann sich auch Thena die Werkzeuge, die Arachne geformt haben, bevor sie nach Calgary gekommen ist, nur vorstellen; aber sie kennt Arachnes Gegenwart, ihr jetziges Leben. Genaugenommen erzählen sie einander alles, sie sind von brutaler Ehrlichkeit. Thena ist in Arachnes aktuelle Vertrauensbrüche eingeweiht, in die Landstreicher und Reisen, ihre Diebstähle und ihre Unehrlichkeit. Sie mag Arachne dadurch nicht weniger, obwohl sie unüberhörbar skeptisch und mißbilligend ist. Sie glaubt, daß Arachne verrückt ist, und sie sagt ihr das auch, aber sie sind Freundinnen. Gleichermaßen desillusioniert von der Welt, passen sie zueinander.

Obwohl Thenas Wut mit Männern zu tun hat, deren Kontrolle über die Welt. Für sie ist selbst der netteste Mann noch ein Diktator.

«Männer. *Männer*. Gehen immer ihren eigenen Weg. Und die Frauen lassen sich an der Nase herumführen.» Sie schleudert die Tasse in den Ausguß und zerbricht sie dabei, die Scherben kratzen gegen den rostfreien Stahl, als sie sie einsammelt. «Nur um sicherzustellen, daß er dich läßt, fragst du: ‹Kann ich mir einen neuen Mantel kaufen? Kann ich einen Kurs besuchen? Kann ich ins Badezimmer gehen?›» Sie wirft das zerbrochene Porzellan in den Mülleimer und schneidet eine Grimasse. «Es sind all diese fragenden

Frauen, sie sind diejenigen, die dauernd wiederholen, wie glücklich sie sind. Sie sind diejenigen, die darauf beharren, daß wir keine Probleme haben.»

Arachne ist an Thenas Tiraden gegen Männer gewöhnt, gegen die Frauen, die ihre Söhne als getreue Kopie ihrer Ehemänner aufziehen. Thenas Zornausbrüche sind vorhersehbar, aber Arachne ist manchmal von ihnen geschockt. Sie versteht Thenas bewußten Haß nicht. Arachne hat immer gegen das Unmögliche gekämpft: Schicksal, Geburt, Leben. Sie haßt umfassendere, allgemeinere Dinge, hat sich nie auf etwas Spezifisches konzentriert. Aber schließlich hat Thena allen Grund. Und sie ist erst spät im Leben auf den Zorn gestoßen. Arachne, argumentiert Thena, war nie der gleichen Hölle unterworfen, aus der sie gekommen ist, hat es irgendwie versäumt, aufgenommen, besessen, geheiratet, verschlungen zu werden. Thena verwendet diese Ausdrücke mit bitterem Nachdruck, mit selbstzufriedener Wut. Und sie versucht, ihren Töchtern dasselbe Gefühl einzuimpfen.

«Mutter», stöhnt Theresa, «bitte!»

Für Thena ist es eine bittere Pille, daß ihre Töchter, obwohl sie sie für Selbstverteidigungskurse angemeldet hat, obwohl sie auf Rugby und Selbstbehauptungstraining besteht, noch immer Ballettstunden und Miniröcke, BHs und hohe Stöckel möchten.

«Sie wollen mich umbringen», klagt Thena.

«Sie müssen selbst herausfinden, was sie wollen.» Arachne weiß, daß das ein schwacher Trost ist.

«Und dieselben Fehler machen wie ich? All die Zeit vergeuden?»

«Du kannst nicht viel dagegen tun.»

«O doch, ich kann», entgegnete Thena. «Ich schicke sie fort, damit sie eine Weile mit ihrem verdammten Vater und seiner neuen Frau zusammenleben, will doch sehen, wie ihnen das gefällt. Höhere Dosen von ihm werden sie wohl kurieren.»

«Ich würde das nicht tun. Sie würden wahrscheinlich denken, daß er charmant ist, und jede Minute mit ihm genießen.»

Worauf Thena noch eine Zigarette anzündet und seufzt. «Vielleicht hast du recht.»

Thenas Töchter sind Teenager, vierzehn und sechzehn Jahre alt. Sie sind normale Teenager; sie mögen die Bitterkeit ihrer Mutter nicht. Sie möchten so sein wie alle anderen. Arachne erinnert sich an dieses Verlangen. Sie hatte es auch, aber sie hat sehr schnell gelernt, daß das unmöglich ist, daß sie nicht so ist wie die anderen, nie so sein würde. Es gab nichts, was sie mit ihrer Andersartigkeit machen konnte, nichts, als sie auszuschlachten, Aufmerksamkeit auf die Tatsache zu lenken, daß sie alle Grenzen sprengte. Es war ein Weg, sich zu deklarieren, eine Linie zu ziehen. Sie wußte, wo sie stand. Außerhalb.

Arachne versucht, Thena das zu erklären, aber Thena versteht sie nicht. Sie erwartet, daß ihre Töchter mutig sind. Sie weigern sich. Sie trippeln zur Schule, sie experimentieren mit Make-up, sie sind sie selbst.

Sie betrachten die Freundin ihrer Mutter mit Mißtrauen, obwohl sie sie mögen. Sie ist «unheimlich», stellen sie halb bewundernd fest. Sie sind froh, daß sie nicht ihre Mutter ist. Sonst hätten sie wirklich Probleme.

Aber obwohl sie so bösartig über Männer spricht, ist Thena außerordentlich besorgt um Arachne und Thomas. Wenn Arachne sie deswegen hänselt, verteidigt sich Thena. «Er ist nicht wie die anderen. Halt dich an ihn, Arachne.» Thenas tatsächliches Bestreben ist es, ihre Freundin auch in der Zukunft glücklich zu sehen; sie möchte sie davor beschützen, die häßlichen Streitereien zu erleben, die sie durchgemacht hat. Sie ist davon überzeugt, daß Thomas Arachne nie im Stich lassen wird. Daß es auch umgekehrt sein könnte, zieht sie freilich nicht in Betracht.

Ein feindlicher Einfall zwischen Buchdeckeln

Viking, Jarrow, Irma, Fabyan, Wainwright. Viking hält flüsternde Zwiesprache mit sich selbst, Jarrow verbirgt das Gesicht hinter dem Ärmel. Der Co-op-Markt in Irma bestellt fünf Dutzend Baumwollslips; es muß an der Hitze liegen. In Fabyan sieht Arachne eine holländische Einwandererfamilie, die gerade beim Kartoffelpflanzen ist – von den Hacken steigt Staub auf, die Füße stecken in Holzpantinen. Sie übernachtet in Wainwright, und die Bar unter ihrem Zimmer brummt bis drei Uhr morgens; der Boden ist so dünn, daß sie das Aufsetzen der Gläser auf samtgedeckte Tische hört, das Klicken der Billardstöcke, das Drehen der Beilketafel, das

Klimpern des Kleingelds in den Taschen der Kellner. Fast möchte sie hinuntergehen und sich an dem Lärm beteiligen, aber es wäre zu anstrengend, sich anzuziehen, und so begnügt sie sich damit, mit den Absätzen auf den Fußboden zu trommeln.

Auf der ganzen Strecke durch Czar, Amisk, Hardisty und Lougheed ist sie gereizt, was ihren Umsatz beeinträchtigt. Sie ist nicht überzeugend, wenn sie müde ist, kann mit Ringen unter den Augen keine Unterwäsche verkaufen. Gleichgültig, wie sie Pfefferminzfarben hervorzaubert oder ihnen seidige Tangas zuwirft, sie werden keine Bestellungen aufgeben, wenn *sie* nicht ordentlich aussieht. Sie hat sich darüber bei Thena beklagt, über die Tyrannei des Produkts, als ob sie dessen bester Anwalt sein müßte.

«Was erwartest du dir denn, wenn du Unterwäsche verkaufst?»

«Es ist etwas durchaus Anständiges. Jeder trägt sie.»

«Abgesehen von dir.»

«Das wissen sie nicht.»

«Du bist ein Flittchen», sagt Thena.

Was sie noch immer glaubt, ewig glauben wird, in Anbetracht dessen, was sie über ihre Freundin weiß. Und sie weiß eine ganze Menge. Ganz zu schweigen von dem, was sie vermutet. Arachne kommt von der Landstraße mit einem ganzen Arsenal von Geschichten für Thena zurück: Episoden, Beschreibungen, Erzählungen, Ausführungen. Sie ist die Forschungsreisende für Thenas selbstgewählte Abkapselung, ein Botschafter aus der Welt draußen. Und braucht sie ihrerseits auch. Denn was wäre eine Reisende ohne eine Vertraute? Jede Abenteurerin braucht jemanden, dem sie ihre Geschichten erzählt, eine Begleiterin im Lehnstuhl, mit der sie die offenen Möglichkeiten zu Ende denkt. Die dieselben sind wie immer: Der Mercedes fährt staubaufwirbelnd auf einer einspurigen Hauptstraße mit einer Tankstelle im Art-Deco-Stil, ein paar kulissenhaften Geschäften und einem Postamt im Wohnzimmer des örtlichen Klatsches. Die Bahnstationen sind alle niedergerissen worden, die Eisenwarengeschäfte sind am absteigenden Ast. Arachne schwingt sich mit ihrem Manuskripthalter, ihrem Bestellblock, ihrem Musterkarton in den nächsten Co-op, Redbird oder Market. Schikaniert die Inhaber, schmeichelt und droht ihnen, hänselt, unterhält oder zwingt sie, nur damit sie bestellen. Aber die unsichere Zukunft macht ihnen Sorgen. Das einzig Gute an Schlüpfern ist, daß sie nicht verderben.

In Sedgewick hört sie den Mann im Nebenzimmer schnarchen. Killam, Strome, Daysland. Schwierige Städte – sie sind alle zu nahe an Camrose, zu nahe, als daß sie Selbstvertrauen haben könnten. Arachne haßt Camrose: Es kommt ihr wie ein überladenes Dorf vor, ohne die Unschuld, die Dörfer reizvoll macht. Sie kommt früh dort an und spaziert deshalb die Hauptstraße entlang. Die Chevys fahren zwischen Halbtonnern und der Hitze vorbei. Da ist die Bäckerei, das Kino, der Billigsupermarkt, das Schallplattengeschäft. Aber die Bibliothek, drei Blocks weiter, ist ein Ziegelneubau, und einem plötzlichen Impuls folgend tritt Arachne ein. Drinnen wird es kühl sein; sie kann sich eine Weile hinsetzen. Sie hätte nach Heisler weiterfahren sollen, anstatt über Nacht hierzubleiben. Die Bibliothek ist kühl, aber peinlicherweise findet gerade ein Vortrag statt, und Arachne wird von einer rechtschaffenen Bibliothekarin aufgehalten, die sagt: «Da ist ein Platz auf der rechten Seite in der zweiten Reihe von hinten frei. Es hat gerade begonnen.»

Was kann sie tun, als sich zurückzulehnen und zu gähnen? Der Mann ist voll in Fahrt, seine Stimme klingt nasal. Die Leute im Publikum lauschen mit vorgeneigtem Körper. Die Frau neben Arachne kritzelt Notizen.

«Worüber spricht er?»

«Schscht.»

«Der Trick ist, sich fallenzulassen. Setzen Sie sich an Ihre Schreibmaschine und lassen Sie Ihrer Phantasie freien Lauf, lassen Sie Ihren Verstand sämtliche Möglichkeiten der Situation einfangen. Stellen Sie sich vor, daß Ihr Name im *Playboy* steht. Stellen Sie sich vor, daß Agenten in aller Welt Ihre Rechte verkaufen. Alles, was Sie tun müssen, ist, auf der Stelle anzufangen.»

Arachne sieht sich um. Die Frauen sind mittleren Alters, tragen praktische Schuhe und Brillen. «Worüber spricht er?»

Die kritzelnde Frau wirft ihr einen vernichtenden Blick zu. «Wie man Schriftsteller wird.»

«Oh.» Arachne schlüpft mit einem Fuß aus der Sandale und zieht das Bein hoch. Sie betrachtet den stämmigen Fuß und fragt sich, ob es etwas helfen würde, sich die Beine zu rasieren.

«Der Trick ist, sich mit Leib und Seele hineinzustürzen. Warum – sehen Sie Marcia Grist an. Sie unterzeichnete einen Vertrag über fünfzigtausend Dollar. Natürlich, das war Mannikin, aber wer wollte behaupten, daß Sie nicht dasselbe schaffen könnten? Alles, was Sie tun müssen, ist, es zu versuchen.»

«Was haben Sie gesagt, worüber spricht er?»

Die Frau starrt sie an.

«Also, vergessen Sie nicht, folgen Sie Ihrem Instinkt und lassen Sie sich durch nichts davon abbringen. Wer will behaupten, daß Sie nicht zu den Auserwählten zählen? Alles, was Sie brauchen, ist Hingabe und Inspiration, und Sie könnten die nächste Erfolgsstory schreiben.»

Arachne kichert, und die Frau neben ihr schlägt auf das Notizbuch und dreht sich zu ihr. «Können Sie nicht still sein? Das ist wichtig.»

«Wird er Ihnen auch erzählen, wie man Modell wird? Ich hab wirklich hübsche Unterwäsche dabei, die ich Ihnen zeigen kann.»

Die Frau erstarrt, steht dann auf und flüstert mit der eifrigen Bibliothekarin, bevor sie sich auf einen anderen Platz setzt. Die Bibliothekarin tippt Arachne auf die Schulter. «Sie stören den Vortrag», sagt sie. «Sie müssen gehen.»

«Aber ich tue überhaupt nichts», protestiert Arachne laut. «Ich versuche nur herauszufinden, worüber er redet.»

«Bitte gehen Sie.»

«Warum?»

«Muß ich den Sicherheitsdienst rufen?»

Arachne zuckt die Achseln und schiebt den Stuhl geräuschvoll zurück. «Man könnte meinen, das sei eine Kirche», stellt sie fest. Sie drehen sich nicht einmal nach ihr um, so vertieft sind sie in die Predigt. Arachne zeigt der Bibliothekarin den Vogel. «Camrose», sagt sie und schlurft den Bürgersteig hinunter.

Memento Mori

Heisler ist besser, fröhlich, weil es einen Baseballplatz und ein Café gibt. Alle in dieser Stadt stammen aus derselben Familie. Die Namensschilder an den Häusern tragen nur Vornamen: Albert und Rose, Louise und Danny, Marvin und Bim, Thommy und Sal. Eine fruchtbare Familie, Viehzüchter und Biertrinker. Und der Mann im Laden mag Schlüpfer: Er lagert weitaus mehr, als er jemals verkaufen kann. Arachne hegt den Verdacht, daß sie für ihn ein Fetisch sind, daß er sie liebkost, wenn er allein ist, daß er die Nase in ihrem zarten Gewebe verbirgt und dabei an die jungen Mädchen denkt, die die Hüften darin schwingen. Er bevorzugt Fruchtfarben, Kirsch und Zitrone, Limone und Pflaume. Bei ihm bedarf es keiner Überredungskunst, obwohl er jede sich bietende Gelegenheit wahrnimmt, Arachnes Knie zu tätscheln, und sich ständig zu einem niedrigen Regal mit Papiersäcken, Schnüren und Dosen hinunterbeugt. Sie ist an ihn gewöhnt, an seine Hand, die ihre Kniescheibe umfaßt und dann schnell an ihrem Oberschenkel hinaufgleitet; sie ist daran gewöhnt, die Beine zusammenzupressen, um seinen Fingern Einhalt zu gebieten.

Forestburg, Galahad, Alliance. Sie will nach Süden, auf den Highway 36 abbiegen und dann den Highway 9 nach Calgary, nach Hause, nehmen, deshalb absolviert sie die letzten beiden Städte im Eilzugstempo. Alliance ist seltsam verlassen. Sogar die Hunde verstecken sich unter der Veranda. Sie wendet die Motorhaube des Mercedes nach Süden und verläßt die Hauptstraße in einer Staubwolke. Vor ihr fährt langsam ein Ford, und vor diesem ein weiterer langsamer Halbtonner. Hartnäckig kriechen sie in der Mitte der Straße entlang. Der Staub ist undurchdringlich, cholerisch. Arachne schert aus und versucht zu überholen und sieht eine Kolonne dahinschleichender Fahrzeuge, die sich über eine Länge von zwei Kilometern erstreckt. Alle haben die Scheinwerfer eingeschaltet. Hinter Arachne reichen die Lichter der Scheinwerfer bis zur Stadt zurück. Sie schaltet auch ihre ein und bleibt in der Reihe, fährt in den Dunst der Prozession hinein, die den Tod begleitet, einen guten Tod, einen Familientod, einen Gemeinschaftstod, der die Straßen leerfegt und die Hunde einsperrt.

Sie quälen sich den Weg über den Hügel hinauf zum Friedhof, und während der letzte Wagen noch neben dem Straßengraben parkt, hat das Begräbnis schon begonnen, und der Priester, dessen Haare am Schädel festgeklebt sind, hat eine melancholische, angemessen traurige Mine aufgesetzt. Die Blumen sind zum größten Teil Gladiolen, die mit ihren Ähren-Gesichtern wie fröhliche Emporkömmlinge aussehen und einen Kontrast zum Reiben der in schwarzen Stoff gehüllten Ellbogen bilden, dem Krachen der Gelenke und ein paar kleinen Schluchzern, die Arachne nur hört, wenn sie sich sehr anstrengt. Sie selbst pflückt eine Blume und legt sie zu den bereits vorhandenen auf den Sarg. Begräbnisse sind gut für das Geschäft. Sie veranlassen die Leute dazu, ihre Angelegenheiten zu regeln, ihre alte Unterwäsche auszusortieren und neue zu kaufen.

Sobald der Sarg im Grab liegt, beginnen die Nachbarn, einander etwas zuzurufen, wagen es, sich am Bein zu kratzen. Es wird einen ordentlichen Leichenschmaus geben, kanadischen Whiskey und einen Geigenspieler aus dem Ort. Arachne klettert in den Mercedes und fährt an der Spitze der Gruppe zurück.

Aber als sie vor ihrem Haus stehenbleibt, sitzt der weißhaarige alte Mann auf der Eingangstreppe. In seine Unbeweglichkeit ist Geduld gemeißelt; er hat sehr lange gewartet. Seine Kleider scheinen von Staub durchdrungen zu sein, aber das weiße Haar und der Bart blenden vor Helligkeit. Arachne geht die Auffahrt hinauf und bleibt vor ihm stehen. Er sieht sie an und breitet die Hände aus, wie in einer Geste der Unterwerfung.

«Was machst du hier?»

«Ich warte auf dich.» Er blinzelt schwerfällig. «Du lange bist weg.»

«Wie hast du herausgefunden, wo ich wohne?»

Er zuckt die Achseln.

Arachne will es nicht in den Kopf gehen, daß er die ganze Woche hier gewartet hat. Sie weiß doch genau, daß Thomas da ist.

«Ich deinen Gatten gesehen.»

Sie nickt.

«Du hast meinen Tanz?»

«Tanz, oh, *du* hast das dagelassen! Es ist wunderschön. Wo hast du . . .»

Er greift nach seinem Stock. «Komm.» Er nimmt ihre Hand, so wie ein Kind die Hand eines Erwachsenen nimmt, und sie läßt sich führen.

«Ist es nah genug? Wir können auch fahren.»

Sein Gesicht wird zu einem Gespinst aus Lächeln. «Ich bin müde.»

Also setzt sie ihn auf den Beifahrersitz, wirft ihren Manuskripthalter und ihre Landkarten auf den Rücksitz und fährt davon, dorthin, wohin er sie weist. Er scheint nicht ganz sicher zu sein, wo er ist und wohin sie fahren, aber sie bleiben vor einem weißgestrichenen Bungalow am Nordostrand der Stadt stehen. Er stapft vom Wagen zu einer freistehenden Garage hinter dem Haus, stößt die Tür auf und winkt Arachne hinein. Das Licht ist spinnwebenverhangen und grün. Als sich ihre Augen daran gewöhnt haben, sieht sie ein Durcheinander von Werkzeugen und Tischen, rötliche Kupferplatten, gelbe Holzschnitzereien, eine Reihe von Holzhämmern, überall Hämmer. In der Mitte des Zementbodens steht ein stabiler Blocktisch, und darauf eine ovale Kupferscheibe, auf der andeutungsweise die Konturen von Gestalten zu erkennen sind.

«Du schnitzt Figuren?»

«Hämmern.»

Er setzt sich auf einen niedrigen Schemel und zieht etwas zwischen die hochgezogenen Knie, das wie ein Stumpf aussieht. Mit einem kleinen Metallhammer beginnt er, leicht auf einen dreieckigen Ausschnitt in dem glänzenden Metall einzuschlagen, und das kräftige Klirren formt die Oberfläche zu Wulsten, abgestufte Einkerbungen verleihen dem Kupfer Struktur und Oberfläche. Sein Gesicht hat sich in heitere Konzentration verwandelt, eine Hand dreht sich, dreht das Stück, währenddessen die andere Hand sich hebt und senkt. Er hält ihr das Kupferstück entgegen. «Man hämmert dünn, aber es wird dadurch fester.»

Arachne hält das klumpige, blanke Bruchstück in der Hand – diese Hingabe kann sie nicht begreifen. Stunden, endlose Stunden lang Leben in Metall zu hämmern. Die lustigen Figuren, die miteinander den Rundtanz tanzen, hängen an der Wand im Schlafzimmer. Sie starrt auf die Kupferscheibe, wenn sie erwacht, neben Thomas' abgewinkeltem Bein liegt, und er den Arm um sie geschlungen hält. Die Scheibe fängt das Morgenlicht grünlich-golden ein, während die grotesken Gestalten ihren stolpernden Rundtanz in watschelnder Ekstase absolvieren.

Die Garagentür fliegt auf, und die Frau von Crowfoots Grab steht mit in die Seite gestemmten Armen im lichtdurchfluteten Rahmen. «Papa. Sprichst du schon wieder Leute auf der Straße an?»

Arachne wirft ihr einen verblüfften Blick zu. Sie ist grob und höhnisch, beinahe züchtigend, als sei der Mann ein kleines Kind.

Er schüttelt stumm den Kopf.

Arachne geht auf sie zu. «Wir kennen einander. Wir sind Freunde.»

Die Frau ignoriert sie. «Nun, Papa, du weißt, daß du diese Platten nicht hergeben sollst. Sie sind zuviel wert.»

«Anna –»

«Renban wird dein Zeug im Auge behalten müssen. Es ist zu teuer.»

«Er hat es mir nur gezeigt», sagt Arachne.

«Er wird alt, er versteht es nicht. Und es ist schon fast Zeit fürs Abendessen, also komm herein, Papa. Du bist den ganzen Nachmittag herumspaziert, ich wollte schon in den Wagen steigen und dich suchen.» Sie dreht sich um. «Komm ins Haus.»

Der Mann steht schwerfällig auf. «Meine Tochter. Ich bin Last . . .»

Arachne hält ihm das Kupferstück hin.

«Du behältst es.»

Er schließt bedauernd die Garagentür, und Arachne runzelt angesichts seiner langsamen Bewegungen die Stirn. Damals, an Crowfoots Grab, schien er nicht so alt.

Aber er berührt ihren Arm. «Dein Name Arachne.»

«Ja», sagt sie. «Deiner Josef.»

Vertraute

Arachne fährt direkt zu Thena und erzählt ihr bei mehreren Martinis von dem alten Mann, vom Friedhof, dem Motel-Zimmer, der Kupferplatte, der Garage und allem. «Ich möchte wissen, wie er herausgefunden hat, wo ich wohne.»

«Mich überrascht das nicht», murrt Thena. «Du sammelst ja die seltsamsten Leute. Klingt, als ob er verrückt wäre.»

«Ich glaube, er versucht einfach verzweifelt, mit jemandem in Kontakt zu kommen.»

Thena schneidet eine Grimasse. «Eh' du dich's versiehst, wirst du seine unsterbliche Seele retten, indem du mit ihm ins Bett gehst. Mein Gott, Raki.»

«O nein. Er ist zu alt.»

«Die sind nie zu alt», sagt Thena.

«Hör schon auf.»

«Ich warne dich. Du lebst mit dem einzigen netten Mann in Calgary zusammen, und du fordest das Unheil dauernd heraus. Sind deine Landstreicher nicht schon genug, mußtest du unbedingt anfangen, alte Herumtreiber einzusammeln? Du kannst keinem von ihnen zwischen Eins und Hundert trauen.»

Kate, ihre älteste Tochter, kommt herein und rümpft angesichts des Martini die Nase. «Du hast *getrunken*», stellt sie fest.

«Ja», entgegnet Thena. «Ruf die Anonymen Alkoholiker an. Ruf die Fürsorge an. Ruf deinen Vater an und sag ihm, er soll schnell herüberkommen, damit er mich betrunken vorfindet und die Unterhaltszahlungen kürzen kann.»

Kate kichert. «Oh, Mutter.»

«Huh. Die moralische Übermacht schlägt wieder zu. Meine Kinder überwachen meinen Alkoholkonsum. Nimm dir meinen Rat zu Herzen, Arachne, hab nie ein Kind. Ich habe es auf die harte Tour lernen müssen.»

«Kommt Thomas her?» fragt Kate süß.

«Ja», antwortet Thena. «Geh schon, mach dir eine Frisur und zieh Stöckelschuhe an. Du brauchst Übung.»

Nur Thena erfährt die ganze Wahrheit. Denn was ist eine Reisende ohne Vertraute? Es ist unmöglich, die Fiktion eines Lebens aufzubauen, ohne jemanden, der die Reise überwacht. Und Thena ist die perfekte Vertraute, diskret, wenn auch eigensinnig. Sie ist vertrauenswürdig und verläßlich. Sie hat immer mit Scharfblick und bitterer Mißachtung zärtlicher Gefühle, selbst ihrer eigenen, beobachtet.

Thena ist ein Zufall. Wenn sie einander gekannt hätten, hätten sie einander sorgfältiger in Augenschein genommen, hätten gezögert. Beinahe sicher hätten sie gezögert. Arachne fand Thena schneidend aggressiv; sie fand Arachne ungeschliffen und derb. Obwohl sie zugeben, daß sie an dem Tag des Kennenlernens voneinander Besitz ergriffen.

Arachne sitzt auf dem schmutzigen, nach Öl stinkenden Sofa in der Ecke der Mechanikerwerkstatt und tut so, als läse sie Zeitung, während sie darauf wartet, daß Angelo die Motorhaube zuschlägt, sich die Hände in seinem allgegenwärtigen Lappen abwischt und kopfschüttelnd zu dem überquellenden Tisch geht, der ihm als Büro dient. Und er kritzelt unleserliche Posten auf seinen Auftragsschein, schüttelt die ganze Zeit den Kopf, während er erklärt, was er getan hat und warum. Arachne vertraut Angelo, aber sie mißtraut seiner Welt, die für sie verbotenes Territorium ist. Also sitzt sie wie ein Bittsteller auf der Kante des scheußlich grünen Sofas, riecht Gummi, Öl und Metall und hört Luft aus Löchern zischen. Sie betrachtet die abgewetzten Spitzen ihrer Turnschuhe und vertieft den Kopf in eine schmutzige Zeitung. Sie wird toleriert, aber sie ist nicht willkommen, anders als die Männer mit den Aktentaschen, die um fünf kommen, die den Mechanikern auf den Rücken klopfen und ihnen über das Dröhnen und Klirren hinweg Fragen zurufen. Sie werden zu ihren Wagen geführt wie Eroberer.

Arachne blickt mürrisch drein und schlägt die Beine übereinander. Angelo arbeitet noch immer an dem Mercedes; sie kann seinen entschlossenen Ellbogen sehen. Sie wird warten müssen. Sie hat Glück gehabt, daß sie ihn hier in Calgary gefunden hat, obwohl er nicht so gut ist wie George.

Aber sie spürt den Sog, als die Frau die wackelige Tür aufstößt und streitlustig zwei Schritte vom Eingang entfernt stehenbleibt. Die Männer bemerken sie, fahren aber fort, mit Schraubenschlüsseln zu klirren, geschützt durch die Wagen, an denen sie arbeiten.

Die Frau wartet auf eine Reaktion. Arachne mustert sie mit einem schnellen Blick und raschelt dann mit der Zeitung. Zumindest kennt sie das Ritual. Als Frau wartet man, bis sie einen bemerken.

Die Frau tritt von einem Bein auf das andere und ruft: «He!», aber keiner rührt sich, und sie wartet, hält die Handtasche an sich gepreßt und sieht unbehaglicher drein. Schließlich geht sie mit klappernden Stöckeln über den mit Ölflecken übersäten Betonboden zu dem Sofa, ein Weg, den alle Mechaniker über Kotflügel gebeugt oder unter hochgestellten Motorhauben hervor beobachten.

Sie läßt sich neben Arachne hinfallen, streckt die Beine aus, als schmerzten sie die Füße. Dann öffnet sie die Schnallen ihrer Schuhe und läßt sie klappernd zu Boden fallen, faltet die Hände über dem kleinen, runden Bauch und krümmt die Zehen.

«Also», sagt sie, «wie lange dauert es, bis sie geruhen, einen zu registrieren?»

«Hängt davon ab. Wenn man denkt, man sei einer der Knaben, sind sie der Ansicht, sie sollten einen auf den gebührenden Platz verweisen.»

Die Frau zieht eine Grimasse. «Ich würde ihnen raten, gut zu sein. Ein Mann, den ich kenne, hat mir gesagt, ich soll hierher gehen, aber er ist ziemlich dumm.»

Arachne blickt sich nervös um. Mechaniker, hat sie festgestellt, haben ein bemerkenswert gutes Gehör. Wenn man sie kritisiert, nehmen sie stille Rache, lassen einen monatelang auf einen Termin warten, setzen sich auf die Sitze, ohne sie abzudecken. Angelo schüchtert sie ein, aber sie hat herausgefunden, daß er den Mercedes liebt, und auf diese Weise bekommt sie, was sie will.

«Das ist eine gute Werkstatt.»

Die Frau seufzt. «Ich versuche, zuversichtlich zu sein, aber ich weiß, was man mir sagen wird. ‹Vergessen Sie's.›»

«Vergessen Sie's?»

«Den Wagen. Aus. Kaputt. Haufen Schrott.» Sie öffnet eine Packung Zigaretten und greift nach dem Zinnaschenbecher. «Das letzte Vermächtnis meines lieben dahingegangenen Mannes.» Sie klickt ein Feuerzeug an der Zigarettenspitze an, als wolle sie endgültig mit ihm abschließen. «Mein Ex-Mann», korrigiert sie sich. «Zwei Häuser und zwei Autos und zwei Kinder. Ich bekomme das Haus, das ein neues Dach braucht, er bekommt das Haus mit den doppelt verglasten Fenstern. Ich bekomme das alte, ‹verläßliche› Auto, und er nimmt liebenswürdigerweise den Benzinfresser – der erst zwei Jahre alt ist. Ich bekomme die Kinder, er bekommt eine neue Frau. Es ist ein klassischer Fall.»

Arachne ist nicht erstaunt. Sie hat Dutzende Variationen über dieses Klagelied gehört, manche von Leuten, die bis an die Grenze des Erträglichen Einzelheiten aus dem Intimleben mitlieferten.

Aber die Frau lacht und rümpft die Nase. «Nun», sagt sie mit einem gewissen Genuß, «ich bin froh, daß ich *ihn* los bin. Selbst wenn ich das blaue Monster auf dem Hals habe. Ich werde mir wahrscheinlich einen neuen Wagen kaufen müssen.»

Eine Überlebende, denkt Arachne. Farbloses Haar, feine Fältchen in den Augenwinkeln, aber genügend Esprit, um sich auf ein neues Auto zu freuen, genügend Selbstvertrauen, um in einer Mechanikerwerkstatt die Schuhe auszuziehen.

«Welcher gehört Ihnen?»

Arachne deutet mit der Hand.

Die Frau hebt die Augenbrauen und dreht sich zu ihr hin, um sie anzusehen. «Den fahren Sie?» Sie registriert Arachnes Jeans, ihre abgetragene Jacke.

«Nein, er fährt mich.»

Die Frau wirft einen Blick auf den Wagen. «Welche Marke?»

«Ein Mercedes, Baujahr 1959.»

«Wo haben Sie ihn gefunden?»

«Jemand hat ihn mir gegeben.»

«Wau. Stattliches Geschenk.»

Arachne sieht den Mercedes als ein pompöses Auto, das alt, aber in seiner Fettleibigkeit noch immer ehrfurchtgebietend ist. Selbst jetzt noch gibt es Momente, in denen sie überzeugt ist, daß die Tür sich nicht öffnen wird, wenn sie es versucht, daß der Wagen nicht anspringen wird, wenn sie den Schlüssel im Zündschloß dreht, daß sie von der Polizei als Autodieb aufgehalten werden wird.

Gabriels Wagen, vor dem Haus geparkt, als sie von der Schule nach Hause kam. Die Jungen schlenderten immer zögernd und langsam vorbei, schlenderten, so daß Arachne früh lernte, daß der Wagen verzaubert war, einen eigenen Schutz bot. Gabriel würde drinnen sein, würde mit Lanie reden. Arachne ertappte sie nie bei etwas anderem. Sie dachte nicht einmal an so etwas. Was konnte er von Lanie wollen, traurig, wie er war, mit seinem zerknitterten Gesicht und seinem bürstenartigen Schnurrbart, der nervösen Art, wie er auf der Stuhlkante saß?

Arachne hielt sich immer aus der anbetenden Huldigung heraus, die dem Wagen gezollt wurde. Es war einfach ein Wagen. Sie würde nie einen haben, sie würde immer auf öffentliche Verkehrsmittel angewiesen sein. Sie dachte, daß die Art, wie ihn die Jungen anstarrten, gefährlich sei. So offen Verlangen nach etwas zu zeigen, bedeutete, die Enttäuschung herauszufordern. Und wenn die Bande nach Zustimmung johlte, blickte sie finster drein. «Hört auf», maulte sie, so daß die Jungen sie scheel anblickten. Erst später fiel ihr auf, daß der Wagen ihren Befehl unterstrich. Er beeindruckte sie. Und ihre Gleichgültigkeit ihm gegenüber beeindruckte sie noch mehr. Sie mochte Gabriel. Er schenkte ihr Aufmerksamkeit. Wenn sie hereinlatschte, stand er auf. Immer in einem dunkelblauen Anzug mit einem strahlend weißen Hemd und einer schmalen Krawatte. Natürlich kannte Arachne die Bedeutung der Art, in der seine Anzüge geschnitten waren, nicht, aber sie wußte, daß sich Gabriel gegen den Hintergrund des Hauses so fremdartig wie eine Orchidee in der Antarktis ausnahm. Er kam von einem anderen Stern.

Sie wußte, daß er sie liebte, sie so liebte, wie sonst niemand zuvor sie geliebt hatte. Er brachte ihr nie ein Geschenk mit, er gab ihr nie Geld. Er berührte sie nicht und küßte sie nicht, gab ihr keine Ratschläge und fragte sie nicht, was sie machte. Er war ernst und höflich, sogar distanziert. Aber er liebte sie. Wenn sie die Tür zuschlug und ins Haus schlurfte, konnte sie seine Liebe spüren. Aber sie hielten sie geheim.

Arachne schleuderte ein abgewetztes Lehrbuch auf das Sofa und stampfte in ihr Zimmer. «Tag, Gabriel.»

«Hallo, Arachne.» Sie wußte seine Zurückhaltung zu schätzen.

Wenn Gabriel da war, legte Lanie mütterliche Fürsorge an den Tag. «Häng deinen Mantel auf. Gabriel, kannst du sie nicht überzeugen, daß es nicht damenhaft ist, eine lederne Motorradjacke zu tragen?»

Gabriel kümmerte sich nicht darum, ob sie damenhaft war oder nicht. Gabriel fragte nicht, in welche Klasse sie gerade ging, ob sie durchkam oder sitzenblieb. Gabriel fragte sie nicht, was sie mit ihrem Leben zu tun gedachte. Dennoch wußte sie, daß seine ruhige Gegenwart sie beschützte.

Als er starb, plötzlich, während er eines sonnigen Maimorgens aus dem Auto stieg und mit einem Herzanfall zu Boden stürzte, tot auf dem Bürgersteig gekrümmt dalag, war sie beraubt. Gabriel konnte nicht sterben, er hatte kein Recht, sie zu verlassen.

«Er hat *dir* den Wagen vermacht», sagte Lanie. Der blaue Lidschatten verrann. «All die Jahre, die ich mit ihm vertrödelt habe, in denen er zu mir um Rat gekommen ist, und was hab ich davon? Nichts. Null. Seine Frau wollte mir nicht einmal sagen, daß er tot ist.»

«Du schmutzige Schlampe. Du warst die ganze Zeit nett zu ihm, weil du sein Geld wolltest.»

«War ich nicht», entgegnete Lanie hitzig. «Nur, ein Andenken wäre nett gewesen, eine Erinnerung an all die Jahre, die ich damit vergeudet habe, ihm zuzuhören.»

Arachne war neunzehn, stark und wütend. Sie stieß einen Stuhl um, und während er noch kippte, fegte sie mit dem Arm eine Lampe vom Tisch. Sie schrie Toto an: «Warum bringst du sie nicht um? Siehst du nicht, warum er hier herumgelungert ist? Er ist schon gekommen, bevor ich auf der Welt war! Bist du sicher, daß er nicht mein Vater ist? Sie ist wahrscheinlich mit ihm ins Bett gegangen.»

Toto brach ihr den Arm – ein Knirschen, das Arachne nicht einmal spürte. Er warf sie auf den Bürgersteig hinaus, schlug die Tür zu und versperrte sie. Arachne wiederholte nur eine Geschichte, die sie immer gehört hatte, wie Gabriel immer gekommen sei und über sie gesprochen habe, bevor sie geboren wurde, wie er Lanie immer angesehen habe. Sich an ihr geweidet habe, sagte sie.

Aber Arachne hatte der Sache einen neuen Gesichtspunkt abgewonnen.

Als sie auf den Bürgersteig fiel, wußte Arachne, daß sie ihr Zuhause verlassen hatte. Sie würde nie mehr mit Toto und Lanie zusammenleben. Sie humpelte zu einer Telefonzelle und rief ihren Bewährungshelfer an.

Vermächtnis

Arachne bekam einen Job als Nachtkassiererin an einer Tankstelle. Der Bewährungshelfer half ihr, eine Wohnung zu finden.

Der Rechtsanwalt teilte ihr mit, daß sie den Wagen bei Gabriels Haus abholen könne; seine Frau wolle sie sprechen. Arachne konnte nicht fahren. Sie bat Mitch, das letzte rauhe Bandenmitglied, mitzukommen.

Mit dem Bus brauchten sie eine Stunde, und als sie die Nummer auf dem Zaun am Southwest Marine Drive fanden, musterte Mitch sie mißtrauisch. «Donnerwetter, sieht so aus, als ob wir da wären.» Arachne war nicht fein angezogen; sie hatte nichts, womit sie sich fein anziehen konnte, und selbst wenn sie es gehabt hätte, wäre es gegen ihre Prinzipien gewesen. Gabriel hatte sie so gemocht, wie sie war.

Sie gingen auf dem gewundenen Kiespfad zum Eingangstor hinauf und drückten auf einen Knopf, der im Inneren leises Glockengeläut auslöste. Die Tür wurde von einer jungen Frau, dem Hausmädchen, geöffnet, aber Arachne hatte noch nie in ihrem Leben ein Hausmädchen gesehen und streckte ihr deshalb die Hand entgegen. «Hallo, ich bin Arachne Manteia. Sie müssen Gabriels Frau sein.»

Das Hausmädchen starrte sie an. «Sie möchten mit Mrs. Greenberg sprechen?»

Arachne nickte.

Mrs. Greenberg war eine schmale Frau, die so aussah, als würde sie zuviel Diät halten. Sie schien von Arachne nicht überrascht zu sein, aber sie gab sich keine Mühe, ihre Geringschätzigkeit zu verbergen. In einem sehr unpersönlichen Wohnzimmer informierte sie Arachne darüber, daß entsprechend dem letzten Willen ihres verstorbenen Gatten, wie in seinem Testament ausgeführt, Arachne Manteia seinen Mercedes der Type 300, Baujahr 1959, bekommen solle. Die Zulassung sei offiziell geändert worden und die Versicherung gekündigt. Arachne müsse sich Kennzeichen besorgen und ihn selbst versichern. Wenn sie Fragen habe, könne sie den Rechtsanwalt kontaktieren. Damals wußte Arachne nicht, warum er ihn ihr gelassen hatte – ein monolithisches schwarzes Boot mit hohem Kühlergitter, dieses sechszylindrige wassergekühlte Vier-Gang-Fluchtticket mit obenliegender Nockenwelle und Reiheneinspritzmotor –, aber jetzt weiß sie es.

Die Frau hat sich noch eine Zigarette angezündet und starrt auf ihre ausgezogenen Schuhe. Ein Schraubenschlüssel fällt klirrend zu Boden, ein Reifen stürzt um, die hydraulische Hebebühne quietscht.

Arachne sieht die Frau an und sagt: «Als ich diesen Wagen bekam, wußte ich nicht, was ich damit machen sollte. Stellen Sie sich vor, ich konnte nicht einmal fahren. Ein Freund von mir fuhr mit mir auf einen Parkplatz und brachte mir alles an einem Nachmittag bei. Am nächsten Tag bekam ich meinen Führerschein.»

Sie hält abrupt inne, glaubt, zuviel gesagt zu haben, aber Angelo rettet sie, schlurft herüber und reibt sich die Handflächen an seinem ölgetränkten Overall.

«Er ist fertig», sagt er zu Arachne. Und wendet sich an die Frau.

«Ihrer wird für eine Weile gehen, aber lange wird er es nicht mehr machen. Nächsten Winter . . .» Er zuckt die Achseln, weigert sich, für die Temperaturen in Alberta verantwortlich gemacht zu werden.

Die Frau schaut ihn an. Dann zieht sie die Schuhe an und steht auf. «Wieviel geben Sie mir dafür?»

Angelo macht einen Schritt zurück. «Ich will ihn nicht.»

«Kommen Sie schon, wieviel ist er wert?»

Er zuckt die Achseln. «Dreihundert, vierhundert Dollar.»

«Sie geben mir zweihundert, und wir sind quitt.»

«Aber ich will diesen alten Schrotthaufen nicht.»

«Sie können ihn für Ersatzteile benutzen», sagt die Frau.

Als Arachne davonfährt, sieht sie die Frau schwerfällig die Straße hinuntermarschieren. Sie denkt daran, ihr anzubieten, sie mitzunehmen, aber dann erinnert sie sich an Thomas, der das Abendessen vorbereitet, und beschließt, nicht stehenzubleiben. Das Lenkrad unter ihren Händen ist ein Trost. Sie schlängelt sich durch dichten Abendverkehr und denkt dabei an Gabriel.

Und sie hat Thena gefunden, obwohl eine Werkstätte namens Venice Imports kaum der geeignete Ort zu sein scheint, um Vertraute zu entdecken. Aber Arachne mag nur Frauen, die sich ebensoviel aus Autos machen wie sie selbst.

Reisen um des Reisens willen

In diesem ersten Jahr mit Thomas ist Arachne glücklich. Sie fährt den Bus Nummer 10, alternierende Schichten, macht Überstunden, wenn Thomas nicht in der Stadt ist, und geht ungeduldig nach Hause, wenn er da ist. In ihrer Vorstellung war Glück nie etwas Normales. Thomas hat ihre rauhen Kanten abgeschliffen; sie hat gelernt, wie man sich kleidet und ißt, wie man spricht und geht. Die Angeberei mit ihren Straßenabenteuern ist verschwunden. Die einzige Gelegenheit, bei der sie ihr altes Ich herausläßt, ist, wenn sie mit Thomas nackt im Bett liegt; aber sie sind beide zufrieden, haben sich aneinander angepaßt, soweit es ihre Unterschiede zulassen. Sie sind dicke Freunde geworden.

Sogar einen Bus zu fahren, ist hier angenehmer. Die Fahrgäste sind ruhiger, nicht so zügellos, neigen weniger dazu, zu schreien oder sich zu übergeben. Vielleicht hat die Kälte einen Einfluß auf die zwischenmenschlichen Beziehungen – für Arachne ist das eine Erleichterung, obwohl in den ersten Monaten eisige Zugluft ihre Füße durchdringt, und sie am Ende der Schicht die Pedale kaum mehr spürt. Aber sie hat den Winter überstanden, hat überlebt. Es ist halb so schlimm, wie man allerorten sagt. Sie hat sogar die Telfers überlebt, deren vorsichtige Zuneigung errungen. Zum erstenmal in ihrem Leben wagt Arachne, sich sicher zu fühlen.

Von Calgary ziehen sich Straßen spinnennetzartig in die Prärie hinein. Arachne brütet über Thomas' Landkarten: die Linien reizen sie, jenseits des Radius der Stadt zu forschen. Sie steigt in den Wagen und richtet die Motorhaube gegen die Sonne. Sie lernt zu reisen, das Tempo und den Verlauf der Fahrt, die mannigfaltige Verführung von Bewegung. Sie kommt mit einem Maß an Erregung zurück, das Thomas in die Hand nehmen und trinken kann. Er ist der

Urheber dieser Landkarten, aber er hat nie deren Bestätigung erfahren, die Erfüllung des Pakts zwischen Reisendem und Straße. Er zeichnet sie nur; sie spürt sie für ihn nach, läßt die Bleistiftlinie ihres Hiergewesenseins zurück.

Arachne reist um des Reisens willen. Das einzige Paradoxon ist, daß sie irgendwo ankommt, die einzige Lösung, von dort wegzufahren, um anderswo hinzugelangen. Dennoch kehrt sie zu Thomas zurück. Die Landkarten, die er in diesem Jahr zeichnet und koloriert, sind unbeschreiblich schön, während Arachne ein buntes Durcheinander von Straßen bereist, je nach Laune um Ecken biegt, den stattlichen Leib des Wagens mit Präriestaub übersät.

Der Tag, an dem Arachne den Highway 21 Richtung Norden nach Three Hills und Trochu, Delbourne und Alix nimmt, ist so überdeutlich ein Junitag, daß sie sich wie in einem Gemälde fühlt: Einmal schlängelt sich die Straße hierhin, dann dorthin. Sie überlegt, ob sie Richtung Osten, nach Stettler und Coronation fahren soll, entschließt sich aber, nach Bashaw weiterzufahren, und biegt dann auf eine kurvige Schotterstraße ab, die an der Nordseite des Buffalo Lake entlangführt. Als sie auf eine Eisenbahnstrecke stößt, biegt sie wieder nach Norden ab. Sie war noch nie so tief im Inneren des Landes, die Parklandschaft ist hier aus Pappeln und Weiden zusammengesetzt, umgeben von Sümpfen, von Stacheldraht begrenzt. Diese Welt, die sich ihren Augen darbietet, scheint von gotischer Düsternis zu sein. Die Städte sind kulissenhaft, mit einer einzigen Straße und ein paar aneinandergebauten Häusern, die sich unter Wassertürmen zusammenkauern. Arachne fährt die Eisenbahnlinie und den Fluß nach Norden entlang. Donalda läßt sie an Vanille denken, Meeting Creek liegt malerisch am Fuß seines Tales, und Edberg vermittelt nach einem müden Aufschwung den Eindruck eines wachsamen Wildkaninchens. Ziemlicher Wohlstand hier, eine Straße ist asphaltiert.

Arachne parkt vor dem Hotel. Sie hätte gern ein Bier, um den Staub in der Kehle runterzuspülen. Aber die rotgestrichene Tür zur Hotelbar ist versperrt, trägt als Erklärung den Vermerk: «Heute wegen Schulpicknicks geschlossen.» Der Laden ist ebenfalls geschlossen, die Fenster sind trüb.

Arachne fährt nach Osten, am Friedhof vorbei – ein schäbiger Friedhof voller Unkraut und plötzlichem Tod –, und sieht weit vorne einen Flecken Wasser. Schulpicknicks finden immer am See statt. Sie lenkt den Wagen auf die holprige Straße, die hinunter zum Battle River-Tal führt.

Sie hatte nie ein Schulpicknick. Raki feierte den Schulschluß, indem sie Radkappen stahl, die sie einem Hehler verkaufte, der kaum älter war als sie. Ihre Sommer vergingen damit, daß sie Flaschen einsammelte und Flugblätter und Lanies Werbezettel verteilte:

LANIE
WAHRSAGERIN UND BERATERIN
TEEBLÄTTER – KARTEN – HANDLESEN

Lanie kann und will allen helfen, die Probleme in
Liebe – Ehe – Gesundheit – Beruf
haben.

Lanie verspricht nichts, das sie nicht halten kann.
Sämtliche Sitzungen privat und vertraulich
bei ihr zu Hause.
324-1053

Raki konnte sich nicht über ihre Sehnsüchte beraten, konnte das, was sie wollte, nicht dem, was sie zu erreichen imstande war, anpassen. Wie feierte sie das Ende des Schuljahres, wie, nicht mehr in dem Gefängnis von abgedunkelten Fenstern sitzen zu müssen, während draußen die Stadt grün vor sich hinsummte? Arachne kann sich nicht daran erinnern. Woran sie sich gern erinnert, sind nicht die Endpunkte von Dingen, die unausweichlich Enttäuschung bedeuteten, sondern die Anfänge, wenn sie noch Hoffnung enthielten.

Die Schule erwies sich als größer, aber einschränkender als das Zuhause. Das Pult zwängte ihr die Knie ein, und der Stuhl war hart. Sie konnte nicht aufstehen und herumgehen, konnte das Zimmer nicht verlassen, wenn sie Lust dazu hatte. Das war ein Gefängnis, umzingelt von einer Lehrerin, deren Stimme durchdringender war als die Lanies, einer verschmierten, blaulinierten Seite und einem dicken roten Bleistift. Sie durfte nicht einmal aus dem Fenster sehen, und am Morgen inspizierte die Lehrerin ihre Fingernägel. Damals lernte Arachne zu lügen. Hast du dir morgens die Zähne geputzt? Hast du dein Frühstück gegessen? Hast du deine Mathematikaufgabe gemacht? Das einzige, das bei ihr Anklang fand, waren Fächer mit methodischer Beweisfähigkeit, wie die Mathematik. Damals kam sie zu dem Schluß, daß man sich nur auf die greifbaren Dinge in der Welt verlassen kann.

Die Entschädigung, die die Schule bot, bestand darin, daß Arachne andere Kinder kennenlernte, und der rotznasige Mitch wurde ein spöttischer, aber nützlicher Kamerad. Sein Vokabular an Schimpfwörtern war umfangreicher als das ihre, und seine Kenntnisse über die Gegend waren weitreichender. Er deckte Möglichkeiten auf, die Arachne nicht bewußt waren – die Mülltonne hinter dem Kinderspital, in der sich manchmal gebrauchte Spritzen und Nadeln fanden, die Methode, Groschen für Pfandflaschen zu kassieren, die man an den Haustüren einsammelte. Wenn es in der Schule irgendein Wissen zu erwerben gab, dann bekam Arachne es von ihm vermittelt.

Am Battle River

Warum also, in Anbetracht der Tatsache, daß sie die Schule als unbarmherzige Gefangenschaft in Erinnerung hat, folgt sie dem Schulpicknick von Edberg, wendet sie den Wagen und fährt die kurvige Straße hinunter, die zum Battle River führt? Das Stacheldrahtgatter an der Weide neben der Flußstraße hängt offen da, an einem Pfosten befinden sich ein handgeschriebenes Hinweisschild – «Picknick» – und ein Pfeil. Arachne fährt durch, läßt das Gatter hinter sich offen und folgt der Spur über das unebene Weideland hin zu den beiden Bäumen, die sie in einer Senke des Tales sieht. Hat das Leben mit Thomas sie sentimental gemacht, ist sie geil auf eine Szenerie, der sie bis jetzt immer abgeschworen, die kalte Schulter einer schwarzen Lederjacke gezeigt hat? Ein Schulpicknick bedeutet Lehrer und Kinder, Baseballspiele und Sackhüpfen, Mütter, die ihre Beiträge zum leiblichen Wohl der Anwesenden vergleichen, Väter, die sich für einen Drink hinter einen Bus stehlen. Ist es nur Arachnes wunderliche Neugier, möchte sie diese spezielle Flußbiegung sehen, die auf der Landkarte eingezeichnet ist?

Kinder verschmieren die Scheiben, springen auf den Lederbezug, testen die Knöpfe des Wagens. Noch bevor sie stehenbleibt, haben sie sie belagert. Arachne hat einige Schwierigkeiten, sie aus dem Wagen zu bekommen, die Fenster hochzukurbeln und die Türen zu verriegeln. Selbst dann noch hängen sie an dem Wagen. «Is' das dein Auto?»

Sie fragt sich, was sie hier tut, was will sie bei einem Picknick der Landbevölkerung Albertas, aber als eines der Kinder piepst: «Bist du dem Johnny seine Tante?», antwortet sie: «Ja, wo ist Johnny?»

«Er sucht gerade Kakteen, die er dem Busfahrer auf den Sitz legen kann.» Obwohl er ihnen zu Weihnachten und Ostern Kaugummi schenkt, werden sie Kakteen auf den Sitz des Busfahrers legen, nur um den Ausdruck auf seinem Gesicht zu sehen, ihn «Herrgott» sagen zu hören, wenn er aufspringt.

Arachne gesellt sich zu der Menschenschlange, die sich Essen auf Papierteller häuft. Das ist ein öffentliches Picknick, jeder ist willkommen. Jemand wird zu Johnny hinüberrufen: «He, deine Tante ist da», und er wird weiter in den schlammigen Fluß waten, er wird die stacheligen Kakteen in seiner Tasche spüren, die bereit sind für die umstürzlerische Tat, und er wird «Aah?» sagen. Später wird er jemanden fragen: «Hast du meine Tante gesehen?», weil er ihr die Kakteen zeigen will, welch tolle er gefunden hat, und ein Kind wird mit der Hand deuten und sagen: «Ja, sie ist da drüben», und Johnny wird sie niemals finden.

Arachne verzehrt ihren Picknicklunch gemeinsam mit den Busfahrern, die über die neuen Busse diskutieren, die sie im nächsten Jahr hoffentlich bekommen werden, wenn die verdammte Regierung ihr Versprechen hält; dann spaziert sie davon, um sich den Fluß anzusehen, braunes Wasser, das sich seinen gewundenen Weg in den North Saskatchewan bahnt. Am Ufer beginnt gerade das Basketballspiel; sie hört Hurra-Rufe und vereinzeltes Klatschen. Die Grundstimmung ist immer die, daß die Lehrer, diese Tyrannen, verlieren sollen, und daher tun sie ihr Bestes, um zu gewinnen.

Sie schlendert raschelnd durch das hohe Gras, durch die schwirrende Hitze hier neben dem bronzefarbenen Wasser, das ruhig dahinströmt. Sie stellt sich vor, wie der Fluß auf Thomas' Landkarte aussieht, eine Windung und dann eine Biegung, die sich in sich selbst krümmt – die Flußschleifen sind so trügerisch, Biegungen, die den eigenen Weg verkürzen. Sie kommt zu einer Gruppe von Weiden, und während sie sich ihren Weg weiter bahnt, stößt sie auf einen Haufen verlassener Kleider.

Ihr erster Impuls ist es, die Kleider zu verstecken, aber sie weiß, daß das unverzeihlich wäre; irgendeine nackte Person würde zwischen diesen Weiden suchen und dabei Stechmücken erschlagen. Sie duckt sich wieder in die Bäume und sieht einen glänzenden Kopf aus dem Wasser auftauchen, einen weißen Körper, Rücken, Gesäß, sich überschlagende Beine. Eine Frau schwimmt alleine, wie eine Robbe, singt dabei, stimmt über der braunen Oberfläche des Wassers ein Freudenlied an, hat sich vom Picknick und den quengelnden Bitten ihrer Kinder fortgestohlen und genießt plätschernd den Nachmittag, der ihr alleine gehört.

Als sie aus dem Wasser watet, rümpft sie, vom matschigen Untergrund angewidert, die Nase; der Körper mit den schweren Brüsten trieft vor Nässe. Arachne beginnt, sich zurückzuziehen, aber die Frau winkt ihr fröhlich zu. «Das Wasser ist herrlich. Wollen Sie auch?» Sie kommt auf Arachne zu, hält das Gesicht in die Sonne, hebt die Arme und Schultern der Hitze entgegen; die kurzen festen Beine und der runde Bauch lassen sie lustig und sinnenfroh aussehen, wie eine Frau, die Freude am Essen hat. Sie greift nach dem T-Shirt, das obenauf liegt, macht aber keine Anstalten, es anzuziehen. Statt dessen reibt sie sich damit die Haare trocken. «Sie tauchen auch überall auf», sagt sie.

Arachne blickt sie verwirrt an.

Die Frau lacht. «Sie sind die mit dem großen dicken Auto.»

Arachne erinnert sich – Angelos Werkstätte, die Frau, die so auf ihn eingeredet hat, ihren alten Schrotthaufen zu kaufen. «Was machen Sie hier?»

«Ich könnte Sie dasselbe fragen. Aber zumindest weiß ich, wie Sie hergekommen sind.»

«Wie sind Sie hergekommen?»

«Zug», sagt die Frau, während sie in die Unterhose schlüpft. «Hab die Kinder hergebracht, damit sie ein paar Wochen bei ihren Cousinen bleiben, wollte sie aus der Stadt rausbringen, weg von all diesem Zeug mit Jungen und Kleidern. Sie können jetzt eine Weile Pferde küssen.» Sie schließt den Reißverschluß ihrer Hose und sieht Arachne an. «Haben Sie Kinder?»

«Nein.»

«Huh, Sie haben Glück. Die kleinen Quälgeister kosten mich die letzten Nerven. Bin froh, sie loszusein.» Sie zieht sich an, als ob sie jeden Tag nackt baden ginge, als ob sie und Arachne Freundinnen wären. Arachne ist vorsichtig. Sie ist sich nicht sicher, ob sie dieser Frau Gesellschaft leisten oder sie stehenlassen soll. Die Frau trägt ihre Turnschuhe in der Hand und versucht, beim Gehen nicht auf Steine zu treten. «He, fahren Sie heute abend nach Calgary zurück? Ich würde wirklich gerne mit dem Auto nach Hause fahren. Ich müßte nicht bis morgen früh auf den Zug warten und könnte den kleinen Quälgeistern gleich jetzt auf Wiedersehen sagen.»

Arachne will sie eigentlich nicht mitnehmen. Sie hat sich auf eine lange angenehme Fahrt gefreut, auf das Brummen des Wagens, und sie weiß nicht genau, warum sie einverstanden ist, die Frau mitzunehmen. Sie wird ihr auf der ganzen Strecke zuhören müssen, mindestens zweieinhalb Stunden.

Sie trotten zu dem sporadisch hörbaren Gejammer des Baseballspieles zurück, bei dem die Kinder hinter dem Zaun kämpfen und die Lehrer versuchen, ihre Autorität zu unterdrücken an diesem letzten Tag, bevor sie ihre Schubladen über den Stundenplänen und Zeugnissen schließen. Jeder frohlockt, voll von Picknickessen, Baseball, Whiskey, dem Geruch des braunen Flusses, dem Gedanken an Kakteen und Busfahrer. Das Baseballspiel ist in vollem Gange. Der Schläger (der neue High School-Lehrer, den alle Mädchen verführen wollen – die, die als erste schwanger wird, wird ihn heiraten; sie reißen ihn hinter der Curling-Bahn zu Boden, sie attackieren ihn auf den Rücksitzen von Autos; sie machen sich im Postamt an ihn heran) hat gerade einen hohen Wurf losgelassen, den der Außenfeldspieler fängt, so daß diejenigen, die den Lehrern die Daumen halten, stöhnen, und die meisten der Kinder, die an dem Zaun hinter dem Fänger hängen (ein Zaun und Tribünen hier, auf einer Kuhweide neben dem Battle River?) voll wilder und hemmungsloser Fröhlichkeit schreien. Es ist so ein Tag, leidenschaftlich und schmutzig. Väter und Mütter rufen einander beim Namen, Kinder rufen einander beim Namen, Kinder rufen die Namen ihrer Lehrer. Hinter dem Zaun dreschen zwei Väter aufeinander ein, während ihre Frauen von hinten an ihnen zerren. «Hört auf, hört auf.» Aber die Männer haben Spaß daran und schlagen fröhlich drein, lecken sich Blut von der Oberlippe. Weit weg, auf der anderen Seite des Flusses, raucht eine Gruppe Teenager Hasch, fühlt sich sicher in der Entfernung. In einer Senke des verhexten Tales haben Johnny und seine Freunde ein Kakteenbeet gefunden; Johnny nimmt sie alle, er kann sie auf die Sitze *sämtlicher* Busfahrer legen, auf den Autositz seines Vaters, er wird seine Rache haben. Er stopft sich die Taschen voll, sticht sich selbst; er braucht etwas, worin er sie tragen kann, also zieht er sein Hemd aus und legt die Kakteen hinein, verschnürt alles zu einem Bündel. Sie werden rechtzeitig zum Eis zurück sein, Loretta vom Milchgeschäft, und sie laufen den Fluß entlang zurück, bleiben nur stehen, um eine Schlange zu fangen; und dann noch einmal, als sie über ein Pärchen stolpern, das auf einer lichtgesprenkelten Pappellichtung heftig schmust. Sie verstecken sich hinter den Bäumen, bis sie etwas erspähen können. Es ist Tom und – he, man sieht ihre Titten – es ist Enid, sie geht aber ran, sie wird alles machen. Sie beben vor Erregung, vielleicht wird man sehen, wie sie es tun, aber Enid hat nichts dergleichen im Sinn, und so stürmen sie aus den Bäumen hervor und rennen mit Kriegsgeheul über die Lichtung, während Enid sich die Bluse an die Brust preßt. Sie laufen zum Ballspiel, schreien fortwährend «Eiscreme, Eiscreme», und das Spiel löst sich auf, alle laufen zu den Picknicktischen, zu Loretta in ihrem Lieferwagen mit den braunen Eistüten und dem silbrig blitzenden Eisportionierer. Übrig bleiben nur eine Gruppe ernstblickender Mennoniten auf einer Seite, von denen man nicht erwartet, daß sie um Eiscreme laufen, obwohl sie die Gewalttätigkeit des Ballspiels beobachten dürfen, und die Frau, die Arachne zuruft: «Gehen wir!»

Der Wagen ist durchwühlt, die Spiegel sind verbogen, auf der Motorhaube, auf die sich ein schweres Kind gesetzt hat, zeigt sich eine Delle; die Antenne ist mit einer Girlande aus Löwenzahn behängt, die Kühlerhaube mit Käfern übersät. Aber niemand ist da. Jeder leckt Eis, sammelt Teller ein, wartet darauf, daß sich der Busfahrer auf den Kaktus setzt, versucht, sein Zeugnis zu verlieren, damit er fürs Durchfallen keine Tracht Prügel bekommen kann, versucht, Johnnys Zeugnis zu finden, um zu sehen, ob er durchgekommen oder durchgefallen ist. Arachne und Thena fahren ruhig los, weg von der Meute, weg von Edberg.

«Sie haben mir nicht gesagt, was *Sie* hier machen», meint Thena.

«Ich fahre einfach im Land herum. Ich bin zufällig in diesen Rummel hineingeraten.»

Wie kann sie ihre übermäßige Lust zu fahren, Straßenkilometer zu fressen, Benzin zu verbrauchen, erklären? Es gibt keine Landkarte für Sehnsucht.

Sie wird vielleicht nie in der Lage sein, Thena ihre Lust am Fahren erklären zu können, aber auf dieser Fahrt durch das Lacombe-Parkland zurück Richtung Süden werden sie Freundinnen, erzählen einander ihr Leben, während sie sich gegenseitig mustern, umkreisen und beschnüffeln.

Thena macht die vorsichtigen Annäherungsversuche. Arachne hat niemals eine Frau zur Freundin gehabt, hat Frauen nie gemocht, ihnen nicht getraut. Arachnes Gefährten und Kollegen waren immer Männer gewesen. Frauen gehen ihr aus dem Weg. Sie ist zu hart, zu gefährlich. Kein Wunder, daß sie angesichts von Thenas Allgegenwart zögert. Dennoch mag sie die rundliche kleine Frau, ihr farbloses Haar, ihre scharfe Zunge. Als sie sie vor einem Haus im Norden Calgarys absetzt, hört sie sich selbst sagen: «Wenn Sie Hilfe brauchen, wenn Sie ein neues Auto suchen, könnte ich . . .» Thena möchte den Schlitten loswerden.

Arachne findet Thomas in seinem blauen Zimmer. Sie schlingt die schmutzigen Arme um seinen Hals und läßt sich von ihm auf den Schoß schwingen, und während er sie küßt, erzählt sie von ihrem Tag beim Schul-Picknick in Edberg. Und als sie unter seinen aufgestützten Ellbogen auf dem Boden liegt, nachdem er ihren verschwitzten Körper noch verschwitzter gemacht hat, sagt sie: «Ich habe eine seltsame Frau kennengelernt.»

«Seltsamer als du?»

«Zumindest ebenso schlimm.»

So kommt es nicht überraschend, daß sie eine Woche später in einem neuen Firebird den Crowchild Trail hinunterkutschieren, Thena hinter dem Lenkrad und Arachne auf dem Beifahrersitz angeschnallt. Thena fährt wie eine Verrückte, schert aus dem fließenden Verkehr aus, reiht sich wieder ein, schneidet blinkende Busse. Sie ist ein Alptraum für jeden Busfahrer, was ihr Arachne auch erläutert. Thena jauchzt vor Vergnügen.

«Nun», fragt sie Arachne, als sie zum Händler zurückfahren, «was hältst du davon?»

«Ist das nicht ein bißchen übertrieben für dich?»

«Um so besser. Ich brauche so etwas wie diesen Wagen. Meinem Ex werden die Augen übergehen.»

Der Wagen besiegelt ihre Blutsverwandtschaft, ihre Gegenseitigkeit. Sie sind verächtlich zueinander, sie schreien einander an, sie sind schonungslos aufrichtig zueinander. Und deshalb kann Thena Arachne sagen, daß sie verrückt ist. Sie hat recht, o ja, sie hat immer recht. Sie hat recht in bezug auf die Landstreicher, die zur Sucht werden, sie hat recht in bezug auf Arachnes Job, Unterwäsche zu verkaufen, sie hat recht in bezug auf Thomas, und sie ist entschlossen, recht in bezug auf alle Männer zu haben, diese Scheißkerle. Durch ihre Wut, ihre Entschlossenheit, sie aus ihrem Leben zu verbannen, bleibt ihr nur der Voyeurismus. Und so beobachtet sie Arachne und mischt sich in alles ein.

Und schließlich hat Thomas Arachne dazu ermuntert, sich für den Job bei Ladies' Comfort zu bewerben, hat darauf hingewiesen, daß es ihr einen Vorwand geben würde, in alle diese kleinen Städte zu fahren, an denen sie so interessiert ist, daß es ihr ermöglichen würde, dem Netz von Landkarten zu folgen, die sie so faszinieren. Das gab den Ausschlag. Arachne fühlt sich wohl, solange sie den Bus lenkt. Sie benimmt sich gut. Thomas hat sie reformiert, hat sie aus einem Straßenbengel zu einer einigermaßen anständigen – nein, nicht Dame, Arachne wird nie eine Dame sein –, sondern Person gemacht. Er hat sie poliert, zwischen den Händen gedreht wie eine Alabasterschüssel. Er ist kein Dummkopf. Er läßt sich nicht täuschen. Er weiß von den Landstreichern, von Arachnes Vertrauensbrüchen. Er ist nicht dumm, sondern geduldig. Er wird ihr apokrypher Geliebter bleiben, sie mit einer endgültigen Landkarte versehen. Er will den richtigen Zeitpunkt abwarten, ihre Untreue hinnehmen, und er wird am Ende gewinnen, durch bloße Toleranz. Wenn sie untreu ist, liebt er sie um so mehr, mit hartnäckiger Zärtlichkeit.

Der Rat, den Thena ihm geben würde, wäre der, Arachne einzusperren. Sie wußte die ganze Zeit, daß das Herumfahren im Land und Verkaufen von Unterwäsche Schwierigkeiten direkt provozieren würde. Sie kennt Arachnes Neigungen. Oh, sie würde Arachne nie verraten, zu Thomas laufen und es ihm erzählen, aber sie hat Angst. Sie weiß, daß Arachne kaum einen anderen Mann finden wird, der sie so liebt, wie Thomas es tut, und da sie selbst ohne diese Liebe gelebt hat, weiß sie, wieviel sie wert ist.

Als Arachne die ersten Versuche mit Landstreichern anstellt, ungefähr ein Jahr, nachdem sie bei Ladies' Comfort begonnen hat, ist Thena entsetzt. «Sag mir nur», fragt sie, «warum das nötig ist? Ist Thomas ein schlechter Liebhaber?»

«Nein, er ist ein wunderbarer Liebhaber.»

«Also warum dann?»

«Es ist ein Spiel, eine Beschäftigung.»

«Das ist unmoralisch.»

Arachne zieht ein Gesicht. «Sag bloß, mein Verhalten hat irgendeinen Einfluß auf das Wohlergehen der Menschheit.»

«Nein, aber du könntest es zumindest versuchen.»

«Warum? Die ganze Welt ist voller Lügen. Lügen sind die Welt. Wenn jeder rein und ehrlich wäre, würde die Welt zusammenbrechen.»

«Das ist keine Entschuldigung.»

«Schau, Thena, ich kann nichts dagegen tun, ich krieg einfach dieses Verlangen. Es geht für mich darum, auf der Straße etwas zu tun zu haben.»

«Und was ist mit Thomas?»

«Thomas weiß, daß ich keine Heilige bin. Außerdem komme ich immer zurück. Und diese Knaben lassen ihn im Vergleich gut aussteigen.»

«Du bist eine Schlampe», sagt Thena.

Arachnes Gesicht zuckt ein wenig. «Tatsache ist, daß ich als solche erzogen wurde. Versuch einmal, so aufzuwachsen wie ich, und du wirst dankbar sein, daß du überhaupt überlebst. Ich bin glücklich mit Thomas, aber ich bin es nicht gewohnt, daß mir die Dinge so einfach zufliegen. Wenn ich ein bißchen spiele, verdiene ich ihn vielleicht mehr.»

«Das ist die dümmste Erklärung, die ich jemals gehört habe. Du wirst ihn verlieren.»

«Er gehört nicht mir, also kann ich ihn auch nicht verlieren.»

Und so findet sich Thena mit Arachnes schlechtem Benehmen ab, sagt nur: «Komm ja nicht zu mir, wenn du schwanger wirst oder wenn du dir eine Geschlechtskrankheit holst.»

Arachne grinst: «Du würdest denken, daß das gerecht ist. Hab keine Angst, ich bin schon vorsichtig.»

Aber ist sie vorsichtig genug?

Arachne durchquert die Prärie und die Parklandschaft mit einer Ausdauer, die sie vor Lust stöhnen lassen sollte, die sie normalerweise die Straßen nach eventueller Entspannung durchkämmen ließe, nach einem Cowboy, einem Friseur, einem Tierarzt. Aber sie fährt jeden Abend nach Calgary zurück, scheint bei Thomas Zuflucht zu suchen, der an einer komplizierten topographischen Karte über die Rocky Mountains-Furche arbeitet; der in einem Konglomerat von Tusche und schillernden Farben lebt. Er besucht einen Astronomiekurs: er möchte Himmelskarten zeichnen.

Arachne sitzt in dem großen Sessel und trägt ihre Bestellungen ein, während seine Hand unter dem Lichtkegel den Schwung eines Hügels, die Windung eines Flusses nachzieht. Wenn es dunkel genug ist, studieren sie den Himmel, und er zählt für sie die Sternbilder dem Namen nach auf: Cassiopeia, Orion, Andromeda, Corvus, Perseus, Ursa Major, Monoceros, Gemini, Cygnus, Caela, Lyra, Ophiuchus. Sie legt den Kopf zurück und folgt dem Weg seiner Litanei mit schläfrigem Frieden.

Sie hatte sich immer ein Fernrohr gewünscht, wußte, daß sie damit eine Welt erahnen konnte, die anders war als die, in der sie gefangen war, den Schlüssel an einem Strick um den Hals, mit kratzenden Wollsocken in den Gummistiefeln, mit rissigen Knöcheln und rinnender Nase. Die Sterne waren weit entfernt von den aufgeweichten, trüben Straßen, durch die sie trottete.

Manchmal wachte sie auf und sah die dünnen grauen Spinnweben, die in der Ecke an der Decke hingen, und stellte sich vor, wie es wäre, wenn sie alles haben könnte, was sie wollte. Aber sie wußte, daß der einzige Weg, alles zu bekommen, der war, sich selbst darum zu bemühen.

Der Tag, an dem sie in der Zeitung eine Anzeige für Zeitungsverkäufer sah, war der Tag, an dem sie dachte, eine Lösung gefunden zu haben. Sie bat Lanie um das Fahrgeld und fuhr mit dem Bus in die Stadt zu dem Büro, wo sie mit einem Haufen raffinierter kleiner Jungen in einer Schlange stand. Als sie an den Schalter kam, musterte sie der Mann dahinter von oben bis unten.

«Wie alt bist du?»

«Elf.» Sie log.

«Du bist ein Mädchen.»

Arachne nickte.

«Tut mir leid, du mußt ein Junge und mindestens zwölf sein.» Er winkte sie fort. «Der nächste.»

Arachne zog ein finsteres Gesicht. Welchen Unterschied machte es? Sie konnte ebensogut wie alle anderen Zeitungen zustellen.

Beim Abendessen bemerkte Toto ihr verschlossenes Gesicht, die rebellische Unterlippe. «Was ist los?»

Zum erstenmal seit Jahren begann Arachne zu weinen.

«Mein Gott, was ist denn los?»

Sie erzählte ihm unter Schluchzen, wie sie auf ein Fernrohr sparen könnte, wenn sie Zeitungen verkaufte.

«Himmel», sagte Toto. «Du kannst ein Revier bekommen. Sag ihnen nicht, du bist zehn, sag ihnen, du bist zwölf.»

«Sie werden mir nicht glauben.»

«Ich werde mitkommen. Mir werden sie glauben.»

Arachne schluchzte. «Ich schau noch immer wie ein Mädchen aus.»

«Das können wir hinkriegen.»

«O nein, das wirst du nicht», protestierte Lanie. «Sie sieht jetzt schon schrecklich genug aus. Was willst du denn machen, ihr einen Bürstenschnitt verpassen?»

Arachne kicherte.

«Wozu will sie überhaupt Zeitungen verkaufen? Sie wird das Geld nur für Comics und Blödsinn ausgeben.»

«Sie werden dich alle necken», sagte Toto ernst, ohne auf Lanie einzugehen.

«Das macht mir nichts.»

Er nahm sich einen Nachmittag frei und ging mit ihr zu seinem Friseur, der ihr das Haar an den Seiten kurz schnitt und nur vorne eine Strähne beließ. Als ihr der Friseur den Spiegel brachte, lachte Arachne vor Vergnügen. Sie konnte sich gar nicht an sich selbst satt sehen, drehte den Kopf erst in die eine, dann in die andere Richtung.

«Okay», sagte Toto auf dem Weg in die Stadt. «Du bist ein Junge, und du bist zwölf Jahre alt, kapiert?»

«Wie heiße ich?»

«Raki. Wer zum Teufel kennt schon den Unterschied.»

Sie gingen zu demselben Mann hinter demselben Schalter, und zehn Minuten später hatte Arachne ein Revier sechs Blocks von zu Hause entfernt.

Jeden Abend nach der Schule nahm Arachne ihre Zeitungen, steckte sie in den Segeltuchsack, den sie sich über die Schulter warf, und verteilte, unter dem Gewicht schwankend, die Zeitungen von Haus zu Haus.

Sie sparte das Geld, zählte und zählte es immer wieder, wenn sie abrechnete. Sie trug es in eine Wollsocke gewickelt, die sie vorne in die Hose oder in die Tasche stopfte. Sie hatte ein System, wechselte das Kleingeld in Dollarscheine, die Dollarscheine in Fünfer, die Fünfer in Zehner, die Zehner in Zwanziger. Sie konnte in die Tasche greifen, die rauhe Wolle der Socke befühlen und wußte, was sie enthielt.

Bis Dezember hatte sie beinahe vierzig Dollar. Am letzten Schultag vor den Ferien rannte sie nach Hause, um ihre Route zu absolvieren. Es nieselte, ein paar Zeitungen waren naß, schwerer als sonst, aber sie beendete ihre Arbeit und schleppte sich nach Hause, während sie an die Sterne dachte, die sich über den dichten Wolken drehten.

«He, Kleiner, wohin gehst du?»

Ein anderes Kind, mager, aber größer als sie, niemand aus ihrer Schule.

«Laß mich in Ruh, ich geh nach Hause.»

«Mal sehen, ob du's versuchst.»

«Was willst du?» Arachne versuchte, ihn abzuschütteln, aber er war hartnäckig, gemein, er verdrehte ihr den Arm hinter dem Rücken.

«Wieviel hast du dabei?»

«Nichts», log Arachne, während sie versuchte, sich freizukämpfen.

«Warum so eilig?» Er gab ihr einen leichten, bedeutungslosen Klaps aufs Ohr. «Zeig mir nur deine Taschen.»

Das Geld steckte in ihrer Hose, also zeigte ihm Arachne die Taschen, die bis auf einen Strick und einen Kaugummi, den er sich in den Mund steckte, leer waren. Dabei konnte sie sich beinahe von ihm befreien, aber er packte sie erneut.

«Wart mal, wart mal. Was glaubst du denn, wohin du gehst? Das ist nicht alles. Laß mich sehen, was du sonst noch hast.»

«Nichts», sagte Arachne. «Laß mich los, oder ich schreie.»

«Na mach schon, keiner schert sich darum.»

Er riß an dem Strick um ihren Hals, aber als er entdeckte, daß es ein Schlüssel war, schlug er ihn ihr gegen den Brustkorb zurück. «Straßenratte», sagte er verächtlich. «Zu Hause wartet kein Mensch.»

Vielleicht hätte er sie dann gehen lassen, wenn Arachne sich nicht so auffallend, so wütend benommen hätte. Er hielt sie so, wie ein Hund eine große Ratte hält, bog ihr den Arm nach hinten, tastete ihr den Rücken, den Mantel, den Magen ab.

«He, was ist das?» Seine Finger fanden die klumpige Socke unter dem Gewand.

Arachne biß, stieß, kratzte, riß sich beinahe den Arm aus dem Gelenk. Sie fielen zu Boden, wälzten sich in der Seitengasse, ein Durcheinander von Zähnen und Knien. Aber er war zu groß. Sie bäumte sich auf, flach auf dem Rücken im nassen Kies liegend, er auf ihrem Magen sitzend.

«Du kleiner Wurm», sagte er und ließ Speichel auf sie herabtropfen. Und er schlug sie in die Brust, daß sie nach Luft schnappte. «Was hast du in der Hose?»

«Laß mich in Ruh'.»

Es war ein hartes Stück Arbeit, aber er hatte Spaß daran. «Wenn ich's gesehen habe . . .» und griff wieder nach dem Gummiband.

Einmal noch explodierte sie, wie ein Tier, bereit, ihm die Augen auszukratzen, die Hand abzubeißen. Überrascht, tat er das einzig mögliche, um sie zu überwältigen. Er knallte ihren Kopf gegen das Straßenpflaster, knallte ihn heftig, schlug ihren Schädel gegen den Stein und setzte sie außer Gefecht.

Als Arachne zu sich kam, lag sie in der Seitengasse. Ihre Hosen waren halb heruntergezogen. Die Socke war fort. Sie blieb einen Augenblick liegen, schaute in die undurchdringliche Dunkelheit hinauf, in den Regen, der das Blut, das ihr vom Kopf tropfte, verdünnte. Wolken verbargen die Sterne. Das also war das Leben. Es würde sich niemals ändern.

Nun erinnert sie sich an ihr Leben vor Thomas – als eine einzige Nacht voller Regen. Hier, in der hohen, klaren Luft Calgarys scheinen die Sterne näher, glühend vor Licht zu sein. Und als seine Stimme von Welten berichtet, die sie nicht sehen können, als seine Hand über ihre Haut streicht, will Arachne gar nichts anderes, aber sie wagt nicht zu glauben, daß das anhalten wird.

Notizen über eine Abgängige

Du siehst, es ist einfach, etwas über Arachnes Vergangenheit herauszufinden, nur zu einfach. Es gibt schließlich Unterlagen. Und wenn irgend etwas fehlt, wird Lanie die Lücken schließen. Es gibt nichts, das sie lieber täte.

Es ist die Gegenwart, der du nachläufst, vielleicht sogar die Zukunft. Welche Chance hat sie mit einer solchen Vergangenheit? Denn da stehst du, machst eine Bestandsaufnahme ihres Lebens, und wenn die Ewigkeit aus allen Augenblicken besteht, die zu einem einzigen zusammengefaßt sind, wohin kannst du Arachne jetzt tun, an welchem Punkt in dieser Bewegung wird sie anhalten?

Heuschwaden

Als Arachne den alten Mann eines Morgens auf dem Vordersitz des Mercedes wartend vorfindet, empfindet sie kurz so etwas wie Schuldgefühl. Sie hat ihn vergessen, obwohl sie jeden Tag mit den Kupfertänzern vor Augen aufwacht.

Er sitzt aufrecht, mit nach vorne gerichtetem Blick da, ohne zu blinzeln, als würde er auf einen Chauffeur warten. Sie öffnet die Tür zum Beifahrersitz und beugt sich zu ihm.

«Josef, was machst du hier? Wie bist du in den Wagen gekommen?»

«Du kommst nicht.»

«Es tut mir leid . . . um diese Zeit ist immer am meisten los.»

«Du hast mich vergessen.» Sein Mund ist verkniffen, aber seine Hände zittern.

Sie berührt seine Schulter. «Es tut mir leid. Hör zu, möchtest du heute mit mir mitkommen? Ich mach heute nur eine Stadt.»

Er nickt.

«Wir können bei deinem Haus anhalten und deine Tochter fragen.»

«Nicht fragen. Ich komme.»

«Wird sie sich keine Sorgen machen?»

Er zuckt die Achseln. «Wenn ich frage, sie sagt nein.»

Als Arachne sich hinter das Lenkrad setzt, steckt er seinen Stock nach hinten, streckt die Beine auf dem schwarzen Ledersitz weit aus.

Der Wagen fährt nach Süden.

Es ist Ende November, ein Herbst, der von seiner eigenen funkelnden Pracht gequält wird; die große Ebene entfaltet sich in einer Orgie von Gold vor ihnen. Das Firmament, die abgezirkelten Felder, selbst die Rockies schimmern golden. Arachne wird ganz benommen davon, die Sonne, die der November hätte abkühlen sollen, überschwemmt sie mit Wärme, das ständige Dröhnen der Mähdrescher untermalt die Tage mit dem süßen Geruch nach Getreide, der überall hängt, ein Geruch, der so verschwenderisch schwer ist, daß es scheint, eine fremde Gottheit habe ihn verbreitet, aus einem Zeitalter herübergeweht, in dem barfüßige Frauen Säcke von Weizen gegen den Himmel schlugen, um das Korn von der Spreu zu trennen. Die fleißig eingesetzten Mähdrescher, Hitze und Schwere belagern den Wagen; Arachne und Josef scheinen eine Ewigkeit zu brauchen, um nach Nanton zu gelangen. Als das Lancaster-Bomber-Monument schließlich auftaucht, sind sie beide schläfrig. Arachne bleibt vor dem Red and White-Supermarkt stehen. «Möchtest du mit reinkommen?»

«Ich warte.»

Nach einem Streit über den bei Ladies' üblichen Großeinkaufsrabatt verkauft sie zwei Dutzend Stück aus der Modesty-Kollektion und ein Dutzend bedruckte Tangas. Als sie herauskommt, ist sein silbriger Kopf nach hinten gegen den Sitz gelehnt; der Atem entweicht pfeifend aus seinem offenen Mund. Sie überlegt kurz, geht dann in das Kaufhaus zurück und kauft Äpfel, Käse, Orangensaft und Keks. Als sie die Wagentür öffnet, sitzt er aufrecht und blinzelnd da, mit kleinen verschleierten Augen, den Augen eines bösen Zauberers.

Sie fahren dann nach Osten, die Mähdrescher kreisen weiter um sie, bis das Gold sich in Indigo und Zinnober verwandelt und sie neben einem grasbewachsenen Sumpf stehenbleiben, um Äpfel zu essen.

«Wir sollten einen Totenschädel finden», sagt er.

«Hier? Das ist kein Friedhof.»

«Brauchen keinen.»

«Wir müßten um ihn kämpfen.»

«Du kämpfst.»

«Ich habe aufgegeben.»

Der Himmel wird dunkler, und über ihren Köpfen erscheint ein Mondsplitter, so dünn, daß er beinahe wie Glas aussieht. «Kampf, Wut, gut für die Leute. Bringt Abwechslung.»

Sie spürt seine Finger am Ärmel ihrer Bluse.

Sie steht auf und nimmt seine Hand. «Komm.»

Sie spazieren durch ein großes, duftendes Feld, in dem die dichten Reihen geworfelten Heus sich nach innen biegen. Im letzten Licht läuft Arachne voraus, springt über die Heuschwaden, und ihre Beine blitzen blaß unter dem Rock hervor, der sich hebt und bauscht. Sie geht auf das äußerste Ende des Feldes zu, und er folgt ihr, stapft mit dem Stock durch die Getreidestoppeln, die ihn an den Knöcheln kitzeln. Als er sie erreicht, ist es plötzlich finster; sie sind bloße Schatten in der Dunkelheit. Sein Stock fällt zu Boden, und sie stehen da und halten einander fest, sie hat die Arme um seinen Rücken geschlungen, den Kopf zu seinem emporgehoben. Sie stehen breitbeinig zusammen in dem duftenden Feld und der kühler werdenden Nacht und haben Zeit, eine Hand gegen ein Stückchen Haut zu halten, Form und Struktur zu erforschen. Seine Haut ist abgewetzt und rauh. Er ist Berührung nicht gewöhnt, weicht beinahe zurück, als ihre Hand unter sein Hemd greift, als sie ihm über das Haar auf der Brust, über die Brustwarzen streicht. Aber als sie sich hinlegen, und er sich an sie preßt, ist das Stroh dick und warm, wie ein vom Himmel überwölbtes Bett, das sie nahe an den Boden hält. Sie liegen nebeneinander, nur die Schatten ihrer Gesichter heben sich deutlich ab, obwohl ihre strauchelnden Finger genügen, um ihre Körper zu erkennen. Sie möchte gerne in seine Augen schauen, ihn erleben, aber er legt den Kopf mit einem Stöhnen an ihre Schulter.

Arachne hatte unzählige Männer gehabt, Männer, die sanft und zärtlich, brutal und rücksichtslos waren. Mit ihrem guten Körper hat sie sie alle genommen, ihnen Lust abgewonnen trotz ihrer Hast oder Ungeschicklichkeit. Und sie hat Thomas, der weiß, was sie will, noch bevor sie es will. Aber dieser Mann ist ungewohnt wild: Er spricht sie durch den Körper an, trotz des in die Stoppeln geworfenen Stockes, trotz der schlaffen Haut. Sie sind Diebe, die in dieselbe Zelle gesperrt sind, ein Mann mit Zuwenig und eine Frau mit Zuviel.

Sie haben die Hände auf dem Körper des anderen; auch den

Mund. Sie hat niemals einen so heißen und großen Mund gespürt wie seinen, die Knochen eines Gesichtes so drängend gegen die ihren. Arachne ist unvorbereitet. Als seine Hosenträger abgestreift sind und er in sie gleitet, bäumt sie sich auf, stößt ihn hinein, animalisch und immer tiefer. «Warte», flüstert er an ihr Ohr, aber sie schreit schon, ein heiserer, langer Schrei, den er wie eine Säule von dort, wo er in sie eindringt, bis zu ihrem Hals aufsteigen spürt. Er schlingt ihr die Arme unter die Hüften, aber das bringt sie nur noch rascher zueinander.

Unter seinem Gewicht schwingend, während das Stroh ein Kissen und der Mond über seinem Kopf an den Himmel genagelt ist, wird Arachne über sich selbst hinausgehoben. Sie haben sich nicht ausgezogen, aber sie sind versengend nackt, jedes Gewandes, jeder Verkleidung beraubt, ein Mann, der um die halbe Welt und vor vier einschneidenden Jahren geflohen ist, und eine Frau, die mehr, mehr, immer mehr will: die zerbrochenen Hälften von Rebellin und Mörder zu einem Ganzen zusammengefügt. Sie gelangen über die Berührung von Haut, über das Verlangen und Begehren hinaus. Unordnung und Abweichung machen die Ordnung ganz, geben ihr Sinn. Er hat den Akt beendet, den er vor so langer Zeit begonnen hat, seinen Aufstand mit seinen Händen weitergegeben, beide sind ein Stück des Universums, das sich selbst betrachtet.

Als ihre Körper wundgerieben sind, trotz des warmen Strohs abkühlen, legt sie die Hand auf sein Gesicht. Es ist naß. Arachne wendet den Kopf – das Feld ist von Pappeln umgeben, die sich wie schwarze Spitzen gegen den federweichen Himmel abheben. «Schau», sagt sie, «die Bäume.»

Er hebt den Kopf von ihrer Schulter. Das ist es, was man aus den Augenwinkeln sieht, bevor man stirbt: schwarze Bäume, die in den Herbstwind geätzt sind.

Sie stolpern aus dem Feld hinaus, wobei sie einander stützen. Im Mercedes drinnen strecken sie sich, streichen die Kleider glatt, wischen sich mit der Hand über den Mund, ziehen Stroh aus den Haaren, aus seinem Bart. Und fahren schweigend nach Hause, dem flackernden Licht der Stadt entgegen, die sich am Horizont zusammenkauert.

Als sie vor seinem Haus halten, fliegt die Tür sofort auf, und seine Tochter kommt geräuschvoll die Treppen hinuntergelaufen. Sie reißt die Wagentür auf und zerrt Josef am Arm. «Wo bist du gewesen? Ich war verrückt vor Sorge, ich hätte beinahe die Polizei gerufen.» Sie wirft Arachne einen wilden Blick zu. «Was glauben Sie denn, daß Sie tun, ihn einfach mitzunehmen? Es geht ihm nicht gut, Sie werden ihn für Wochen durcheinanderbringen.»

Josef streckt seinen Stock aus der Wagentür, stößt sie damit an. «Anna, hör auf. Nur eine Fahrt aufs Land.»

«Eine Fahrt aufs Land! Während ich hier sitze, Nägel beiße und mich ängstige, glaube, daß du hingefallen bist, einen Unfall gehabt hast!» Sie packt seinen Arm, als er aus dem Wagen steigt, steckt dann den Kopf hinein und zischt: «Ich weiß nicht, wer Sie sind, aber ich will Sie hier nicht mehr sehen. Einen alten Mann aus der Fassung zu bringen. Lassen Sie ihn in Ruhe, verstanden!» Sie schlägt die Wagentür zu und führt Josef die Auffahrt hinauf, beide Hände um seinen Arm geklammert.

Arachne sieht ihnen nach. In dem Feld ist er aufrecht gegangen, unsicher, aber rasch. Nun schlurft er, unter der eisernen Liebe seiner Tochter gebeugt und unterdrückt. Sie startet den Motor und fährt heim zu Thomas.

Zufälle der Geburt

Es ist ein üppiger, schwerer Herbst. Arachne bereist den Umkreis Calgarys, sammelt ihre Winterbestellungen. Madden, Dogpound, Bottrell; Water Valley, Cremona, Elkon, Bergen, Hermattan, Westward Ho; Sundre, Bearberry, Garrington, Eagle Hill. Dutzende und Aberdutzende gedämpft rosafarbene Kartons weißer Baumwollschlüpfer; Hunderte reizvoller Tangas, farbig, leicht getönt und rosig, vielsagend in ihrer Verknappung. Und die Mitternachts-Kollektion, das solide Schwarz, schwarze Spitzen, schwarzer Einsatz, durchsichtig und undurchsichtig, prüde und ‹na komm schon›.

Trotz der Fülle und Zahl – es ist ungeachtet des trockenen Sommers ein ertragreicher Herbst – werden Arachnes Bestellungen genauso sorgfältig, ruhig und systematisch wie immer aufgezeichnet. Sie absolviert zwei oder drei Städte pro Tag, sie schmeichelt Geschäftsinhabern eine Bestellung von einem zusätzlichen Dutzend der Modesty-Kollektion ab, sie hinterläßt eine Welle der Zufriedenheit. Wenn sie mit ihren Mustern und ihrem Bestellblock gegangen, unter den gelben Blättern verschwunden ist, reiben sich die Geschäftsinhaber in Erwartung eines guten Winters, eines großzügigen Weihnachtsgeschäftes die Hände. Seltsam, daß sie so gut in diesem Job ist. Sie hat kaum jemals Neigung für soziale Bindungen bewiesen.

Sie ist selbst über die Person erstaunt, die eintritt, Besitz ergreift, über die Maske, die sie annimmt, wenn sie die unzähligen Ladentüren öffnet. Ist es die Herausforderung einer Rolle? Ist es ihre Liebe zur Maskierung? Oder der Einfluß irgendeines angeborenen Gens, von dem sie nicht weiß, daß sie es geerbt hat, dem Gen eines großbürgerlichen Geschäftsmannes, der darauf brennt, Geschäfte zu machen, der gerne salbungsvoll verhandelt? Es gibt Momente, wenn sie in einem schlichten Kleid, mit schwarzen Pumps, gekämmten Haaren und sauberen Nägeln einen Auftrag notiert, in denen sie nicht glaubt, daß der Körper, der sie beherbergt, wirklich der ihre ist.

Sie erinnert sich an die grobe Fünfzehnjährige, das einzige Mädchen in der Bande, die Anführerin – eine Position, die sie nur behielt, weil sie mehr wagte als alle anderen, weil sie verhaßter war, rücksichtslos genug, um bei ihnen Unbehagen hervorzurufen, weil sie nicht sicher waren, ob sie sich nicht auch gegen sie wenden würde. Die Jungen, die sie um sich scharte, waren die Außenseiter der anderen Banden, fett und kreischend, schielend und zurückgeblieben.

Sie wußten nicht, daß sie eine Bande waren. Arachne sagte es ihnen nicht, obwohl sie ihnen den Namen Schwarze Witwen gab. Und es dauerte nicht lange, und sie richteten sich nach ihr, wenn es um Zustimmung und Ideen ging, befürworteten ihre Vorschläge. Nach der Schule warf Arachne ihre Bücher, die alle Eselsohren hatten, durch die Tür und schlenderte zum *Café Holländer*, weil sie wußte, daß die Bande da sein, Cola trinken und rauchen würde.

Bis sie eines Abends im Frühling – sie gingen gerade zum Müllabladeplatz, wo sie nach Plunder suchten, den sie verkaufen konnten, durch den Park – auf eine Bande trafen, die der Schrecken der ganzen Gegend war: die Chinesische Bande, Kinder, deren Väter Lebensmittelläden und Wäschereien besaßen. Es war gerade die Abendstunde, zu der Jungen höhnisch und rauflustig sind, sich nach einem guten Kampf sehnen, ehe sie nach Hause müssen.

Die Bande suchte sich Lee, ihren chinesischen Freund, aus.

«Lee Wong, Wong Lee», rief der Anführer mit singender Stimme. «Was machst du da, hängst mit einem Haufen Weiber wie denen da zusammen? Lauter Perverse und Zurückgebliebene. Lee Wong, hast du keinen Verstand?»

Lee trat von einem Fuß auf den anderen und zog ein finsteres Gesicht. Die chinesischen Kinder wollten ihn nicht in ihre Bande aufnehmen. Seine Familie war arm, Einwanderer, die erst vor kurzem aus Hongkong gekommen waren.

«Hast du nichts zu sagen?»

Sie sahen einander an; die chinesischen Kinder zierlich und dennoch überlegen, sie hatten Spaß an dem Spiel.

«He.» Der Anführer schüttelte Lee. «Was für eine Art von Bande ist das? Alles Dummköpfe, Zurückgebliebene, Krüppel.» Er sah sich ein Gesicht nach dem anderen an, stieß auf Arachne. «Mädchen.» In ihrer Demütigung hatten sie Arachne vergessen. Sie sahen nur, wie sie nach vorne schoß, den Anführer in die Knie zwang. Sie hielt ihm den Kopf an den Haaren nach hinten und drückte ihm ein Wurfmesser mit Doppelklinge an die Kehle, das sie in einem Army-Shop gestohlen hatte.

«Nimm es zurück», sagte sie.

«Was?» winselte der Junge.

«Alles. Und dann verdrückt euch, ihr Arschlöcher.»

Sie murrten und blickten finster um sich, aber schließlich drehten sie sich um und schlurften davon.

Dann wollte jeder ihrer Bande angehören. Neue Kinder tauchten im *Café Holländer* auf, kauften ihnen Zigaretten, spielten für sie die Jukebox. Sie erkannten langsam, daß die Schwarzen Witwen zu den meistgefürchteten Banden der Gegend gehörten.

Die Bande bot Arachne Ablenkung von den Demütigungen des Erwachsenwerdens, von Lanie und Toto und einer Welt, die für sie nichts Positives hatte. Was blieb, war eine Bande herumstolzierender Stadtratten, die zu jung waren, um einen Job zu bekommen, zu alt, um noch Kinder zu sein – lauter pickelige Halbwüchsige aus dem East End mit sich überschlagender Stimme. Aber es verschaffte ihr Schutz, eine Entschuldigung. Sie war ein untersetztes Mädchen mit fetten Haaren und mürrischen, großen grünen Augen, das eine abgewetzte Lederjacke trug, wachsam und lauernd.

Sie würde nichts vergessen. Wenn sie wartete, würde sie ihren

Dieb finden. Sie trieb sich mit ihren getreuen Freunden in den Straßen herum, sammelte Scherben von Erkenntnissen, wie zerbrochenes Glas. Und sie hielt Ausschau nach ihm, war sicher, daß sie seinen Haarschopf, seine glotzäugige Magerkeit wiedererkennen würde.

Sie war nicht überrascht, als sie ihn sah; sie wußte, daß er sich in derselben trostlosen Zukunft wie sie herumtrieb. Es war in einem Billardzimmer in Granville. Arachne stand daneben und sah zu, erkannte ihn, ohne sich die Mühe zu machen, sich zu vergewissern, daß er zu ihrer Vergangenheit gehörte. Er erinnerte sich nicht an sie. Er hatte in den vergangenen Jahren eine Menge Kinder ausgeraubt oder geschlagen.

Sie entledigte sich der Bande und wartete draußen, verfolgte ihn, als er ging. Am nächsten Tag wartete sie abermals, diesmal in der Seitengasse hinter der Auffahrt zu seinem Haus, ruhig und geduldig. Als es sechs Uhr vorbei war und sie wußte, daß er wieder in die Stadt hinaufgehen würde, wog sie die gestrickte Wollsocke, das stumpfe Gewicht, in der Hand. Es gibt keine Waffe, die so tödlich ist, wie eine Socke voller Groschenstücke. Man kann damit einen Mann töten, wenn man ihn richtig trifft.

Als er seine Wohnung nichtsahnend durch die Hintertür verließ, sich hinter der hohlen Hand ein Streichholz an die Zigarette hielt, postierte sie sich hinter dem Zaun, an dem er vorbeigehen mußte. Sie hatte nur eine Chance, ihn zu treffen; und mit ihrer ganzen Kraft traf sie ihn tatsächlich, direkt hinter dem Ohr. Die Überraschung auf seinem Gesicht, als er zu Boden stolperte, verschaffte ihr sogar mehr Genugtuung als der dumpfe Aufprall der Socke.

Sie wartete nicht, um zu sehen, ob er noch lebte oder tot war, dachte nicht daran, sich dazu herabzulassen, seine Brieftasche zu nehmen. Sie stieg über die glimmende Zigarette, die ihm aus den Fingern gerollt war, und ging davon, mit erhitztem Gesicht und leuchtenden Augen.

Es ist also kein Wunder, wenn sie manchmal in Schuhen dasteht, die sie kaum wiedererkennt, daß sie manchmal zurückweicht, weil sie Unheil erwartet, erwartet, daß ihr tatsächliches Ich auftaucht, sie wieder einfängt. Sie mag Turnschuhe und Lederjacken, Zigaretten und Straßenkämpfe aufgegeben haben, aber sie ist noch immer Arachne, unter dem allen ist sie noch immer sie selbst.

Besuch

Arachne fährt Josef besuchen. Sie parkt unten an der Straße und geht rasch zum Haus hinauf, hofft, daß sie sich zur Hinterseite des Hauses stehlen kann, ohne von seiner Tochter bemerkt zu werden. Aber die steht wachsam, mit zusammengekniffenem Mund dort oben am Fenster. Die Tür zur Garage ist offen, und sie sieht Josef über den Blocktisch gebeugt, mit breitem, aber eingesunkenem Rücken, dünnen Beinen in den weiten Hosen, blauen Hosenträgern über dem Hemd. Sie zögert. Es liegt etwas so Zerbrechliches, so Unsicheres an der Art, wie er dasteht, daß sie kaum glauben kann, was sie in dem Feld gemacht haben. Er muß früher einmal kräftig gewesen sein; unter dem Alter läßt sich der Körperbau erahnen. Nun scheint er unendlich alt, nur allmählich strafft sich das magere, eingesunkene Gesäß, er richtet sich auf, offenbart verlorengegangene Kraft und Muskeln.

«Hallo.»

Er dreht sich nicht um, hört nichts, lebt in dieser Welt verbissener Einsamkeit, die alte Menschen offensichtlich wünschen, an der sie beinahe Gefallen finden. Der Hammer schlägt unaufhörlich, und er bewegt sich mit dem Heben und Senken des beständigen Holzwerkzeuges, das in Wellen durch seinen Körper fließt.

Sie klopft an die offene Tür.

Er dreht sich um, scheint verwirrt, sein Gesicht ist gedankenverloren.

«Ich bin's.»

Die tiefen Falten auf seiner Stirn und seinen Wangen verändern sich nicht. Er nickt.

Arachne geht hinein. Ob er sich überhaupt an sie erinnert?

Aber anscheinend tut er es. «Komm, komm.» Er beugt sich wieder über seine Arbeit. Er verziert eine große, dicke Platte, und das Muster, das dabei herauskommt, ist eintöniger und stilisierter als auf ihrer Scheibe. Es ist arabesk, eine komplizierte Kette von Verschnörkelungen und Dreiecken, ineinander übergehenden Ringen, hin zu einem Zentrum, in dem alles zusammenfließt.

«Das ist ein *demirlija*», sagt er.

«Was ist das?»

«Tablett für Tisch. Kann ein Tisch sein.»

Es ist groß, beinahe einen Meter im Durchmesser, mit der unerbittlichen Entwicklung eines Mantra.

«Es ist kompliziert, aber so lang, so stumpfsinnig. Du wiederholst und wiederholst.» Sein umständliches Hämmern nimmt kein Ende, unter dem meißelähnlichen Werkzeug entsteht in seinen unbeirrlichen Händen ein sich drehender Kreis.

«Verdienst du damit deinen Lebensunterhalt?»

«Meine Tochter. Ich bin Last.»

«Sie mag nicht, wenn dich jemand besuchen kommt.»

«Niemand kommt mich besuchen. Nur du.»

Arachne setzt sich auf seinen niedrigen Schemel. «Na ja, sie hat mir jedenfalls durchs Fenster den bösen Blick zugeworfen.»

Er kichert. «Ich mache Schwierigkeiten. Gebe Dinge weg. Kupfer, Werkzeug, teuer.»

«Du solltest jetzt eigentlich nicht mehr arbeiten müssen.»

«Ich bin alt. Ich soll dasitzen und nachdenken? Es macht mir Spaß.»

«Das eine, das du mir gegeben hast – es ist wunderschön.»

«Gefällt dir?»

«Ja.»

«Wo hast du es hingegeben?»

Arachne konnte nicht sagen, warum sie zögert. «Ins Schlafzimmer . . . wenn ich aufwache, sehe ich es.»

Er nickt.

«Warum hast du es für mich dagelassen?»

«Du bist wie ich. Hartnäckig. Böse. Beim Grab hast du nicht gehen wollen.»

Er hört zu hämmern auf und streckt die Hände aus. Arachnes Blut gerät in Wallung. Sie möchte die Arme um seinen Körper schlingen, seine knorrige und schlaffe Haut noch einmal berühren. Sie beugt sich zu ihm, bettet seinen Kopf an ihren Bauch.

«Nein», sagt er. «Nicht aufgeben.»

«Wie alt bist du?»

Seine Stimme tönt gedämpft in ihr Gewand. «Fast neunzig.»

«Das ist alt.»

«Ja. Ich sollte tot sein.» Er schlingt die Arme fest um sie, hält sie durch das Fleisch hindurch bis in die Knochen.

Aber als die Frau in die Garage hastet, springen sie auseinander wie schuldbewußte Kinder.

«Schämen Sie sich, Sie Flittchen», empört sie sich. «Sie haben ihn durcheinandergebracht. Er ist nicht an Leute gewöhnt. Was wollen Sie hier überhaupt?»

«Anna, hör auf. Sie ist meine Freundin.»

«Nun, sie ist nicht einmal zur Tür gekommen.»

«Es tut mir leid», sagt Arachne schüchtern.

Die Frau beachtet sie nicht. «Du kommst jetzt herein, Papa. Es wird schon spät.» Sie faßt mit der Hand nach seinem Arm, hält ihn, bugsiert ihn zur Tür.

«Du kommst wieder», sagt er zu Arachne.

Sie schüttelt den Kopf.

«Ja, du kommst.»

Arachne geht hinter ihnen durch die Tür. Die Frau packt seinen Arm, als ob er ohne sie stolpern würde, und Arachne denkt daran, wie er in sie eingedrungen ist. Nun scheint er hilflos, demütig. Draußen läßt ihn die Frau mit einem kleinen Schütteln los, als wolle sie sichergehen, daß er festen Halt hat, und dreht sich dann um, um die Garagentür abzusperren. Das Lächeln, das er Arachne schenkt, ist verschwörerisch; er macht die Bewegung eines Mannes, der eine Frau in den Armen hält.

Arachnes Geschichte ruft bei Thena heftige Mißbilligung hervor. «Landstreicher», sagt sie, «sind eine Sache, aber planen, einen alten Mann zu entführen?»

«Ich plane nicht, ihn zu entführen.»

«Es klingt aber so. Ich kann es aus deiner Stimme heraushören. Vergiß nicht, alte Männer sind große Babys. Sie wimmern, sie sabbern, sie machen ins Bett. Das kommt am Schluß dabei heraus, bei der Art, wie sie ihr Leben leben. Scheißkerle.»

«Er ist nur ein alter Knabe, der sich zu mir hingezogen fühlt.»

«Huh. Möchte wissen, warum. Hast du schon mit ihm geschlafen.

Arachne grinst.

«Das habe ich mir ja gedacht. Hör zu, alle Männer sind gefährlich, wenn du ihnen eine Chance gibst, sogar alte.»

«Welche Chance kann ich ihm geben?»

«Aach. Du führst etwas im Schilde. Ich kenne dich.»

Ehrlich gesagt ist es nicht Lüsternheit, die den alten Mann für Arachne anziehend macht. Sie hebt sich diesen Teil ihrer selbst für Straßengräben und Kornkammern, Motelzimmer und Bars auf.

Josefs schäbige Gestalt hat ihre Sympathie genauso gewonnen, wie Thomas ihr Vertrauen gewonnen hat. Sympathie, Vertrauen: Thena steckt das alles in dieselbe Schublade. Für Arachne ist der Unterschied klar. Sie kann sich mit uneingeschränktem Vertrauen in Thomas' Arme fallen lassen, während ihre Sympathie für Josef eher so etwas wie Wiedererkennen ist, ein Hinweis auf das, was sie werden könnte, eine Erinnerung an das verwahrloste Kind, das Raki war. Wodurch fühlt sie sich wie sein Nachlaßwalter, sein Stellvertreter? Durch einen Kniefall über einem nicht beerdigten Totenschädel, einem wieder an die Oberfläche getauchten Knochen? Durch ein rasches Taumeln in einem Feld? Die Toten sind tot. Arachne lebt. Und, was das anbetrifft, auch er.

Noch ein feindlicher Einfall zwischen Buchdeckeln

Der Herbst hält seinen Atem so lange an, daß es, als er schließlich die Luft ausstößt, tiefster Winter ist. Die Straßen sind schmutzig, und Arachnes Reisen gleichen ausgedehnten Expeditionen. Ein plötzlicher Blizzard zwingt sie, eine Nacht auf einer Farm zu verbringen, und ein anderes Mal stirbt am Nachmittag der Mercedes ab, und sie muß bei zehn Grad unter Null zwei Kilometer zu Fuß gehen. Sie schwört Thena, daß sie dieses hoffnungslose Gewerbe aufgeben wird.

«Ich dachte, du liebst diesen Job», sagt Thena.

«Als ich ihn angenommen habe, hast du mir erklärt, ich sei verrückt.»

«Das bist du. Aber er paßt zu dir. Du wirst nie mehr einen solchen Job bekommen.»

«Ich habe es satt, ich habe die scheußlichen Hotelzimmer und die schmierigen Restaurants und die gefährlichen Straßen satt. Ich möchte mich ausruhen.»

«Nun, nimm ein paar Wochen frei. Es ist schon fast Weihnachten.»

«Was wäre», überlegt Arachne, «wenn ich ein Baby hätte?»

Thena verdreht die Augen. «Ich würde dich bei der Fürsorge anzeigen.»

Wenn sie aus Schnee und Eis und Straßengräben nach Hause kommt, ist Thomas da, der in dem Zimmer mit den blauen Wänden seine Landkarten entwirft, mißt, die Konturen und die Koordinaten überprüft. Für ihn ist alles greifbar. Wenn Arachne von einer Reise zurückkommt, braucht sie ihm nicht zu sagen, wo sie gewesen ist, er kann es von ihrem Körper, ihrem Gesichtsausdruck ablesen. Er wartet auf sie. Die blauen Wände engen ihn nicht ein, sie sind so gut wie der Himmel. Und er liebt sie. Wenn Arachne aufwacht, sieht er sie an, und seine Hand streicht wie in einer segnenden Geste über ihr Gesicht.

Ihr Körper wartet auf ihn. Darüber gibt es keinen Zweifel. Er braucht nur die Hände auf sie zu legen, und sie schwebt schon. Arachne sagt ihm, er könne genausogut nur aus einem Paar Händen bestehen, so gut kann er damit umgehen. Er zeichnet ihren Körper mit derselben umständlichen Detailfreude nach, mit der er sich auch der Geographie widmet. Seine Hände und Dunkelheit, und der Körper deren selbstverständlichste Verbindung.

Der Winter veranlaßt die streunenden Katzen in Sunnyside zu jaulen. «Horch», sagt Arachne, «horch.»

Unter dem Fenster ein endloser, brüllender Schrei, der mit sich selbst Stimme hält.

Thomas, der unter Arachne liegt, hält inne und wendet den Kopf.

«Was glaubst du, das sie wohl machen?»

«Uns nachahmen.»

Wenn das stimmt, dann ist es ein Requiem, das keine geringe Befriedigung verschafft.

Arachne beendet ihre Route zwei Wochen vor Weihnachten. Im Januar wird sie damit beginnen, Aufträge für die Frühjahrskollektion, die Zeit für die geblümten Tangas, zu sammeln. Sie schläft zwei Tage aus reiner Erschöpfung und sagt neuerlich zu Thena: «Mein Gott, bin ich froh, daß es vorbei ist. Die Geschäftsinhaber waren gemein, sie erwarten, daß das Zeug innerhalb von zwei Tagen geliefert wird. Und im September wollen sie nicht genug bestellen, sie sind zu verdammt vorsichtig. Erst wenn ihnen langsam der Vorrat ausgeht, müssen sie unbedingt eine Großlieferung schwarzer Spitzenhöschen für Weihnachtseinkäufe in letzter Minute haben. Noch so eine Saison wie die halte ich nicht aus.»

«Du liebst es», entgegnet Thena darauf, «Männern die Instrumente zur Unterdrückung der Frauen zu verkaufen.»

«Was? Ist denn Unterwäsche ein Mittel zur Unterdrückung?»

«Nun, du trägst keine. Ich glaube, ich werde auch damit aufhören. Wenn die Revolution kommt, werden wir alle schwarzen Schlüpfer an die Wand stellen und sie erschießen.» Sie kichert; sie trinken Rum und Eierflip.

Arachne droht mit dem Finger. «Das ist ganz entschieden ein gewaltsames Bild. So etwas werde ich nicht tun.»

«Weihnachten macht mich gewalttätig. Was soll ich den kleinen Monstern schenken, das nicht sämtliche Perversitäten, die sie schon kennen, unterstützt?»

«Bücher», schlägt Arachne vor. «Komm, gehen wir einkaufen. Ich möchte Thomas ein Buch über Landkarten kaufen, und ich weiß nicht, welches ich nehmen soll. Du kannst mir helfen, eines zu finden.»

Also nehmen sie den Mercedes und landen in der Siebzehnten Straße, wo sie Doughnuts kaufen. «Unten an der Ecke ist eine Buchhandlung», sagt Thena. «Probieren wir es einmal dort.»

Durch die Glasvitrinen scheint der Laden überfüllt, aber sie stoßen die Tür auf. Eine lautlose, sich drängende Menge steht da und hört einem Mann zu, der aus einem Buch liest.

«O nein», stöhnt Arachne, «nicht schon wieder. Das ist das letzte Mal passiert, als ich in die Nähe von Büchern gekommen bin.»

«Warte», zischt Thena, «ist das nicht dieser berühmte Dichter, der all diese schmutzigen Gedichte über Frauen schreibt?»

«Ist mir egal», sagt Arachne. «Komm, gehen wir.»

Aber Thena hat sich schon einen Weg zwischen aufmerksamen Rücken hindurch gebahnt, und Arachne kann nur leise «Scheiße» hervorstoßen. Sie lehnt sich gegen einen niedrigen Tisch mit Büchern, von wo aus sie aus dem Fenster schauen kann, während sie wartet. Der Dichter liest tatsächlich Gedichte. Seine Stimme hebt sich zu Leidenschaft und Verzweiflung empor, sinkt zu Schwermut und Zynismus herab. Arachne schielt zu den einkaufenden Menschen, die auf dem Bürgersteig vorbeigehen, den Hals im Mantelkragen versteckt, mit feindseligem Atem. Sie zupft herum, sie stochert in den Ohren, sie blättert in einem Buch über Oldtimer und ist beinahe soweit, Thena stehenzulassen, als die Stimme des Dichters innehält, und das stehende Publikum applaudiert. Sie findet Thena mit einem Glas Wein in der einen und einer auf einen Zahnstocher aufgespießten Auster in der anderen Hand. «Komm, gehen wir.»

«Noch nicht. Wir sind gerade rechtzeitig aufgetaucht. Nimm dir Wein.»

«Was soll der Wein?»

«Oh, sie lancieren den neuen Gedichtband dieses Knaben. Muß mit Wein begossen werden.»

Arachne holt sich ein großzügig gefülltes Glas und ein Stück Käse. Der Dichter signiert sein Buch für die Leute, wirft die Haare zurück und mit witzigen Bemerkungen um sich, während er seinen Namen auf das Deckblatt kritzelt. Man nähert sich ihm mit Schüchternheit, hauptsächlich Frauen, die ihn fragen: «Würde es Ihnen etwas ausmachen, wenn Sie mir nur sagen . . .»

«Es sollte ihm nichts ausmachen», meint Arachne zu Thena. «Die kaufen alle sein Buch.»

«Darum geht es auch.» Sie kichert. «Er war genauso schlecht, wie ich es mir vorgestellt habe.»

«Wie das?»

«Hast du es nicht gehört? Frauen sind nichts als –»

«Faune, Engel, Gold, Wasserfälle, Reiskörner, Vögel, Fenster, Tagträume, Trompeten, Juwelen, Messer, Höhlen, Festungen, Brücken, Akkordeons, Kekse, Kreide, Zähne, Dosenöffner, Grashüpfer, Sanduhren, Idole, Brot, Lagunen, Magneten, Blitze, Wiesen, Berge, Motorräder, Orakel, Dummköpfe, Lieder, Regenschirme, Bände, Bücher, sie sind die vorletzte Muse.» Dem Dichter ist die Luft ausgegangen. «Wie haben Ihnen meine Gedichte gefallen?» fragt er Arachne.

«Ich habe nichts gehört.»

«Uff», sagt Thena. «Das ist typisch. Die Welt aus der Sicht der Männer.»

Er grinst Arachne an. «Glauben Sie das auch?»

Sie zuckt die Achseln, nimmt einen Schluck Wein.

«Frauen sind *Musen*. Unser ganzes Leben verbringen wir mit dem Versuch, sie zu verstehen, zu preisen, zu fangen, zu verehren, zu gewinnen, zu überwältigen, zu lieben –»

«Zu zerstören.» Thena läßt sich nicht dadurch beirren, daß die Aufmerksamkeit des Dichters Arachne gilt. «Sie bilden da keine Ausnahme.»

«Und ihnen gefällt es», sagt der Dichter.

«Uff. Das denken Sie, das möchten Sie glauben.»

«Was denken Sie?» fragt er Arachne abermals.

Sie zuckt die Achseln. «Nichts.»

«Raki», sagt Thena. «Du weißt, was passiert. Huh. Entweder schaukeln wir sie auf unserem Schoß oder machen die Welt zu einem heiligen Ort oder hüllen uns in schwarze Unterwäsche –» hier stößt sie Arachne mit dem Ellbogen an – «um sie zu erregen. Das ist doch alles ein Nonsens, von wegen Musen.»

Der Dichter wirft den Kopf zurück und lacht. Er hat schöne Zähne, er ist stolz auf sie, es ist die Eitelkeit auf seine Zähne, die ihn davon abhält, Pfeife zu rauchen. «Ich verstehe. Sie sind der ehrliche Mann, und sie ist der Scharfrichter. Da, nehmen Sie ein Exemplar meines Buches. Sie können meine Gedichte als Beispiele verwenden.» Er kritzelt seinen Namen hinein und hält ihnen das Buch entgegen; weder Thena noch Arachne greifen danach, und so wirft er es schließlich Thena zu. «Sie werden eine Menge Nützliches darin finden, also nehmen Sie es. Viel Spaß.»

Er geht davon, und Arachne sagt: «Du hast eine Eroberung gemacht.»

«Nicht ich, *du*, mit deiner absichtlichen Weigerung, zuzuhören. Er liebt Frauen, um die man hart kämpfen muß.»

Der Dichter kommt mit einer Flasche zurück. «Darf ich?»

Thena hält ihm das Glas entgegen. «Natürlich. Die Konversation wird dadurch leichter runterfließen.»

Arachne lacht und gesellt sich zu ihr. «Warum nicht? Ich hätte nicht gedacht, daß Trinken etwas mit Büchern zu tun hat.»

«O doch, das tut es», erwidert der Dichter ernst, «sogar sehr viel. Wo wären wir ohne die Traube, die uns inspiriert? Sind Sie Dichterin?»

«Ich? Nein, ich bin Vertreterin.»

«Damenwäscheverkäuferin», sagt Thena bösartig.

«Das haben Sie gerade erfunden.»

«O nein.»

«Und Sie?»

«Ich bin die Hausfrau par excellence. Aus der Oberschicht, neurotisch, valiumabhängig, geschieden, an zwei rotzige Kinder gebunden und verdammt wütend. Und es ist alles *Ihr* Fehler.»

«Ich habe nichts getan.»

«Das sagen sie alle. Wenn die Revolution kommt, wird jeder Mann, der vor Gericht steht, sagen: ‹Ich? Ich habe nichts getan. Ich bin ein netter Junge.›»

«Und Sie werden Madame Defarge sein, die mit ihren Stricknadeln und ihrer schwarzen Wolle alles festhält.»

«Richtig. Runter mit seinem Kopf.»

«Wer ist Madame Defarge?» fragt Arachne.

«O Unschuld. Sie sollten Ihrer Freundin da aus dem Weg gehen, sie wird Sie verderben.»

«Ich hab es schon versucht», sagt Thena düster. «Es klappt nicht.»

«Sie ist nicht kooperativ.»

Alle drei leeren ihre Gläser, und Thena meint: «Okay, Raki, gehen wir. Ich muß mir eine Uhr kaufen. Alle meine Uhren sind stehengeblieben.»

«Ich bin einige Tage in der Stadt», sagt der Dichter. «Kann ich Sie zum Essen einladen?»

Thena blickt ihn ungläubig an. «Nicht um alles in der Welt.»

Er sieht Arachne an. «Was ist mit Ihnen?»

Arachne schüttelt den Kopf. «Ich versteh nichts vom Dichten.»

«Das macht mir nichts.»

«Aber ihr», sagt Thena und nimmt Arachnes Arm. «Komm schon, Arachne, laß uns von hier verschwinden, bevor er wirklich seinen Charme aktiviert. Danke für das Buch. Wir sehen uns bei der Guillotine.»

Mit Monolog

Womit die Sache beendet sein sollte. Abgesehen davon, daß Arachne ihn am nächsten Tag, nachdem sie Thomas zur Arbeit gebracht hat und die Straße hinunterfährt, gegen den stürmischen Wind ankämpfen sieht – er vollführt mit den Armen weitausholende Bewegungen, und seine Zähne sind so regelmäßig und perfekt wie am Tag zuvor. Ein heulender Blizzard fegt zwischen den Hochhäusern der Innenstadt entlang, der Schnee fällt in trügerischen Wellen, wie weißer Schaum, und die Temperatur beträgt zehn Grad unter Null. Sie bleibt stehen und beugt sich hinüber, um die Tür zum Beifahrersitz zu öffnen. Der Dichter späht verwirrt in das Wageninnere.

«Oh, Sie sind es.»

«Steigen Sie ein. Wußten Sie nicht, daß Sie da draußen erfrieren können?»

Er schüttelt nassen Schnee über den Sitz.

«Wohin wollten Sie?»

«Ich versuche, ein anständiges Frühstück zu finden. Hotels bieten ein schreckliches Essen an. Ich versuche, das Flair Calgarys einzufangen.»

«Aber Sie können nicht einmal etwas sehen.»

«Könnte Teil des Flairs sein.»

«Brr. Nur Verrückte gehen bei solchem Wetter raus.»

«Verrückte und Dichter. Haben Sie schon gefrühstückt?»

«So viel wie gewöhnlich. Mögen Sie Omelettes?»

«Wenn es gute Omelettes sind.»

Arachne wendet den Wagen und fährt nach Eau Claire hinunter. «Okay, da ist es.»

«Das ist ein Holzlagerplatz.»

«Die machen hier großartige Omelettes.»

Arachne ist hauptsächlich am Essen interessiert, obwohl der Dichter eine Kuriosität ist, ein weiterer Typ in ihrer Sammlung. Sie zollt seinem Monolog, seiner Analyse des Restaurants kaum Aufmerksamkeit: das Essen, die Lesung gestern abend, die Buchhandlung, die Leute, mit denen er getrunken hat, die Kritiken, die sein Buch bekommen hat, die Interviews, die er gestern gegeben hat. Er ist ein Egoist; er beobachtet Arachne, aber er möchte nichts über sie wissen. In zerstreuter Unfehlbarkeit schlingt er seine Omelettes hinunter, ohne auf deren Geschmack oder Schönheit zu achten. Arachne glaubt nicht, daß sie seine Mißachtung verdient. Sie genießt ihre Omelettes und beobachtet den Dichter aus der Distanz, als ob er ein Orchester sei, das man zur Untermalung einer Mahlzeit engagiert hat. Er legt sich voll ins Zeug, das kann sie sagen. Wofür? Sie wird nicht applaudieren, zitternd darauf warten, daß er sie in sein Gespräch einbezieht. Dichter sind nicht ihr Typ, sie ist sicher, daß sie immer nach Frauen Ausschau halten, die sie in ihren Gedichten verwerten können. Nicht, daß sie Gedichte liest. Wer tut das schon? Ihre Augen sind unergründlich, aber insgeheim findet sie ihn amüsant, er zieht alle Register seines Könnens.

Sie kann sagen, daß er als Liebhaber unausgeglichen und sprunghaft sein würde, daß er auf dem Körper einer Frau von Punkt zu

Punkt hüpfen würde, wie eines dieser Spielautomatenbilder, hastig und ungleichmäßig, daß sein Drängen nur vom Nachlassen seines Ruhmes motiviert wird, von der Tatsache, daß er in der neuesten Anthologie nicht erscheint. Arachne kümmert sich nicht um Ruhm und Anthologien. Sie ißt ihre Omelettes und trinkt ihren Kaffee und muß sogar ein Gähnen unterdrücken.

Als er unter dem Tisch seine Hand auf ihr Knie legt, gähnt sie tatsächlich, obwohl sie höflich genug ist, sich von ihm abzuwenden.

«Gehen wir in mein Hotel zurück. Ich bin verrückt danach, dich zu ficken.»

«Ich fahre Sie sowieso zu Ihrem Hotel zurück.» Arachne zieht den Mantel an und versucht währenddessen zu entscheiden, ob er die Mühe lohnt. Wenn ihre Vermutung richtig ist, wird seine Technik seinen Egoismus kaum wettmachen können, aber sie fragt sich, ob er überhaupt lange genug aufhören kann, von sich zu reden, um auch nur irgend etwas zu verführen. Sie setzt ihn mit mütterlicher Fürsorge, die seinen Monolog nicht unterbricht, in den Wagen. Er redet sogar weiter, obwohl sie im Freien steht und die Windschutzscheibe abkratzt, Schnee von der Motorhaube fegt. Vielleicht versucht er, sich selbst Mut zuzusprechen.

Aber als sie vor dem Eingang zum Hotel stehenbleibt, faßt er sie um die Hüften. «Komm schon, ehrlicher Mann. Bist du nicht neugierig, ob deine Scharfrichterfreundin recht hat? Du wirst das Vergnügen haben, ihr alles berichten zu können.»

Arachne fährt mit den Fingern über das Lenkrad, nickt. «Das werde ich.»

Ein Portier im Pelzmantel klopft an die Scheibe. Sie kurbelt das Fenster hinunter. «Haben Sie etwas dagegen, wenn ich den Wagen für ein paar Minuten hier stehenlasse?»

«Keinesfalls, Ma'am. Lassen Sie nur die Schlüssel da, falls ich ihn wegfahren muß.»

«Ein paar Minuten», sagt der Dichter, als sie durch die Eingangshalle zu den Fahrstühlen gehen. «Was glaubst du, daß ich bin, ein Drei-Minuten-Wunder?»

Arachne zuckt die Achseln. «Ich weiß nicht, oder?» Er ist der langweiligste Mann, den sie jemals getroffen hat, und dennoch ist sie neugierig. Wie macht ein Mann wie er Liebe mit einer Frau? Mit fest geschlossenen Augen? Nun spricht er darüber, was für ein

Glück sie habe, ob sie wisse, wie viele Frauen ihm nachliefen, alles darum geben würden, mit ihm ins Bett zu gehen?

Arachne sagt nein, das wisse sie nicht, und sie steigen aus dem Lift.

Sein Zimmer ist nicht aufgeräumt worden; die Laken und Decken ballen sich in der Mitte der Matratze zusammen, als ob er schlecht geschlafen hätte. Auf dem Nachttisch liegt ein Exemplar seines Buches – er liest sich selbst, bevor er schlafen geht. Das könnte der Grund für eine schlechte Nacht sein, denkt Arachne unbarmherzig. Ein Pyjama liegt schlaff quer über dem Bett. Sie dreht sich mit einem Grinsen zu ihm.

«Sie tragen Pyjamas?»

«Warum nicht?» verteidigt er sich. «Sie sind warm, ich schlafe besser.»

Er packt sie. Es ist kein Ausfall, sondern ein entschlossenes Zupacken, als ob er nie mehr eine Chance hätte, wenn es ihm jetzt nicht gelänge, Hand an sie zu legen. Sie hat noch immer den Mantel an, seine Arme umklammern sie, er saugt hartnäckig an ihren Lippen. Arachne möchte lachen. Sie hat zahllose Männer gehabt, aber keiner war der Pubertät so nahe wie er. Sie stößt ihn sanft von sich und zieht den Mantel aus. Auf den Fußballen auf und ab wiegend, beobachtet er sie mit listiger Intelligenz, versucht zu entscheiden, wie er sich als nächstes auf sie stürzen soll.

Ein Schlüssel dreht sich im Schlüsselloch. Das Gesicht des indianischen Zimmermädchens ist dunkel und unerwünscht. Beim Bettenmachen legt sie Rasierklingen zwischen die Laken und verteilt vergiftete Seife. Während die Hotelgäste ausgegangen sind, probiert sie Schmuck, Parfüm und Kleider aus, schreitet vor den mannshohen Spiegeln auf und ab. «Oh, Entschuldigung.»

«Komm später wieder», sagt der Dichter.

Das Zimmermädchen schlägt die Tür zu.

«Sie ist eher Ihr Typ.»

«Du bist undurchschaubar.»

«Was ist das?»

«Was ist das, fragt sie.» Er dreht sich zum Fernseher. «Hast du jemals eine Frau gesehen, die vorgibt, so wenig zu wissen? Ich nehme an, du wirst gleich sagen, du weißt nicht, warum ich dich hier heraufgebeten habe.»

«Oh», entgegnet Arachne, während sie auf dem Bett sitzt und ihre

Stiefel aufschnürt, «ich hab eine ziemlich gute Vorstellung davon.» Sie knöpft die Bluse auf, steht auf, um den Reißverschluß ihrer Jeans zu öffnen, und streift sie ab.

Thena sagt immer, daß die Männer, könnten sie sich vorstellen, wie wir sie dabei beobachten, wenn sie mit uns schlafen, es sich zweimal überlegen würden, bevor sie es tun. Sie empfindet bitteres Vergnügen an ihrer lächerlichen Verwundbarkeit. «Die mit einem Ständer haben Macht», sagt sie, «aber einen Ständer zu haben, bedeutet nicht unbedingt, mächtig zu sein. Auf jeden Fall sehen sie blöd aus.»

«Ach, ich bitte dich», sagt Arachne.

«Halt manchmal die Augen offen. Du siehst genug, um ein paar Minuten zu streichen.»

Arachne ist nie so distanziert gewesen, daß sie neben sich stehen und beobachten konnte, aber mit diesem Dichter macht sie plötzlich genau das – es ist eine merkwürdige Position, in der sie über sich und ihm schwebt und den Hals ausstreckt, um jede Nuance ihrer Bewegungen zu erhaschen. Der Ausdruck auf ihrem Gesicht ist drollig, nicht angewidert oder verächtlich, sondern spöttisch, mit gehobenen Augenbrauen. Arachne kostet es Mühe, das Lachen zu verkneifen, sie muß sich auf die Lippen beißen und die Augen schließen, so tun, als ob ihr Lächeln ein Lächeln der Lust sei. Ihr Körper reagiert so gut wie immer, er läßt sich nicht unterdrücken, aber ihr Verstand sperrt sich dagegen, sich zu entspannen, besteht darauf, jedes Zucken und jeden Seufzer zu registrieren. Der arme Dichter, muß sie immer wieder denken, sogar als sie die Beine um ihn geschlungen hat. Als er die Übung beendet, streicht sie ihm über den Rücken. «Das war süß», sagt sie, dreht sich um und schläft ein.

Ein Gelegenheitsgedicht

Als sie aufwacht, ist das Zimmer nach dem Schneesturm mit Sonnenlicht übergossen. Es ist ruhig, nur ein Bleistift fährt kratzend über Papier. Er hört also zu reden auf, wenn er schreibt, denkt sie. Sie unterdrückt ein Gähnen. Besser stillhalten. In dem Augenblick, in dem er weiß, daß sie wach ist, wird er wieder zu reden beginnen. Sie bleibt ruhig liegen, genießt die Ruhe ihres Körpers und das laue

Licht, tut dann so, als ob sie gerade erwacht wäre, streckt sich, gähnt, setzt sich auf. Sie schwingt die Beine auf den Boden und greift nach ihren Socken.

«Du bist wach.» Er kommt auf das Bett zu, beide Hände hinter dem Rücken. «Weißt du, was ich gemacht habe?»

Arachne zieht die Jeans hoch. «Hmm?»

«Ich habe ein Gedicht geschrieben. Ich habe ein Gedicht für dich geschrieben.» Er hält ihr ein Blatt Papier entgegen, aber Arachne zieht zuerst die Bluse über die Schultern, bevor sie danach greift. Sie betrachtet das Blatt, dreht es um.

«Lies es.»

Sie stellt es auf den Kopf, verrenkt sich den Hals. «Wo fängt es an?»

Er schnappt sich das Blatt, hält es mit ausgestreckten Händen vor sich und setzt den richtigen Gesichtsausdruck auf, bevor er zu lesen beginnt.

Das Küssen einer Rose

Dann sagte ich, wir werden das immer
als Erinnerung haben. Und du sagtest,
der Gedanke ist ein größeres Vergnügen
als jede Erinnerung.

Du hast deinen Mund zum Reden, deine Münder
zum Küssen.

Ein Kuß ist kein sanftes Reiben von Gesicht zu Gesicht,
keine brennende Haut.
Der Inbegriff eines Kusses ist das Eindringen
zu dieser Rose unter der Haut.

Wo wir uns küssen, gibt es keine Haut
und keine Erinnerung.

Arachne schließt den letzten Knopf ihrer Bluse und stopft sie in die Hose. «Was heißt das?» Sie blickt in sein aufgelöstes, ruhiges Gesicht. Er steht da mit einem flüchtigen, beinahe zärtlichen Lächeln, und sie mag ihn plötzlich, mag sein Gesicht. Sie streckt die Hand aus. «Kann ich es behalten?»

Er faltet das Blatt in der Mitte zusammen und gibt es ihr, ohne ein

Wort zu sagen. So daß sie ihn leidenschaftlich küßt, bevor sie ihn verläßt, seinen bebenden Wunsch, Wörter zu formulieren, in beiden Händen hält und dann schnell geht.

Draußen vor der Tür lümmelt das Zimmermädchen rauchend am Rollwagen.

«Alles erledigt?»

Arachne lächelt fröhlich und tippt sich mit dem Finger an die Stirn, bevor sie mit ihren Stiefeln über den Teppichboden der Eingangshalle trampelt. Obwohl sie dem Portier fünf Dollar Trinkgeld geben muß, fühlt sie sich herrlich.

Sie erzählt Thena nichts von dem Dichter, aber sie hebt das Gedicht im Handschuhfach des Wagens auf.

Aus der Distanz

Arachnes konsequenteste Eigenschaft ist immer ihre Untreue gewesen. Thomas weiß das, macht ihr aber keine Vorwürfe. Er beobachtet sie und wartet, weil er weiß, daß es die Angst vor der Liebe ist, die an den Wurzeln ihres Schlafes nagt. Er ist mehr als ihr Wohltäter, er ist ihr Felsen in der Brandung. Im Leben betrügt sie ihn Hunderte Male, in Gedanken nie. Wenn Arachne aufwacht, schaut er sie an, und seine Hand streicht über ihr Gesicht. In solchen Augenblicken haßt sie ihr undiszipliniertes Gewissen, denkt daran, den Job bei Ladies' aufzugeben und sich für immer in Sunnyside niederzulassen. Sie lächelt ihn an und denkt darüber nach, aber sie hört nicht auf zu reisen, folgt noch immer Straßen, die so endlos sind wie der Horizont. Dieser Frühling ist für Ladies' sehr ertragreich; es gibt verschiedene neue Kollektionen. Sogar Arachne gefallen sie, sie findet, daß es anständige Schlüpfer sind, mit angenehmen Farben und Nähten, die nicht mehr aus diesem schrecklichen Kunststoffzeug bestehen, das einem Löcher in die Haut bohrt. Sie sind aus einem neuen Material hergestellt, das seidiger ist als Nylon, eine Baumwollmischung, sie fühlen sich leicht und verführerisch an. Und die Farben – Lila, Perlmutt, Apricot, Champagner und Tabak – quellen über von Romantik. Es gibt nur einen mit einem Slogan bedruckten Schlüpfer: «Eine Frau ohne Mann ist wie ein Fisch ohne Fahrrad.»

Arachne gibt Thena das erste Muster, aber die schnaubt und stellt fest: «Hätte nie gedacht, daß Unterwäschefabrikanten sensibel würden.» Als ob der Slogan die Designer inspiriert hätte, gibt es einen Tanga, der mit altmodischen Fahrrädern bedruckt ist, zwischen seltsamen Blumen, Einhörnern, Eulen, Elfen und Kröten. Arachne denkt, daß die Muster eher für Kinder als für erwachsene Frauen geeignet sind. Dennoch stellt es eine Verbesserung dar. Ladies' hat etliche Frauen in die Geschäftsleitung aufgenommen.

Und in diesem Jahr fährt Arachne zu der im Frühling stattfindenden Verkaufstagung. Gewöhnlich nimmt sie daran nicht teil, obwohl es eine kostenlose Fahrt nach Winnipeg bedeutet. Die Verkaufstagungen von Ladies' Comfort sind dazu bestimmt, daß sich die Angestellten als Teil einer großen Familie fühlen, ein Gefühl, das auf Arachne keinen Eindruck mehr macht. Sie vermeidet die Gruppenausflüge zur St. Bonifaz-Kathedrale, zum Grab von Louis Riel, zum Lake Winnipeg, nach Portage und Main. Ihre Vertreterkollegen sind so, wie man sich Verkäufer von Unterwäsche vorstellt – nicht roh, aber grob. Männer mittleren Alters, die wie Handlungsreisende aussehen, die die Schlüpfer von Ladies' Comfort gemeinsam mit anderen verkaufsträchtigen Artikeln mit sich herumschleppen: Klebebändern und Süßigkeiten. Weil sie sich nicht der Unterwäsche verschrieben haben, verkaufen sie auch wenig. Ladies' versucht, einen Weg zu finden, um diesen reisenden Pfuschern das Handwerk zu legen, ist aber unendlich nachsichtig.

Es ist nicht leicht, Vertreter für Unterwäsche zu finden. Obwohl die Männer Witze reißen und listige Anspielungen machen, sind sie schüchtern und ein wenig verlegen. Unterwäsche zu verkaufen, hat einen Anflug von Lächerlichkeit. Sie machen es schnell, wollen es rasch hinter sich bringen, stecken sie zwischen die anderen Artikel, für die sie Aufträge sammeln.

Es ist daher kein Wunder, daß Arachne Ladies' erfolgreichste Verkaufsvertreterin ist. Sie hat ihr Leben der Unterwäsche gewidmet, mit einem Eifer, den Ladies' niemals zuvor hervorgerufen hat. Die Großhändler, die sich um die Großkaufhäuser in den Städten kümmern, übertreffen gewöhnlich die Einzelverkäufer. Sie sorgen für die größten Aufträge, riesige Daueraufträge, die Ladies' florieren lassen. Aber in diesem Jahr hat Arachne allein mehr verkauft als alle anderen. Das ist ein noch nie dagewesenes Ereignis, und Ladies' wird Arachne Manteia beim diesjährigen Bankett eine spezielle

Belohnung zukommen lassen: sie wird eine gravierte Plakette und einen Geldbonus bekommen.

Arachne hat den ganzen Winter über mit einer demonstrativen Entschlossenheit verkauft, an die sie selbst nicht gewöhnt ist. Sie hat ihre Region und die Bezirke darüber hinaus abgedeckt, ist durch verlassene Städte gefahren, um Aufträge zu sammeln, die noch etliche Jahre nachwirken werden – eine Fülle von Schlüpfern, die von den Regalen quellen. Die Geschäftsinhaber und Geschäftsführer wissen nicht genau, warum sie zwölf Dutzend Tangas mit Punktmuster bestellt haben. Es muß ein Irrtum gewesen sein, keiner will die Schuld auf sich nehmen. Aber wenn sie Inventur machen, wenn sie nach hinten gehen und die Bücher prüfen, finden sie die mit eigener Hand unterschriebene Bestellung, unter den ordentlichen Listen Arachne Manteias. Also geben sie ihr die Schuld, sie ist eine Hexe, und Jahre danach kann niemand etwas verkaufen, keinen einzigen Schlüpfer.

Die Nachfrage ist tot.

Arachne nimmt dafür nicht die Hauptlast auf sich. Konfrontiert mit ihrer eigenen Leistung stellt sie fest, daß sie den Markt gesättigt hat, und nach dem Bankett bittet sie um eine neue Region.

In Winnipeg wohnt Arachne im *Fort Garry Hotel*, wo die Verkaufstagung immer abgehalten wird, und während alle anderen den hochwasserführenden Red River besichtigen fahren, erforscht sie Winnipeg auf eigene Faust. Sie erledigt einige Einkäufe, findet eine schöne alte Landkarte für Thomas, kehrt auf ein Bier ein. Sie fühlt sich abenteuerlustig. Sie hat beinahe vergessen, wie es ist, allein zu sein, den tiefen Atem der Freiheit zu spüren. Sie stöbert durch einen Sexshop, gibt einem hustenden Indianer einen Fünfdollarschein, besucht den Flohmarkt einer Frauenhilfsorganisation (wo sie ein Dutzend Brownies kauft) und besucht einen Gebrauchtwagenhändler.

Sie kauft einen Kaffee, der nach Plastik schmeckt, und setzt sich auf eine Parkbank neben dem schmutzigen, angeschwollenen Fluß. Während sie zusieht, wie das Wasser vorbeifließt, überlegt sie, was aus ihr geworden ist. Arachne Manteia, die ein festes Verhältnis mit einem angesehenen Mann hat, hat ihr altes Ich verloren. Sie hat die Anführerin der Schwarzen Witwen in eine Besenkammer gesperrt, die Tankstellenkassiererin der Vergangenheit anheimgegeben, die Zeitungsroute in die Kindheit verbannt, die Busfahrerin zu einem Erfahrungswert degradiert. Sie ist überhaupt nicht Raki, sondern eine gefesselte, etikettierte Kreation einer Welt, in die sie nicht gehört.

Sie sollte also dankbar sein, als sich ein junger Mann in einem Regenmantel neben sie auf die Bank setzt.

«Sind Sie Arachne Manteia?»

Sie sieht ihn an. Kann sie nicht einmal mehr anonym bleiben? «Warum?» fragt sie angriffslustig.

«Es tut mir leid, lassen Sie es mich erklären. Jemand hat Sie mir gestern bei der Frühkonferenz gezeigt. Ich bin einer der Buchhalter, der ihre Bestellungen bearbeitet. John Dumont.» Er streckt die Hand aus.

Arachne starrt ihn einen Augenblick lang an. Dann bringt sie ihn mit Ladies' Comfort in Verbindung. «O ja. Was machen Sie hier?»

«Ich könnte Sie dasselbe fragen. Wollten Sie Gimli nicht sehen?»

«Nicht in einem Bus mit neunundvierzig anderen Vertretern.»

«Das ist ein Argument.» Er kichert schüchtern. Arachne Manteia ist für ihn zu einer fixen Idee geworden. Er überprüft alle ihre Bestellungen, versucht in ihnen, ihr Leben und eine Erklärung zu finden, umgibt sie mit einer Mystik, die eine gute Portion Romantik enthält. Man kann ihm das kaum übelnehmen, einem fleißigen jungen Mann, der seine Tage mit Zahlen verbringt, der für eine große Steuerberatungskanzlei arbeiten sollte, der aber dankbar ist, überhaupt einen Job zu haben. Es stimmt, daß Arachne einer aussterbenden Spezies angehört, sie ist eine Vertreterin, die das Reisen zu ihrem Leben gemacht hat; nicht wie die Neuen, die sechs oder sieben Stunden arbeiten und am Abend zu ihrem Haus in der Vorstadt und zu ihrer Frau zurückkehren wollen. Arachne reist leidenschaftlich gerne, verkauft mit der Hartnäckigkeit einer Bekehrten. Er war krank vor Sehnsucht, sie kennenzulernen, er hat begierig auf jede Verkaufskonferenz gewartet, aber das ist die erste, an der sie teilnimmt, obwohl sie schon vier Jahre bei Ladies' arbeitet. «Ich wollte schon immer mit Ihnen sprechen. Sie sind eine der besten Verkaufsvertreterinnen, die wir haben . . .» Er kommt ins Stottern.

Arachne sieht ihn düster an. «Danke», murmelt sie.

«Sie werden den Preis für das beste Verkaufsergebnis gewinnen», sprudelt er heraus. Das sollte eigentlich ein Geheimnis sein, aber er weiß nicht, was er sonst sagen soll.

«Ich? Ich mach doch nur kleine Städte.»

«Sie haben sie alle übertroffen.»

«Die Großhändler?»

«Ja.»

«Mein Gott, die Leute in den Städten müssen aufgegeben haben, Unterwäsche zu tragen», sinniert Arachne.

«Vielleicht sollten wir das alle.» Er versucht, einen Spaß zu machen, näher an sie heranzukommen, aber sie nimmt ihn wörtlich.

«Ja, vielleicht sollten wir das.» Und dann lacht sie. «Stellen Sie sich vor: Alte Damen und angesehene Hausfrauen ohne Unterwäsche. Kinder ohne Unterwäsche, junge Mädchen ohne Unterwäsche. Sie ist nicht wirklich nötig, aber jeder würde sich unbehaglich fühlen, man würde es ihnen im Gesicht ablesen können.»

Er lacht auch, und sie mögen einander. Arachne sagt ihm nicht, daß sie keine Unterwäsche mehr trägt, aber das ist einer der Gründe, warum sie lacht. Zumindest hat sie das, um ihr zynisches Gewissen zu beruhigen; so tief ist sie nicht gesunken, Slips anzuziehen oder einen BH zu tragen.

Er vermutet das ohnedies. Er stellt sich vor, wie sie unter diesem strengen Marinekleid aussieht, und er kann es kaum aushalten. Er wetzt hin und her und hofft, daß sie sein Unbehagen nicht bemerkt, dann steht er auf, bindet den Gürtel seines Regenmantels zu und fragt sie, ob sie zum Hotel zurückgeht.

Auf dem Weg erzählt er ihr Klatsch über Ladies' Comfort, über die Schwierigkeiten, die die Geschäftsführung hat, die neuen Designs, die geplanten Veränderungen. Er sagt ihr nicht, daß ihre Liste und ihr Mercedes eine Legende sind, oder daß sie eine Ausnahme ist, die einzige Vertreterin, deren Instandhaltungskosten für den Wagen zur Gänze getragen werden. Er erzählt ihr nur, daß sie manchmal von der Höhe der Reparaturrechnungen schockiert seien, daß die Geschäftsleitung sie aber immer genehmige.

«Pff», sagt Arachne. «Wenn sie es nicht täten, würde ich kündigen. Ich bin Tausende von Kilometern mit diesem Mercedes für sie gefahren.» Sie stellt fest, daß sie John Dumont mag. Er ist attraktiv, unkompliziert, ein perfekter Kandidat. Dennoch muß sie auf Ladies' Rücksicht nehmen. Sie fragt sich, ob er so viel Anstand hat, nicht mit ihr anzugeben.

Sie spielt zwei Tage lang mit ihm, küßt ihn sogar am zweiten Abend vor ihrem Zimmer. Arachne kommt zu dem Schluß, daß er vertrauenswürdig ist, daß sie sich seiner Neigung hingeben kann, ohne daß die ganze Firma kichert.

Sie analysieren Ladies' mit bösem und zügellosem Humor, verbringen die meiste Zeit der Tagung in Gesellschaft des jeweils anderen, unaufdringlich, aber voller Vorahnungen. Er weiß, daß sie seine Diskretion überprüft. Sie braucht sich keine Sorgen zu machen, er will sie für sich alleine, möchte die Vertrautheit mit ihrem Körper genießen, wenn er ihre Aufträge bearbeitet, möchte sich eine private Sicht bewahren, die ihm an nicht enden wollenden Tagen ein Trost sein soll, wenn die Zahlen vor seinen Augen zu tanzen beginnen und der Winter Manitobas um drei am Nachmittag schwarz hereinbricht.

Arachne hat den grünen Seidenanzug mitgenommen, in dem sie so glanzvoll gefährlich aussieht. Sie trägt ihn am Abend des Abschlußbanketts, läßt ihren Körper und ihre Bewegungen durch ihn sprechen, so daß die Männer im Saal Mühe haben zu atmen, wenn sie sie ansehen. Selbst der Präsident, ein angesehener grauhaariger Familienvater, streckt unwillkürlich die Hand aus, um sie zu berühren, hat Mühe, sie zurückzuziehen, muß sie mit Eßbarem vom Buffet füttern. Gelee, Mixed Pickles und Roastbeef, Salate, Soßen und kleine süße Kuchen, es ist ein typisches Buffet aus dem Westen, mit jeder Art von Fleisch und Horsd'œuvres: Roastbeef, Schinken, Schweinefleisch, Corned Beef, Kohlröllchen, Truthahn, Huhn und Lamm, alle geopfert für Ladies' Comfort. Es gibt Wein, süßen Wein und trockenen Wein, Rotwein und Weißwein, Dessertwein, Sherry, und die Bar ist zwei Stunden im voraus geöffnet, bietet Whiskey und Gin, Wodka und Scotch, sogar Rum an.

«Was wollen Sie?» fragt der Barkeeper dröhnend die kahlköpfigen und graumelierten, fettleibigen und unter Verstopfung leidenden, dünnen und magenkranken Vertreter. «Was wollen Sie?»

Arachne beugt sich über die Bar und sagt sanft: «Sodawasser.»

Er mustert sie, die Brustwarze, die sich unter der grünen Seide abhebt, die Rundung der Brüste, der Schultern, die Taille. «Richtig», sagt er, während er ihr zublinzelt und die Sodaflasche betätigt. «Empfindsame junge Dame. Möchte nicht auch in dieser Menge davongetragen werden.» Aber als sie ihm das Glas aus der Hand nimmt, ist es ihm unmöglich zu widerstehen. «Ich bin um zwölf fertig.»

Sie lächelt und wendet sich ab. Um zwölf werden sie alle in betrunkener Hingabe Lieder singen, zu den Klängen des Streichorchesters Walzer tanzen, sich auf den Toiletten übergeben. Um zwölf will Arachne schon längst in den Federn liegen.

Sie wird belagert, bis der führende Prediger Winnipegs, der der Schwiegersohn des Vizepräsidenten ist, aufsteht, um ein langes und inbrünstiges Tischgebet zu sprechen. Dann gibt es einen Sturm auf das Buffet. Die Männer umringen sie, rempeln sie an, sie atmen ihr ins Gesicht, machen Scherze, ziehen Gesichter, alles in dem Bestreben, ihre Aufmerksamkeit zu erringen. Es ist der Präsident, der sie rettet, die anderen zum Zurückweichen veranlaßt, obwohl sie noch immer nicht die Augen abwenden können und sich die Teller anhäufen, ohne auf das Essen zu achten, das von der Gabel fällt. Der Präsident selbst fährt ihr mit einer Hand über den nackten Rücken, preßt ein Bein im Nadelstreif gegen Arachnes grünen Schenkel. Er muß seinen Teller mit beiden Händen umklammern, um ans andere Ende der Tafel zu gelangen. Dort stellt er fest, daß er sich kaum etwas zu essen genommen hat und daß Arachne davongeschlüpft, zu ihrem Platz an der Seite John Dumonts zurückgekehrt ist.

Nachdem alle fast bis zum Erbrechen gegessen und getrunken haben, steht der Präsident auf und beginnt mit dem jährlichen Ritual, das dem Dinner folgt: ehrenvolle Erwähnungen, Pensionierungen und Beförderungen, und – endlich! – der Preis für die besten Verkaufsergebnisse. Jeder ist daran gewöhnt, daß einer der Großhändler gewinnt, und als Arachnes Name aufgerufen wird, bricht daher ein Höllenspektakel los. Man trampelt mit den Füßen und knallt die Gläser auf den Tisch, man pfeift und schreit: «Eine Rede! Eine Rede!»

Arachne preßt die Messingplatte und den Umschlag mit dem Bonusscheck gegen die Brust aus grüner Seide und bückt sich zum Mikrophon nach vorne, so daß die versammelte Zuhörerschaft eine weiße Brust aufblitzen sieht. «Ich danke Ihnen, und mein Mercedes dankt Ihnen. Wenn es die Mitternachts-Kollektion nicht gäbe, hätte ich das nicht bekommen. Ladies' Comfort lebe hoch!» Das Publikum bricht in Freudenrufe, Gelächter aus, schreit: «Mehr, mehr!» «Zieht sie aus!»

Die Lust macht sie schwindlig, ihre eigene Wichtigkeit als Verkaufsvertreterin für Ladies' Comfort, und als der Präsident aufsteht, um seine Schlußworte zu sprechen, anzukündigen, daß die Bar geöffnet sei und das Orchester spielen werde, sind sie noch immer trunken von diesem einen Aufblitzen von Arachnes Brust.

«Wir wollen Arachne, wir wollen Arachne, wir wollen Arachne, mehr, mehr, mehr.»

Die Lichter an der Decke beginnen zu schwanken, der Boden beginnt sich zu biegen, und ein fetter rothaariger Vertreter aus Charlottetown brüllt: «Versohlt ihn!» Die Delegierten aus Quebec, die immer zusammensitzen und der Meinung sind, die Geschäftsführung von Ladies' gehöre nach Montreal, nehmen diese Gelegenheit zu zivilem Ungehorsam wahr und schreien: *«Merde, Merde.»* Und die Brötchen (steinhart und von einer Tagung in der vorigen Woche übriggeblieben) beginnen zu fliegen, zusammen mit ein paar Gabeln und Gläsern, ein paar zusammengeknüllten Servietten. Die Herren vom Tisch der Geschäftsleitung ziehen sich zurück, und irgendein Spaßvogel, der Musterschlüpfer mitgebracht hat, beginnt damit herumzuwerfen, so daß die Luft von Rosa und Hellgelb und Türkis schwirrt – Blumen, die auf die runden Tische und die Delegierten hinunterschweben. Arachne und John eilen zur Tür, Arachne preßt ihre Plakette und die Handtasche an sich, in die sich der weiße Umschlag mit dem Scheck schmiegt, in die sich auch der Schlüssel zu ihrem Hotelzimmer schmiegt. Als sie hinter der Tür in Sicherheit sind, stürzen sie einander in die Arme, verrückt von drei Tagen aufgestauter Lust. Arachne schält sich aus der grünen Seide, während John an seiner Krawatte zerrt, mit Schuhbändern, Knöpfen, Reißverschlüssen herumfummelt. Arachne steht nackt da und sieht ihm zu. «Warum tragen Männer solche umständlichen Kleidungsstücke?»

«Du», er packt sie, hat noch immer die Unterhose und seine Socken an, «solltest dich schämen. Du trägst keine Unterwäsche.»

«Ich lehne es ab», erwidert sie, während sie ihm die himmelblaue Unterhose die Beine hinunterstreift. «Ich lehne es ab.»

«Es ist ein Prinzip, hm?»

«Stimmt.» Sie schlingt beide Beine um ihn.

Sie haben die Socken vergessen.

Was bedeutet es, mit einem Fremden zu schlafen? Wenn die Umstände klar sind und man nicht nach Konsequenzen fragen muß, ist es Liebe, ist es ein echtes Gefühl? Es hat etwas Ehrliches und Direktes an sich, um seiner selbst willen zu ficken und nicht aus anderen Überlegungen, wie: weibliche oder eheliche Pflicht, Begriffe wie Kauf, Verkauf, Abzahlung, Dankbarkeit. Der Gedanke daran, mit einem Mann unter dem Damoklesschwert des Trauscheins zu schlafen, mit seinem Geld gefüttert und angezogen zu werden, seine Kinder zu empfangen, um die Existenz als sein süßer und lieblicher Parasit zu rechtfertigen, läßt Arachne gefühllos werden. Sie kann sich keinen anderen Weg vorstellen, um rascher an Frigidität zu leiden. Für sie bedeutet der getreue Austausch von Herzen innerhalb der Fesseln des heiligen Ehestandes den Tod für die Ansprüche des Körpers. Dieser Schock von Lust, den sie durch den dicken Penis dieses Mannes und seine zärtlichen Hände empfindet, ist rein. Sie darf die Finger in seinem muskulösen Rücken vergraben und sich so untreu wie immer fühlen, treu nur ihrem Körper, ihrem zuverlässigen, gut eingestellten Körper.

Durch ihr gleichmäßiges Atmen hindurch hören sie in der Tiefe des Hotels Rufe und Fröhlichkeit, verführerische Stimmen und splitterndes Holz. Die jährliche Verkaufstagung ist auf dem Höhepunkt angelangt. Flach auf dem Rücken neben ihr in dem noch immer vom Licht durchfluteten Zimmer liegend, stößt er geräuschvoll die Luft aus. «Ist es, weil wir gewartet haben oder weil ich es mir so schrecklich gewünscht habe?»

Arachne kuschelt sich neben ihn. «Es ist der Lärm von unten. Kannst du das hören?» Man hört das Geräusch hingeknallter Gläser, Rufe, Schreie.

Er stöhnt. «Wir haben von allem Anfang an gelernt, so etwas einzukalkulieren.»

«Ein schlechtes Zeichen, wenn Vertreter für Unterwäsche so gewalttätig sind.»

«Jahrelange Unterdrückung.»

Arachne reibt mit dem Bein an seinem entlang. Ihr Abenteuer beginnt von vorne.

Aus der Vogelperspektive

Der Preis für das beste Verkaufsergebnis verleiht Arachne das Gefühl, etwas erreicht zu haben. Sie nimmt die neuen Regionen im Osten mit wiedergewonnenem Enthusiasmus in Angriff. Thena hat recht. Sie wird niemals einen Job finden, der besser für sie geeignet ist. Die Frühlingstage spinnen sich zu einer einzigen Folge endloser Fahrten, dazu, mißtrauische Geschäftsinhaber in der Prärie zur Bestellung pilzfarbener und mandarinenfarbener Höschen, züchtiger Schlüpfer und Baumwollslips zu verführen.

An ihrem Geburtstag weckt Thomas sie früh am Morgen und fährt mit ihr in den Norden der Stadt zu einem offenen Feld. Sie ist fast zu müde, um zu fragen, wohin sie fahren, stellt sich vor, daß sie noch schlafe und träume.

Zwei Männer führen ein Gebläse in eine riesige zerklüftete Landschaft aus farbiger Seide ein. Sämtliche Farben ihrer Schlüpfer ineinander verschmolzen, ein sanftes Glitzern von Königsblau und Purpur, Flammenrot und Sonnengelb. Der seidene Kegel schwingt sich langsam auf, wie ein Mann, der sich auf die Ellbogen hochstützt, und kämpft dann, als die Propangasflaschen Hitze in sein Herz pumpen, darum, sich frei zu erheben. Arachne und Thomas klettern in den schwingenden Korb mit dem mürrischen Ballonfahrer und fühlen sich in die Höhe gehoben, von einer windstillen Ruhe eingefangen. Der Ballon schwebt empor, unten liegt die Krümmung der Erde in einem Morgen entfernter Gebirgskämme und blauer Felder. Und gleitet dann über diese Landkarte von Straßen, Land, Sümpfen und Zäunen hinweg. Im Süden fangen die Hochhäuser der Stadt das aufkommende Licht golden und wirbelnd ein. Sie sind hier ausgesetzt, im Zentrum der Strömungen, während sie unter dem Schimmern eines seidenen Netzes schweben, das seine faserigen Arme ausstreckt und ihren Kokon umfängt. Unter ihnen entfaltet sich die Prärie in gelben und schwarzen Keilen, mit kleinen Monopoly-Häusern, die sie aus den Augenwinkeln wahrnehmen, und Straßen, die wie Spinnweben in den Trauben von Städten zusammenfließen.

Arachne lacht. «Thenas Hund fürchtet sich vor Ballons, hast du das gewußt? Bevor er hinausgeht, überprüft er den Himmel, und wenn er einen sieht, rennt er davon und versteckt sich. So als ob er davon überzeugt wäre, daß sie unnatürlich sind, nicht glauben würde, daß sie in der Luft sein sollten.»

«Ich wollte dir eine Landkarte schenken», sagt Thomas, «aber ich dachte, dieser Rundflug wäre besser.»

Arachne sieht hinunter auf das träge Land und denkt ans Reisen, daran, ihre eigene Landkarte über die verschlungenen Straßen der Welt zu spinnen.

Die Exhumierten

Als dahintreibendes Wesen, den grotesken Tänzern auf Josefs Kupferplatte gleich, wird sie an ihn erinnert und fährt bei seinem Haus vorbei. Sie hat ihn seit dem Herbst nicht gesehen. Die Garagentür ist versperrt, und die von innen verhängten Fenster blicken blind in den Garten. Sie betätigt die Glocke, aber niemand antwortet, das Haus ist bedrohlich still. Das beunruhigt sie, und am nächsten Tag fährt sie wieder vorbei, klopft laut an die Tür. Der halbwüchsige Junge mit dem mürrischen Blick öffnet.

«Ist Josef da?»

«Nein.»

«Wo ist er?»

«Mußte ins Heim gehen. Ma konnte nicht länger hinter ihm herlaufen. Wenn sie sich umgedreht hat, ist er davongegangen, die Straßen hinuntermarschiert.»

«Ich bin seine Freundin, Arachne. Er . . .»

«O ja, er hat von Ihnen gesprochen. Er wollte Sie sehen.»

«Wollte er ins Heim gehen?»

Der halbwüchsige Junge lacht. «Wir haben ihn beinahe fesseln müssen. Aber er ist senil.»

«Wo ist er?»

«Mountain Shadows. Er hätte sicher gern Gesellschaft.»

Arachne betritt die Eingangshalle, schaut sich um, um zu sehen, ob er unter den alten Männern ist, die die Tür beobachten. Sie blicken sie verschwommen an, ihre Augen sind mit einer müden Aussichtslosigkeit überzogen. Einer von ihnen streckt die magere Hand aus, beginnt zu reden, aber sie läuft vorbei. Er ist nicht im Aufenthaltsraum, auch nicht auf der Sonnenveranda oder im Spielzimmer. Arachne überprüft sogar das Raucherzimmer, aber darin befindet sich nur eine alte Dame, die über eine elegante Extra-long gebeugt in einer Ecke sitzt.

Sie findet eine zerstreute Krankenschwester. «Oh, er ist in seinem Zimmer. Er bleibt meistens dort. Ist trotzig. Er wird es überwinden.»

Arachne geht einen endlosen weißen Korridor entlang, der wie der Eingang zu einem Alptraum aussieht, in dem die Wände furchteinflößend und endgültig sind. Sie bleibt bei 212, seiner Zimmernummer, stehen. Soll sie anklopfen? Es scheint unnötig, wie ein Hohn. Sie stößt die halbgeöffnete Tür auf, und diese schwingt nach innen.

Er sieht aus dem Fenster. Sein Rücken ist der Tür zugewandt, und seine Schultern sind Flügel zur Welt draußen. Sie zögert.

«Josef?»

Er scheint sie nicht zu hören, nickt nachdenklich dem braunen Grasstreifen vor seinem Fenster zu.

«Josef?»

Noch bevor er den Stuhl herumschwingt, um sie anzusehen, erfüllt sie sein Rücken, breit, wie sie ihn in Erinnerung hat, mit Sehnsucht, einer plötzlich aufsteigenden Lust. Er dreht sich um. Er ist derselbe. Die alten Augen eines Zauberers, verborgen und düster, Nase und Kinn schwerfällig vorspringend. Aber sein Gesicht hebt sich in stolzem Kummer zu ihr. Er ist nackt, entblößt, glattrasiert. Seine Haare sind nach hinten frisiert worden, stramm und kurz, das Silber ist in Zaum gehalten.

«Josef!»

Er starrt sie an, die Augen über den tiefen Falten, die in sein Gesicht gekerbt sind, glühen.

«He, Arachne. Die haben mir den Bart abrasiert.» Er befühlt das Gesicht mit geschwollenen, gebrechlichen Fingern. «Die kommen jeden Morgen zu mir mit kaltem Wasser und Rasierapparat.» Seine Stimme zittert. «Die sagen, ich bin schmutzig, muß gewaschen werden.»

Arachne steht hilflos da, während er weint. Sie macht einen Schritt auf ihn zu, und abrupt dreht er den Stuhl um, wendet ihr den Rücken zu.

«Josef.» Sie kniet sich neben den Stuhl. «Mußt du hier sein?»

«Anna, sie . . . kann nicht . . .» Er sitzt unsicher auf der Kante des häßlichen, rosinenfarbenen Stuhles, und Tränen fallen auf seine regungslosen Hände.

Arachne legt die Arme um ihn, und sie krallen sich in einer leidenschaftlichen Umklammerung aus Wut und Lust aneinander fest.

Unter seinem Hemd suchen ihre Hände nach den Sehnen in

seinen Armen, und einen Atemzug lang sind die Knochen, die sie entdecken, ineinander verschmolzen, ist das Gefüge des Schädels des jeweils anderen das eigene. Seine Beine gehören ihr, seine Arme wachsen aus ihr, ihr Mund schmeckt, was er fühlt. Er ist eins mit ihr, in sie verpflanzt, mit dem rauhen Teppich unter ihren Knien, und ihre Arme werden aus den Gelenken gerissen. Sie stolpern zum Bett, diesem hohen und strengen Spitalsbett, und gegen das heruntergelassene Gitter gelehnt, kämpfen sie, um sich ineinander zu schmiegen, unter ihrer schmachtenden Haut einen Knochen zu finden, sich selbst immer tiefer und tiefer ineinander zu bohren, Kleidungsstücke, Alter, Entfernung abzuschütteln, atmen heftig, bis er in sie hineingleitet. Dann sind sie beide still, halten den Atem an. Auf dem Gang das Quietschen eines Servierwagens auf Gummirädern. Und vorsichtig bewegt er sich, das Gesicht in ihrem Hals vergraben, eine Hand unter ihrer rechten Hüfte, eine in ihren Haaren. Sie schlingt sich um ihn, streichelt die traurige, schlaffe Haut seines Gesäßes und stemmt einen Fuß im Rhythmus seiner Bewegungen gegen das Stahlgeländer am Fußende des Bettes. Sie vergessen die Zeit.

Vielleicht haben sie geschlafen. Arachne rüttelt ihn. «He, zieh dich an.»

Er tastet sich ungeschickt in seine Kleider und murmelt dabei. «Sie binden mich in der Nacht fest. Im Gitterbett, an den Seiten.»

Arachne stöbert in seinen Schubladen, nimmt ein sauberes Hemd, saubere Socken, saubere Unterwäsche heraus. «Hast du einen warmen Mantel und Handschuhe dabei?»

Er zeigt auf den Schrank.

«Ich nehm dich nur für eine Ausfahrt mit, verstanden?»

Er nickt. «Verstecken wir uns?»

«Nun, sagen wir einfach, daß du Ferien brauchst.»

Das Bett sieht ihnen mißbilligend nach, als sie hinausgehen.

Als sie ihn in den Wagen gesetzt hat und losfährt, weiß sie, daß sie ihn nicht bei sich haben will. Wie kann sie sich um ihn kümmern? Er ist alt, und sie wird dafür verantwortlich sein, wenn er plötzlich stirbt. Sie schaut zu ihm hinüber. Er sitzt gelassen und erwartungsvoll da, als ob der fahrende Wagen sie in die Flucht führen würde. Was wird sie mit ihm tun?

«Lauf mir nur nicht davon, okay?»

«Ich laufe nicht davon.» Er ist eingeschnappt. «Ich gehe manchmal spazieren. Anna wird so wütend, weil ich verlorengehe. Ich gehe nicht verloren.»

Sie übernachten am Rand von Medicine Hat, schlafen miteinander, als ob sie monatelang nicht mehr schlafen könnten.

Arachne absolviert Piapot und Charmichael, Simmie und Scotsgard, Admiral und Cadillac. Er hält im Wagen ein Nickerchen oder spaziert durch die vom Wind leergefegten Straßen, untersucht verlassene Häuser und Bahnstationen, bringt Abfall mit, den er gefunden hat: Holzdübel aus einem Fensterrahmen, eine uralte Sodadose, einen filigranen metallenen Ofenrohrdeckel.

In der Nacht streicheln sie einander ohne Verlangen oder Absicht. Arachne fragt sich, ob das Altersheim nach ihm sucht, ob seine Tochter die Polizei verständigt hat. Sie spürt seine Knochen, die sich gegen sie pressen. Sie schläft. Und in der Dunkelheit reden sie. Worte, eine Sprache, in der sie nicht heucheln müssen, weil der Sprecher die Augen des anderen nicht sehen kann, entkörperlichte Worte, kein Übereinanderlagern von Stimmen ohne Gesicht und Körper. Es ist die Erzählung von Gefangenen, die zwischen ihren schlafenden Wärtern wach liegen und Erfahrungen austauschen, warum sie beide Gefangene sind, von ihren privaten Revolutionstaten berichten. Sie erzählt ihm einige der ihren: Lanie, Toto, Ost-Vancouver, Autobusse, Gabriel, der Wagen. Sie weiß nicht, ob er sie versteht oder ob er überhaupt zuhört. Die Worte fallen aus ihrem Mund in die Stille zwischen ihnen, wie kleine Steine.

Und seine.

«Krajina, Grahovo, Gornji Oblajaj, Belgrad, Sarajevo. Keine Rückkehr. Der Korana-Fluß, die Berge, die Felder die Berge hinauf, alle Farben. Holzzaun um die Weiden. Schlamm, Staub. Wasser aus dem Fluß, auf dem Sattel mit Blecheimern. Meine Mutter Schatten mit weißer Schürze an der Tür. Immer trägt sie ein Kopftuch ins Gesicht gezogen. Mein Vater großer Schnurrbart. Seine Augen so schwarz, er schreit meine Mutter an, daß meine Augen weiß werden. Sie haben ihn einmal mit Stöcken geschlagen, die Österreicher.»

Arachne ist bestürzt, die Wörter dringen ihr durch die Haut bis an die Knochen.

«Die Österreicher. Große Männer, große Füße, Federnbusch. Serben nichts als Sklaven. Wir leben in Bosnien, aber wir sind Serben. Abgesehen davon, daß wir nichts sind, keine Serben, keine

Bosnier, keine Österreicher. Sie ließen die jungen Männer kämpfen, die, die nicht weglaufen und sich verstecken. Lassen uns gegen die Serben, gegen uns selbst kämpfen, große Männer mit Säbeln. Ich erinnere mich an die Säbel.»

Die Namen verblüffen Arachne, ihre Litanei verwirrt sie. Sie versteht nichts von dem, worüber er spricht, aber sie hört darin eine Saite desselben bitteren Außenseitertums anklingen, an das auch sie sich erinnert, das auch sie zu spüren bekommen hat. Raki aus dem East End, von ihrer eigenen Zeit und ihrer eigenen Umgebung abgeschnitten.

«Hast du gekämpft?»

«Ja. *Crna ruka*. Nur ich bin übrig, um zu erzählen. Wir haben gewonnen. Aber nicht vor dem Tod. Wie ich hierhergekommen bin, ich weiß es nicht. Ich allein bin davongekommen.»

Sie drückt ihn fest an sich. *Ujedinienje ili smrt*. Einheit oder Tod. Sie läßt ruhelos die Gedanken treiben, denkt an die morgigen Verkäufe, an Thomas zu Hause, an diesen alten Mann, an Gabriels Mercedes. Ihre Träume sind die Landkarten verschlungener Reisen.

Wild Woman

Sie versinken immer tiefer in der Prärie, die die Landschaft ihrer Verwirrung widerspiegelt, und der Wind ist ein Echo für ihren Gedankenaustausch. Arachne arbeitet in gemächlich fortschreitenden Kreisen, eine Bewegung, die durch Hügel und Vorgebirge bestimmt wird, durch die sich schlängelnden Flüsse, die sie immer wieder überqueren. Von Cadillac nach Pambrun, Neidpath, Wymark, Choritz, Blumenhof, zurück nach Pontex, weiter nach Kincaid, Lafleche, Grevelbourg, Kelstern, Vanguard, zurück nach Grevelbourg, dann nach Mossbank, Assiniboia, Rockglen, Willow Bunch (wo er verschwindet und sie ihn im Keller des örtlichen Museums auf dem Bett des Riesen von Willow Bunch schlafend vorfindet), Bengough, Ogema, Ceylon, Minton. Der Mercedes wirbelt eine schaumige Wolke von Staub und Schotter hinter sich auf, die Prärie hüllt sich um sie, der Himmel leuchtet.

In Minton muß Arachne warten, während Jack Ross Kunden bedient. «Frau ist über den Tag nach Weyburn gefahren», grollt er.

«Hat eine schlimme Hüfte, und den ganzen Tag auf diesem Boden stehen macht es auch nicht besser.»

«Ist die Klinik in Estevan nicht eher zu empfehlen?» Arachne reduziert im Geiste den Umfang seiner Bestellung. Ohne Jess begnügt sich Jack mit einem Dutzend von allem. Er mag keine langwierigen Diskussionen über «Weiberzeug» und beginnt immer zu strahlen, wenn Arachnes Muster wieder im Wagen verstaut sind und er ihr über die neuesten Ereignisse in der Stadt, wie Unfälle, Todesfälle oder Feuersbrünste, berichten kann.

«Sie geht zum Chiropraktiker. Scheint zu helfen. Aber sie ist den ganzen Tag fort, und ich muß hier den Laden machen.»

Arachne überprüft seine alten Lagerbestände, während er die telefonische Bestellung eines Kunden entgegennimmt. Sie macht sich gerade eine Notiz, als Josef die Fliegengittertür aufstößt und hereinstapft. Sie hat ihn schlafend im Wagen zurückgelassen. Sie geht auf ihn zu. «Bist du in Ordnung?» Jack hat ihn sicher bemerkt, wird sich sagen, weit hat sie es gebracht, wenn sie ihren Großvater mit auf die Straße nimmt. Ladies' wird sich nach einer anderen Vertreterin umsehen müssen. Sie kichert beinahe. Aber die Tür schlägt noch einmal zu, und das Paar, das hereinkommt, ist genauso seltsam wie sie und Josef.

«Was brauchen wir?» fragt der Mann.

Das Mädchen wieselt eifrig in seinem Dunstkreis herum. Der Mann, mindestens sechzig, mit weißen Haaren und vernarbtem Gesicht, einen Stock ruhig in der Hand haltend, lacht mit nachsichtigem Wohlgefallen auf sie herab. Sie wirbelt um ihn herum, packt die Arme voll.

«Brot, Käse, Eier, Kaffee, Steak. Hast du Streichhölzer?»

«Ja», sagt der Mann und streichelt ihren Hintern.

Josef und Arachne beobachten die Szene über eine Pyramide von Dosen hinweg – ihr Spiegelbild ist ganz frei und vergnügt, es kennt kein Erbe und keine Vermächtnisse.

«Orangensaft», sagt das Mädchen. «Ich bin mitten in der Nacht immer so durstig.»

«Schokolade», sagt der Mann, und das Mädchen schlingt die Arme um ihn und gibt ihm einen Kuß auf die Wange.

«Und Butter –»

«Ja, natürlich, vergiß die Butter nicht.»

Sie stellen alles vor Jacks Registrierkasse ab.

«Oh, Schinken! Wo ist der Schinken?»

«Ich schneide ihn frisch herunter», erwidert Jack ungerührt. «Seiten- oder Rückenstück? Seite kostet pro Pfund 2.29, Rücken 2.99.»

«Rücken», sagt das Mädchen und reibt ein Bein gegen den Mann. «Ein halbes Pfund.»

«Wissen Sie», fragt der Mann, «wo wir einen großen Hügel finden können, auf dem irgendein Bildnis sein soll?» Er streicht mit den Fingern über den Arm des Mädchens.

«Welchen Hügel?» Jack bewegt die Schneidemaschine vor und zurück.

«Irgendein hoher Berg. Aus den Archiven in Saskatchewan geht hervor, daß er irgendwo hier sein muß. Sieht angeblich wie eine menschliche Gestalt aus.»

«Keine Ahnung», entgegnet Jack. «Ich glaube, Sie fahren besser über Big Muddy weiter nach Bengough.»

Das Mädchen ist plötzlich ernst. «Gibt es keine hohen Hügel hier in der Gegend?»

«Kann sein», murmelt Jack. «Man sagt, daß es welche gibt, aber ich hab noch nie einen gesehen.»

Das Mädchen blickt den Mann mit ernstem Gesicht an. «Vielleicht suchen wir an der falschen Stelle.»

«Wir werden ihn finden. Wir wissen, daß er da ist.» Er gibt Jack ein paar Banknoten, und sie schlagen die Tür hinter sich zu, jeder mit einem Sack in der einen Hand, während die andere eifrig damit beschäftigt ist, nackte Haut zu berühren.

Arachne nimmt Josefs Arm. «Jack, wonach suchen sie?»

«Ein Motel. In der Nähe von Bengough ist eines.»

«Ach, kommen Sie schon.»

«Es gibt hier kilometerweit Prärie, um darin herumzuspielen. Sie müssen es nicht gerade dort oben tun.»

«Wo?»

«Wild Woman. Warum interessiert es Sie so?» Er schaut von Arachne zu Josef und wieder zurück. «Wenn Sie es wissen wollen, fahren Sie nach Big Beaver und fragen Sie den alten Dunc. Sie können ihn in diesem Drop-In-Center finden. Er weiß davon.»

«Okay. Nun, wie ist das mit Ihrer Bestellung?»

«Dutzend von allem.»

Auf der geölten Straße öffnet Arachne den Kofferraum und wirft den Karton mit Mustern hinein. Die Kinokulisse scheint zu blinzeln und sich dann noch tiefer in die Requisiten zu kauern, bizarrer Plunder, der sich gegen den Aprilhimmel abhebt.

Sie finden ihn, den alten Dunc, der auf einem niedrigen Holzstuhl vor der Tür eines Backsteingebäudes sitzt und zwei Männern zusieht, die die Bürgersteige der Stadt neu asphaltieren. «Ihr müßt nach Osten, dann nach Süden. Höchster Hügel kilometerweit. Die Männer von der Grenzwacht haben sich immer dorthin gesetzt und die Grenze beobachtet.» Er kichert. «Keine Yankees heutzutage.» Seine Augenlider, herunterhängend und schlaff, können sich nicht von selbst offenhalten. Jedes Lid ist mit einer weißen Mullbinde sorgfältig an der jeweiligen Augenbraue verankert, als ob er das eingeengte, verringerte Blickfeld des Alters überlisten, wachsam bleiben wolle. «Man kann alles sehen. Dort oben.» Er spuckt genau gezielt auf den neuen Zement. «Dieses andere Paar ist auch dort hinaufgefahren.»

Sie sind nicht auf den Bergkegel vorbereitet, der hinter der letzten Schottersteigung hervorspringt. Er sieht wie ein erloschener Vulkan aus, den man hierher verpflanzt hat und der nun in den Himmel aufragt. Arachne hält nach einer Straße Ausschau, findet schließlich ein mit Stacheldraht versehenes Tor zu einer Kiesgrube. Sie reißt sich die Hand auf, als sie das Tor mit Gewalt öffnet, und fährt dann an der Grube entlang, bis der Mercedes hinter dem Felshang verschwindet. Sie ziehen die Mäntel an, versperren den Wagen und gehen hoch. Arachne paßt ihren Schritt an Josefs langsame, durch den Stock unterstützte Gangart an, und sie steigen hinauf, stumm und kletternd. Verschwinden, verlieren sich in einem anderen Element.

Auf dem Bergkamm trifft sie der heftige Wind mit voller Stärke. Arachne betrachtet den Himmel, den kreisrunden Ausschnitt der Welt unter ihnen, und beginnt zu tanzen. Der alte Dunc hat recht gehabt: hier oben kann sie alles sehen, alles. Es ist ein langer Weg nach Osten gewesen, den sie in fortwährenden Kreisen beschritten hat, bis sie schließlich zu diesem Landzipfel am Busen der Welt gekommen ist, der unvorstellbar hoch und vom Wind gepeitscht ist. Sie wirbelt herum, hält dann inne und sieht zu Josef hinüber, der sich über seinen Stock kauert, die gesponnenen Haare durcheinandergewirbelt, das Gesicht im staubschleudernden Wind wie Papier. Sie nimmt seine Hand und schleppt ihn mit sich, hinunter zu einer Hügelsenke, die seitlich an den Bergkegel grenzt.

Und hier finden sie die Wild Woman, deren steinerner Umriß dem endlosen Himmel entgegengebreitet ist, der Vorstellung vom Paradies, wie sie das Grasland der Prärie hat – eine Frau mit ausgebreiteten Armen auf dem höchsten Hügel in dieser Welt. Sie ziehen die Konturen nach: Arme, Amulett, Haare, Zähne, Schoß, Brüste, Füße.

Arachne steht zwischen ihren Beinen. Ihr Gesicht spricht, die Willkommensgeste der Arme, der Schmuck des Amuletts, die sanften Kurven der Brüste, unerhört aussagekräftig. Arachnes schmaler Schatten fällt in die Gestalt der Frau, der aus Stein gestalteten Frau. Sie streckt sich inmitten dieser Frau aus, liegt auf dem Rücken zwischen den Steinen unter diesem rotierenden Himmel, die Arme ausgestreckt wie die der Frau, den Kopf auf ihren Busen wie auf ein Kissen gebettet. Josef steht zwischen ihren Beinen, betrachtet die Frau und stapft dann davon.

Die Hügelsenke ist gegen die Windstöße geschützt: Es ist hier fast warm. Arachne könnte ewig zwischen den Armen der Frau in den Himmel hinauf schauen, aber schließlich steht sie auf und blickt über die Felsensilhouette zum Horizont hinüber, der vier Himmelsrichtungen um sie herum dreht. Was auch immer sie insgeheim zu Grabe trägt, bevor sie den steilen Grat zum Wagen und zu dem wartenden alten Mann hinuntergeht, bleibt hier ewig im Verborgenen.

Verhaftung

Als Arachne die Tür öffnet, sind es die Schuhe, die sie zuerst sieht, glänzend polierte schwarze Schuhe, in denen sie sich spiegelt, zurückhaltend und flach. Ihre Blicke wandern von den grausamen Schuhen die schwarze Hose und den Uniformmantel hinauf zu dem klobigen, glattrasierten Gesicht.

«Miss Manteia?»

«Ja.»

«Sie sind verhaftet. Die Anklagepunkte lauten auf Entführung, Außerlandesbringung und versuchte Nötigung. Kommen Sie bitte mit.»

Du versuchst, das nächste Kapitel der Abenteuer Arachnes von Thena zu erfahren, der einzigen Person, die wissen sollte, was passiert ist, nachdem Arachne von dieser katastrophalen Spritztour mit Josef zurückgekehrt ist. Zuerst sträubt Thena sich dagegen, zu sprechen. Als du zu ihr kommst, beißt sie sich auf die Unterlippe und zieht ein finsteres Gesicht. «Lassen Sie die Toten ihre Toten sein», murmelt sie. «Das geht niemanden etwas an.»

Aber du bist hartnäckig, du möchtest wissen, wie die ganze Geschichte ausgegangen, was mit Arachne geschehen ist. Du treibst dich in Thenas Nähe herum, bringst ab und zu eine Flasche Scotch mit. Du versuchst, ihr einzureden, daß sie die Hüterin der Geschichte sei, der perfekte Spiegel. Sie konnte einem Publikum noch nie widerstehen.

«Ich hab es ihr gesagt», erklärt sie. «Ich hab ihr gesagt, was passieren würde. Ich hab es ihr hundertmal gesagt, nachdem ich es ihr einmal gesagt habe. Hat sie zugehört? Nicht um die Burg. Hat einfach getan, wonach ihr war, und sich einen Dreck um die Konsequenzen geschert. Sie hat sowieso nie auf mich gehört. Sie hat mir alles erzählt, aber sie hat mir nie zugehört.»

Du fragst Thena, ob sie jemals Josef getroffen habe und ob sie wisse, was aus ihm geworden sei.

«Woher soll ich das wissen? Ist wahrscheinlich wieder im Altersheim. Landstreicher sind eine Sache, aber einen alten Mann zu entführen, ist etwas ganz anderes. Außerdem sind alle Männer gleich, ob sie nun neunzig oder neunundneunzig sind. Sollten alle an die Wand gestellt werden. Ich hab es ihr gesagt, aber sie wollte nicht auf mich hören. O nein, nicht Arachne. Sie hat immer alles besser gewußt.»

Du versuchst, sie zu unterbrechen, aber Thena ist voll in Fahrt. Eine ihrer Töchter trägt sich mit dem Gedanken zu heiraten, das Dümmste, was man tun kann. «Sie wird für den Rest ihres Lebens eine Sklavin sein. Und was ist er schon, nur ein Jurastudent, der sich ihrer entledigen wird, wenn er mit der Uni fertig ist und dann zu dem Schluß kommt, daß sie nicht gut genug für ihn ist.»

Du möchtest sie wieder auf Arachne bringen und fragst, ob Arachne jemals verheiratet war.

«Nein, obwohl sie es hätte sein können. Thomas hätte sie geheiratet. Nun, das ist ein Mann. Arachne hat das nie zu schätzen gewußt. Er hat alles für sie getan und nie um etwas gebeten, sie einfach geliebt. Es gibt

nicht viele so wie ihn. Es gibt keinen so wie ihn. Ich weiß nicht, was aus ihm geworden ist. Und er wußte, wie sie war. Für ihn machte das keinen Unterschied.» Sie ist ein paar Minuten still, spitzt die Lippen. «Er hat sie geliebt. Ich habe es ihr hundertmal gesagt: ‹Nimm's nicht so schwer, verlier ihn nicht, Arachne›, aber sie hat nicht auf mich gehört. Hat diesen trotzigen Blick aufgesetzt, der bedeutete, daß sie sich nichts sagen lassen würde.»

Du möchtest fragen, ob es der Zwischenfall mit dem alten Mann, die angebliche Entführung war, die der Beziehung ein Ende gesetzt hat.

Thena schaut dich an, als ob du verrückt wärst, und lacht. Sie ist vorsichtig. Lange Zeit kannst du sie nicht überreden, überhaupt etwas zu sagen. «Hat die Polizei Sie geschickt?» fragt sie.

Du erklärst, daß du nur daran interessiert seist, die wahre Geschichte herauszufinden, aber sie beharrt darauf, nichts von dem zu wissen, was passiert ist. Bis zu einem Nachmittag mitten im Winter, als du spät kommst, nach fünf, bei zwölf Grad unter Null in Calgary, und Thena getrunken hat. Sie ist nicht betrunken, aber sie riecht unverkennbar nach Scotch. Überraschenderweise scheint sie erfreut über deine Gesellschaft zu sein und bringt selbst das Thema Arachne zur Sprache.

«An solchen Nachmittagen vermisse ich sie. Sie ist dann immer zu mir gekommen, und wir haben bis spät in die Nacht miteinander geklatscht und getrunken. Manchmal waren wir so dusselig, daß Thomas herüberkommen und sie abholen, nach Hause bringen mußte. Man konnte herrlich mit ihr trinken. Wir konnten reden, das konnten wir. Wir haben den Rest der Welt angelogen, aber zueinander waren wir schonungslos ehrlich. Ich vermisse das noch immer. Ich glaube noch immer, daß sie zurückkommt, eines Nachmittags im Winter auftaucht und einfach hereinspaziert, als ob sie nie fortgewesen wäre.»

Du schaust sie schockiert an. Du dachtest, Arachne sei tot.

«Tot?» Thena kreischt auf. «Wie sind Sie auf diese Idee gekommen? Sie ist so lebendig wie ich.»

Du hättest in der Zeitung gelesen, daß sie tot sei.

«Die Zeitung.» Thena schnaubt. «Lügenpack. Von der Presse bis zur Polizei, alles ein einziges Lügenpack.»

Du möchtest wissen, wo Arachne jetzt ist.

«Wie zum Teufel soll ich das wissen? Trinken Sie noch etwas.»

Du kneifst die Augen zusammen und versuchst die Wahrheit herauszufinden, aber Thena summt vor sich hin, während sie Eiswürfel aus einer Tasse bricht und das Eis mit Scotch übergießt.

Du bestehst darauf, daß Thomas ihr geholfen und ihre Flucht begünstigt haben müsse.

«Alles, was er getan hat, war, ihre Kaution zu zahlen.»

Wieviel von dem, was Thena sagt, ist wahr? Du weißt, daß Arachne gespürt hat, bei Thomas ein Zuhause gefunden zu haben. Warum sollte sie fortgehen? Vielleicht hat er sie hinausgeworfen, war die Entführungssache der Tropfen, der das Faß zum Überlaufen brachte, war er ihrer Untreue überdrüssig, hatte er es satt, ihre eklatanten Vertrauensbrüche hinzunehmen. Vielleicht wollte er lieber eine dieser blauäugigen, sanften jungen Frauen, die Teil seiner Vergangenheit waren. Vielleicht wollte er heiraten und Kinder haben, und es ist unwahrscheinlich, daß Arachne dem zugestimmt hätte. Schließlich muß auch Thomas' Geduld einmal reißen. Du denkst, er verdiene etwas Besseres als Arachne, so untreu, so undankbar.

Thena lacht schallend. «Sie sind verrückt. Thomas ist eine Ausnahme. Außerdem konnte er es sich leisten zu warten. Er wußte, daß Arachne immer wieder zurückkommen würde.»

Also, wo ist sie jetzt?

Thena schaut selbstgefällig drein. «Die Geschichte ist noch nicht zu Ende.»

Und das ist alles, was du aus ihr herausbringst. Sie hört da einfach auf. Gleichgültig, wie viele Flaschen du mitbringst, gleichgültig, wie sehr du ihr schmeichelst, sie wird nichts mehr sagen. Sie läßt dich in den Genuß politischer Vorträge, endlosen leeren Geschwafels über Gleichberechtigung und Mitbestimmung kommen, aber sie behauptet, daß Arachne nicht existiere.

So sei es.

Ausreißerinnen und Bacchantinnen

Thomas zahlt für sie die Kaution, und sie verschwindet. Sie steigt in den Mercedes und fährt auf dem Trans-Canada-Highway nach Westen. Über die Anhöhe, für die Calgary nur ein Achselzucken übrig hat, eine hochmütige Phalanx, die von der wogenden Prärie absorbiert wird. Sie schaut, daß sie wegkommt. Fährt auf dem Highway, der eher einer Abflußrinne gleicht, nach Westen, am Kananaskis vorbei und in die Rockies. Als Arachne von ihnen flankiert wird, beginnt sie, die Finger zusammenzupressen und den Hals zu recken, um die Spitze dieser blauen Granitbänke zu sehen. Am Eingang zum Nationalpark kurbelt sie das Fenster hinunter.

«Bleiben Sie im Nationalpark?»

Als sie das kaugummikauende Mädchen in der Hütte endlich los ist, steckt eine dieser berühmten Klebeetiketten mit dem Miniaturbiber, der seinen eigenen Schwanz betrachtet, innen an der Windschutzscheibe und nimmt ihr die Sicht; sie muß bleiben, sie hat die Klebeetikette.

Sie versucht weiterzufahren, nach Lake Louise, aber erst bei der dritten Ausfahrt kann sie aus dem Kreisverkehr ausbrechen und fährt dann nach Banff hinein, vorbei an Touristen in Pullovern und Hotelpagen, die gerade frei haben. Da sind Jungen, Dutzende, ein Pfadfindertreffen. Den ganzen Weg die Banff Avenue hinauf und über die Brücke hält Arachne ein Auge auf den Bürgersteig und das andere auf die Ampeln gerichtet. An der Brücke muß sie entweder nach rechts oder nach links abbiegen. Sie wendet, schwankt, biegt dann nach links, während ihr Blick flüchtig ein behaartes Bein wahrnimmt, das in die Pedale eines Fahrrades tritt und den Hügel hinauffährt. Und als sie diese Straße weiterfährt, kann sie nirgendswohin ausweichen, kann sich nur der endlosen Reihe von Fahrzeugen anschließen, die das Portal des schloßähnlichen Hotels oben auf dem Hügel ansteuern. Ein rothaariger Parkplatzwächter öffnet die Wagentür, macht eine übertriebene Verbeugung.

«Lassen Sie die Schlüssel bitte im Wagen. Garage oder Parkplatz?»

«Garage.» Sie bleibt sitzen, bis er die Hand ausstreckt, nach ihrem Ellbogen greift.

«Kann ich Ihnen mit dem Gepäck helfen?»

«Nein.» Sie läßt ihn die Wagentür schließen, läßt sich von ihm bis zum Fuß der verfliesten Treppe begleiten. Sie trägt die Blue Jeans, die an der Innenseite der Schenkel abgewetzt sind. Sie trägt einen kirschroten, grobgestrickten Pullover. Sie hat kein Gepäck. Sie hatte nicht geplant fortzulaufen.

In der Eingangshalle befinden sich fünfhundert Frauen in Blue Jeans und Pullover und fünfhundert Frauen in Polyesterkleidern. Die Frauen in den Kleidern stehen in züchtigen Gruppen beisammen, nicken mit den dauergewellten Köpfen und sehen einander ins Gesicht. Die Frauen in Blue Jeans turnen auf den Treppengeländern und Gepäckregalen. Eine hängt an den Hörnern des Büffelkopfes oberhalb der Tür und macht Bauchaufzüge. Frauen balancieren ihr Gepäck auf dem Kopf, kneifen Hotelpagen in den Hintern; sie sind über die gotischen Stühle, die fürstlichen Stühle, die imposanten Queen-Anne-Schaukelstühle, die keuschen Princess-Mary-Stühle verstreut, sie pfeifen nach ihren Freundinnen im Mezzanin, lassen den Koffer fallen, werfen Mäntel herum und winken mit Schlüsseln. Sie buchen Massagen und reißen ihre Geschäftskarte heraus, verlangen Zimmer mit Extras und fragen nach dem Swimmingpool. Arachne wird in eine Schlange hineingedrängt und kann sich erst befreien, nachdem sie ihren Namen und ihre Geschäftsadresse auf ein Anmeldeformular geschrieben hat.

Der Angestellte hinter dem Schalter drückt ihr einen Schlüssel in die Hand. «Es tut uns leid, daß das Zimmer eine grüne Tapete hat, aber wir sind ausgebucht und können es nicht ändern.»

Arachne will protestieren, aber sie wird zu einer Reihe von Aufzügen und ein paar offenen Türen weitergeschoben. Alle fünfzehn Frauen im Inneren des Aufzugs stoßen einander mit Aktentaschen eines bekannten Designers. Der Fahrstuhl hält in allen Etagen. Arachne schaut nicht auf ihren Schlüssel. «Ich brauche einen Drink», sagt sie.

«Mezzanin», kommt es von der Frau hinter ihr, die Stockwerksanzeige M leuchtet auf, und der Lift bleibt mit einem Klingelzeichen stehen. «Da sind wir.»

Arachne wird von ihren Aktentaschen aus schwarzem, marineblauem, burgunderrotem und braunem Leder in die richtige Richtung gelenkt, in den Gesellschaftsraum hinein und an einem Tisch gestoßen, der den Blick auf etwas freigibt, das ganz sicher eine Kulisse sein muß – es kann eine solche Szenerie in Wirklichkeit nicht geben. Die Frauen wenden ihr den Rücken zu und tauschen Geschäftskarten aus, während sie bei der Kellnerin im Schottenrock doppelte trockene Martinis bestellen.

«Mit Olive.»

«Einen Twist.»

«Mit Eis.»

«Ohne.»

Eine Frau mit Lena-Wertmüller-Brille beugt sich zu Arachne. «In welcher Branche sind Sie?» fragt sie. Die Augen hinter der grünen Brille sind gelb.

«Verkauf.» Arachne greift nach dem nächstbesten Martini.

«Recht.» Eine sonor klingende Brünette. «Das internationale Seerecht.»

«Computer.»

«Kettensägen.»

«Landschaftsarchitektur.»

«Verlagswesen.»

«Tempel.»

«Erotische Kunst.»

«Lexika.»

«Wimpern.»

«Großhandel.»

«Knochen.»

«Martinis.»

Jemand kichert. Jemand tätschelt Arachnes Knie.

«Lesbierinnen.»

Es wird dunkel. Durch das Glas sehen die Berge wie dunstige Kegel aus.

«Wo ist das Bankett?»

«Im Ballsaal.»

«Nein, im Alhambra.»

Arachne versucht aufzustehen. Sie kann es nicht. Sie legt Geld auf den Tisch, einen Zweidollarschein, um genau zu sein.

«Ist schon in Ordnung», sagt eine Frau mit Pferdegebiß. «Das geht auf meine Rechnung.» Sie unterschreibt die Rechnung mit einer goldenen Füllfeder.

Arachne scheint sich nur mitten unter ihnen bewegen zu können, wenn ihre Körper ihr in den Rücken und in die Schultern, ihre Aktentaschen ihr gegen die Knie stoßen. Aber beim Aufzug zerstreuen sie sich, verschwinden in Gruppen blaugekleideter Frauen – marineblau, himmelblau, hellblau, türkisblau –, deren Gesichter wie geschrubbt und glänzend sind.

«Wartet», sagt Arachne, aber die Frauen sind schon fort, und sie steigt allein in einen Aufzug. Sie drückt auf sieben. Der Aufzug fährt hinunter, und die Türen gleiten beim Zeichen «Arkade» auf. Sie bleiben offen. Arachne tritt zögernd in die Dunkelheit hinaus, die ab und zu unterbrochen wird, hin zu einer Reihe blinkender Videogeräte.

«Bam», sagt eine kehlige weibliche Stimme. «Bam. Bam. Getroffen.» Die Aktentasche der Frau lehnt neben dem Gerät, sie selbst hat den Kopf dicht über den Bildschirm gebeugt.

Arachne geht auf Zehenspitzen vorbei, findet ein Treppenhaus, das sich hinunterschlängelt, das beim Swimmingpool endet.

«Unterschreiben Sie das», sagt der Aufseher.

Arachne unterschreibt, und er wirft ihr ein Handtuch zu, während er sich umdreht, um eine Frau zu beobachten, die am anderen Ende seines Schalters Purzelbäume schlägt. Arachne läuft über Treppen, noch ein Treppenhaus, ist sich nicht sicher, ob sie hinauf- oder hinuntergeht, findet sich an einer Ecke wieder, an der eine schweißtriefende japanische Masseuse gerade aus einem Kämmerchen kommt.

«Sind Sie die nächste?»

Arachne wirft einen Blick auf die grobknochigen Hände der Masseuse und schüttelt den Kopf.

«Die Sauna ist hier drinnen. Nehmen Sie zuerst eine Dusche.»

«Danke», murmelt Arachne. Sie zieht die Jeans und den Pullover aus, hängt sie an einen Haken. Sie streckt einen Fuß unter die Dusche. Sie öffnet die Tür zur Sauna. Die Frauen drinnen sind still. Sie schließt die Tür hinter sich.

Eine Frau liegt ausgestreckt auf der obersten Pritsche. Sie ist nackt, starrt gelangweilt und selbstgefällig zur Decke, hat die Hände hinter dem Kopf verschränkt. Auf der untersten Pritsche in der Ecke kauern zwei Frauen eng nebeneinandergedrängt. Sie tragen Badeanzüge, geblümte Modelle, die sich über rundliche Körper wölben. Eine hat ihre Brille auf, die sich beschlagen hat. Die andere hat die Augen geschlossen. Eine vierte Frau, zartgliedrig und fröhlich, ist die einzige, die Arachne ansieht. Sie lächelt. Sie rückt zur Seite, deutet auf die heißen Zedernbretter neben ihr. Sie zieht die Beine an. Sie ist auch nackt. Arachne vermeidet es, ihre Scham anzusehen. Sie setzt sich neben die Frau und versucht, die Beine geschlossen zu halten.

Die liegende Frau wendet den Kopf zu den zwei Frauen in Badeanzügen, und Arachne stellt schockiert fest, daß ihr ganzes Gesicht entstellt ist. Eine Seite ist völlig anders als die andere, sie passen nicht zusammen – zwei Hälften zweier konträrer Gesichter, die man zusammengesetzt hat.

Sie wendet sich an die zwei in den geblümten Badeanzügen. «Sind Sie Geistliche?»

«O nein», entgegnen die zwei wie aus einem Mund.

«Aber auf Ihrem Namensschild steht, daß sie zur *Women's Ministry*, zur ‹Weiblichen Geistlichkeit›, gehören.»

Arachne wirft einen Blick auf die beiden. An ihre Badeanzüge sind Namensschilder geheftet.

Sie kichern. «Wir sind keine Geistlichen. Wir sind Mitglieder der Fundamentalistenkirche des Westens. Wir sind zur Erholung hier.»

Die Frau wendet den Blick nicht von ihnen. Schweiß tropft langsam ihr Gesicht hinunter. Sie wischt ihn nicht fort.

Arachne fragt: «Warum heißt es dann Weibliche Geistlichkeit?»

«Weil wir *Teil davon sind*», belehrt sie die Blonde. «Wir sind hier, um über die Frau in der Kirche auf der ganzen Welt zu sprechen. Wir haben –» sie zögert, «Treffen, bei denen wir unsere Rolle im Leben und unser Verhältnis zu unseren Familien und zu Gott diskutieren.»

Schweiß rinnt in die Augen der Frau mit den zwei Gesichtshälften. Sie blinzelt nicht.

«Wissen Sie», sagt die Brünette, «dort besprechen wir Dinge. Eine Chance für einen engeren gemeinsamen Weg mit Jesus. Wir kommen hierher, um uns zu erholen, um nachzudenken.»

«Was *machen* Sie?»

«Oh, wir treffen uns drei- oder viermal am Tag zum gemeinsamen Gebet.»

Die kleine Frau neben Arachne kichert. «Wir hören Sie singen.»

Die Frau mit den zwei Gesichtshälften setzt sich plötzlich auf, schwingt die Füße auf die darunterliegende Pritsche. Sie starrt die Frauen in den Badeanzügen an. «Wer leitet Ihre Treffen? Männer?» Sie hört sich an wie Thena.

«Nein, Frauen», antwortet die eine.

«Na ja, meistens Männer», ergänzt die andere.

«Die Frauen von Geistlichen», erklärt die erste. «Sie haben einen speziellen Namen.»

Die Kleine kichert wieder. Arachne, die die Fragenstellerin mustert, sieht, daß sie von Kopf bis Fuß aus zwei Hälften besteht. Ihre Augen haben verschiedene Farben. Das eine ist hellblau, das andere dunkelbraun. Eine Hälfte ihrer Haare scheint blond, die andere dunkel. Ein Bein ist gebräunt, das andere weiß. Sogar das Schamhaar: eine Hälfte ist gelockt, die andere glatt.

«Haben Sie überhaupt weibliche Geistliche?» Die Gesprächspartnerin läßt nicht locker.

«Nein», erwidert die erste.

«Ja», entgegnet die zweite.

Die Frau mit den zwei Gesichtshälften fährt sie an: «Entscheiden Sie sich.»

«Es ist manchmal einfacher zu reden, wenn die Ehemänner nicht dabei sind», läßt sich die erste vernehmen. «Darum kommen wir hierher.»

Die Zweigeteilte versetzt einem imaginären Gegner einen heftigen Tritt. «Wozu braucht man überhaupt einen Ehemann?»

«Das ist nicht alles», fügt die zweite hinzu. «Wir lernen.» Sie nimmt die Brille ab und sieht der zweigeteilten Frau direkt ins Gesicht. «Was machen Sie?»

«Sie ist Malerin», antwortet die Kleine neben Arachne.

«Sind Sie zu einer Tagung hier?» fragt die Blonde im Badeanzug.

«Ja», erwidert die Kleine. *«Women First.»*

«Worum geht es da?»

Die Frau zuckt die Achseln, und ihre Brüste hüpfen fröhlich. «Was glauben Sie? Frauen an die Macht.»

Aber die andere Frau im Badeanzug hält noch immer die Brille in der Hand und starrt die Zweigeteilte an. «Was machen Sie?»

Die Frau zieht ein mürrisches Gesicht. Sie legt sich wieder auf die oberste Pritsche. Sie spricht zur Zedernholzdecke hinauf.

«Die Welt. Die beschissene, männerorientierte, geistlichkeitsorientierte Welt. Revolutionen. Küchen.» Sie schlägt mit dem Arm in die Luft. «Eisenbahnschienen.»

«Bilder?»

«Drei Meter hohe Leinwand. Vier Meter hohe Zäune. Ich male gerade Nellie McClung auf eine Granitfelsfläche, zwanzig Kilometer von hier. Als nächstes werde ich eine Statue der Isis aus dem Mount Lougheed meißeln.»

Die Frauen in den Badeanzügen sehen einander an. Sie sind rot wie Krebse, können aber kaum einen Tropfen Schweiß produzieren. «Es wird heiß hier drinnen. Wir müssen jetzt gehen.» Die Tür fällt hinter ihnen zu.

Die Kleine kichert. «Du hast sie vertrieben.»

Die zweigeteilte Frau fährt sich mit dem Arm über das Gesicht. «Weiber.»

Aber eine von ihnen steckt den Kopf wieder herein, als ob das Gewissen sie drücke. «Sie können zu einem unserer Treffen kommen. Sie sind jederzeit willkommen.»

Die Frau mit den zwei Gesichtshälften brummt: «Nein, danke.»

«Sie können auch zu unseren kommen», zwitschert die Kleine. «Sie werden sie interessant finden.»

Der Kopf verschwindet.

«Die werden jetzt für uns beten», schnaubt die Frau mit den zwei Gesichtshälften.

«Ich kann es brauchen.»

«Sind Sie wirklich Malerin?» Es ist das erste Mal, daß Arachne sich zu Wort meldet, und die beiden Frauen sehen sie an und beginnen zu lachen. Sie wollen es ihr nicht verraten. Als sie genug geschwitzt hat, duscht sie und zieht sich wieder an. Die Frauen bleiben noch in der Sauna; sie scheinen der Hitze endlos trotzen zu können.

Arachne wirft das feuchte Handtuch in den Korb des Aufsehers und sucht den Weg zurück zum Aufzug, geht an einem altmodischen Eissalon vorbei, an der Video-Arkade, wo die Frau noch immer Raumschiffe abschießt. «Bam. Bam. Bam. Bambambambambam. Getroffen.» Die Hand liegt auf dem Hebel, das Knie ist gegen das Bedienungspult gestützt. Arachne kann nicht anders: sie nimmt die Aktentasche aus Krokodilleder und steigt in den offenen Aufzug. Sie sieht nach, welche Nummer ihr Schlüssel hat. Zimmer 426. Im vierten Stock steigt sie aus, gelangt zu einer mit Spiegeln versehenen Wand, raschelnden tropischen Pflanzen. Ihr Zimmer ist riesig, mit einem Bett, das drei Leuten Platz bietet, und einem Badezimmer von der Größe eines Fußballfeldes. Die Tapete ist blau. Sie reckt sich selbst das Gesicht im Spiegel entgegen und öffnet die Aktentasche. Im Inneren befinden sich Schriften, Broschüren, Papiere, eine leicht zerknitterte Seidenbluse und ein Namensschild. *Women First.* Arachne zieht die Seidenbluse an, befestigt das Namensschild und geht hinunter zum Dinner. Im Aufzug fragt sie eine andere Aktentaschenträgerin: «Wo ist das Bankett?»

«Im Alhambra. Noch Zeit für einen Drink?»

«Warum nicht?»

Mitten in einer langen Tirade über Investitionen zahlt die Frau Arachne zwei weitere doppelte Martinis. Bis sich Frauen in Seide und Leder, Kaschmir, Baumwolle und Samt, Tweed, Velours, Wolle und Mohair, Leinen und Batik und Kamelhaar, Flanell und

Cord endlich in den Bankettsaal drängen, ist Arachne beschwipst, klingen ihr die Ohren von all dem Gin.

Sie treffen auf die Frauen von *Women's Ministry*, und es kommt zu einem Gedränge mit Kleidern aus Polyester, Kammgarn und Pflegeleichtem, Rayon, Tricot und Lamé, Jersey, Acetat und Kattun, Chiffon und Gingan. Sie rempeln einander mit den Ellbogen an, drängen vor und zurück, bis die Gruppe der Aktentaschen, die wie Waffen geschwungen werden, die Oberhand gewinnt und *Women First* die andere Gruppe überrennt, mit vorwärtsdrängenden Miedern und nackten Zehen, an einem Spitzenärmel zerrend, einen hochgeschlossenen Kragen aufknöpfend. Die Geistlichkeit hält sich die Handtasche gegen den gutgepolsterten Brustkorb und versucht, die vorwärtsdrängenden Brüste, die aus geschlitzten Röcken hervorlugenden nackten Schenkel nicht zu berühren, versucht, sich vor Ansteckung zu schützen. Viele haben Bibeln unter dem Arm, sie gehen zu einem gemeinsamen Gebet, sie hatten ein anständiges frühes Abendessen, nichts von diesem Herumstehen, bei dem man zwei Stunden lang trinkt und Krabbenchips knabbert. Sie wenden die Gesichter ab, ihre Kinnladen zittern selbstgerecht. Emanzen, alles Unheil der Welt kommt von den Emanzen. Sie haben im Aufzug gehört, daß eine Große heute abend bei dieser Tagung sprechen soll, eine wirklich Berühmte, eine von jenen, die damit angefangen haben, eine, die verantwortlich ist.

Arachne wird von den Aktentaschen in den Ballsaal gedrängt und an einen Tisch geschoben, an dem man den Bedarf an Wein für den Abend im voraus bestellt hat. Zehn Leute haben an dem Tisch Platz, in dessen Mitte zwölf Flaschen trockenen Weißweins warten. Arachne läßt sich auf den einzigen freien Stuhl fallen, und das Vorstellungsritual beginnt von neuem.

«Ich bin in der Tiefseetauchbranche.»

«Pelzmäntel.»

«Managementberatung.»

«Englisch als Fremdsprache.»

«Nuklearmedizin.»

«Elektrotechnik.»

«Südamerikanische Flüchtlinge.»

«Vermögensberatung.»

«Teekessel.»

Schweigen, und man sieht Arachne erwartungsvoll an.

«Oh.» Sie schaut auf die Serviette hinunter, die sie auf dem Schoß ausgebreitet hat. Soll sie sagen, daß sie in der Unterwäschebranche ist? Sie entscheidet sich schnell. Man könnte nach einem Beweis fragen. «Autos. Alte Mercedes.»

Die Frau, die sagte, daß sie in der Pelzmantelbranche sei, beugt sich vor Aufregung heftig atmend zu ihr. «Wirklich? Ich versuche, einen alten Mercedes zu kaufen. Wissen Sie, wo ich einen finden kann?»

«Natürlich. Im Moment fahre ich einen Dreihunderter, Baujahr 1959.»

Die Frau beißt sich auf die Unterlippe. «Wieviel?»

Arachne läßt das Fischmesser gegen den Vorspeisenteller klirren. «Fünfundzwanzigtausend.» Niemand könnte so viel für den alten Schrotthaufen zahlen wollen.

«Abgemacht.» Die Frau zieht ein in Aalhaut gebundenes Scheckheft aus der Tasche und geht daran, den Betrag mit einer Füllfeder hinzukritzeln. Sie reißt den Scheck heraus und schwenkt ihn in der Luft, um die Tinte zu trocknen. «Das muß gefeiert werden. Ich kann mein Glück kaum fassen.»

Der Scheck wird über den Tisch Arachne gereicht, die ihn sorgfältig zusammenfaltet und in die dünne Brieftasche steckt, die sie in ihrer Hüfttasche trägt.

Sie trinken auf den Kauf des Autos. Sie trinken auf den Wagen. Sie essen Lachssoufflé. Sie trinken auf die Tagung. Sie knabbern an grünem Salat. Die Lichtspots an der Wand verschwimmen, im Ballsaal wird es dunkler, warm und sentimental, es riecht nach Parfum, unrasierten Achselhöhlen, Weißwein, nach all diesen Köpfen mit schamponierten, glänzenden, luftgetrockneten Haaren. Eine nächtliche Brise dringt durch die hohen, bleigefaßten Fenster. Die Frauen springen von ihren Stühlen hoch, einige tanzen zwischen den Tischen Cha-Cha-Cha, andere beginnen Zigarren zu rauchen, warten auf den gebackenen Fisch, starken schwarzen Kaffee und Likör und die Gastrednerin. Sie erwarten sie, sie wird sie wieder in Schuß bringen, wird sie anstacheln, sie werden bereit sein, die ganze Nacht zu trinken, die ganze Nacht zu diskutieren, um das Hotel herumzuspazieren, in den Swimmingpool einzudringen und nackt zu baden. Wenn der Aufseher am nächsten Morgen herunterkommt, wird er seine Handtücher gebraucht vorfinden und den Swimmingpool voller Abfall – ein paar dahintreibende Champagnerflaschen, ein durchweichter Socken, ein Negligé.

Direkt hinter Arachne steht ein Tisch mit zwei Männern. Die Männer sitzen nebeneinander, aber jeder hat einen leeren Stuhl an seiner Seite. Sie sind eingeschüchtert, aber bestehen auf ihrem Recht; sie gehören genauso wie alle anderen hierher, sie haben Eintritt bezahlt und sind gekommen, um die Frauenrechtlerin zu hören, um zu hören, ob sie wirklich so großartig ist, wie ihre Frauen es behaupten. Ihre Frauen sind zu Hause und passen auf die Kinder auf, geben acht, daß niemand ins Haus einbricht. Sie warten auf einen objektiven Bericht.

Die Gastrednerin sitzt am ersten Tisch und stochert im Essen herum. Sie sieht müde aus, als habe sie seit Monaten, seit Jahren Leben in Tagungen dieser Art gehaucht. Sie war an den Anfängen beteiligt, man erwartet, daß sie brillant ist. Sie hat keine andere Wahl.

Der gebackene Fisch wird aufgetragen, und die Zeremonienmeisterin steht auf, um die Rednerin vorzustellen. Sie beginnt mit einer langen Abhandlung über Worte und Taten, Leistungen und Erfolge des Gastes. Es ist unnötig. Sie ist eine Heilige, eine Galionsfigur, eine Priesterin. Dann steht sie auf, eine große, goldene Amazone. In der erwartungsvollen Stille, ehe sie zu sprechen beginnt, greift die Frau mit dem Scheckheft nach dem Rockzipfel eines Piccolos und verlangt mit weithin hörbarem Gewisper: «Schnell. Eine Flasche Cognac.»

Die Titanin spricht. Ihre leise, heisere Stimme dringt bis in den entferntesten Winkel des Saales. Niemand kann sich dieser rauhen, sich die Lippen leckenden Macht entziehen. Unter ihren Worten beginnen die Frauen im Saal dahinzuschmelzen, sie blühen auf, sie heben das erwartungsvolle Gesicht zum Podium, sie seufzen, sie nicken, sie brechen in Gelächter aus, sie applaudieren, sie bearbeiten die Tische mit den Fäusten. Sie lieben sie, mein Gott, sie lieben sie. Sie spricht für sie, alle ihre stummen, zungenlosen Münder werden zu einem einzigen wortlosen, unartikulierten Aufschrei für ihr helles Strahlen, für ihren lachenden Zorn.

Sie streicht ihnen über die Haut, berührt die Gesichter, die sie ihr entgegenhalten, sie gibt ihnen alles, was sie hat. Sie bewegt diesen Bankettsaal Schritt für Schritt vorwärts, legt ihnen Bausteine von Wörtern in den Mund.

«Gleichberechtigung.»

Sie singen die Textzeile nach. Und in der Pause nach ihrem

Gebrüll hören sie von der anderen Seite der Trennwand hinter der Gastrednerin die Fetzen eines Kirchenliedes herüberdringen, die Polyesterfrauen beim Gebet. Sie werden still. Auf Stuhlkanten gedrängt, die Arme über Sessellehnen, die Ellbogen auf den Tisch gestützt, hören sie den zitternden Stimmen der *Women's Ministry* zu. «Jesus liebt mich . . .»

Die Gastrednerin grinst und fährt fort, ihre rauhe, unregelmäßige Stimme trägt den Saal davon, während das klägliche dünne Kirchenlied ausklingt und schließlich abbricht. Als sie zum nächsten Punkt kommt, sind die Frauen angespannt, machen sich bereit, und als sie ausruft: «Für Mitbestimmung», tönt es aus dem Ballsaal zurück: «Mitbestimmung, Mitbestimmung, Mitbestimmung.» Nachdem die Rufe verebbt sind und die umgestürzten Gläser nicht mehr zersplittern, hören sie die Stimmen der Geistlichkeit wieder anschwellen, die diesmal tapfer mit *Amazing Grace* kämpfen. Aber sie können nicht Stimme halten, ihnen fehlt der Antrieb oder die Übung, sie trinken nicht schon seit fünf Uhr nachmittags.

«Männer an den Herd.»

Die Männer am Tisch hinter Arachne wetzen hin und her und sehen auf die Uhr. Die Frauen sind halb aufgestanden, sie sind erhitzt, sie können Festungen erstürmen. Die Worte der Anführerin sind dehnbar, sie heben Welten hoch, sie hat diese tausend Körper zu einer einzigen konzentrierten Kraft gemacht.

«*Gleichberechtigung,* Gleichberechtigung, Gleichberechtigung.» Sie wollen sie nicht gehen lassen, sie singen ihren Namen, sie wogen ihr entgegen, sie stehen, sie prosten ihr zu. Die beiden Männer schlüpfen aus dem Saal.

Arachne flüchtet auf die Toilette, wäscht sich das Gesicht in einem Marmorbecken. Auf der geliehenen Bluse sind ein paar Flecken, das Namensschild hängt schief. Sie versucht, es verkehrt herum zu lesen, schaut es im Spiegel an, aber sie kann den Namen nicht entziffern. Sie geht zum Aufzug und drückt auf Vier. Der Aufzug fährt hinunter, bleibt in der Arkade stehen. Ting. Arachne steckt den Kopf hinaus. Die grüne Abschirmung des Videogerätes scheint im dämmrigen Licht der Halle heller, beinahe unheimlich. Sie sieht verschwommen ein Gesäß, einen Ellbogen.

«*Bam.* Getroffen. Dreiundvierzig Freispiele.»

Die Türen des Aufzugs beginnen sich zu schließen, und Arachne duckt sich wieder hinein und drückt noch einmal auf Vier.

Im Zimmer zieht sie die Bluse aus und streift den kirschroten Pullover über, faltet die Bluse sorgfältig zusammen und steckt sie wieder in die Aktentasche aus Krokodilleder. Sie geht das Treppenhaus hinunter und taucht aus der anderen Richtung in der Arkade auf.

«Uh-huhu-ugh – hu. Bam. Bambambambam. Getroffen. Fünfundvierzig.»

Sie stellt die Aktentasche neben der vibrierenden Maschine ab.

Arachne macht sich aus dem Staub

Die ausgelassene Nacht zeigt ihre Nachwirkungen. Um sieben Uhr am nächsten Morgen ist das Hotel wie ausgestorben. Arachne geht mit dem Schlüssel hinunter und gibt ihn an der Rezeption ab, sagt dem Angestellten, er solle die Rechnung an Ladies' Comfort schicken. Als der Parkplatzwächter den Mercedes vor die Eingangsstufen fährt, gibt sie ihm fünf Dollar Trinkgeld und sagt: «Sie haben diesen Wagen nie gesehen.»

Er schaut auf den Geldschein in der Hand.

Arachne holt noch einen Fünfdollarschein heraus.

«In Ordnung, Ma'am.»

Arachne fährt den Hügel hinunter und durch Banff, während sie herauszufinden versucht, wie sie wieder auf den Trans-Canada-Highway kommt, der nach Westen führt. Banff schläft im Stehen, nur ein schwarzer Bär rollt Abfalleimer die Straße hinunter.

Sie fährt weiter, bis sie auf den Kreisverkehr stößt und, wie der Teufel es will, bleibt sie wieder stecken. Sie fährt zweimal den ganzen Weg herum, bis es ihr gelingt, auszubrechen. Aber dann fährt sie nach Osten, den Weg zurück, den sie gekommen ist. Sie denkt daran, mitten im schwachen Sonntagsverkehr eine U-förmige Schleife zu beschreiben und entschließt sich dann, an der nächsten Hauptstraße nach Süden abzubiegen, von diesem Highway herunterzufahren. Nebenstraßen sind immer besser. Außerdem könnte die Pelzmantel-Frau nach ihr suchen lassen. Sie greift in die Gesäßtasche und betrachtet den leicht zerknitterten Scheck. Fünfundzwanzigtausend Dollar. Genug, um sie lange Zeit über Wasser zu halten. So, wie die Frau mit ihrem Scheckheft herumgeworfen hat, sah sie nicht aus, als würde sie ein paar Tausender hier oder da vermissen. Arachne verdankt es sich selbst, unabhängig zu sein.

Bei einem Straßenschild, auf dem Kananaskis steht, wendet Arachne nach Süden. Eine Zeitlang ist die Straße noch asphaltiert, aber nach einer Stunde wandelt sie sich zu einer Schotterstraße, einem Forstweg. Es ist eine staubige, aber verlassene Straße, genauso, wie Arachne es will, sie wird sie den ganzen Weg nach Süden zum Crowsnest-Paß führen, wo sie dann die Rockies überqueren kann. Gebirge und Wasserfälle ziehen undeutlich vorbei, aber Arachne hat kein Auge für die Landschaft. Sie muß nach Pincher Creek kommen, den Ölstand kontrollieren, nachtanken, etwas Geld abheben.

Ein Mitunterzeichner

Am Montag morgen ist die Bank leer. Arachne unterzeichnet den Scheck mit einem Schnörkel, zeigt einer verschlafenen Bankbeamtin ihren Führerschein und andere Ausweispapiere. Die Kassiererin überprüft die Unterschrift, gähnt und greift nach der Kassenlade, dreht den Scheck um. Sie blinzelt, öffnet beide Augen. «Das kann ich Ihnen nicht geben.»

«Warum nicht?»

«Es ist zuviel Geld. Sie brauchen einen Gegenzeichner.»

«Kommen Sie schon», sagt Arachne. «Sie können meine Bank in Calgary anrufen.»

Die Kassiererin schüttelt den Kopf.

Arachne schlägt mit der Hand auf den Schalter. «Muß ich den ganzen Weg nach Calgary zurückfahren, um das zu kassieren?»

«Haben Sie Probleme?»

Arachne dreht sich um und sieht sich einem koboldhaften, schwarzbärtigen Gesicht gegenüber, das zu einem Körpertyp gehört, der ihr vertraut ist, bei dem der kräftige Brustkorb und der feiste Bauch zu beinahe bedeutungslosen Beinen zusammenschrumpfen.

«Oh, hallo, McKay. Sie braucht einen Gegenzeichner, jemanden, der sie kennt.»

«Ich werde unterschreiben. Ich kenne sie.»

«Das tun Sie nicht», protestiert Arachne.

«Und wie. Hier, Arlene, gib mir das.»

«In Ordnung, solange du dahinterstehst, McKay.» Sie zählt zweihundertfünfzig Einhundertdollarscheine ab.

Arachne steckt den unförmigen Stoß in die Jackentasche und knöpft sie zu.

«Ich an Ihrer Stelle würde das in meinen BH geben.» Die Kassiererin kann der Versuchung, Ratschläge zu erteilen, nicht widerstehen.

«Ich trage keinen.»

Als Arachne die Tür hinter sich zufallen läßt, lehnt er an der Motorhaube des Mercedes. «Wollen Sie eine Ranch oder ein Bergwerk kaufen?» Er sieht aus, als wäre er einer jener Männer aus den Tagen des Klondike-Goldrausches, mit seinem fleischigen Körper und dem Gesicht eines Träumers.

«Was verkaufen Sie?»

«Ich? Nichts. Trampe nur so in der Gegend rum. Nett hier draußen. Fahre heute noch zum Paß.»

«Was ist es wert?»

«Das Bergwerk? Ein paar Tausender. Knie dich rein, und der Wert wird steigen.»

«Was würde ich mit einem Bergwerk anfangen?»

«Investition.»

«Ist es ein Goldbergwerk?»

Er tritt mit einer Spitze seiner Cowboystiefel auf die andere und schaut sie schüchtern an. «Es ist ein Kohlebergwerk.»

«Was soll ich mit einer Kohlemine?»

«Wirklich hübsche Lage. Historische Stätte.»

«Ich bin zu sehr damit beschäftigt, auf mich selbst achtzugeben, ich kann mich nicht auch noch um die Geschichte kümmern. Sprechen Sie lieber mit der Regierung.»

«Ich würde mich besser fühlen, wenn sie Ihnen gehörte.» Er grinst verschlagen. «Wir könnten Partner sein.»

Arachne steigt in den Wagen und schlägt die Tür zu.

Er zuckt die Achseln und schlendert mit Heldenbrust und auf O-Beinen davon. Arachne sieht ihm nach, biegt dann auf die Straße ein. Das Bündel Geldscheine fühlt sich schwer an. Als er sich nicht umdreht, fährt sie direkt neben ihn an den Bürgersteig heran, greift hinüber und öffnet die Beifahrertür. «Also gut, entscheiden Sie sich, zum Teufel noch mal. Kommen Sie oder kommen Sie nicht?»

Er streckt die Beine unter dem Armaturenbrett aus. «Fahren Sie nach Westen.»

Er ist, wie er sagt, Dougall McKay, Bergarbeiter, Unternehmer, Do-it-yourself-Historiker, Archivar und Retter des Crowsnest-Passes, Säufer, Großmaul, Zielloser, Spieler, Flugzeugmonteur, Hubschrauberpilot. «Schon mal am Crowsnest gewesen?»

Arachne schüttelt den Kopf.

«Nun, Ma'am, Sie haben jetzt den kenntnisreichsten Führer im ganzen Westen für sich. Ich kenne ihn wie meine Westentasche. Hier geboren, hier aufgewachsen, in den Minen gearbeitet, Maple Leaf, Bellevue, Hillcrest. Halb Itaker, halb Schotte.» Er lacht und zieht eine Feldflasche aus der Hüfttasche. «Tatsächlich. Wollen Sie einen Zug? Ich hab den halben Crowsnest hinunter zurück nach Calgary gekifft und aufgepaßt, daß die Flasche nicht zerbricht oder einrostet, vergraben oder weggeworfen wird. Das war früher einmal eine blühende Gegend.»

Die Kette verstreut daliegender Gebäude, an denen sie vorbeifahren, sieht aus wie eingesunkene und verfaulte Zahnstümpfe. «Der ganze Paß ist wie ein Gedicht.»

Arachne stöhnt.

«Aber ja, wenn ich es Ihnen doch sage. Hören Sie zu. Lundbreck, Maple Leaf, Passburg, Burmis, Hillcrest, Frank, Blairmore, Coleman, Sentinal, Crowsnest, Summit, Michel, Natal, Sparwood, Mosmer, Fernie. Alles verschwunden. Ja. Ich erinnere mich, wie ich aufgewachsen, über den Paß gefahren bin, die Städtenamen aufgesagt habe wie den Rosenkranz. Oh, schauen Sie nicht so erstaunt. Ich wurde als guter katholischer Junge erzogen, mit Erstkommunion und allem Drum und Dran. Die Mohawk-Kippe, die Leitsch Colleries. Möchten Sie den Friedhof von Hillcrest sehen?»

«Nein», erwidert Arachne. «Mir hängen die Toten zum Hals heraus. Hab wohl zuviel davon erwischt.»

«Squaw-Nippel.» Er deutet mit dem Finger. «Wollen Sie für einen Drink stehenbleiben?»

Sie verlassen den Highway und fahren nach Blairmore hinein, folgen den wenigen Straßen wie einem Kreuzworträtsel, während er sich weitschweifig über Prohibition ausläßt. Er kann nicht viel älter als vierzig sein, aber trotzdem spricht er so, als sei er seit Anfang des Jahrhunderts auf der Welt.

Die Häuser der Bergarbeiter gleichen zusammengeduckten Kartons, die sich über die Bergflanke hinunterergießen, und die Straßen schlängeln sich wie betrunken zwischen ihnen durch. Alles ist melancholisch, angejahrt, niemand fährt mehr in die Minen hinunter, kommt schwarz und grinsend wieder herauf, um sich den Staub mit etlichen Krügen Bier aus der Kehle zu spülen, niemand singt an Freitagabenden auf der Straße, tanzt einmal in der Woche zu den Geigenklängen der Whiskeyjacks, das Leben wird nicht mehr vom unheimlichen Ruf des Pfeiftons bestimmt, der die Männer in die schwarze Öffnung des Berges hinein- und auch wieder hinausführt.

«Hinter jedem Haus ist ein kleineres Haus, eine Junggesellenbaracke», erklärt Dougall. «Alleinstehende Knaben haben immer die Garage, den Arbeitsschuppen gemietet, dort gewohnt. Sie waren keine wirklichen Junggesellen – Einwanderer, die ihre Frauen und Kinder in der alten Heimat gelassen hatten und gearbeitet haben, um sie hierher nachkommen zu lassen. Einige haben ihr ganzes Leben gearbeitet, und die Familien sind niemals gekommen. Und dann sind doch einige gekommen, und mit einem Schlag sind sie nicht mehr mit ihnen fertig geworden. Saufereien, Hurenhäuser und Kohlebergwerke stehen altmodischen europäischen Mädchen nicht so recht zu Gesicht. Man hörte immer wieder von endlosen häuslichen Kämpfen. Und die Frauen haben auch immer gewonnen. Einige Knaben wohnen noch immer in ihren Baracken, werden noch von rostigen Konservendosen und alten Whiskeyflaschen umgeben sterben. Möchten Sie einen kennenlernen, einen richtigen Kumpel?»

«Warum nicht?»

Er führt sie zu einem schäbigen grauen Schuppen, über dem ein verbogenes Ofenrohr vor sich hinraucht. Er schlägt mit den Fäusten gegen die Tür und brüllt: «He, Frank, *Frank. Zu Hause?*»

«Komme.»

Als die niedrige Tür aufgestoßen wird, blinzelt der Mann, der zusammengeduckt im Türrahmen steht, in das Licht. Er ist überdurchschnittlich groß und schauderlich kräftig. Es scheint nicht möglich, daß er in diese Bretterbude hineinpaßt. «Dougall?»

«Richtig, alter Knabe. Wie geht's dir?»

«Hast mir eine Flasche gebracht?»

«Klar. Hier hast du.» Und er zieht noch eine Flasche Scotch aus der Innenseite seiner Jacke. «Jemand möchte dich kennenlernen.»

«Okay, kommt herein, kommt schon herein. Sucht euch einen Platz, wo ihr euch hinsetzen könnt. Räumt ein paar von den Sachen von dem Bett dort.»

Die Baracke ist dunkel und feucht, wie die Höhle eines Tieres, Gerümpel lehnt herum, warme Unterwäsche hängt zum Trocknen da. Eine bissige rötliche Katze springt vom Bett und schlüpft durch die offene Tür. Arachne setzt sich auf etwas, das wie ein Nest aus Federn und Fell, Gewand und Schuhen aussieht. Diese Höhle ist verlockend. Sie denkt, daß sie selbst gerne so leben möchte, in einer tiefen, atmenden Finsternis. Sie läßt sich voller Wohlbehagen in das Miasma dieses Raumes sinken, spürt, wie die widerliche Fäulnis in sie eindringt; es ist ekelhaft schlampig und beglückend. Sie sieht dem korpulenten Bergmann und Dougall McKay beim Trinken zu; sie haben die Beine zum Bauch hochgezogen. Sie rufen einander eine Vergangenheit in Erinnerung, an der Arachne kein Interesse hat, aber ihr Netz von Geschichten läßt in ihr eine Sehnsucht nach Unordnung und Verderbtheit aufsteigen, die Sehnsucht nach der Befriedigung eines Lebens in Lumpen, ohne Verpflichtungen und Belohnungen. Sie bekommt wieder Lust auf Geschmacklosigkeit, als ob das eine Zuflucht sein könnte. Und während sie den beiden Männern zuhört, die sich über die Vergangenheit auslassen, wird ihr klar, daß sie schon wieder auf der Flucht ist. Nein, daß sie auf die Anonymität zuläuft, auf Verdrängung, auf Erlösung von jeglicher Erwartung. Wenn sie nur Thomas mitnehmen könnte, aber der wird von seinen Mappen gezeichnet, skizziert von den Linien, die die Landschaft formen. Arachne möchte darin versinken.

Sie kämpft sich hoch. «Dougall.»

Er schnalzt mit den Fingern. «Immer mit der Ruhe. Wir sind jetzt einmal hier.»

«Ich bin spät dran.»

«Spät wozu? Für Ihr eigenes Begräbnis? Da, trinken Sie.»

Er stöbert auf dem Tisch herum und späht in ein Bierglas. «Mein Gott, Frank, wäschst du denn nie etwas ab? Hier, Scotch wird es sterilisieren.»

Arachne nimmt ihm das Glas ab. Der Schaum an den Rändern stört sie nicht, wohl aber ihre Bereitschaft, sich mit diesen beiden lebendig begrabenen Männern bis zur Besinnungslosigkeit zu betrinken.

Dougall grinst und nickt. «Trinken Sie aus.» Unter dem schwarzen Schnurrbart ist sein Mund rot und feucht. «Dann werden wir uns mein Kohlebergwerk ansehen. Schwarzes Gold, stimmt's, Frank?»

«Kein verdammtes Gold hier unten.» Der fettleibige Kumpel hat die auf dem Tisch herumliegenden Dinge zur Seite geschoben und legt den Kopf auf die Arme. «Das bildest du dir ein, Dougall.»

«He. Diese Dame wird meine Partnerin. Was verstehst du denn schon davon?»

Arachne befühlt ihre Tasche. Das Bündel Geldscheine ist dick. Sie trinkt ihr Glas leer. Sie setzt sich wieder auf das nestartige Bett. Sie wartet, wippt mit den Beinen. Sie trinkt noch ein Glas, dann noch eines, sie haben keinen Scotch mehr, trinken eine farblose Flüssigkeit aus einem Steinkrug. Arachne hört nicht zu, sie saugt in sich ein. Die Männer sprechen vom Leben unter Tage, vom täglichen Abstieg an einen Ort, an dem, wenn die Lichter ausgehen, deine eigene Hand ein Fremder ist, von dir abgetrennt. Du kannst dich selbst schlagen und weißt nicht, woher der Schlag kommt, du kannst dich vorwärtstasten, aber selbst wenn du vorsichtig bist, kannst du nicht verhindern, daß die Dunkelheit ihre sanften, heißen Hände auf deine Schultern legt und dich in die Knie zwingt. Sie haben die Dunkelheit betreten, in ihr gelebt, sie absorbiert. Sie wollen keine Erfahrung aus zweiter Hand wie Besucher, sondern sind Bewohner, Inhaber der Dunkelheit, durch einen Mietvertrag gebunden, sie um die Beine geschlungen zu tragen, sie wie Handschuhe überzustreifen. Sie analysieren ihr Leben voll Kohlenstaub nicht, sondern ertragen es mit seinem Auf und Ab wie Blutsauger, bis der Tod sie ereilt. Arachne trinkt und wärmt sich die Hände an ihrem lichtlosen Leben. Sie haben, was sie immer gewollt hat.

Lebendig begraben

Es ist stockdunkel, als sie aufwacht, und das erste, das sie bemerkt, ist der Geruch; es stinkt, als ob sie in einem Massengrab verschimmelte. Sie liegt auf dem Rücken; ihr eigenes Schnarchen hat sie geweckt, und nun zwingt ihr ruhiger Atem die Augen weit auf. Sie spürt, wie sich die Pupillen weiten, aber es ist zwecklos. Es gibt nicht einen Schimmer grauen Lichts, auf den sie sich konzentrieren können, nichts, nur den Geruch. Vorsichtig bewegt sie ein Bein. Und spürt, daß sie zwischen zwei besoffenen Männern eingekeilt, von ihnen zugedeckt ist, von ihren Armen und Beinen in einer grotesken Parodie postkoitaler Zärtlichkeit festgehalten wird. Das Knie des fetten Mannes über ihrem Oberschenkel ist wie ein Holzklotz; der muskulöse Arm Dougall McKays sperrt ihre Brüste ein. Sie bewegt sich abermals, macht eine heimliche Anstrengung, die beiden abzuschütteln, aber sie schlafen weiter, ohne im geringsten auf ihre Bewegung zu reagieren, ohne ihr stinkendes, schmerzendes Gewicht zu verlagern.

Sie fährt sich über die Lippen. Ihre Kehle ist trocken, sie möchte Wasser. Es ist so stockfinster, daß sie nicht sicher sein kann, ob sie wirklich wach ist oder ob sie sich das nur einbildet; dennoch, der Geruch überzeugt sie, daß sie bei Bewußtsein sein muß. Sie bewegt sich erneut, versucht, die Körper, die das schlafende Fleisch wie Bleigewichte zu ihr hinunterdrücken, wegzuschieben. Es hat keinen Sinn; ebensogut könnte sie an Händen und Füßen gefesselt sein. Arachne kann nicht atmen. Sie beginnt zu kämpfen, Arme, Rumpf und Beine ihrer gleichgültigen Fesselung zu entwinden, es ist ein langer, stiller Kampf, in dem sie verzweifelt darum ringt, sich aus ihrer unbeugsamen Umklammerung zu befreien. Sie fühlt einen Schrei in sich, einen Schrei, der über Dunkelheit und Tod hinausgeht, sich emporhebt. Sie vollführt eine letzte mächtige Kraftanstrengung, und das Gewicht hebt sich.

«Aaaah.»

Ihre Gliedmaßen gehören wieder ihr selbst. Die Körper neben ihr sind formlose Säcke. Sie hat zwischen den beiden Männern geschlafen, aber was sonst, was sonst? Man hat ihr den Mantel ausgezogen, aber sie hat die Kleider noch an, auch die Schuhe. Zu ihrer Rechten liegt der feuchte Fleischberg des Minenarbeiters; zu ihrer Linken McKay.

«Dougall, Dougall McKay.»

«Äch.» Er wehrt sie mit dem Ellbogen, den sie verschwommen wahrnimmt, ab, und Arachne denkt daran, wie lange er mit seinem Wissen um die Dunkelheit schon neben ihr liegt: Stunden, Tage?

«Wie spät ist es?»

«Leck mich am Arsch. Woher soll ich das wissen.»

«McKay, verdammt noch mal, ich kann hier drinnen nicht atmen.»

«Dann gehen Sie hinaus.»

«Lassen Sie mich los.»

«Ich rühr Sie nicht an. Halten Sie den Mund, hm?»

Arachne bahnt sich den Weg über den stummen Haufen Fleisch der Männer und tastet sich am Boden entlang, stößt an Stuhlbeine, stolpert über Flaschen, schiebt die Beine langer Unterhosen zur Seite. Sie findet eine Mauer, kriecht weiter, bis sie auf etwas stößt, das eine Tür sein muß. Sie fummelt am Riegel herum, ein Holzpflock, der über einen Metallhaken gelegt ist. «Verdammt.» Sie drischt auf die Tür ein, als ob sie ebenfalls lebendig und träge wäre, schlägt mit der Faust gegen das Holz, und die Tür befreit sie, schwingt auf, hinaus in eine kühle, lichtdurchbrochene Morgendämmerung; die Luft ist so unbefleckt rein, daß sie beinahe mit einem Gefühl des Schmerzes in sie hineintritt. Sie hält sich mit einer Hand an einer kümmerlichen Pappel fest, während sie sich die andere Hand vor die Brust preßt. Und stolpert dann auf die Knie, muß sich übergeben. Ihr Magen revoltiert.

Sie bleibt auf den Knien, hält beide Hände flach auf den Boden gepreßt, kämpft mit dem Brechreiz. Neben sich hört sie ein Rascheln und dann das Geräusch von Urin, der gegen einen Baum rasselt. «Das ist schlimm, he?» fragt McKay ruhig.

«Mein Gott, was war das für ein Zeug?»

«Franks bester schwarzgebrannter Schnaps. Wau – Sie haben wirklich eine Menge getrunken.»

«Ich sterbe.»

«Nein, Sie werden sich eine Woche lang nur ein wenig angeschlagen fühlen.»

«Sie Scheißkerl.»

«Ich hab Ihnen nicht gesagt, daß Sie dieses Zeug trinken sollen.»

«Sie hätten mich warnen können.»

«Sie sind ein großes Mädchen.» Er zwängt sich wieder in seine Hose und tritt neben sie. «Da. Brauchen Sie Hilfe?»

«Rühren Sie mich nicht an.»

«Okay, Süße.» Er nestelt versonnen an seinem Gürtel herum und schaut hinunter auf den schwankenden Hügel der Stadt. «Wovon leben Sie?»

«Was?»

«Tut mir leid. Falsche Frage.»

Arachne setzt sich hin und sieht zu ihm hinauf. «Was zum Teufel geht Sie das an?»

Er zuckt die Achseln. «Reines Interesse.»

Arachne greift nach der Tasche mit dem Stoß Geldscheine. Sie ist flach, leer. «Okay, McKay.»

Er spreizt die Hände, schaut weg. «Ich werde es zurückgeben. Sagen wir einfach, ich hab es in Verwahrung genommen, bis Sie meine Mine gesehen haben. Ich möchte wirklich, daß wir Partner werden.»

«Sie Hurensohn.»

Jetzt schnellt er herum. «Lady, Sie hätten dieses Geld nie bekommen, wenn ich nicht dagewesen wäre. Klar?»

Arachne gelingt es, auf die Beine zu kommen. «Also, das haben Sie in der Bank gemacht? Nach einem leichten Opfer Ausschau gehalten. Nehmen Sie, was Sie wollen und geben Sie den Rest zurück.»

«O nein, ich bin ein ehrlicher Mann. Ich werde Ihnen das Bergwerk zeigen. Wir werden einen Vertrag aufsetzen.»

«Mir ist Ihr Bergwerk scheißegal.»

«Aber Sie müssen es sehen.» Er ist ehrlich verwirrt.

«Ich möchte nur, zum Teufel noch mal, hier raus.»

«Lassen Sie mich Frank auf Wiedersehen sagen.»

«Ich gehe.»

Er schreit etwas im Inneren der Baracke und kommt mit Arachnes Mantel zurück. «Wollen Sie nicht einmal das hier?»

«Ich werde ihn wochenlang lüften müssen, um den Gestank herauszubringen.»

«Sie haben keinen Geruch?»

Arachne wirft ihm einen vernichtenden Blick zu und steigt in den Wagen. Er grinst sie über den Sitz hinweg an. «Sind sich wohl zu gut dafür. Was sind Sie denn, irgendeine reiche kleine Ausreißerin?»

«Nein! Ich bin Vertreterin für Unterwäsche.»

Er bricht in schallendes Gelächter aus. «Natürlich.»

«Es stimmt.» Sie zeigt auf den Rücksitz. «Da sind meine Muster.»

Er greift nach hinten, hebt den Deckel von einem Karton. «He, sind die nicht süß?» Er nimmt einen rosafarbenen Schlüpfer heraus, zieht ihn über das Gesicht. «Sie verkaufen doch nicht wirklich Unterwäsche.»

«Und ob ich das tue.»

Er pfeift anerkennend. «Nun, ich hab nichts dagegen. Sie sind ein qualifizierter Investor.»

«Ich möchte, daß Sie aufhören, mir etwas vorzumachen. Sie wollen doch nur mein Geld.»

«Ihr Geld, oho, *Ihr* Geld? Wo zum Teufel haben Sie diesen Scheck her? Sie schienen sich nicht recht wohl damit zu fühlen.»

Arachne fährt an den Straßenrand. «Behalten Sie das verdammte Geld und steigen Sie aus.»

«He, seien Sie nicht so empfindlich. In Ordnung, ich werde keine Fragen stellen.» Er lehnt sich zurück und drückt das Kinn auf die Brust. «Eine Vertreterin für Unterwäsche. Man trifft die seltsamsten Leute auf dem Paß.»

Arachne kann nur mit den Zähnen knirschen.

Unten an der Straße setzt er sich auf. «He, he, fahren Sie da rüber. Wir müssen jetzt ein Stück laufen.»

«Warum steigen Sie nicht aus? Das ist wirklich ein saublödes Spiel.»

«Kein Spiel. Süße. Kommen Sie.»

Sie klettern, bis sie ein offenes Portal erreichen, eine Wunde, die in den Berghang hineingesprengt wurde. Ein versperrtes Tor aus Maschendraht verdeckt die Öffnung, ist ein Gitter gegen die Dunkelheit.

McKay tritt einen Schritt zurück, zeigt auf das Tor. «Das ist es.»

«Es ist versperrt.»

«Himmel, ja. Möchte nicht, daß abenteuerlustige Kinder unter Tage verlorengehen.»

«Können wir nicht hineingehen?»

«Sie möchten da hinunter?»

«Natürlich.»

Er lacht. «Nein, Süße. Ich hab Sie hierhergebracht, damit Sie das Bergwerk sehen. Sie können nicht sagen, daß ich Sie reingelegt habe, aber es kommt gar nicht in Frage, daß ich Sie da hinunterführe oder selbst noch einmal hinuntergehe.»

«Aber ich dachte, Sie lieben Ihren Job.»

«Ich hab es getan. Früher.»

Arachne geht zum Eingang und späht durch die Absperrung. Sie schnüffelt die Dunkelheit, die feuchte Kälte streicht unmerklich an ihrer Haut vorbei. Es ist die tote Luft völliger Lichtlosigkeit, rein und unverfälscht. Arachne erschauert und tritt zurück.

McKay grinst. «Ja. Wirklich netter Ort. Kommen Sie, gehen wir.»

Sie gehen zum Wagen zurück, und er sagt nichts, brütet mit nach vorn gebeugtem Gesicht vor sich hin.

Als das Ortsschild von Fernie auftaucht, sagt er: «Okay, hier muß ich Sie verlassen.» Er zieht das Bündel Geldscheine heraus, zweigt ungefähr die Hälfte ab und wirft den Rest auf den Sitz. Bevor er die Tür zuschlägt, beugt er sich in den Wagen und schenkt ihr ein breites, satyrhaftes Lächeln. «Danke, Süße. Halten Sie sich von selbstgebranntem Schnaps fern und schlafen Sie nicht in fremden Betten.»

Hinterhalt

Arachne fährt noch ein oder zwei Kilometer den Highway entlang, wendet dann und fährt den Weg zurück, den sie gekommen ist. Sie kehrt zum Bergwerk zurück, dessen schmutziges, verschwiegenes Portal in die Erde mündet. Sie klammert sich am Zaun fest, schnuppert diese tote Luft, späht in ihren Rachen. Die Gleise der Förderwagen ziehen sich in einer schmalspurigen Kurve in das Innere des verschwindenden Tunnels hinein. Obwohl sie die Augen mächtig anstrengt, kann sie ab einem gewissen Punkt nur noch eine dämmrige Hülle wahrnehmen, wo jedes Licht verschluckt wird. Wenn sie nur da hineingehen könnte. Aber es ist unmöglich, das Metallgitter ist in den Fels gelötet, um alle Erforscher des Stolleninneren, alle Kinder der Nacht davon abzuhalten, in den zahllosen Tunnels, die das Berginnere durchziehen, herumzuwandern.

Arachne späht in das nicht zu Sehende hinein. Ihr Körper, der gegen das Tor gepreßt ist, ist ein Körper, der mitten in einem Fluchtversuch ertappt wird, während er damit kämpft, über einen letzten Zaun zu klettern. Als sie sich losmacht, ist es bereits dämmrig, sind die Lichter von Fernie begeisterte Glühwürmchen. Sie fährt in die Stadt, parkt den Wagen und geht zu Fuß weiter. Es gibt hier nur zwei Kneipen, und sie liegen in derselben Straße, durch ihre Hintertüren kommt man in ein und dieselbe Seitengasse hinaus. Sie lächelt und geht zum Chinesen, wo sie zu Abend ißt; es ist ein ruhiges Abendessen, bei dem sie mit dem Rücken zur Wand in einer

Ecke sitzt, von wo aus sie die Tür beobachten kann. Sie trinkt zwei Kannen chinesischen Tee und ißt den Teller leer, geht dann zum Wagen zurück und döst bis viertel vor zwölf.

In der engen Gasse scheint der Mond. Er zittert über dem Gebirge, den Hintertüren der Kneipen, den eingebeulten Mülleimern. Arachne läßt sich an einer dunklen Stelle nieder, von wo aus sie beide Türen beobachten kann, wo das Mondlicht den Metallglanz des Schraubenschlüssels, den sie in der Hand hält, nicht einfängt. Die Frühlingsnacht ist kühl. Sie zieht die Knie an und hofft, daß ihr Instinkt noch funktioniert.

Sie hört, was im Schlund der Kneipe vor sich geht, es ist ein leichtes Vibrieren im Boden unter ihrem Gesäß. Diese Männer trinken lange und ausgiebig; sie wird warten müssen. Dennoch, sie ist sicher, daß er die Hintertür benützen, sie aufstoßen und hinausspähen wird, den wohlgenährten Bauch vor sich herschwingen und auf die nächste dunkle Ecke zum Wasserlassen zusteuern wird. Männer, die in Kneipen trinken, treten an die frische Luft und müssen pissen; es ist eine unwiderrufliche Schwäche bei ihnen.

Als die Metalltür knarrend aufgeht, duckt sie sich. Erst erscheint sein Kopf, der die Luft beschnuppert, und sein schwarzbärtiges Gesicht ist im Mondschein deutlich zu sehen, bevor die Tür hinter ihm ins Schloß fällt. Er steuert auf einen überhängenden Fliederbusch zu, dessen Geruch Frühling verheißt. Und, ja, er bleibt stehen, beugt die Knie und konzentriert sich, beobachtet, wie der Urin auf das spärliche Gras am Rand der Gasse spritzt.

Er stößt gerade einen tiefen Seufzer aus, als Arachne ihn erreicht. Er schüttelt sein Glied aus, als sie den Schraubenschlüssel hebt. Das gezielte Herabfallen des Eisens, dessen dumpfer Aufprall auf seinem Hinterkopf hindern ihn, völlig unvorbereitet, daran, sich wieder in die Jeans zu zwängen, den Reißverschluß zu schließen. Er fällt mit dem Kopf voraus in den Fliederbusch. Arachne zerrt ihn auf den Schotter und legt ihn der Länge nach auf den Rücken. Sie beginnt methodisch seine Taschen zu leeren, und legt alles neben sich auf einem Stoß zusammen. Bindfaden, Armeemesser, den Abschnitt einer Zahlungsaufforderung, einen abgebrochenen Bleistift, einen Schlüsselbund, den sie in die Büsche wirft, einige lose Geldscheine, die sie ohne zu zählen in die Tasche steckt. Sie zerrt sein Portemonnaie aus der Hüfttasche und sieht es durch, nimmt sowohl Geld als auch Führerschein heraus. Sie überprüft seine Hemdtasche, sein

Jackett. Leer. Sie hat ihn. Sie schiebt den Stoß mit seinen Habseligkeiten nahe an seinen Kopf heran und will gerade aufstehen, als sie die zarte Knospe seines Penis sieht, die entblößt aus seinem offenen Hosenschlitz ragt. Der Schwanz rekelt sich beinahe glücklich, als ob ihm die Bewußtlosigkeit des Mannes Muße und Vergnügen bescherte. Arachne grinst und fährt mit der hohlen Hand über ihn hinweg, steckt ihn dann vorsichtig in die Hose des Mannes zurück und zieht den Reißverschluß hoch.

«Danke, Süßer. Halt dich von dunklen Seitengassen fern.»

Deckmantel

In Cranbrook geht Arachne in den Continental Beauty Shoppe und läßt sich die Haare schneiden und färben. Das Resultat ist ein schreckliches Blond, aber sie ist dankbar für jede Tarnung. Sie weiß, daß man früher oder später draufkommen wird, daß sie sich gerichtlicher Verfolgung entzogen hat. Der Wagen ist ihre schlimmste Belastung, aber sie kann ihn nicht aufgeben. Wohin fährt sie? Wenn sie aufhörte, sich diese Frage zu stellen, würde sie aufhören, sich fortzubewegen: Das unabänderliche und eigensinnige Surren der Reifen, das Schwirren des Windes durch die offenen Fenster, der Geruch nach heißer Wagenpolsterung und die Pedale unter ihren Füßen liefern den Antrieb, die drängende Notwendigkeit, immer weiterzufahren, der wie gemeißelten Fahrbahn, dem Geflecht metallener Leitschienen immer weiter zu folgen. Weiter, nicht irgendwohin, sondern fort, einerseits die Erinnerung an das Gesicht des alten Mannes vor sich, der ihr seine gramgebeugte Nacktheit entgegenhob, an die Überlegenheit erzwungener und plötzlicher Schicklichkeit gegenüber dem Natürlichen; und andererseits die Erinnerung an die Betonzelle, in der sie die Nacht verbracht hat, und alles nur, weil sie diesem einen alten Mann zu einem kleinen Ausbruch aus dem Alltag verholfen hat. Sie denkt nicht darüber nach, wo er jetzt sein mag. Sie fährt unbeirrbar weiter, fährt in sich hinein und aus sich heraus, es ist ein grimmiges Ausweichmanöver, das sie nirgendwohin bringen kann, sondern sich selbst genügt.

Sie macht einen Umweg nach Kimberley, weil die Straßenschilder das größte Kupfer-Zink-Eisenbergwerk in der Welt ankündigen und sie glauben machen, daß sie Erkenntnisse sammeln könne, die über diese Dunkelheit am versperrten Eingang zum Kohlebergwerk hinausgehen. Aber Kimberley ist zur Kopie eines deutschen Bergdorfes herausstaffiert worden, und das Schild am Bergwerk kündigt persönliche Führungen durch Haggis Williams, den schottischen Sicherheitsfachmann und Ex-Kriegsgefangenen der Japaner an, der als Public Relations-Mann fungiert. Er führt Touristen unter Tage, bringt sie zu abgelegenen Stollen und läßt sie in der Finsternis zurück; man hört immer schwache Rufe, Nachzügler, die durch das Labyrinth im Berginneren irren. Einige, heißt es, kommen nie heraus, und ihre Knochen tauchen in bestimmten Intervallen frevlerisch ans Tageslicht auf. Arachne bleibt nicht stehen, um weiterzuforschen. Sie wendet den Wagen am Eingang zum Bergwerk und fährt zurück, den Berg hinunter.

Zimmer mit Bär

Sie fährt weiter, an durcheinandergewürfelten Grenzstädten vorbei und in das Okanagan-Tal hinein, nach Penticton und Vernon, bevor sie auf den Highway 97 nach Kamloops abbiegt.

In Falkland sieht sie neben der Straße eine kleine, stämmige Frau auf einem Knie balancieren, die den Daumen herausgestreckt und zu ihren Füßen einen Akkordeonkoffer stehen hat. Arachne kann sich nicht erklären, warum sie herunterschaltet und den Mercedes zur Seite lenkt, warum sie die Beifahrertür öffnet. Sie sollte eigentlich genug davon haben, Fremde aufzulesen, McKay sollte ihr eine Lektion erteilt haben. Und als die Frau sich umdreht, zwei Finger in den Mund steckt und pfeift, bevor sie auf den Wagen zutrabt, sollte der fette alte Hund, der sich aus dem Straßengraben heraufschleppt, ihr eine Warnung sein. Er ist schwarz, mit ausdruckslosem Gesicht, und hat ein Geschirr mit staubigem Gepäck über die Schultern geschnallt.

Die Frau steckt den Kopf durch das Fenster. «Kann Columban im Kofferraum fahren? Er wird Ihnen keine Schwierigkeiten machen.»

Arachne stellt den Motor ab und steigt zögernd aus. Als sie den Kofferraumdeckel öffnet, schaut sie auf die schwarze Schnauze, die ihr Knie beschnuppert, und springt zur Seite. «Verdammt noch mal, das ist ein Bär.»

Die Frau macht ein glucksendes Geräusch, und das Tier klettert in den offenen Kofferraum. «Ja», sagt sie. «Der Bär gehört Iris.» Sie legt das Geschirr und die darauf befindlichen Koffer neben ihn, zieht ein Stück Schnur aus der Tasche und befestigt den Kofferraumdeckel so, daß er ein paar Zentimeter offenbleibt. «Für Luft.» Sie gibt der ausdruckslosen Nase, die durch die Öffnung schaut, einen Klaps. «Okay, alter Furzer, leg dich hin und mach ein Nickerchen.»

Sie läßt sich mit dem Akkordeonkoffer zu ihren Füßen neben Arachne nieder. «Wohin fahren Sie?»

«Kamloops.»

Die Frau nickt. «Und dann?»

Arachne zuckt die Achseln. Sie will diesen Bären nicht den ganzen Weg bis nach Vancouver in ihrem Kofferraum haben, obwohl die Hände der Frau und der Schnitt ihres Gesichtes Arachne an jemanden erinnern. «Sind Sie bei einem Zirkus?»

«Nein. Der Bär gehört Iris. Iris ist Musikkritikerin, sie ist jetzt in Salzburg. Machen Sie Ferien?»

Arachne überlegt. «Nein», sagt sie schließlich, «ich arbeite.»

Die Frau wirft einen Blick auf die Kartons auf dem Rücksitz. «Vertreterin?»

Arachne nickt.

«He, ich auch.» Sie beginnt ihren Koffer glattzustreichen. Als sie ihn öffnet, kommen Reihen rundlicher Dosen zum Vorschein. «Ich verkaufe Riechmittelchen.»

«Was?»

«Schnupftabak, wissen Sie, Kautabak.»

Arachne betrachtet die ordentlichen runden Döschen. «Die Leute kauen noch Schnupftabak? Ich hab seit Jahren keinen Spucknapf mehr gesehen.»

«Oh, etwas ganz anderes. Völlig neue Methode. Schauen Sie.» Sie schraubt den Deckel von einer roten Dose und nimmt ein kleines braunes Bonbon heraus, das in Mull oder etwas Ähnliches gewickelt ist. «Man braucht es nicht mehr von einem Priem herunterzuschaben. Einzeln verpackte Portionen, sorgfältig auf Menge und Stärke untersucht, und kein Spucken mehr. Durch die Verpackung kann man kauen, ohne daß sich der Tabak auflöst, man kann es so einfach wie einen Kaugummi zu sich nehmen, ja noch einfacher sogar. Man kann ohne Rauch oder lästige Zigarrenstummel in den Genuß des vollen Tabakgeschmackes kommen, und was noch besser ist, man kann seine Gewohnheit geheimhalten. Unschädlich für andere, und doch derselbe Tabakgenuß.»

Arachne findet etwas von ihrer eigenen Leidenschaft im raschen Gequassel der Frau wieder, in ihrer Überzeugung, daß ihr Produkt etwas Erstrebenswertes sei.

«Und weitere Untersuchungen haben ergeben, daß Tabak noch zusätzliches Wohlbehagen hervorrufen kann –» sie schraubt den Deckel einer anderen Dose ab – «riechen Sie das einmal.»

«Hm, Pfefferminze.»

«Richtig, und Stachelbeere und Salbei und Vanille und Naturaroma.» Sie öffnet die Dosen mit dem jeweiligen Geschmack und hält sie Arachne unter die Nase. «Gut, nicht?»

Arachne kämpft mit einem Niesreiz.

«Oh, kommen Sie schon, Gesundheit. Sehen Sie, diese hier können inhaliert werden.» Sie zwinkert. «Wir machen auch Geheimuntersuchungen über eine Version mit Marihuana, aber die wird natürlich erst erhältlich sein, wenn es legalisiert ist. Es hat noch einen anderen Nutzen, ist gut als Kompresse. Wenn Sie sich schneiden, legen Sie einen Bausch auf die Wunde. Die Blutung hört sofort auf. Müde Augen? Legen Sie sich zwei feuchte Bausche auf die Augenlider. Im Handumdrehen besser, Sie wachen am nächsten Morgen mit strahlenden Augen und dichten Wimpern auf.»

«Keine ausgefallenen Sexmittelchen?»

«Das müssen die Leute selbst herausfinden.»

«Ich habe nie eine Reklame dafür gesehen.»

«Machen Sie Werbung für Ihr Produkt?»

«Nein, glaube nicht.»

«Sehen Sie. Kein großer Unterschied zwischen Schlüpfern und Schnupftabak. Im verborgenen blühende Produkte.»

«Äh – stört Sie der Bär nicht beim Verkaufen?»

«Die meisten bemerken gar nicht, daß er ein Bär ist. Ich muß nur ein Motel finden, das Hunde aufnimmt.»

«Aber warum fahren Sie per Autostopp? Gibt Ihnen Ihre Firma keinen Wagen?»

«Ich bekomme jeden Monat eine bestimmte Geldsumme. Es ist nicht genug, um einen Wagen zu unterhalten, aber wenn ich per

Autostopp fahre, ist es ein gutes Geschäft. Dieses Ungeheuer muß Sie eine Menge kosten.»

Arachne liebkost das Lenkrad mit den Handflächen. «Meine Firma zahlt dafür.»

«Sie haben Beziehungen.»

Arachne lacht, denkt an den Buchhalter in Winnipeg. «Vielleicht.»

«Bleiben Sie heute nacht in Kamloops? Das Hotel wird uns zwei Rechnungen geben. Wir könnten uns ein Zimmer teilen, die Firma reinlegen.»

«Haben Sie den Bären bei sich im Zimmer?»

«Natürlich. Er vertreibt Lustmörder und Gangster. Sie sollten sich auch einen zulegen. Was machen Sie in diesen Städten?»

«Meine Bestellungen einsammeln. Gelegentlich einen Mann aufgabeln.»

«Wissen Sie, was Sie brauchen? Jemanden, der Ihnen vorliest.»

«Das würde mich nicht zum Einschlafen bringen.»

«Mich schon. Eine angenehme Stimme, die langsam eine lange Geschichte vorliest.» Sie seufzt. «Ich bin ein *Poète manqué*, wissen Sie?»

«Ein was?»

«Eine verhinderte Dichterin.»

Arachne lacht. «Ich habe einmal einen Dichter kennengelernt.» Sie nennt seinen Namen.

«Sie haben ihn getroffen? War er gut?»

«Ich weiß nicht. Ich verstehe nichts von Gedichten.»

«Als Liebhaber?»

Arachne zuckt die Achseln. «Ziemlich zerfahren.»

«Zeigt sich in seinen Gedichten. Keine Erotik, geht schmatzend davon, ohne innezuhalten, um zu sehen, wie du reagieren könntest. Kannibalen.» Sie zwinkert Arachne zu.

Doppelgängerin

Der Bär riecht. Eigentlich stinkt er. Sein schwerfälliges Sumpfbewohnerwesen hat das Zimmer durchdrungen, als Arachne um zwei Uhr morgens in der Dunkelheit erwacht; erwacht durch das Gewicht des Beines, das die Frau über ihr eigenes gelegt hat, durch die heiße Haut der Frau dicht neben ihr. Es stellt sich heraus, daß sie zusammengekuschelt in der Mitte des Doppelbetts liegen, daß sie und die Frau ineinanderverschlungene Arme, Haare und Zehen zwischen den zerknüllten Decken sind. Es ist heiß. Es ist immer heiß in Kamloops, stickig. Die Klimaanlage rattert. Der Bär schnarcht und stinkt und furzt. In dem dämmrigen Zimmer schläft die Frau mit halbgeöffneten Augen, die Pupillen hinter den schlitzförmigen Lidern sind grün. Arachne sieht blinzelnd auf sie herab. Sie sieht jemandem ähnlich, aber Arachne kann dieser flüchtigen Erinnerung nicht habhaft werden. Das beschäftigt sie mehr als der grunzende Bär, der Bär, der es morgen wieder hinnehmen wird, daß die Frau ihm das Gepäck auf den Rücken schnallt, der ihr auf den Highway folgen und im Straßengraben warten wird, bis ein Auto stehenbleibt und sie mitnimmt. Arachne ist fast soweit, die Frau zu beneiden. Keine Anklage wegen Entführung, kein Wagen, keine unsichere Zukunft, sondern die Sicherheit einer Dose Schnupftabak, ein trottender Bär und eine Stadt nach der anderen.

«Der Bär stinkt», sagt sie am nächsten Morgen, als ihr die Frau unter der Dusche den Rücken abreibt.

«Das ist sein gutes Recht. Ab und zu brause ich ihn.» Sie trocknet Arachne flink ab, reibt mit dem Handtuch über die Außenseite ihrer Beine. «Gute Beine.»

«Hmm?» Arachne dreht sich um und sieht die Frau über die Schulter an. Und da, im angelaufenen Spiegel, sieht sie, daß das Gesicht auf dem anderen Körper ihr eigenes ist, daß sie, wenn sie sich die Haare nicht so schrecklich platinblond gefärbt hätte, genauso wie diese Frau aussehen würde. Nein, die Frau würde genauso aussehen wie sie. Sie starrt sie an. «Sie sehen genauso aus wie ich.»

Die Frau nickt, gibt Arachne einen Klaps auf den Bauch. «Ich bin Ihre Doppelgängerin.»

«Was?»

Die Frau bindet sich das Handtuch um die dunklen Haare. «Nur keine Aufregung. Es haben schon öfter Leute einander ähnlich gesehen.»

Arachne packt sie an der Schulter, zwingt sie, sich vor den Spiegel zu stellen, wischt den Dampf fort. Als ihre Augen einander treffen, verraten sie dieselbe aufreizende Überheblichkeit. Ohne

Arachnes gebleichte Haare könnten sie eineiige Zwillinge sein. Die Frau lächelt. «Nette Gene. Gutes, robustes Material. Klein und kräftig. Wir haben keine X-Beine und keinen verkrümmten Rücken. Wetten, wir können dreißig Kilo schleppen.»

Als Arachne am Nordende des Sees um die Kurve biegt, führt die Frau den Bären gerade in den Thompson River, während das Gepäck und der Akkordeonmusterkoffer am Ufer liegen.

Arachne flüchtet.

Alles wieder von vorne

Als die Straßenschilder entlang des Highways die Vororte von Vancouver anzuzeigen beginnen – Agassiz, Chilliwack, Abbotsford, Mission, Langley, Surrey, New Westminster, Burnaby, Richmond, Port Moodie –, ertappt sich Arachne dabei, daß sie unruhig mit dem Fuß auf die Kupplung tritt, sich kratzt, auf die Unterlippe beißt. Schuld daran ist nicht die Hitze, die durch die Windschutzscheibe dringt, nicht der stärker werdende Verkehr oder die feuchte Küstenluft, schuld ist Arachne, die in ihre eigene Vergangenheit, aus der sie geflohen ist, zurückfährt. Sie hätte nicht nach Westen kommen sollen, sie hätte auf die offene Weite der Prärie und des Kanadischen Schildes zufahren sollen. Das hier ist eine Sackgasse; sie wird auf den Pazifik stoßen und anhalten müssen, umkehren müssen.

Sie kehrt zu ihrer mühseligen, verwahrlosten Kindheit zurück. Sie hätte eine andere Richtung wählen sollen. Es war die Sonne in ihren Augen; sie fährt nicht gerne mit der Sonne in den Augen. Und nun, die Brandung, die Port Mann Bridge – sie ist wieder dort, von wo sie hergekommen ist; wo sie mit hochgezogenen Schultern zum Schutz gegen den Nieselregen durch die Straßen gelatscht ist, in die erleuchteten Fenster fremder Leute gespäht hat, aus keinem bestimmten Grund, sondern nur, um in ein Leben einzudringen, das anders war als ihr eigenes.

Sie war mit den Rückfronten der Häuser aufs engste vertraut, mit den hohen Badezimmerfenstern und Wäscheleinenrollen. Durch die Fenster, die sich in die Seitengassen öffneten, sah sie die gekrümmten Schultern von Frauen, die sich ihr Nachthemd anzogen, ein Kinn, das sich dem Rasierapparat entgegenspannte, eine Gestalt, die zusammengekauert an der Bettkante saß. Das blaue Licht des Fernsehgerätes filterte sämtliche Umrisse. In einem Haus wurde es zu immer anderen Zeiten finster. In einem anderen schrie unaufhörlich ein Baby, keiner kümmerte sich darum. Füße schlurften über den Boden. Die Tür eines Kühlschranks klickte. Ein Kleiderbügel kratzte. Ein traurig-zorniger Schrei aus der Kehle einer Frau. Und die Stimme eines Mannes, leise, drängend, die Stimme eines Verschwörers. «Whiskey Hotel Echo Romeo Echo Alfa Romeo Echo Yankee Oscar Uniform.» Während Arachne näher herankroch, zertrampelte sie einen Chrysanthemenstrauch unter einem Fenster. «Charlie Oscar Mike Echo. India Alfa Mike Whiskey Alfa India Tango India November Golf.» Die Stimme war wie eine drängende Hand an ihrem Ellbogen. Arachne wich, obwohl die Stimme fortfuhr, langsam und angsterfüllt zurück; aber sie wußte, daß sie wiederkommen würde. «Charlie Oscar Mike Echo Bravo Alfa Charlie Kilo.»

Wieder und wieder verbarg sie sich unter dem Fenster und lauschte der Stimme. «Charlie Oscar Mike Echo Oscar Uniform Tango.» Die Stimme war endlos, unbeirrbar. «Sierra Lima Echo Echo Papa. Delta Romeo Echo Alfa Mike. Delta Echo Lima India Gold Hotel Tango.» Sie begann ihn ganz offen zu beobachten, während sie draußen in der Dunkelheit stand.

«Charlie Oscar Mike Foxtrott Oscar Romeo Tango. Charlie Oscar Mike Echo India November.»

«Machen Sie doch das Fenster auf», sagte sie.

Er hob den Kopf, schob den Stuhl zurück, drehte das Licht ab. Er zerrte an dem hölzernen Fensterrahmen, schob das Fenster so weit auf wie möglich, als es ging, streckte ihr die Hand entgegen. Sie schwang einen Fuß hinein, zwängte dann den Körper durch.

Die Wände des Zimmers waren mit vielfarbigen Flaggen behängt. Das Bett war schmal. Er half ihr, die Lederjacke auszuziehen. Arachne bückte sich, um sich die Turnschuhe aufzuschnüren.

Er kniete neben ihr, legte das Gesicht an ihren Bauch, so daß seine Worte gedämpft klangen. «India Whiskey Alfa India Tango Echo Delta Foxtrott Oscar Romeo Yankee Oscar Uniform.»

Arachne legte die Hände auf seine Schultern. Er war drahtig, sein Gesicht zerfurcht, das Haar ölig nach hinten gekämmt. Arachne war fünfzehn, und keiner hatte sie bis jetzt berührt.

Ein japanisches Restaurant

Sie weiß, daß Vancouver sie zurückwerfen wird. Sie muß durchfahren, es hinter sich lassen, so schnell wie möglich. Sie wird in Richtung Fähre, das kaum besiedelte Vancouver Island, den Regenwald fahren. Sie hätte den anderen Weg nach Osten nehmen sollen. Nun kann sie nirgendwohin, muß einfach weiterfahren, sie wagt nicht, hier stehenzubleiben. Hier kann man sich nirgends verstecken, es gibt keinen Zufluchtsort. Regen spritzt auf die Windschutzscheibe. Sie schlägt mit dem Handballen gegen das Armaturenbrett. Das ist einfach unfair, es ist ihr beinahe geglückt zu entkommen.

Sie fährt Block für Block die nassen schwarzen Straßen entlang, spürt verbissen deren unerbittlicher Existenz, ihrem eigenen Entsetzen nach. Um halb zwölf muß sie nachtanken, muß auf die Toilette gehen; sie hat seit acht Uhr früh nichts gegessen. Kamloops scheint Ewigkeiten her zu sein, die Schnupftabak-Frau und der Bär kommen ihr wie ein fröhlicher Traum vor.

Sie findet eine Tankstelle. «Nachtanken und Kontrolle.» Sie legt den Kopf auf das Lenkrad.

«Ich kann den Meßstab nicht finden, Ma'am.»

«Na, dann suchen Sie, um Himmels willen.» Sie wird nicht aus dem Auto steigen.

Und sie steuert von der Tankstelle mit voller Blase und leerem Magen weg, hält sich die Faust verzweifelt an die Kehle und fährt den Broadway hinunter, bis sie ein pinkfarbenes Neonschild sieht, auf dem immer wieder die Schriftzeile ‹Sushi› aufflackert. Sie bleibt stehen und kämpft sich aus dem Wagen heraus, schwankt und muß nach der Tür greifen. Sie umklammert den Türgriff, richtet sich langsam auf. Sie kann, sie darf jetzt nicht ohnmächtig werden, sie muß etwas essen und pissen und, verdammt noch mal, fort aus dieser Stadt, muß auf die Insel – das wird sie tun, so weit nach Westen fahren, wie es die Straße und der Ozean erlauben, weiter, als man ihr jemals folgen würde.

Sie stolpert die paar Stufen unten an der Straße zu dem in rosafarbenes Licht getauchten Eingang unter dem Schild. Drinnen hört sie die leisen Töne einer Rohrblattflöte, sieht hellblaue Wände und durch Papierparavents getrennte Nischen, eine Frau in einem Kimono, deren Schritte kaum zu hören sind. Die Frau, unbestimmbaren Alters, mit schwarzem hochgestecktem Haar, verbeugt sich. Arachne verbeugt sich ebenfalls ungeschickt. «Zuallererst», fragt sie, «wo sind die Toiletten?»

Als Arachne wieder auftaucht, führt die Frau sie zu einem hohen Stuhl neben einer aus einem Glasbehälter bestehenden Theke, verbeugt sich abermals und zieht sich zurück, ehe sie einen Augenblick später mit einem heißen Handtuch auf einem kleinen Lacktablett zurückkommt. Das Handtuch ist in Kalkwasser und Kräuter getaucht, und die Frau macht eine Bewegung, als ob sie sich die Hände abriebe. Arachne hält sich das Handtuch vor das Gesicht, läßt den Dampf in die Haut einziehen. Der Dampf löst den Staub, die müden Linien um die Augenwinkel. «Ahhh», seufzt sie und blickt, als sie den Kopf hebt, in das lächelnde Gesicht eines Japaners, der mit einem Messer in der Hand hinter dem Glasbehälter steht. Ein Stirnband ist um seine glänzenden Haare gebunden, sein Jackett ist schneeweiß. Er macht eine Verbeugung und bleibt dann wachsam und wartend stehen. Arachne betrachtet sein aufmerksames Gesicht. Sie betrachtet die Fischklumpen in dem Behälter vor ihr und wirft einen Blick über die Schulter auf die acht oder zehn Tische in dem Raum. Sie sind leer. Sie ist allein, sitzt diesem lächelnden japanischen Chefkoch, der das scharfgeschliffene Messer so unbekümmert in der Hand hält, direkt gegenüber. Er verbeugt sich abermals, zeigt, daß er ihr zu Diensten steht.

Die Frau im Kimono taucht mit einer Schüssel voll dampfender Brühe neben ihrem Ellbogen auf. Es ist kein Löffel da. Arachne schließt daraus, daß sie aus der Schüssel trinken soll. Sie ist überrascht über ihren eigenen Hunger, überrascht, wie köstlich die Brühe duftet und schmeckt. Der Chefkoch nickt zustimmend. Er beginnt das Messer zu schwingen, während er aus dem Glasbehälter rosafarbene, graue, weiße und gelbe Fische nimmt, rasch auf sie einhackt, und seine Finger jedes einzelne durchsichtige und glänzende Stück formen. Die Klinge flitzt hinunter, die Hände des Mannes üben eine hypnotisierende Wirkung aus. Eine Schale voll dampfenden Tees erscheint neben Arachne, eine Karaffe Sake. Sie beugt sich über den hohen Stuhl. Als der Chefkoch innehält, seufzt sie.

«Hoche», sagt er und stellt eine Rosette aus transparenten Scheiben und einen kleinen Teller mit brauner Flüssigkeit vor ihr ab. Er verbeugt sich und verschwindet nach hinten, ist einen Augenblick später wieder neben ihrem Ellbogen, wo er mit zwei Eßstäbchen eine grüne Paste in die braune Flüssigkeit mischt. Er nimmt eines der Rosettenstücke aus der Blume und taucht es in die Sauce, gibt Arachne dann die Eßstäbchen. Er macht abermals eine Verbeugung. Sein Bemühen um sie ist rührend; er scheint bereit, sie zu füttern. Sie nimmt die Stäbchen und führt das Stück zum Mund, und seine Süße übertönt den galligen Geschmack, der ihr schon den ganzen Tag in der Kehle hängt. Das Fleisch löst sich mit einem seltsamen Nachgeschmack im Mund auf.

Er beobachtet jede Bewegung der Eßstäbchen zu ihrem Mund, jeden Bissen, den sie hinunterschluckt. Als sie mit der Rosette fertig ist, legt sie die Stäbchen beiseite und seufzt.

«Fugu?» Er verbeugt sich nach der Frage, als wolle er ihr Zeit zum Überlegen geben.

«Ja, ja.»

«Fugu.» Es ist eine sorgfältige Bestätigung.

«Ja.»

Er verbeugt sich wieder, hat die Hände wie zum Gebet gefaltet, und verschwindet dann nach hinten. Arachne läßt sich zurücksinken und nippt an dem Tee, an dem heißen Sake, der ihr vom Magen bis zu den Zehen, zu den Fußspitzen hinunterrinnt.

Er kommt zurück, hält ein Tablett in den Händen, das die Farbe blauer Ewigkeit, Unschuld, zu Gletscher gewordener Verheißung hat, und präsentiert es Arachne, als ob er ihr eine Juwelenkrone anböte. Auf dem Pfauentablett ist das weiße, durchsichtige Fleisch in Form einer Spinne, die in der Mitte ihres Netzes sitzt, arrangiert. Jedes kleine Stück des Fisches grenzt an einen Faden, während die acht Beine der Spinne aus winzigen ausgebreiteten Scheiben dunkler Haut bestehen. Die Spinne hängt, in ihrem neugesponnenen Netz zitternd, über dem himmlischen Blau. Die diamantfarbenen Fischschnitten, die den Spinnenkörper darstellen, schimmern im pinkfarbenen Licht, fein wie Rauhreif auf einem Zweig.

Arachne sieht in sein wartendes Gesicht. «Es ist zu schön. Ich kann es nicht essen.»

Er nimmt ein Stück aus der Ecke des Spinnennetzes und taucht es in die kleine Sauciere, hebt die Stäbchen an ihre Lippen. Während sie noch immer sein Gesicht ansieht, öffnet sie den Mund, nimmt das Fleisch zwischen die Zähne. Es schmeckt nach fernen Meeren, hat einen leichten Hauch von Sehnsucht, beinahe wie Koriander, eine Ausstrahlung, die sich so schnell verflüchtigt wie der Honig, der von den Blumen ausströmt, die am Wegrand in der Prärie wachsen. Sie nimmt die Eßstäbchen aus der Hand des Chefkochs und ißt langsam, arbeitet sich kreisförmig durch das Netz nach innen vor, zum Körper der Spinne im Mittelpunkt des Tabletts hin, während die Augen des Japaners sie bei jedem Bissen beobachten. Als sie fertig ist, möchte sie aufstehen und sich vor dem Chefkoch verneigen, aber ihre Arme und Beine fühlen sich fremd und lethargisch an. Statt dessen macht sie die Verbeugung vom Stuhl aus, in seine Verbeugung hinein. «Manna», sagt sie, und er nickt. Sie bewegt die Hand, um die Teetasse zu heben, ihre Gedanken sind wie Kristall, alles ist plötzlich klar, hier in der Stadt, wo sie geboren wurde, wo sie aufgewachsen ist, wo ein Teil von ihr geblieben ist, alles ist ins Mögliche vergrößert unter den lächelnden Augen des Sushi-Chefkochs. Ihre Finger bewegen sich um die Tasse, können sie aber nicht an die Lippen heben. Sie liebkost sie statt dessen, spürt ihre rauhe Glasur mit plötzlich auftretender Sinnesschärfe. Sie ist erst jetzt zu dieser kostbaren Klarsichtigkeit gelangt. Ihre Arme und Beine sind warm und gefühllos. Sie möchte noch einmal das Wort Manna formulieren, aber sie stellt fest, daß sie nicht sprechen kann. Ihr Mund ist geschwollen vom Nachgeschmack des Fisches, den sie gegessen hat, sie ist hier unter den Augen des Japaners wie festgewurzelt. Er verbeugt sich und geht nach hinten, kommt um die Theke herum, um sich neben sie auf einen hohen Stuhl zu setzen. Arachne fühlt, wie ihr der Atem stockt.

Der Sushi-Chefkoch lächelt. «Fugu», sagt er, während er ihren Kopf sanft an seine Schulter bettet. «Fugu.»

Der Mann auf der Fähre

Arachne findet sich auf einer Fähre wieder, die über die Strait of Georgia übersetzt. Es ist dunkel, sie steht am Bug, wo der Wind mit ihren Haaren spielt. Sie weiß nicht, wie sie hierher gekommen ist, das letzte, an das sie sich erinnern kann, ist die unendliche Mattigkeit, die sie im Sushi-Restaurant überfallen hat, wo ihre Arme und Beine nach und nach gefühllos wurden, während ihre Gedanken sich schärften. Ich bin gestorben, denkt sie. Ich bin tot. Ich habe Fugu gegessen. Das kann einen umbringen.

Das Licht von der Brücke gleitet über sie hinweg, und das Deck unter ihren Füßen vibriert. Sie legt eine Hand an ihren eigenen Ärmel. Sie ist regenfest angezogen, trägt einen Regenumhang mit Kapuze, spürt an den Handgelenken einen rauhen Wollpullover. Sie verschränkt die Hände ineinander. Sie sind kalt, naß von der Gischt. Sie führt eine Hand zum Gesicht hinauf. Es fühlt sich so wie immer an. An den Füßen trägt sie robuste Wanderstiefel. Die Jeans, die sie anhat, sind neu. Sie steckt die rechte Hand in die Tasche. Ein Schlüsselbund, sie kann den Umriß der Schlüssel zum Mercedes spüren. Sie greift in die Taschen des Regenumhanges; im Inneren befindet sich ihre flache Geldbörse. Sie späht in die Dunkelheit, bemerkt einen Leuchtturm, der rechts oberhalb von ihr blinkt. Sie kann die Buchstaben auf dem Schott über ihr ausmachen: Queen of Alberni. Der Wind ist hier kalt. Sie geht auf das Heck zu. Die Passagiere hinter den Glasfenstern lesen, trinken Kaffee, spielen Karten, beschäftigen ihre Kinder, schlafen. Am Heck ist es wärmer, windgeschützt. Über dem grünen Kielwasser des Schiffssoges spielt ein Licht, aber die Dunkelheit ist undurchdringlich, und die Luft riecht nach Herbst. Arachne atmet tief, inhaliert die feuchte Luft. Sie hatte beschlossen, auf die Insel zu fahren, so weit nach Westen zu fahren, wie sie kann. Sie beugt sich über die Reling, der weiße Schaum des Wassers ist so einladend wie ein dickes Kissen. Sie könnte in diese Dunkelheit springen. Es passiert oft, ist eine schmerzlose, sichere Methode. Eine Gestalt, die an die Reling stößt, bevor sie vom Vibrieren des Schiffes forttaumelt, in die schweigsame kalte See eintaucht. «Sie hat die Fähre nie verlassen», wird man sagen. Und während des Entladens das Quäken des Lautsprechers: «DER BESITZER DES WAGENS MIT DER ZULASSUNGSNUMMER DOA 000 MÖGE BITTE SOFORT AUF DAS WAGENDECK KOMMEN. WIEDERHOLE: BITTE SOFORT AUF DAS WAGENDECK KOMMEN.»

Eine Gestalt zeichnet sich undeutlich hinter ihr ab, sie spürt die Wärme eines anderen Körpers. Und dann ist je eine Hand rechts und links von ihr.

«Hast doch nicht etwa vor zu springen, Mädchen?»

Sie stößt mit den Ellbogen gegen seinen Brustkorb, aber er ist kräftig, rührt sich nicht von der Stelle. «Hau ab.» Sie kann sprechen. Sie hat ihre Zunge als totes Stück Holz im Mund in Erinnerung.

«Mmmmnnn.» Er legt die Lippen an ihren Hals, während seine kalten Hände den Weg unter ihren Pullover finden. Sie kann ihn spüren. Das ist eine Überraschung. Sie hat geglaubt, sie sei tot, nur für sich selbst sichtbar, und sie kann ihn ganz deutlich spüren. Der Rhythmus, mit dem er gegen sie stößt, ist derselbe konvulsive Rhythmus, den sie bei allen Männern kennengelernt hat. Sie drängt ihn abermals mit den Ellbogen zur Seite, aber er läßt sich nicht abschrecken, murmelt nur: «Worauf wartest du da draußen?»

Seine Berührung erinnert sie an Wärme, Lust und Zorn. Bevor sie sich vorstellen kann, wie so etwas hierherkommt, schließt sich ihre Hand um die stählerne Hutnadel, die wie ein Dolch durch ihren Regenumhang gespießt ist. Er liebkost nun ihre Brüste, seine Lippen knabbern noch immer an der Haut ihres Halses. Sie stößt ihm die Hutnadel in die Brust, tief ins Herz hinein, ihr Stoß wird erst von dem roten Edelstein am Ende der Nadel aufgehalten. Der Mann keucht einmal auf und stolpert auf das Deck, seine unbeirrbaren Hände ziehen sie mit zu Boden. Sie befreit sich und streicht sich die Kleider glatt, steigt über seinen Körper hinweg.

Aus dem Lautsprecher kracht es. «IN ZEHN MINUTEN ERREICHEN WIR DIE LANDUNGSBRÜCKE. BITTE ALLE PASSAGIERE AUF DAS WAGENDECK. STARTEN SIE IHREN WAGEN ERST, WENN DAS SCHIFF ANGELEGT HAT.»

Arachne findet die nächstgelegene Treppe, geht auf Ebene B und direkt auf die schwarze Motorhaube ihres Mercedes zu. Die Tür klickt wie gewöhnlich, im Inneren riecht es nach rissigem Leder und Staub. Sie setzt sich hinter das Lenkrad, fährt mit beiden Händen über den cremefarbenen Bakelitbezug. Sie muß am Leben sein.

Die Fahrzeuge beginnen sich in Bewegung zu setzen, und sie folgt ihren roten Schlußlichtern über die Ausbuchtung der Rampe, hinein in eine nasse, fruchtbare Regenwaldnacht.

Schlaf unter Zedern

Sie fährt Richtung Norden durch Lantzville und Nanoose Bay, aber in Parksville wendet sie nach Westen, ihrer unausweichlichen Richtung. Und dann, hinter Coombs, ist sie plötzlich todmüde, in der Wärme des Wagens fallen ihr die Augenlider zu. Sie will nicht stehenbleiben oder schlafen, sie fürchtet nun, daß der Schlaf zu einem ewigen Schlaf werden könnte. Aus dem Geruch der Luft schließt sie, daß sie irgendwo drei Monate verloren hat. Sie versucht immer wieder, sich zu erinnern, aber ihr Erinnerungsvermögen gleicht einem gelöschten Band, einem Radioapparat mit gestörtem Empfang. Nach dem köstlichen Geschmack des Fugus und dem Lächeln des Sushi-Chefkochs erinnert sie sich an nichts mehr.

Die Bäume über ihrem Kopf werden dichter, schwärzer, die Straße windet sich durch einen Wald riesigen Ausmaßes unter einem tintenfarbenen Himmel. Sie trifft auf kein Auto, kein einziges Tier bewegt sich. Wenn sie stehenbleibt und schläft, wird sie dann aufwachen oder wird sie dann tatsächlich tot sein? Sie wird nachlässig am Steuer, sie wird noch gegen einen dieser gewaltigen Bäume fahren. Sie verlangsamt das Tempo, wendet, Tannennadeln dämpfen jedes Geräusch. Und sie schläft, auf dem Vordersitz zusammengerollt, während über ihr Zedernzweige säuseln.

Sie wacht vorsichtig auf, noch immer nicht sicher, ob sie lebt, während die Sonne durch die Windschutzscheibe blendet. Sie stolpert aus dem Wagen und streckt die Arme zu den Zweigen hinauf. Das ist der Cathedral Forest, der älteste Baumbestand auf Vancouver Island. Und sie überprüft ihre Sinnesnerven. Geruchssinn: ja, Zeder; Gehörsinn: ja, Meise; Sehvermögen: ja, grün, dieses unglaubliche Grün des Regenwaldes; Geschmacksnerven: sie stöbert im Wagen herum. Wer auch immer sie mit neuen Jeans und dem vernünftigen Regenumhang ausgestattet hat, könnte vielleicht auch ein paar Vorräte hinterlassen haben. Unter dem Vordersitz liegt ein Sack Orangen, auf dem Rücksitz befinden sich ein Karton mit Croissants und eine Thermoskanne mit heißem Kaffee. Die Orangen schmecken saftig, die Croissants nach frischer Butter. Sie setzt sich auf den Boden, lehnt sich mit dem Rücken gegen das linke Vorderrad und beginnt zu essen.

Die Macht der Straße

Die meisten Fahrzeuge drehen in Port Alberni um. Der Highway wandelt sich, wird eng und zermürbend, Autos werden gegen Granitfelsen geschmettert oder in die Tiefen von Seen gestoßen; die Straße macht sich über sie lustig und führt sie absichtlich in die Irre, es gibt Haarnadelkurven ohne Vorwarnung, altersschwache Brücken und den unausweichlichen unpassierbaren Paß. Die Straßengräben beerdigen verlassene Fahrzeuge, Halbtonner, sogar Wohnwagenanhänger rosten vor sich hin. Einige von ihnen liegen auf dem Dach, die Räder gleichen zusammengeklappten Beinen sterbender Insekten.

Der Mercedes läßt sich von der Straße nicht einschüchtern. Er summt mit perfekter Umdrehungszahl vor sich hin, erklimmt sogar die Anhöhe des Sutton-Passes. Er war offensichtlich beim Service, das Öl ist gewechselt, der Reifendruck ist ausgeglichen, ein Kratzer in der Windschutzscheibe ist repariert. Es ist niemand da, der ihre Fragen beantworten kann, aber ihr genügt die zweistündige Fahrt über den Paß und an Kennedy Lake entlang, um sie zu formulieren und dann ad acta zu legen. Wo ist sie während dieser ganzen Zeit gewesen? Hat sie Opium geraucht, geschlafen, war sie im Gefängnis? Gefängnis. Das ist noch immer eine Möglichkeit. Sie tritt das Gaspedal durch. Die Sonne spiegelt sich auf der frisch polierten schwarzen Motorhaube.

Als sie die Straßengabelung erreicht, bleibt sie stehen und studiert die Karte. Es gibt nicht mehr viele Straßen. Richtung Süden nach Ucluelet sind es nur acht Kilometer, Richtung Norden nach Long Beach und Tofino sind es vierunddreißig Kilometer. Sie muß schon fast am Ozean sein. Vierunddreißig Kilometer, und die Straße ist zu Ende. Sie wendet nach Norden.

Der Wald ist so grün und unvermindert üppig wie schon den ganzen Morgen über. Sie wird langsamer, hat das Wagenfenster heruntergekurbelt. Der Landkarte nach zu schließen, sollte sie bald auf die offene See stoßen, den Pazifik gegen die Küste schlagen sehen. Sie läßt die Benzinanzeige, die nahe an Null pendelt, nicht aus den Augen. Die leichte Hangneigung macht sie glauben, daß die Straße sie zurück zu den jetzt dünneren und vom Wind übel zugerichteten Bäumen führt. Als die schwarze Motorhaube aber die Spitze des Hügels erklimmt, ist Arachne nicht vorbereitet auf die langgestreckte Küste, die sich in einer ohrenbetäubenden Mischung aus Wind und Brandung unter ihr ausbreitet. Diese erste vollkommene Fata Morgana wird unterbrochen und verschwindet dann, als sich der Hügel abermals neigt. Aber sie kann es jetzt hören, dieses Tosen, das tiefer trommelt als der Motor des Wagens, das drängender ist als der Wind, der durch das offene Fenster pfeift.

Und die durchgepeitschte Luft ist voll Sand, riecht nach Farnkraut, dringt Arachne in die Ohren, in den offenen Mund, treibt ihr Tränen in die Augen.

Das ist die Kante, nicht das Ende, sondern die Kante, die Grenze, der Rand, der Saum der Welt. Sie kann nicht länger Richtung Westen fahren. Sie fährt jetzt nach Norden, aber auch das wird bald ein Ende nehmen, sie hat die Spur dieser äußersten Sackgasse verfolgt und keine Grenze erreicht, sondern den Ozean, nur endloses Wasser. Long Beach, Florencia Bay, Gold Mine, Comber's Beach, Cox Bay, Chesterman: Häuser, Straßenschilder beginnen vereinzelt am Rand der Straße aufzutauchen, die sich noch immer zwischen den gespensterhaften, verkrüppelten, von den peitschenden Küstenstürmen geschwächten Bäumen hindurchschlängelt. Motels, Campingplätze, eine Tankstelle, ein Restaurant, alle in respektvollem Abstand entlang der Straße aneinandergereiht, und dann plötzlich, hinter einer weiteren Kurve, ein riesiges Schild. Pacific Packing. Docks glitzern. Noch ein Schild. Tofino. Und dann eine Schule, eine Kirche, noch mehr Häuser, ein Stoppschild, das einzige. Arachne bleibt stehen. Zu ihrer Linken ein Postamt, zu ihrer Rechten ein Co-op-Markt, vor ihr eine Sackgasse. Sie biegt nach rechts, fährt am Hotel vorbei zu der Baracke, die am Ende des Docks steht. Ein Wasserflugzeug tanzt auf den Wellen. Sie zieht die Handbremse an und steigt aus. Das Schild ist aufrecht und vertrauenserweckend, ein kleines quadratisches Schild, das nicht viel Aufhebens um sich selbst macht, sondern sagt, was es zu sagen hat und es dabei beläßt. Darunter befindet sich eine Bank, die aus einem zweigeteilten Zedernstamm besteht. Ein Mann mit einem Malerhut steht auf der Bank und hält einen Pinsel in der Hand. Das Schild, das einst etwas angezeigt hat, wurde mit weißer Farbe übermalt, und der Mann pinselt es anscheinend frisch. Arachne lehnt sich gegen die Motorhaube ihres Wagens und beobachtet ihn, beobachtet die Möwen, die in der Strömung des Windes schaukeln, beobachtet das Wasserflugzeug, das den Motor auf Touren bringt und abhebt, beobachtet einen Indianer, der am Ende des Docks die Angelschnur auswirft. Sie nimmt die Thermoskanne heraus und trinkt den restlichen Kaffee. Sie schaut hinüber auf die baumbedeckten Berge, auf den alten Catface, der hinter einer Wolkenwand vor sich hinbrütet.

Der Maler springt von der Bank herunter. «Wünsche Ihnen einen guten Tag.» Er winkt mit dem Pinsel, duckt sich und verschwindet in die Baracke der Pacific Rim Airlines, kommt einen Augenblick später wieder heraus und beginnt das Schild draußen vor der Tür zu erneuern. Arachne sitzt auf der Bank unter seinem frischen Schild. Sie hätte gern, daß jemand mit einer Kamera da wäre, um ein Bild von ihr zu machen. PACIFIC TERMINUS. TRANS-CANADA-HIGHWAY. Die Straße mündet direkt in das tiefe Salzwasser der Bucht von Tofino. Von See zu See, denkt sie und lacht, weil sie weiß, daß Victoria, das weiter südöstlich liegt, den Trans-Canada-Highway für sich beansprucht, obwohl er in Wirklichkeit hier endet.

Der Schildermaler verschönert gerade ein vogelähnliches Flugzeug, während der kleine Koffer mit Farbdosen neben ihm auf dem Dock steht. Er beschildert die Stadt neu, alle Namen werden unter seinen Pinselstrichen strahlender. Er malt freihändig und mit einem überschäumenden Selbstvertrauen, das hier einen Buchstaben gekrümmt, da verstärkt hinterläßt.

«Sind Sie der Schildermaler des Ortes?» fragt Arachne.

«Nein, ich bin der Schildermaler der Insel. Fahre jedes Jahr durch, bessere Sachen aus. Male ein paar neue, verliere ein paar alte Kunden, die auf Neon umgestiegen sind.»

Er zieht das «s» am Ende von Airlines nach. «Und Sie?»

«Reise nur herum.»

«Nettes Land. Schon mal hiergewesen?»

Arachne schüttelt den Kopf. «Kennen Sie einen schönen Ort, wo man bleiben kann?»

Er zeigt mit der Hand in eine Richtung. «Naturpark am offenen Ozean, wenn Sie zurück nach Long Beach fahren. Bleiben Sie nicht hier in der Stadt, wenn es so viele Strände gibt.»

«Danke.»

«Keine Ursache. Freut mich, Ihnen helfen zu können. Möchten Sie Ihren Namen auf der Wagentür? Ich mache ein tolles Emblem.»

«Nein, danke.»

«Okay.» Er geht zurück zu seiner Bank.

Arachne findet den Naturpark, den er ihr empfohlen hat, bekommt ein Zimmer mit Blick auf den Ozean. In ihrem Kofferraum befinden sich ein Koffer und ein Plastiksack mit Gummistiefeln. Sie schleppt den Koffer auf ihr Zimmer und läßt ihn ungeöffnet, zieht die Gummistiefel an und geht hinaus zu den hereinbrechenden

Wellen, den Sandstrudeln, den angeschwemmten Baumstämmen, dem abgestorbenen Seetang. Sie kann nicht aufhören, tief einzuatmen, dieser Rand ist verführerisch, sie würde darauf gerne das Gleichgewicht halten. Es ist niemand zu sehen. Es ist Frühherbst, die Touristen sind wieder in der Stadt über Schreibtische gebeugt, in Einkaufsläden, auf den Autobahnen. Arachne spaziert über Kilometer von Sand, Felsen und Gestrüpp; Long Beach ist selbst endlos und unberührt. Später wird sie zurück in die Stadt fahren und eine Ansichtskarte kaufen, sie an Thomas schicken: eine Ansichtskarte mit den Wellen, die gegen die Küste prallen, mit dem unbeugsamen Leuchtturm, der sich dreht und dreht. Das ist der Rand der Welt. Wenn es nur leichter wäre, hinunterzufallen.

Der Ertrunkene

Es ist Vollmond in dieser Nacht, wie eine Laterne hängt er tief über der zischenden Brandung des Ozeans. Arachne wandert am Strand entlang, bis ihr kalt wird, aber sie kann sich noch immer nicht überwinden, das Hotelzimmer zu betreten, die Kleider auszuziehen – wer hat sie ihr angezogen, wer hat sie gekauft? – und unter die Decke zu schlüpfen. Sie kann sich nicht daran erinnern, wie es ist, in einem Bett zu schlafen, mit einem Kissen und einer Decke. Und es gibt hier nichts, das sie ablenken könnte; kein Fernsehen, kein Radio, kein Telefon. Nur das Bett, das Fenster und den Ozean aller Ozeane. Wolken streichen um den prächtig-grellen Mond und ziehen dann wieder weiter.

Arachne findet sich im Mercedes wieder, als sie den Schlüssel ins Zündschloß steckt. Sie wird jetzt die Straße ausprobieren, ihre Biegungen und Kurven unter dem Mondlicht, sie wird sich ihrer Bestrafung stellen, wird den Hals hinausstrecken und für den verlassenen Mann, den entführten Mann, den ausgeraubten Mann, den ermordeten Mann bezahlen. Wie kam diese Hutnadel auf ihren Regenumhang? Sie sehnt sich nach Frieden; die vergangenen drei Monate des Vergessens haben in ihr eine Sehnsucht wachgerufen, in diesen Zustand zurückzukehren, nicht mehr in der Welt da draußen zu sein, zu fahren, sich endlos von der Bewegung bestimmen zu lassen.

Die Straße unter den Rädern des Wagens ist sanft und beruhigend. Sie beginnt leise vor sich hinzusummen, schaltet die Innenbeleuchtung ab, so daß nur die Scheinwerfer mit dem kupferfarbenen Mondlicht konkurrieren, das durch die Bäume dringt. Aber sie ist erst ein paar Kilometer gefahren, als das Hinweisschild auf ein Teleskop sie zögern läßt. Schon so lange her, daß sie durch Thomas' Teleskop auf die unendlichen Konstellationen geblickt hat, die er für sie beim Namen genannt, deren inzestuöse griechische Abstammung er ihr erklärt hat. Sie tritt auf die Bremse und schaltet hinunter, macht eine scharfe Wendung. Also Radar Hill. Ein letzter Blick auf den Ozean, den sie wahrscheinlich nie wieder sehen wird.

Die nächsten zweihundert Meter verläuft die Straße völlig gerade, wie eine Allee, die von Bäumen zusammengehalten wird, die sich über ihr verschwörerisch einander zuneigen. Dann beschreibt sie eine Kurve und beginnt zu steigen. Der Wagen müht sich sogar im zweiten Gang ab. Und Dunst, beinahe undurchdringlicher Nebel greift nach den Scheinwerfern. Arachne ist gezwungen, im Schrittempo zu fahren. Aber der Mercedes taucht in eine klare Mondnacht hinaus, als ob der Nebel eine Grenze wäre, die den Hügel von der Welt unten trennt. Arachne zieht die Handbremse an und tritt in den Nachtfrost, in das Echo des Ozeans hinaus. Sie beginnt, den steilen Weg hinaufzuklettern, der zu dem Teleskop führen muß. Sie verspürt keine Angst, obwohl der Mond spöttisch leuchtet und Tau von den Zedern tropft, während ihre Schritte in den festen Wanderstiefeln gedämpft klingen. Auf der Anhöhe des Hügels hört man die aufgewühlte See, auf der einen Seite begrenzt vom laternenförmigen Mond, auf der anderen vom schwellenden Gebirge. Hölzerne Plattformen befinden sich hier, ein dunkler Betonhügel, und ganz oben, auf einem in den gletscherzerfurchten Fels geschmiedeten Betonblock, das Teleskop. Rings um die Plattformen befinden sich Wegweiser, jede kleine Anhöhe, jede Bucht, jeder Berggrat ist den dreihundertsechzig Graden der Welt hier an ihrer Kante zugewiesen: im Norden Cox Point, Vargas Cove, Wikaninnish Island, Vargas Island, Flores Island, die verstreuten Lichter von Tofino, Catface, Lone Cone und Meares Island; im Osten Sea Park, die Bucht von Tofino, Indian Island, Grice Bay, Clayoquot Arm, Kennedy Lake, Mount Maitland, Mackenzie Range und das Funkfeuer des Flughafens von Tofino (er war einst, wie Arachne einer Broschüre in ihrem Hotelzimmer entnahm,

Standort für viertausend Air Force-Leute, die vergeblich auf die Invasion der Japaner warteten, die beinahe umkamen vor Ungeduld und Zorn am Ende dieser heimtückischen Straße, auf der sie nirgendwo hinkommen und nirgendwo hinfahren konnten, während Tofino nur ein Indianerdorf war und Ucluelet ebenso, es nichts gab außer dem triefenden Regenwald und dem unerbittlichen Wasser, das zu kalt war, um darin zu schwimmen, das sie aber quälte, neckte); und dann im Süden Long Beach, Wreck Beach, Box Island, die Landspitze der Schooner Bucht, Quisistis Point und Florencia Island, und weiter, weiter, Barkley Sound und die Straße von Juan de Fuca. Und im Westen Wasser, nichts als Wasser, Wellentäler und Wellen. Der schnurgerade Saum des Wassers. Das mochte wohl einen Segler, einen Forscher angelockt haben: das ganze Rund des Horizonts zu überblicken.

Arachne setzt sich auf einen flachen Felsen unter dem Rand der Klippe und schaut nach Westen. Der Ginster raschelt, die Bäume seufzen. Eine Eule schreit. Huu? Huu? Und dann plötzlich, obwohl sie kein Auto fahren gehört hat, Schritte den Pfad herauf, langsame, schleppende Schritte. Arachne wartet. Sie kann nirgendwohin gehen. Anstatt der Windung des Pfades zu folgen, beginnt die Gestalt, über die Felsen direkt auf sie zuzuklettern. Ein Mann taucht mit den Händen voran keuchend aus einem der Büsche vor ihren Füßen auf und läßt sich mit einem Seufzer neben sie plumpsen. Nein, nicht plumpsen, sondern platschen. Das Wasser rinnt an ihm hinunter, seine Haare kleben an der Stirn, und seine Kleider aus grauem Wollzeug triefen vor Nässe. Das Wasser rinnt in Strömen an ihm herab, tropft geräuschvoll in die Felsspalten.

Er wischt sich das Gesicht mit einem Taschentuch ab, das genauso naß zu sein scheint wie der Rest von ihm. «Schöne Nacht.»

«Sind Sie von der Straße heraufgekommen?»

«Nein, von dort.» Er zeigt direkt nach unten auf die See. Es gibt keinen Strand, nur Felsen, die das jahrhundertelange Peitschen des Ozeans geglättet hat.

«Von den Felsen?»

«Ja. Sie?»

«Ich bin gefahren.»

«Ah. Ein Automobil.»

Sie blickt ihn an, und er lächelt, nickt, sein Gesicht ist im Mondlicht jung und hübsch.

«Leben Sie hier?»

«Nein.» Arachne präsentiert ihm ihr Sprüchlein wie eine alte Münze. «Bin nur auf der Durchreise.»

Er kichert. «Was dagegen, einen alten Piloten zu entführen? Mir wird es langsam zu blöde, hier zu hocken.»

Arachne sieht ihn scharf an, kann aber keine Ironie entdecken. «Warum verlassen Sie die Gegend dann nicht?»

«Kann nicht. Patriotische Pflicht, wissen Sie.» Er öffnet eine Packung Player's, indem er sie leicht antippt. «Zigarette?»

«Klar.» Arachne nimmt eine aufgeweichte Zigarette an. «Sind Sie geschwommen?» fragt sie im Spaß. «Sie sind völlig naß.»

«Um ehrlich zu sein, ich bin. Ist einige Zeit her.»

«Aber man kann da draußen nicht schwimmen. Es ist gefährlich.»

Er sucht krampfhaft nach Streichhölzern, während er feuchte Gegenstände aus seinen Taschen räumt. Arachne greift in die Tasche ihres Regenumhanges und findet einen kleinen Streichholzbrief. Sie dreht ihn um, sieht im klaren Mondlicht die schwarzen Buchstaben ‹Sushi›. «Da.»

Sie reibt ein Streichholz an, zündet seine Zigarette und dann ihre eigene an.

Er inhaliert den Rauch tief. «Eigentlich dürfen wir es nicht. Zwei meiner Kameraden sind am 1. Juli ertrunken, also hat man es uns verboten.»

«Aber Sie tun es trotzdem?»

Er zuckt die Achseln. «Sie waren betrunken. Ich bin nüchtern.»

«Aber es gibt dort draußen eine reißende Strömung.»

Er zuckt abermals die Achseln, lächelt sie an. «Das Wasser wirkt beruhigend. Und man kann sonst nichts tun, es ist so ruhig hier. Es gibt nichts außer regelmäßigen Dienst und das Wasser.»

«Regelmäßigen Dienst?»

«Ja. Am liebsten habe ich es, wenn ich hier auf Wachtposten bin.»

«Wachtposten?»

«Ja, nach den Japanern Ausschau halten, wissen Sie.» Seine um den weißen Zigarettenfilter gekräuselten Lippen sind sinnlich. «Ein Genuß, jemanden wie Sie hier oben zu treffen. Wie sind Sie an ihnen vorbeigekommen? Keine Zivilisten zugelassen. Radarüberwachung.»

Sie starrt ihn entgeistert an, und er lacht.

Ein paar Meter hinter ihnen auf dem Felsen sind Schritte zu

hören, und er legt ihr eine Hand auf den Arm. Sie bleiben bewegungslos sitzen, bis die Schritte sich zurückziehen, dann beugt er sich nahe an ihr Ohr und flüstert: «Hier schauen sie nie nach. Haben zuviel Angst. Bleiben die meiste Zeit im Bunker.»

Er ist so nahe neben ihr, daß sein Atem ihre Haare bewegt, und sie dreht sich plötzlich um, hat sich im selben Augenblick auf ihn gestürzt, in dem er nach ihr greift. Er ist durch und durch naß und kalt, aber die Muskeln unter den durchnäßten Kleidern sind hart, und sein Verlangen ist genauso stark und drängend wie ihr eigenes. Als sie über ihm liegt, reibt der Fels unerträglich hart an ihre Knie, aber sie muß herausfinden, ob sie noch lebt, ob sie noch in demselben Körper steckt wie immer, ob sie mehr ist als eine Fliege im Bernsteinglas der Zeit. Sein Mund schmeckt salzig, und seine Haut trocknet nicht einmal an der Luft. Aber ihr Körper ist derselbe, und auch sein Körper ist derselbe, sie kann die Erregung wiedererkennen, das Vergnügen ist vertraut.

Der Regenumhang, ihre Stiefel, ihre neuen Jeans sind neben seiner durchweichten Uniform verstreut, als er sich auf die Ellbogen stützt und sich aufsetzt. Er hebt eine eiskalte Hand an ihr Kinn, liebkost es mit dem Daumen, bevor er aufsteht, ein weißer Schatten im noch weißeren Mondlicht.

«Nun, Zeit für ein paar Schwimmrunden.» Er stößt in die Büsche unter dem Felsen, und sie kann hören, wie er die Klippe hinunterraschelt. Im fahlen, weißen Mondlicht zieht Arachne die Jeans an, schnürt die Stiefel zu, hebt den Regenumhang auf. Der Kleiderhaufen straft ihre einsame Wache Lügen. Sie fährt mit der Hand über die rauhe Wolle, steht dann auf und geht zurück zu dem die Richtung weisenden Teleskop, zu den hölzernen Plattformen, die die Welt skizzieren. Sie läßt noch einmal das ganze Rund des Horizonts Revue passieren. Am Ende des Teleskops sitzt ein gefiedertes Wesen mit großen gelben Augen. Es blinzelt Arachne verschlafen an, und obwohl sie dicht daran vorübergeht, verändert es seine ernste Pose nicht, sondern wendet den Kopf, wie um ihr nachzunicken, als Arachne den Pfad hinunterstapft.

In ihrem Hotelzimmer setzt sich Arachne mit der Broschüre auf das Bett. «Im Jahre 1944», heißt es da, «ertranken mehrere Männer während eines nächtlichen Schwimmausfluges. Als Folge davon wurde es den Air Force-Soldaten verboten, in Long Beach zu schwimmen.»

Fortsetzung der Flucht

Arachne dreht um und fährt zurück. Während sie von Tofino in südliche Richtung fährt, sieht sie den Schildermaler breitbeinig auf seinem Gerüst stehen, den Pinsel in der Hand. Sie hupt, und er winkt ihr zu.

Der einzige Blick, den sie vom Ozean erhascht, ist dieses erste vorbeigleitende Panorama, das nun im Rückspiegel umgekehrt wird, und sie bleibt nicht stehen, dreht sich nicht um, sondern wendet nach Osten und rast auf dieser heimtückischen Straße zurück, in denselben Cathedral Forest hinein, zum Cameron Lake, nach Coombs oder beinahe bis nach Coombs, bevor sie nach Norden abbiegt.

Sie fährt vorbei an Cumberland, Courtenay, Black Creek, hat den Discovery-Paß zu ihrer Rechten, bis sie schließlich Kelsey Bay erreicht, wo die Fähre am Hafen Rauch in die Luft speit. Sie reiht sich ein, zählt das Geld für eine Kabine, für den Wagen ab, und die Kassiererin schüttelt den Kopf: «Ich weiß nicht, ob Sie noch Platz haben.» Aber die Deckmannschaft veranlaßt, daß ein Volkswagen zur Seite fährt und ein Campingbus seinen Anhänger zurückläßt, und quetscht sie nach vorn; die hintere Stoßstange des Mercedes stößt dabei fast an die Rampe der Fähre, so daß der Mann in orangefarbener Montur, der sie hochwindet, grinst und «fester Stahl» sagt, als Arachne den Kofferraum öffnet, um ihren Koffer herauszunehmen. Die Fähre läuft schon mit dem Heck voran aus dem Hafen, bevor sie herumschwingt und die Nase in Richtung Norden zur Überfahrt nach Prince Rupert steckt.

In die andere Richtung

Also dann nach Osten. Sie schlängelt sich den Skeena River entlang, den sie auf der alten Holzbrücke in Terrace überquert. In Kitwanga hält sie an, bevor sie nach Norden auf den Cassiar Highway einbiegt, nach Norden, wo laut ihren Landkarten die Grenze zu Yukon liegen soll, zwischen den Küstengebirgen und dem Skeenagebirge das Nass-Tal hinauf. Sie macht halt, um nachzutanken, um sich in dem verrauchten Café neben der Tankstelle mit Schinken und Eiern zu stärken. Der Herbst bricht herein. Die Wohnwagen haben sich Richtung Süden geschlagen. Die indianischen Mädchen kichern verstohlen. Arachne bleibt sitzen, weil sie nicht weiterfahren möchte. Wenn sie jetzt nach Norden fährt, wird sie im Niemandsland enden, in einer verlorenen und grenzenlosen Welt, aus der sie vielleicht nie wieder herausfindet. Aber wohin soll sie sonst gehen? Zurück? Ihren eigenen Spuren in die wartenden Arme der Polizei folgen? Zurück in das Heim, in dem der alte Mann wartet? Zu Thomas? Zu seinen großen schönen Händen, die über die Wellentäler von Landkarten streichen, zu ihm, der den Kopf über eine zusammengerollte Karte gebeugt hält. Sie ist wieder in Vancouver gewesen und dort gestorben, eines ihrer Leben ist sicherlich vorüber.

Sie putzt den Teller mit einer Scheibe Toast sauber, lehnt sich zurück und bestellt noch einen Kaffee. Zwei Jäger vergleichen ihre Gewehre. Eine Gruppe mit Rucksäcken bepackter Geologen, Steine schleppend, kommt herein und bestellt riesige Hamburger, mit einem Schuß Whiskey auf dem Fleisch anstelle von Ketchup. Arachne hört zu. Sie trinkt noch eine Tasse Kaffee. Sie wartet. Im Café um sie herum klappert es geschäftig, der Kaffee wird dicker und stärker, die Zahl der Fliegen nimmt zu. Sie wappnet sich dagegen, die leere, die unbewohnte Welt des Nordens zu betreten. Angst hat sie, Angst. Danach kommt nichts mehr. Was passiert, wenn die Straße zu Ende ist? Danach gibt es keine Umkehr. Was sie am Ende findet, wird genügen müssen, es wird genügen müssen.

Vielleicht wird es ihr gelingen, einen Ort zu finden, an dem sie sich niederlassen, den sie besiedeln kann. Aber was kann sie einem unwirtlichen Ort schon anbieten? Kartons voller Wäschemuster, einen extravaganten Wagen, ihr drittes oder viertes erfolgloses Leben? Sich selbst. Bordelle sind dem Weg der Goldnuggets gefolgt, die früher als Zahlungsmittel galten. Eine Bar, denkt sie, ich kann eine Bar aufmachen, diesen Knaben Whiskey, Rum und billigen Wodka servieren. Aber es scheint lächerlich, Arachne als Geschäftsfrau, die versucht, sich auf anständige Weise ihren Lebensunterhalt durch die Trinkgewohnheiten der Leute zu finanzieren. Also zögert sie, bleibt auf dem Drehstuhl an der Theke sitzen, beobachtet die indianischen Kellnerinnen mit ihren sanften Gesichtern, und versucht zu entscheiden, ob es noch andere Alternativen gibt, ob es andere Straßen gibt, oder ob sie die letzte, die endgültige

Straße erreicht hat. Ihre Geldbörse ist vollgestopft mit Geldscheinen, ihr Wagen läuft problemlos, die Stiefel an ihren Füßen passen. Sie erwägt das Für und Wider der in Frage kommenden Straßen, bis die Tür aufschwingt und ein Mountie hereinstolziert. Die indianischen Mädchen hören auf zu kichern und richten sich auf. Der Mountie läßt sich klirrend auf einen Stuhl fallen und pocht mit den Knöcheln auf die Theke. Man bringt ihm eine Tasse Kaffee, der in den zitternden Händen der Serviererin auf die Untertasse schwappt. Er schlürft ausführlich; es klingt spöttisch. Er läßt Arachne nicht aus den Augen.

Sie trinkt die Tasse leer, greift nach ihrer Geldbörse und entnimmt ihr einen Schein. Sie würde den Mädchen gern einen Dollar Trinkgeld dalassen, aber er beobachtet sie, sie kann es nicht tun, ohne Aufmerksamkeit auf sich zu ziehen. Hier oben versteht man unter Trinkgeldgeben, daß man fünfundzwanzig Cent unter der Tasse liegenläßt. Arachne macht das und nimmt ihren Regenumhang, schickt sich an, das Lokal zu verlassen.

«He.»

Langsam dreht sie sich zu dem feisten Gesicht um.

«Ihr Wagen da draußen?»

«Der Mercedes», nickt sie. Das Spiel ist aus, die Polizei hat sie schließlich doch geschnappt. Im nächsten Augenblick wird er ihr Handschellen anlegen. Sie versucht, den Blick zu erwidern und spannt sich gleichzeitig für einen Sprung zur Tür an. Er schlürft noch einen Schluck Kaffee.

«Kennzeichen aus Alberta. Fahren Sie zurück?»

Sie nickt. Sein dürftiger Kommentar hat in ihr einen Entschluß ausgelöst. Wenn sie hier hinausgeht, wird sie nach Norden fahren, immer weiter nach Norden, nach Norden.

Wieder ein Schlürfen. «Versuchen Sie nicht, nach Norden zu fahren. Wäre schade um ein Superauto.»

«Edmonton», erwidert sie schwach. Und zwingt sich dazu, langsam zu gehen, sogar eine Packung Kaugummi zu kaufen, als ob sie es nicht eilig hätte, einfach auf einem stark befahrenen Highway nach Osten unterwegs sei. Die Tür fällt hinter ihr zu. Der Mercedes blinzelt sie in der Herbstsonne an. Sie umfaßt das Lenkrad wie einen Geliebten, wendet und fährt langsam und würdevoll nach Norden.

Nach zehn Kilometern endet der Straßenbelag und wird zu Schotter – eine holprige Straße, die ihre Gegenwart rüttelnd durch den Körper des Wagens mitteilt. Die Wagenspur hinterläßt eine Staubwolke, Steine schlagen gegen das Chassis. Unwandelbar daliegend, ist die Straße vor Arachne nicht mehr als eine Schramme in dieser Haut aus Bäumen und Felsen, die jedes Ortsgefühl, jede Erinnerung an einen bestimmten Platz verdrängen. Hier gebietet die nicht vorhandene Straße Ordnung, es gibt nur einen Weg hinauf oder hinunter, diese geräuschvolle Schnittwunde, die man eine Straße nennen könnte, verurteilt Mensch und Automobil zu mehr als nur Reisen. Arachne verbeißt die Zähne in das Tempo, in die Fortbewegung, so daß es unmöglich wird, den Vorgang des Fahrens zu ignorieren. Aber sie ist glücklich über die Widerspenstigkeit der Straße. Sie weiß, daß der Mountie hier nicht fahren wird, gleichgültig, wen er zu verfolgen hat. Sie umklammert das bebende Lenkrad und bringt den Wagen sicher über die Schlaglöcher.

Dieses Betreten eines fremdartigen Territoriums geschieht nicht plötzlich, sondern ist eher eine Bewegung von einem Ort zum nächsten: eine Abfahrt, eine Ankunft. Arachne kann sich nicht daran erinnern, von irgendwo abgefahren zu sein. Ihr Leben ist zu einer einzigen endlosen Bewegung geworden, bei der sich der knirschende Antrieb auf sie selbst übertragen, alles andere abgetötet hat. Dennoch: Kolumbus ist sogar dann zurückgekommen, als niemand es erwartet hat; er ist nicht über den Rand der Welt hinuntergesegelt. Arachne fährt. Sie hält am Straßenrand an und hockt sich in die Büsche. Sie hält ein Nickerchen. Sie fährt weiter. Es wird dunkel, die Dunkelheit des Nordens, die jeden Tag länger wird, bis sie schließlich überhandnimmt, alles verschlingt.

Als sie die gestikulierenden Gestalten sieht, bildet sie sich einen Augenblick lang ein, daß sie scherzen, daß ihr Winken nur jemandem gilt, den sie auf diesem einsamen Straßenabschnitt wiederzuerkennen glauben. Dennoch bremst sie, und die Gestalten werden drängender, entschlossener. Sie sagt sich selbst, sie sollte nicht anhalten, aber sie schaltet schon herunter, und der gestikulierende Mann steht neben dem Wagenfenster. Er kommt ihr bekannt vor.

«Was ist los?»

«Lastwagenpanne. Haben Sie Platz, um uns nach Stewart mitzunehmen?» Es ist einer der whiskeygetränkten Geologen, und bevor sie noch Zeit zum Überlegen hat, sitzen sie schon zu viert im Wagen, zwei auf dem Vordersitz und zwei auf dem Rücksitz, öffnen Bierflaschen an ihren Gürtelschnallen, streichen zärtlich über die Polsterung, fluchen über den untauglichen Lkw und nehmen Arachne im blauen Licht des Armaturenbrettes in Augenschein.

«Danke, daß Sie angehalten haben, Lady», sagt der eine, der sie durch sein Winken zum Stehenblieben veranlaßt hat. «Sind nicht allzu viele Fahrzeuge um diese Zeit unterwegs.»

Vom Rücksitz wird ihr eine Bierflasche und ein Schokoladekeks gereicht.

«Wohin fahren Sie?» fragt einer von ihnen.

«Nach Norden.» Sie beißt in das Keks. «Hausgemacht?»

«Ja. Hier besteht die Kunst aus erstklassiger Küche. Wohin nach Norden?»

«Yukon.» Schon in die Enge getrieben. Warum hat sie diese Kerle aufgelesen?

«Nahanni, Campbell, Canol oder Alaska?»

«Was?»

«Welche Straße?»

«Hab mich noch nicht entschieden.» Sie schüttelt die Bierflasche. «Welche soll ich nehmen?»

«Hängt davon ab. Möchten Sie nach Alaska? Dawson City? Mac Pass?»

«Wo ist das?»

Sie lachen. «Macmillan-Paß. Das Ende der beschissenen Straße. Für jeden.»

«Ich bin keine Touristin.»

«Aber wir sind Touristen. Und genau dorthin wollen wir.»

«Ich dachte, Sie seien Geologen.»

«Sind wir. Wir laufen die großartigen Felseroberungs- und Landschaftserkundungstouren des Nordens ab. Wollen Sie ein Ticket kaufen?»

«Nein, aber ich besitze einen Anteil an einem Kohlebergwerk. Wollen Sie sich einkaufen?»

«Wo?»

«Crowsnest.»

Einer auf dem Rücksitz rülpst. Einer auf dem Vordersitz schnarcht.

«Crowsnest ist zu nahe an den Menschen.»

«Meine empfindliche Haut verträgt den Kohlenstaub nicht.»

Der Wagen schaukelt mit ihnen, mit ihren schweren Stiefeln und Hämmern, ihren klirrenden Flaschen. Sie singen, sie erzählen Arachne Witze, die sowohl rassistisch als auch sexistisch sind, sie schlafen abwechselnd, sie machen sich erbötig zu fahren. Sie stinken. Sie sind unrasiert, sie haben sich seit Monaten nicht gewaschen oder die Kleidung gewechselt.

Arachne fährt beinahe von der Straße in einen Bach. «Sie gehen in den Busch?»

Sie nicken, so ist es.

«Aber es ist Herbst. Um diese Zeit sollte man aus dem Busch herauskommen, nicht hineingehen.»

«Oh, wir arbeiten für eine Scheißfirma. Wir gehen hinein, wenn alle anderen herauskommen. Auf diese Weise kriegt uns die Konkurrenz nie.»

Sie kann nur die Umrisse ihrer Gesichter und das weiße Leuchten der Zähne an den Flaschenhälsen wahrnehmen.

Nach einer langgestreckten Kurve richten sich die zwei auf dem Rücksitz kerzengerade auf und rütteln den Schlafenden wach. Sie werden still, beginnen mit geduldiger Neugier aus dem Fenster zu sehen.

«Er kommt, gleich hinter der Kurve.»

«Tommy, setz dich hin. Sowas hast du noch nie gesehen.»

«Was?» fragt Arachne. «Was?»

«Warten Sie.»

«Aber was ist es?»

«Nichts. Fahren Sie weiter. Wir sind schon fast in Stewart.»

Sie beginnt ärgerlich zu werden, fühlt sich entführt, überfahren, aber trotz ihrer Wut ist sie nicht auf den Bear Glacier vorbereitet, der die Dunkelheit durchbricht. Es ist so lange dunstig gewesen, daß sie die blaue Faust nicht ertragen kann, die vom Berg herunterschlägt, wie der blaue Schaft eines gespaltenen Blitzes, der dort, wo der Gletscher auftaut, in ein noch intensiveres Blau verschwimmt, hellblau, elektrisch, der alles zu Eis macht, sogar die Bäume, die den danebenliegenden Berg hinaufklettern, sogar die schwarzen Felsbrocken der Geröllhalde.

Die Geologen schreien: «Halt, halt, halt.»

Es gelingt ihr, den Wagen an den Straßenrand zu lenken. Die Männer drängen sich hinaus. Einer öffnet die Tür, und Arachne stolpert auf die Stelle zu, wo sie stumm in einer Reihe stehen und dieses beängstigende Blau betrachten. Arachne fällt auf die Knie. Das ist das letzte, das sie sieht, Blau.

Flugabenteuer

Sie müssen sie nach Stewart gebracht und in ein Bett gelegt haben, weil sie am nächsten Morgen in einem Zimmer des *King Edward*-Hotels aufwacht und nicht weiß, wo sie ist, während ihr Kopf noch immer von der Intensität des Gletschers schmerzt, den ihre Augen wahrzunehmen gewagt haben.

Als sie in die Cafeteria hinunterstolpert, sind sie da, sitzen an einem Tisch, essen Bratkartoffeln mit Rührei und trinken Unmengen schwarzen Kaffee.

«Da ist sie ja.»

«Ist uns weggetreten.»

«Kann nicht trinken, he?»

«Ich trinke kaum etwas», entgegnet sie entrüstet.

Sie lachen dröhnend, sie setzen scheinheilige Gesichter auf, sie schenken ihr Kaffee ein. Und als sie mitten beim Frühstück ist, beginnen sie die Stühle zurückzuschieben. «Beeilen Sie sich.»

«Beeilen Sie sich.»

«Laßt mich allein.»

«Nein. Beeilen Sie sich.»

«Warum?»

«Sie kommen mit uns.»

«O nein, das werd ich nicht. Wohin?»

«Zu einem Flug. Hubschrauber wartet.»

«Ich werde mit euch Kerlen in kein Flugzeug steigen.»

«Hubschrauber. Beeilen Sie sich. Wir sind spät dran.»

«Leckt mich am Arsch.»

«Kommen Sie schon.» Einer packt sie am Ellbogen, ein anderer legt ihren Toast wie ein Sandwich zusammen und wickelt ihn in eine Serviette.

Sie ist draußen auf der Straße, wird auf den Rücksitz ihres eigenen Wagens geschoben. Der eine namens Art fährt durch die schäbige, verwahrloste Stadt zu einem windschiefen Lagerhaus neben einer Betonpiste, wo sich der Rotor des Hubschraubers bereits dreht, und der Motor sein langes Jammern anstimmt. Sie stoßen ihr den Kopf nach unten, zerren sie am Arm, stopfen sie auf den Rücksitz, schließen den Sicherheitsgurt, schieben ihr den Toast in die Hand, schließen die Tür. Einer klettert auf den Vordersitz, und zwei springen neben sie in die Maschine. Die Pilotin murmelt in ihr Mikrophon, das Wimmern wird tiefer, und sie heben langsam ab, steigen hoch und wenden, während die Stadt unter ihnen gegen den langen Finger des Meeresarmes und die Straße, die in Hyder endet, kippt. Sie lassen all das rasch hinter sich, sie fliegen in die schwarzen Gebirge, die mit Gletschern übersät sind, noch mehr Blau, das Eis ist wie ein Gebiß, durchdringend. Arachne verbirgt das Gesicht in den Händen.

Nach vierzig Minuten landen sie, und Arachne wird hinausgestoßen, zu Boden geduckt, während die Maschine wieder abhebt, hochsteigt und in die endlose Gleichgültigkeit der Wildnis wendet. Sie befinden sich oberhalb der Baumgrenze auf einem hohen Gebirgsgrat, wo es nichts gibt außer Wind. Die zwei, die mit ihr abgesprungen sind, entfernen sich und beginnen zu hämmern, und die ungeheure, unfaßbare Leere um sie herum läßt das Klirren ihrer Hämmer zu einem Dröhnen anschwellen.

Arachne spaziert den Abhang hinunter, setzt sich und schaut über ein Tal hinweg, das unberührt, unerforscht, unzivilisiert ist. Nichts rührt sich. Sie ist überwältigt worden. Vielleicht würden die Männer sie hierlassen, sie im Windschatten eines Geröllblocks zusammenkauern und schlafen lassen, ohne Traurigkeit oder Konsequenzen, würden sie ihr letztes Leben wegschlafen lassen.

Sie spaziert weiter, und hier, bevor die Klippe den Abhang durchtrennt, bemerkt sie ein Glitzern. Arachne bückt sich, kniet nieder, streckt die Hand aus. Jemand ist hiergewesen. Das bronzefarbene Markierungszeichen trägt eine unauslöschliche Prägung, wie Arachne sie oft an den Ecken von Thomas' Landkarten gesehen hat. NATIONAL GEODETIC SURVEY. Das Metall ist im Moos vergraben, aber sie gräbt es mit den Händen aus und fährt mit den Fingern den doppelten Initialen nach, die sie so gut kennt: T. T.

Als der Hubschrauber das Tal heraufdröhnt, ist sie bereit. Man braucht ihr den Kopf nicht hinunterzudrücken oder sie anzuschnallen. Sie betrachtet die straßenlose Welt da unten und weiß, daß sie am Ziel ist.

Notizen über eine Abgängige

Es gelingt dir, einen der Geologen am Watson Lake aufzustöbern. Es ist April. Er sagt, er käme gerade aus dem Busch. Er hat bestimmt Rum getrunken, und seine Augen sind halb geschlossen. Seine erste Antwort auf deine Frage ist negativ. Nein, er habe nie etwas von Arachne Manteia gehört, und es sei ihm auch scheißegal, was mit ihr passiert sei. Als du erklärst, daß sie Vertreterin für Damenunterwäsche war und einen Mercedes gefahren hat, runzelt er die Stirn und schließt die Möglichkeit nicht aus, daß er sie vielleicht zufällig getroffen habe.

«Wann?» drängst du ihn.

Er öffnet halb die Augen und sieht dich genau an. «Was interessiert Sie das?»

Du versuchst es ihm zu erklären, aber aus ihm spricht nur Geringschätzung.

«Sind Sie von der Polizei?»

«Nein», sagst du und beginnst am Anfang, bei deinem Interesse für Damenunterwäsche, und wie dich das auf die Spur dieser Unterwäschevertreterin und ihres Lebens geführt hat.

Er will mehr Rum.

Wofür du sorgst. Nach zwei Stunden hat er neun Drinks gehabt und dir Biergeschichten, Hubschraubergeschichten, Tornadogeschichten, Lagerküchengeschichten und Wettgeschichten erzählt, die alle nicht das geringste mit Arachne Manteia zu tun haben.

Du machst einen letzten Versuch. Der Kopf sinkt ihm auf die Brust, und er sieht beinahe schüchtern drein.

«Das letzte Mal, als ich sie sah», erzählt er, «ist sie in diesem protzigen Mercedes zur Grenze nach Yukon gefahren.» Und dann ist er weggetreten.

Sie muß in Stewart den Cassiar Highway genommen haben, an den Skeena Mountains und am Dease Lake vorbei in die Cassiar Mountains gefahren sein. Obwohl ihr zu diesem Zeitpunkt die Gebirge schon zum Hals heraushängen mußten, obwohl sie sich wohl keine Mühe gemacht hatte, sie zu unterscheiden, nur einfach diese langgezogene, langsame Straße entlanggefahren war, die nie und nie aufhört, bis man an die Grenze nach Yukon und nach Watson Lake kommt.

Du bist jetzt in Watson Lake. Hier muß es einen Anhaltspunkt geben, mehr als diesen Geologen, der nun schnarcht, dessen Kopf über die Stuhllehne nach hinten gekippt ist. Bald wird der Rausschmeißer kommen und ihn hinauswerfen. Du legst einen Geldschein auf die Theke und trittst *in den Frost eines Frühlings in Yukon hinaus, auf die schlammige Straße, an der sich die Stadt entlangzieht. Du entschließt dich, überall nachzuforschen, nichts auszulassen.*

Du beginnst am Ende der Stadt bei all den verirrten Straßenschildern, die alle Orte der Welt zusammenfassen. Wien, 16 km, Washington, 101 km. Pretoria. Passetto-Fernandes. Argentinia-Rosario. Die Leute stehlen die Schilder und bringen sie nach Watson Lake, wo sie sie an die Welt draußen erinnern, an die Welt, die so weit hinter ihren Grenzen liegt.

Du versuchst es im Watson Lake Hotel, bei Watson Lake Motors, aber in einem wird dir ein Drink angeboten, im anderen ein Job als Mechaniker. Keine Arachne. Auch der Drugstore und das Juwelengeschäft, der Lebensmittelladen und das Postamt sind zwecklos, obwohl du gar nicht annimmst, daß Arachne dortgewesen ist. Nachdem du zuerst auf der einen Seite der Stadt und dann auf der anderen nachgeforscht hast, gehst du in dein Hotel zurück, hältst sogar in der Bar nach dem Geologen Ausschau, aber auch der ist verschwunden. Du fragst an der Theke nach einem Laden, in dem du einen Film kaufen kannst, du möchtest die Straßenschilder fotografieren, und wirst ein Haus weiter in ein holzverkleidetes Geschäft geschickt, das alles zu haben scheint, eine Mischung aus Gerümpel und Dingen des täglichen Bedarfs.

Du wirfst einen Blick auf den Mann mit dem spitzen Gesicht hinter dem Ladentisch und siehst den Hauch einer Möglichkeit. «Damenunterwäsche», sagst du ruhig und deutlich.

Er macht eine Handbewegung.

Die Schlüpfer liegen auf einem duftigen Haufen zusammen, eiscremefarben. Du vergräbst deine Nase in einem, berührst einen anderen mit der Zunge.

Bedächtig suchst du nach dem Markenzeichen und studierst es. Es ist deutlich und unauslöschlich. LADIES' COMFORT, Winnipeg, Manitoba. Du kaufst den ganzen Stoß.

Es gibt zwei Straßen, zwischen denen du dich hier entscheiden kannst. Du kannst auf dem Alaska Highway nach Whitehorse hinüberfahren, oder du kannst den Campbell Highway nehmen, in den die Canol Road mündet. Highway ist eine irreführende Bezeichnung. Es sind Schotterstraßen. Du entschließt dich für die Route nach Whitehorse. Es ist die bei weitem bessere Straße, und du bist sicher, daß Arachne an den Mercedes gedacht hat. Sie liebt diesen Wagen mehr als sich selbst.

Und so fährst du also auf diesem sich schlängelnden Band dahin, das an Rancheria und Swift River vorbeiführt und sich nach British Columbia zurücksenkt, bevor es sich zögernd nach Teslin und Johnson's Crossing hochwindet, wo du stehenbleibst und weiterzuforschen versuchst.

Es ist ein hoffnungsloses Unterfangen. In Johnson's Crossing, in Jake's Corner, in Whitehorse schüttelt man den Kopf, wenn du Arachne Manteia erwähnst. Das ist kein Name, den man kennt, an den man sich zu erinnern trachtet. Und als du die Zeit erwähnst, den Herbst, durch den sie gefahren ist, beginnt man, von dem Kometen zu reden, von dieser Nacht im September, in der die Leute friedlich im Bett gelegen sind, in der sie in aller Ruhe etwas tranken oder einen einsamen Spaziergang unternahmen, in der sie von dem Kometen heimgesucht wurden, dessen glühender blauer Schweif weit über den Himmel ausgebreitet war, der so groß und niedrig vorüberzischte, daß einige dachten, es seien die Nordlichter, die zu spät oder zu früh kämen, einige dachten, es sei eine Wolke oder das Ende der Welt. Es war, sagt man, unmöglich, ihm auszuweichen, eine Verwandlung, ein Momentereignis. Die Leute sprechen davon, wie es war, als ob sie in seinem Schweif, in seinem hörbaren blauen Zischen gebadet hätten.

Du versuchst immer wieder, sie auf Arachne Manteia zurückzubringen, Vertreterin, Lenkerin eines Mercedes-Oldtimers, auf die melancholische, mürrische Arachne Manteia. Die Leute reden von Tod und Erlösung.

Ärgerlich verläßt du den White Pass, die herbeiströmenden Touristen und den Robert-Service-Souvenirladen und fährst weiter. Du kannst nach Dawson hinauffahren, du kannst über die Grenze nach Alaska weiterfahren. Du hast nur einen Anhaltspunkt gefunden, einen Schlittenhundtrainer, der darauf besteht, gehört zu haben, wie ein Hubschrauberpilot von einem alten Mercedes an einem seltsamen Ort berichtet hat. Er besteht auch darauf, daß du ihm bei der Fütterung seiner Hunde zusiehst, einem brutal geräuschvollen Ritual, und dann erklärt er, daß der Hubschrauberpilot am Mac Pass stationiert sei. Du wirfst einen Blick auf die Landkarte und beschließt, lieber gleich weiterzufahren. Die Canol Road den Ross River hinauf und der Macmillan Pass sind nur im Sommer für den Verkehr geöffnet.

Die Canol Road ist die Hölle. Das ist keine Straße, sondern ein Pfad, Sumpfmoos, das sind von Leuchtmarkierungen eingefaßte Felsen und umgestürzte Baumstümpfe. Die Straße rüttelt dir durch die Zähne, die Wirbelsäule, die Augäpfel, den Fußrist. Du sitzt in einem gemieteten Lkw mit Allradantrieb. Du kannst nicht glauben, daß Arachne ihren Mercedes hier hinaufgequält hat, aber es ist der einzige Anhaltspunkt, den du hast. Du kommst zu dem Schluß, daß sie in den letzten Monaten ihres Lebens, in der Zeit, nachdem sie Calgary verlassen hat, zu einem anderen Menschen geworden ist. Du bist erleichtert, Ross River zu erreichen, obwohl es nur aus ein paar Aluminiumwohnwagen besteht. Es riecht nach Verfall, nach Zerfall. Obwohl es Sommer ist und die Feldarbeit beginnen sollte, sind nur ein paar Geologen und Landvermesser hier, und die eigentlichen Bewohner von Ross River sind betrunken, mißtrauisch und schielen.

Das ist die absolute Grenze, ein Ort, wo jede Zivilisation dahingeschwunden und die Bedeutung von Rebellion unbekannt ist, wo gute Manieren niemals existierten und Familienbanden ausgelöscht sind. Es ist genau die Art von Ort, die zu Arachne paßt. Du suchst die Stadt von einem Ende bis zum anderen ab, forschst in der Cafeteria, in der Bar und im Hotel nach, aber sie ist nicht hier.

Also fährst du weiter.

Nun beginnt dir die Straße Angst einzujagen. Hier ist sonst nichts mehr, keine Ankündigung einer Stadt oder eines Ortes. Du steuerst auf die Mackenzie Mountains zu, die Yukon von den Northwest Territories trennen; und wenn du sie erreicht hast, wirst du im Niemandsland sein, am Ende einer Straße, die die amerikanische Armee mitten im Krieg gebaut hat, die offiziell eröffnet, dann aufgelassen und niemals wieder zum Leben erweckt wurde.

Du bist über den Rand hinuntergefallen. Dahinter ist kein Ozean, kein Kontinent, nur das unfaßbar große Spektrum, die unfaßbar große Weite und Ausdehnung eines, mein Gott, vierdimensionalen Nichts.

Du weinst, während du fährst. Die Schlaglöcher rütteln dir durch die Backenknochen, du wischst dir Tränen fort. Obwohl du weißt, daß du umkehren mußt, fährst du weiter, bist nicht länger auf der Suche nach einer unbekannten Reisenden, sondern nach dem unendlichen Schmerz unzivilisierten Landes. Du bist davongerannt, und jetzt kannst du nicht mehr zurück.

Da ist kein Straßenschild, das dir sagt, wann du den Mac Pass erreichst, nur ein Wohnwagen und der schnabelförmige Umriß eines statisch-blauen Hubschraubers. Du hältst den Lastwagen an und stolperst in den Staub, in das Moos hinaus. Du hast deinen eigenen Benzinkanister dabei, und du beginnst, aufzutanken, vermeidest es ängstlich, zu den Gebirgen hinauf-, zu dem Wohnwagen hinüberzusehen. Der Pilot kommt heraus, schlendert heran wie ein Cowboy ohne Pferd, während seine Stiefel Staubwölkchen aufwirbeln und sein Fliegeroverall schmuck und rassig wirkt.

«Howdy.»

«Hallo.»

Er grinst. «Hilfe gefällig?»

«Nein, danke.»

Er wirft einen Blick auf den Lastwagen, wirft gleichzeitig einen Blick auf dich. «Verfahren?»

«Nein.»

«Sie sind absichtlich hier oben?»

Du nickst.

«Tasse Kaffee?»

Er geht steifbeinig zum Wohnwagen zurück, und nachdem du den Benzinkanister wieder zugeschraubt hast, folgst du dem Abdruck seiner Fußsohlen.

Er deutet dir mit einer Geste, dich auf einen Stuhl zu setzen. «Bißchen rauh», sagt er, «aber ich habe hier alles, was ich brauche.» Er stellt den Kaffee vor deiner Nase ab, setzt sich dir gegenüber an den Tisch und beugt sich vor. «Hinter welcher Sache sind Sie her?»

Zum erstenmal zögerst du. Zum erstenmal stürzt du dich nicht in deinen Redefluß über eine kräftige, dunkelhaarige Frau in einem Mercedes. Statt dessen beginnst du, deine Nachforschungen zu erklären, wie das alles mit der Geschichte der Damenbekleidung angefangen habe, was aber so verwirrend gewesen sei – Pariser Mode und italienische Mode und der Einfluß Englands –, daß du damit begonnen hättest, über das nachzuforschen, was darunter lag, was Frauen trugen, um sich auszupolstern, zu schützen, was sie zum Schwitzen brachte, sie kratzte und mit den Zähnen knirschen ließ. Schön langsam hättest du den Zusammenhang zwischen innerem und äußerem Erscheinungsbild begriffen, hättest begonnen, die Philosophie der Damenbekleidung zu verstehen.

Du läßt eine Rede über die Idee der Unterwäsche, ihre Bedeutung in metaphorischer und realer Hinsicht vom Stapel.

Er hört zu, ohne dich zu unterbrechen. Als du nach Stunden zu deiner Frage kommst, steht er auf, schenkt dir Kaffee nach, stellt die Tasse vor dich hin und sagt ruhig: «Ja.»

Dir bleibt der Mund offen. Niemand hat dir je so direkt geantwortet.

Und nun ist er an der Reihe zu reden, von den Reisenden auf dieser endlosen, aufgelassenen Straße zu erzählen, von dem, was er alles an seinem Wohnwagen vorbeifahren sieht, von dem Staub, der hinter den Rädern aufwirbelt. Ein Zirkus, ein Autotransporter; Sportwagen und Kombiwagen, Landauer und Jeeps, ein weißer Cadillac mit kalifornischem Kennzeichen. Und Arachne in ihrem schwarzen Mercedes, die langsam und gleichmäßig gefahren ist, das Gesicht nach vorne geneigt und in Gedanken versunken, ins Nichts gerichtet.

«Sie hat nicht angehalten?»

Er schüttelt den Kopf.

Du fragst, wo die Straße endet.

«Sie hat kein Ende.»

Du mußt schlucken, ehe du die nächste Frage stellst. «Kommen die Leute jemals zurück?»

Er schüttelt den Kopf. «Nie.»

Du bedankst dich für den Kaffee, du trittst hinaus in den Wind und gehst zu deinem gemieteten Lastwagen. Du setzt dich hinter das Lenkrad und legst den Sicherheitsgurt an, verstehst, daß es kein Zurück geben kann.

Ein paar Kilometer weiter veranlaßt dich etwas farbig Leuchtendes, auf die Bremse zu treten. Du schlüpfst aus dem Wagen und beugst dich über den Straßengraben, um es herauszufischen. Die Slips sind grau von Staub, aber ihre scharlachrote Verlockung ist nicht verblaßt. LADIES' COMFORT. Nach ein paar weiteren Kilometern findest du ein pfirsichfarbenes, dann ein türkisgrünes, später ein sonnengelbes Höschen. Jedesmal hältst du an, beutelst den Staub aus dem seidigen Stoff und wirfst den Schlüpfer auf den Sitz neben dir. Die Schlüpfer nehmen kein Ende; diese Straße hier wird kein Ende nehmen.